btb
Aus Freude am Lesen

btb

Buch

Der brutale Mord an einemTankstellenbesitzer ruft Kommissar Joakim Hill und die Polizei von Helsingborg auf den Plan. Die Umstände des Verbrechens sind ungewöhnlich: Der Mann wurde mit einer Binde vor den Augen erschossen, gestohlen wurde nichts. Die Ärztin Catharina Elgh, die den Toten fand, erweist sich in der Folge als wichtige Zeugin mit einer sehr ausgeprägten Beobachtungsgabe. Wenig später stirbt ein zweiter Tankstellenpächter auf die gleiche Weise. Während sich Zeugin und Kommissar näher kommen, setzt Hill das Puzzle eines riesigen Betrugsnetzes zusammen und kann den dritten Mord gerade noch verhindern …

Autorin

Bodil Mårtensson, geboren 1952, wuchs in Karlskrona auf und lebt seit einigen Jahren in Helsingborg, wo auch ihre Krimiserie um Kommissar Joakim Hill spielt, die in Schweden sofort begeistert aufgenommen wurde. »Die zärtliche Zeugin« ist ihr erstes Buch, das auf deutsch erscheint.

Bodil Mårtensson

Die zärtliche Zeugin

Roman

Aus dem Schwedischen
von Holger Wolandt

btb

Die schwedische Originalausgabe erschien 2001
unter dem Titel »En chans för mycket«
bei Bokförlaget Prisma, Stockholm

Umwelthinweis:
Alle bedruckten Materialien dieses Taschenbuches
sind chlorfrei und umweltschonend.

btb Taschenbücher erscheinen im Goldmann Verlag,
einem Unternehmen der Verlagsgruppe Random House GmbH.

1. Auflage
Deutsche Erstveröffentlichung Februar 2003

Umschlaggestaltung: Design Team München
Umschlagfoto: Wolf Huber
Satz: IBV Satz- und Datentechnik GmbH, Berlin
RK · Herstellung: Augustin Wiesbeck
Made in Germany
ISBN 3-442-72894-0
www.btb-verlag.de

FÜR BRITH & HENRY

1

Merkwürdig war, wie unberührt alles zu sein schien.

Niemand hatte etwas zerschlagen, Waren aus den Regalen gerissen oder auch nur auf den Boden geschissen.

Es sah aus wie in jeder anderen Tankstelle des Ortes, abends an einem milden Frühlingstag.

Abgesehen davon, dass der Tankwart tot vor dem Kühlschrank mit den Bierdosen lag.

Kriminalkommissar Joakim Hill von der Polizei in Helsingborg konnte sich einfach nicht an den Tod gewöhnen. Eine abgrundtiefe Trauer ergriff jedes Mal von ihm Besitz, wenn er sich mit ihm konfrontiert sah.

Aber das ließ sich kaum vermeiden.

Jedenfalls nicht in seinem Beruf.

Die letzten Exemplare einer Abendzeitung lagen immer noch in ihrem Gestell. Er registrierte, dass das *Aftonbladet* im Gegensatz zum *Expressen* ausverkauft war.

Immer wieder erstaunte es ihn, wie viele lächerliche Kleinigkeiten ihm an den Schauplätzen der Morde auffielen.

Als sei das Opfer nebensächlich.

Und als sei das Blut, das über den schwarz gesprenkelten hellen Steinfußboden floss, bedeutungslos, belanglos.

Am Rand seines Gesichtsfelds bemerkte er einen umgekippten Ständer für Rubbellose.

Das Erste, wovon er sich überzeugte, war, ob die Kasse voll

war: unberührt wie die Unschuld selbst. Nein, das hier war kein gewöhnlicher Raubüberfall.

Knut Sahlman, Hills Kollege bei diesem Einsatz, erkundigte sich gerade bei den Streifenpolizisten, die an den Zapfsäulen warteten, nach den Details. Auch die Person, die das Pech gehabt hatte, den Ermordeten zu finden, wartete dort.

Hill sah durch die funkelnde Panoramascheibe, dass Sahlman ein paar hastige Worte mit ihr wechselte.

Sahlman war in den Augen von Hill zwar ein ganz brauchbarer Polizeibeamter, aber viel zu adrett. Er verwendete außerordentliche Sorgfalt auf seine Kleidung; nie wies seine Erscheinung irgendwas auf, was man nachlässig oder uninspiriert hätte nennen können. Der Mantel aus Mohair mit auffällig breitem Revers war kaum für diese Art von Tätigkeit geeignet. Das galt auch für die dunkelblauen italienischen Wildlederschuhe. Manchmal fragte sich Hill, warum Sahlman überhaupt Polizist geworden war.

Hill war sein genaues Gegenteil. Er kümmerte sich nie auch nur im Geringsten darum, ob Farben zueinander passten, ob es sich um Qualität handelte oder was die Mode gerade vorschrieb. Seine Kleidung musste einfach nur praktisch sein.

Als Sahlman nach einer Weile in den Shop der Tankstelle kam, ging er vorsichtig um den Toten herum, um seine Schuhe nicht mit dem Blut zu beflecken, das in Rinnsalen bis zur Kühltruhe mit dem Speiseeis floss.

»Was glaubst du?«, fragte er Hill. »Raubüberfall?«

»Eher nicht.«

»Der Schuss könnte versehentlich losgegangen sein.«

»Recht unwahrscheinlich.«

»Ach? Wieso?«, wollte Sahlman wissen und klopfte sich verärgert den Puderzucker der offen verkauften Süßigkeiten von seinem teuren Mantel.

»Meine Güte! Schau ihn dir doch an!«

Ratlos sah Sahlman Hill an, senkte dann aber den Blick zu

dem Toten auf dem Fußboden. Der Tankstellenwart lag mit weit gespreizten Beinen da. Seine Hose war nass, wie sie das zu sein pflegte, wenn die letzten Zuckungen den Sterbenden der Muskelkontrolle beraubten. Sein Hals war seltsam verdreht und stieß an die untere Gummileiste des Kühlschranks mit den Bierdosen. Das Blut sickerte immer noch aus dem stummen, geöffneten Mund. Es lief über das Kinn und sammelte sich in einem stetig größer werdenden Fleck auf der Hemdbrust.

Außerdem trug er eine dunkelblaue Augenbinde. Der Schuss, der ihn getötet hatte, war direkt in den Mund abgefeuert worden und hatte vermutlich eine ordentlich große Austrittswunde an der Schädelbasis hinterlassen.

Die Wand dahinter und ein großer Teil des Kühlschranks waren in einem Halbrund mit roten Spritzern übersät, die an eine schicke Reklamegrafik erinnerten.

Doch diese Spritzer waren von unheimlicher Echtheit.

»Shit!«

Sahlman war ein moderner Mensch. Er gehörte zur Szene, kannte ihre Sprache und markigen Aussprüche und wurde gelegentlich sogar in den Klatschspalten der Abendzeitungen erwähnt. Die meisten seiner weiblichen Eroberungen waren zwei Jahrzehnte jünger als er.

»Ja«, stimmte ihm Hill betrübt zu. Er hatte keine prägnantere Zustimmung in seinem Repertoire. »Hast du die Spurensicherung verständigt?«

»Klar, die rollen an.«

Natürlich. Sie waren nicht auf dem Weg – sie rollten an!

Bis dahin war es wichtig, dass sie sich so vorsichtig wie möglich bewegten und versuchten, sich jedes Detail einzuprägen.

Joakim Hill sah sich in dem Ladenlokal um. Das Bild von der Autowaschanlage auf dem Fernsehmonitor war genauso unbeweglich und grau wie der Tote. Die Bürste hing müde und leblos dort draußen, und die seitliche Platzierung der Kamera gab dem Bild etwas Schiefes. Alles an diesem Abend hatte etwas Absurdes.

Nichts rührte sich. Die Lüftung surrte monoton und die blaugrüne Digitalanzeige der Kasse leuchtete grell. Über das Regal mit den Zigaretten schien sich ebenfalls niemand hergemacht zu haben. Es war ordentlich nachgefüllt und bot seinen jetzt noch cellophanumhüllten Genuss allen preis, denen der Sinn danach stand.

Alles war ganz normal – außer der Tote auf dem Fußboden.

Die Tür.

Plötzlich merkte Hill, dass die Kundentoilette einen Spalt weit offen stand. Licht brannte nicht, aber die Tür war nur angelehnt.

Er merkte, wie seine Nackenhaare sich sträubten, und vermied es, nochmals in diese Richtung zu blicken. Vorsichtig näherte er sich Sahlman, der vor dem Zeitungsständer innegehalten hatte.

Wortlos stieß ihn Hill mit dem Ellbogen an, aber Sahlman ließ sich nicht stören.

»Sauerei! Hast du das gesehen?«, sagte Sahlman entrüstet und total entgeistert, während er Hill eine Doppelseite des letzten Exemplars vom *Expressen* hinhielt. »Michael Jackson hat einen Sohn bekommen! Unglaublich!«

»Pst«, wollte ihn Hill zum Schweigen bringen.

»Doch, ich bin da ganz deiner Meinung«, fuhr Sahlman fort, der gar nicht hingehört hatte. »Über solche Perversitäten sollte man nicht zu laut sprechen.«

Joakim Hill begriff, dass er auf sich allein gestellt war. Vollkommen allein. Gleichzeitig griff er nach seiner Dienstwaffe, einer gut geölten Sig-Sauer, Kaliber 9 mm, die in einem Lederhalfter seitlich unter seiner Jacke steckte.

Scheinbar zerstreut schlenderte er durch den Tankstellenshop. Er tat so, als würde er das Angebot an Schlossenteisern,

Videos und fettarmer Magarine prüfen. Als er fast am Ende des Ladenlokals angekommen war, lag die Waffe bereits in seiner Hand. Ihr Gewicht gab ihm Sicherheit, denn er wusste selbst im Schlaf, wie man sie benutzte.

Jetzt stand er an der Kühltheke für Milchprodukte, den Rücken fest gegen die Glastür gedrückt. Er holte ein paar Mal tief Luft und bereitete sich darauf vor, auf die Toilettentür zuzuspringen.

»Meine Güte, kaum zu glauben, was Leute alles für Geld tun!«

Joakim erstarrte mitten in der Bewegung.

Sahlman war jetzt noch mehr in seine Zeitung versunken. Er hielt sie hochkant auf Armeslänge von sich weg und las die mittlere Doppelseite.

»Alles, für Geld zeigen sie wirklich alles! Meine Güte! Hast du gesehen, ein solches Luder!«

Er versenkte sich wieder in seine Zeitung, und Hill atmete aus. Der kalte Schweiß stand ihm auf der Stirn.

Er bereitete sich ein weiteres Mal vor.

Mit einem letzten Atemholen umrundete er die Ecke der Kühltheke und öffnete gleichzeitig die Tür der Kundentoilette mit einem Tritt.

Die Pistole hielt er vorschriftsmäßig mit beiden Händen in Brusthöhe; die Beine hatte er gespreizt.

Die Toilette war leer.

Sahlman klappte die Abendzeitung zu und starrte ihn an.

»Was machst du da eigentlich, Hill? Du hast mich fast zu Tode erschreckt!«

Hill antwortete nicht und überließ das Elend dem Gerichtsmediziner und den Männern von der Spurensicherung, die gerade eingetroffen waren. Er öffnete die Tür und trat auf den hell erleuchteten Platz mit den Zapfsäulen.

Die Frühlingsnacht in dieser nordwestlichen Ecke Schonens war angenehm lau, vielleicht jedoch eine Spur feuchtkalt.

Die Feuchtigkeit kam wie gewöhnlich vom Sund her, sie trieb über die Stadt, über die mittelalterliche Burg Kärnan und weiter zum Buchenwald am Pålsjö. Bei den riesigen Bäumen drehte sie bei und setzte ihren Weg zu den modernen Industriegebieten und Wohnvierteln im Osten fort.

Berga war eines dieser weitläufigen Industriegebiete, die jetzt mitten in der Nacht vollkommen ausgestorben dalagen. Hier befand sich die Tankstelle, zu der sie gerufen worden waren, und noch weiter außerhalb der Stadt lagen die hemmungslos verführerischen Shoppingcenter, ehe die Autobahn die Menschen schließlich auf dem Lebensnerv der Region aus Asphalt und Beton fernen Zielen entgegenführte. Richtung Süden, Norden oder Osten, wie es den Wünschen der Fahrer entsprach.

Das nie verstummende Brausen der E 4 und E 6 nach Stockholm, Göteborg und Malmö drängte sich Hill auf und vertrieb durch seine unerschütterliche Gleichmäßigkeit jeden Hauch von Melancholie. Solange dieses Geräusch zu hören war, war die Stadt zumindest nicht tot – auch wenn einer ihrer Einwohner gerade für immer zum Verstummen gebracht worden war.

Die Frau, die den Toten gefunden hatte, saß immer noch auf einem der kalkweißen Betonklötze, die die Grenze des Kundenparkplatzes der Tankstelle markierten.

Entmutigt hatte sie die Arme um sich verschränkt, wie um sich zu trösten und sich gegen das Schreckliche zu wappnen, das sie entdeckt hatte.

Außerdem fror sie.

Die Streifenbeamten hatten ihre Arbeit bereits getan, ihren Namen und ihre Adresse notiert und die Angaben über ihren grauenhaften Fund aufgenommen, die benötigt wurden, um den Bericht zu schreiben.

Sie waren zufrieden und unterhielten sich leise im Schein des rotierenden Blaulichts. Ab und zu traf auf ihren Funkgeräten eine kurze, rauschende Mitteilung aus dem Polizeipräsidium ein. Hill wechselte ganz kurz ein paar Worte mit ihnen und ging dann zu der Frau weiter.

»Guten Abend«, sagte er und hielt ihr seine Hand hin.

Was zum Teufel sollte er auch sagen, etwa: »Beschissener Abend, was?«

Sie nickte und reichte ihm kurz ihre schmale kalte Hand.

»Ich bin Kriminalkommissar Joakim Hill«, stellte er sich vor.

Sie nickte erneut, und es fröstelte sie etwas.

»Es ist kalt. Sie frieren vielleicht?«

»Nein, nein, das ist nicht so schlimm«, log sie. »Kann ich jetzt nach Hause fahren?«

»Doch – natürlich. Ich werde dafür sorgen, dass Sie jemand nach Hause fährt.«

»Danke, aber ich habe meinen eigenen Wagen hier. Ich war schließlich hier, um zu tanken.«

»Ja, ich verstehe.« Er nickte. »Aber ist es nicht vielleicht das Beste, wenn Sie ihn heute Abend hier stehen lassen? Es ist nicht gut, Auto zu fahren, wenn man so aufgewühlt ist.«

»Das ist nicht so schlimm«, meinte sie, und ihm fielen ihre klugen Augen auf. Dieses Detail war ebenso unnütz wie seine Überlegungen über die Abendzeitungen, aber er konnte sich ihrer nicht erwehren.

»Doch, natürlich ist es das«, beharrte er aus einem Beschützerinstinkt heraus, »und dafür braucht man sich nicht zu schämen. Das ist schon okay. Schließlich ist es ungewöhnlich, sich plötzlich einem toten Menschen gegenüberzusehen.«

»Für mich nicht.«

Er starrte die junge Frau ratlos an, die sich jetzt ungeduldig von dem kalten Betonblock erhob.

Sie war klein und sehnig – gut durchtrainiert, vermutete er – und hatte sich in ihr kurzes dunkelblondes Haar auffällige goldblonde Strähnen färben lassen.

Ihre unverständliche Bemerkung verwirrte ihn, aber sie half ihm mit einer einfachen Information aus seiner Verlegenheit.

»Ich bin Ärztin«, sagte sie und hängte sich müde ihre kleine Wildledertasche über die Schulter. »Ich mache in Lund mein praktisches Jahr. Ich seh so was dauernd, aber das macht es auch nicht erfreulicher, oder?«

Er hatte ihr gestattet zu gehen, also ging sie. Sie eilte zu einem himmelblauen Suzuki, der bereits seit einer Stunde neben der Zapfsäule Nr. 4 stand.

»Warten Sie«, rief er und ging hinter ihr her, »haben wir alle Angaben …«

»Ja, alles, Herr Kommissar«, erwiderte sie müde. »Ich lasse morgen von mir hören, ist das in Ordnung?«

»Natürlich, kein Problem«, versicherte er ihr widerwillig, da ihm auch kein plausibler Grund einfiel, sie noch länger zurückzuhalten.

Erst als sie den Zündschlüssel herumdrehte und der Motor schnurrend ansprang, fiel ihm ein, welche Frage sich ihm die ganze Zeit aufdrängen wollte.

»Und Ihr Name war?«, sagte er noch.

Aber sie hörte ihn nicht, sondern konzentrierte sich darauf, dem Betonblock auszuweichen, nahm die Kurve und verschwand hinter der leeren Waschanlage. Entschieden ignorierte sie die grelle Neoneinladung des benachbarten Scandic Hotels und fuhr direkt Richtung Autobahn weiter.

Er ertappte sich dabei, dass er ihr etwas unbeholfen hinterherwinkte. Verlegen schaute er sich um, aber glücklicherweise schien niemand etwas bemerkt zu haben.

Am allerwenigsten Sahlman, denn dieser kämpfte offenbar gegen einen neuen leidigen Fleck auf seinem Mohairmantel.

Das Polizeipräsidium in Helsingborg aus glanzlosen braunroten Ziegeln ragte auf seinem strategischen Eckgrundstück mit Blick über die südliche Ausfallstraße der Stadt majestätisch sechs Stockwerke hoch und bildete den Kontrapunkt zur mittelalterlichen Stadtbefestigung Kärnan.

Das Präsidium vermittelte den Reisenden dieselbe Botschaft, wie es der Festungsturm seit Menschengedenken getan hatte: *Willkommen in unserer kleinen Stadt – aber stellt nichts an, denn hier wache ich!*

Das Ergebnis fiel dementsprechend mager aus. Denn wer es sich wirklich in den Kopf gesetzt hatte, die Stadt zu erobern, dem boten sich ausgezeichnete Möglichkeiten, Unheil anzurichten. Gewiss, die Burg fiel nie in Feindeshand, weder die mittelalterliche noch die der Polizei, aber die Stadt am Wasser und ihre Bevölkerung waren es gewohnt, dass ihnen ab und an Gewalt angetan wurde. Sowohl ihrer Schönheit als auch ihrer strategischen Lage wegen.

Nur die Götter allein wussten, ob die Ordnungsmacht tatsächlich bestmögliche Arbeit leistete. Joakim Hill war beispielsweise Montagmorgen pünktlich zur Arbeit erschienen, obwohl sie in Berga erst nachts um zwei fertig gewesen waren und somit sein Nachtschlaf allzu kurz ausgefallen war.

Ärgerlicherweise hatte die einleitende Ermittlung zu keinerlei neuen Erkenntnissen geführt.

Der Ermordete war allseits geschätzt gewesen, seine Kunden hatten sich über seinen guten Service gefreut, und das Preisniveau war ungefähr das der Konkurrenz. Es gab also nichts, was als Tatmotiv auf einen Groll hindeutete, der mit seiner Arbeit zusammenhing.

Der Mann hatte keine ungewöhnlich hohen Schulden gehabt und offenbar auch keine Reichtümer besessen, die einen Anreiz hätten darstellen können. Er war schon lange verwitwet und hatte einen erwachsenen Sohn, der im Augenblick in den USA studierte. Vielleicht flossen eventuelle zusätzliche Einkünfte in die Studien des Jungen? Im Augenblick gab es nur Fragen, aber keinerlei Antworten.

Hill gehörte zu den Menschen, die sehr viel Schlaf brauchten, um klar denken zu können. So war es immer gewesen, und so würde es vermutlich auch bleiben. Jetzt saß er am

Schreibtisch und fühlte sich bereits wie schale gelbe Pisse in einem alten Bierglas, obwohl es erst 8.15 Uhr war.

Er unterdrückte ein Gähnen, streckte die Hand nach dem Becher mit dem abgestandenen Automatenkaffee aus und nahm einen großen Schluck.

Im Grunde fühlte er sich die meiste Zeit ziemlich braungrau und fade, aber so schlimm wie heute pflegte es normalerweise nicht zu sein.

Kriminalkommissar Joakim Hill war rein theoretisch im besten Junggesellenalter. Mit achtundzwanzig war er erst vor anderthalb Jahren auf seinen jetzigen Rang befördert worden. Sein Körperbau war normal, seine Größe möglicherweise etwas überdurchschnittlich. Er war weder mager noch dicklich, weder blond noch dunkel, sondern einfach nur ganz gewöhnlich aschblond.

Außerdem war er ziemlich still. Er machte keine Witze, hatte aber auch nichts dagegen, dass die Kollegen gelegentlich mal über die Stränge schlugen. Im Präsidium von Helsingborg wurde gerne gescherzt. Vielleicht lag es an dem schweren, düsteren Bauwerk? Vielleicht erzwang auch das höhnisch rostrot verspiegelte Fensterglas bei denen, die sich täglich im geheimnisvollen Innern des Gebäudes aufhielten, eine befreiende Heiterkeit?

»Du musst dich gelegentlich mal gehen lassen können, Freund«, war Sahlmans feste Überzeugung. »Es ist falsch, nie Dampf abzulassen, Hill!«

Aber Hill verfügte über eigene Methoden, sich zu entspannen. Cool Jazz in der Sofaecke, guten Maltwhisky und Clint-Eastwood-Filme waren mehr nach seinem Geschmack. Was Sahlman auch immer sagen mochte, für ihn gab es andere Methoden, als sich die Nächte in verrauchten Karaokebars um die Ohren zu schlagen.

Der Kaffee tat seine Wirkung. Hill baute sein Selbstbewusstsein wieder auf und fraß sich weiter durch die vorläufigen Berichte der Spurensicherung und der Gerichtsmedizin. Er staunte stets über ihre Fähigkeit, unglaublich viele Seiten in so kurzer Zeit zu produzieren, wobei nicht sonderlich viel auf jeder einzelnen Seite stand. Die Textspalten waren ordentlich und schmal, um den hohen staatlichen Ansprüchen auf Einheitlichkeit zu genügen.

Es wunderte ihn nicht, dass der Mann von der Tankstelle durch den Mund erschossen worden war. Eine erste, inoffizielle Äußerung der Gerichtsmedizin wies auf das Vorkommen einer Wunde am Gaumensegel hin und bestätigte die Vermutung, dass dem Opfer der Lauf in den Mund geschoben worden war, ehe man den Schuss abgefeuert hatte.

»Armes Schwein!«, murmelte Hill. »Er muss eine Weile gewusst haben, was da auf ihn zukommt.«

Die Frage war nur, wie lange? Wie viele schreckliche Sekunden oder sogar Minuten hatte er durchleiden müssen? Wie lange war er gezwungen worden, auf dem kalten Metall herumzukauen und zu spüren, wie das Korn der Waffe in den Gaumen einschnitt, ehe der Schuss endlich abgefeuert worden war?

Nein, dies war keine erfreuliche Art, einen neuen Tag zu beginnen. Aber schließlich hatte Hill diesen Beruf freiwillig ergriffen.

Wie hieß er denn eigentlich, dieser Bursche? Das musste irgendwo vermerkt sein. »Sten Andersson« stand da ordentlich in Druckbuchstaben auf dem Deckblatt. Vielleicht war es ja Unsinn, aber manchmal schien ein Name etwas preiszugeben. Er konnte einem einen Anhaltspunkt liefern, was die Staatsangehörigkeit betraf oder die Stellung in der Gesellschaft, oder er konnte auch auf Verbindungen zu Personen hindeuten, die der Polizei bereits bekannt waren oder nach denen gefahndet wurde. Ein Name war immer etwas, woran man die berühmte alte Intuition der Polizisten erproben konnte.

Ärgerlicherweise sagte ihm aber der Name »Sten Andersson« überhaupt nichts.

Joansson, der Dienst habende Inspektor und einer der Beamten, die die Arbeit des Reviers koordinierten, steckte unerwartet seinen Kopf durch die Tür.

Er war einer dieser unverbesserlichen Possenreißer des Reviers, und ihm verdankte Joakim seinen neuen Spitznamen bei den Kollegen. Das war unvermeidlich gewesen – wenn man nun einmal Joakim Hill hieß, wurde daraus unvermeidlich Joe Hill! Ein Name gibt nun mal sehr viel preis.

Joakim war aber nicht der Einzige, dem die kleinen Sticheleien des Dienst habenden Inspektors auf die Nerven gingen. Freudestrahlend war Joansson eines Morgens ins Zimmer gekommen, hatte Sahlman auf die Schulter geklopft und ihm die Lageberichte in die Hand gedrückt und dazu gesagt: »Die sind für dich, Rushdie!«

»Rushdie?«

Knut Sahlman, der normalerweise für seinen Scharfsinn bekannt war, hatte nur selten in seinem Leben so verständnislos ausgesehen.

»Klar!« Joansson hatte vor Stolz über seine Erfindung gestrahlt. »Sahlman Rushdie, ha ha ha.«

Ja, ja, das war wirklich sehr lustig gewesen. Vermutlich wähnte er sich auch in Sicherheit, da sich aus Joansson kaum etwas anderes machen ließ als gerade das – Joansson?

»Hallo, Joe!«, grüßte er jetzt unerträglich munter.

Wie gehabt stand er mit einem Fuß im Zimmer und mit dem anderen noch auf dem Korridor, denn er war stets in Eile, immer mit einer Mappe oder einem Stapel Papiere auf dem Weg woanders hin.

Jetzt grinste er wieder so zufrieden wie ein Schuljunge, der einen frisch gefangenen Frosch in der Hosentasche trägt. Er war gekommen, um eine Besucherin anzumelden.

»Catharina Elgh«, gab er bekannt und verdrehte die Augen viel sagend zur Decke, da ihr Nachname der Schweden liebstes Tier bezeichnete.

Seiner Gewohnheit zum Trotz trat er jetzt ganz ins Zimmer und bis an Hills Schreibtisch heran, beugte sich über ihn und flüsterte theatralisch: »Ich hoffe, du hast deine Flinte für diesen Elch im Anschlag!«

Er konnte sich sein Lachen kaum verkneifen und verschwand im selben Augenblick auch schon wieder.

Es war sie – die Frau mit dem himmelblauen Suzuki.

Joakim war peinlich unvorbereitet. Er stand viel zu schnell auf, blieb mit seinem Stuhl an der Teppichkante hängen und hätte fast seinen Becher Kaffee über die Berichte auf seinem Schreibtisch gekippt.

In dieser Mikrosekunde schämte er sich für sein altes, heruntergekommenes Zimmer mit den dunklen, klobigen Fünfzigerjahremöbeln und der düsteren Tapete. Es war schon lange geplant, dass es auf Grund seiner Beförderung renoviert werden sollte. Da es aber um die Staatsfinanzen nicht zum Besten bestellt war, konnte das dauern.

Und obwohl er die Hoffnung nie aufgegeben hatte, dass die Handwerker wirklich eines schönen Tages vor der Tür stehen würden, verfluchte er einmal mehr die Trägheit der oberen Instanzen. Er fürchtete, dass die Dürftigkeit des Zimmers ein schlechtes Licht auf ihn werfen könnte, und nichts wünschte er sich im Augenblick weniger.

»Oh, guten Tag«, brachte er gerade noch als kurzen Gruß über die Lippen.

Jetzt war es wieder so weit! Guten Tag, guten Abend, tschüss! Er war wahrhaftig ein Meister der schnellen, geistreichen Erwiderungen!

»Bitte setzen Sie sich doch«, fuhr er dann etwas beschämt fort, als seien seine Gedanken laut und deutlich zu hören gewesen.

Der Besucherstuhl war das neueste und bequemste Möbelstück in seinem engen Büro. Das lag daran, dass er dort vor einigen Wochen einen gewalttätigen Zeitgenossen verhört hatte, und von dem alten Stuhl waren nach der Schlägerei, die der Unterredung gefolgt war, nur doch Trümmer übrig geblieben. Auf diese Weise hatte er endlich einen neuen erhalten, der jetzt fröhlich kanarienvogelgelb auf der anderen Seite des Schreibtisches einladend leuchtete.

Er reichte ihr wie am Vorabend seine Hand und bemühte sich, ihre Hand, die heute warm und weich war, so lange wie möglich, aber nicht länger als üblich in seiner zu halten. Schließlich sah er sich gezwungen, sie loszulassen, und setzte sich auf seine Seite des Schreibtisches.

»Kaffee?«, schlug er in hoffnungsvollem Ton vor.

»Nein, danke. Ich habe eben erst Kaffee getrunken«, antwortete sie.

So viel dazu.

»Ich sehe hier«, sagte er – wiederum etwas verlegen und kaum wahrheitsgemäß –, während er zerstreut in seinen Papieren wühlte, »dass Sie Catharina Elgh heißen.«

»Ja«, gab sie zu, »aber ersparen Sie mir bitte alle Witze!«

»Was für Witze?«

Hatte sie den mit der Flinte etwa schon gehört?

»Von wegen, die Jagdsaison hätte bereits begonnen und so«, erwiderte sie etwas ausweichend.

Er lachte ausgelassen.

»Das wollte ich auch gar nicht sagen.«

»Nicht?«

Ihre Stimme war aufregend leise, richtig sexy.

»Nein«, er wechselte jedoch sicherheitshalber das Thema, »aber ich habe einige Fragen, die den Vorfall von gestern Abend betreffen.«

Die ganze Vernehmung, die von außen betrachtet mehr einer unbeantworteten Birkhahnbalz glich, ging viel zu schnell.

Sie hatte leider zu ihrer Rolle im Drama des Vortags nicht sonderlich viel hinzuzufügen. Das Ganze war bereits vorbei gewesen, als sie den Shop der Tankstelle betreten hatte.

Es wäre ihm lieber gewesen, wenn sich ihre Unterhaltung mehr in die Länge gezogen hätte. Ihm gefiel der Gedanke, dass sie dort saß und seinen gelben Besucherstuhl wärmte. Leider ergaben sich keine neuen Erkenntnisse, die eine weitere Befragung notwendig gemacht hätten, obwohl er verzweifelt nach verschiedenen Gründen suchte, die ihre angenehme Anwesenheit in seinem unromantischen Dienstzimmer verlängert hätten.

»Wie kam es eigentlich, dass Sie den Shop betreten haben?«, wollte er plötzlich wissen. »Haben Sie nicht mit einer Karte getankt?«

»Doch, aber ich brauchte noch Tampons.«

Sie schlug nicht einmal die Augen nieder, während er selbst merkte, wie sich eine unbehagliche Röte von seinen Ohrläppchen über seine Wangen ausbreitete.

»Ach so«, erwiderte er angestrengt. Unbegreiflicherweise gelang es ihm, den Faden wiederzufinden. »Okay, als Sie eintraten, lebte er da noch?«

»Nein, wenig wahrscheinlich. Wird einem so das Hirn weggeblasen, dann ist immer sofort Feierabend.«

Zwei zu null für die Dame mit dem himmelblauen Kleinstwagen! Vielleicht war es für Kommissar Hill jetzt allmählich an der Zeit, sich zusammenzunehmen?

»Was taten Sie, nachdem Sie die Leiche entdeckt hatten?«

»Ich alarmierte die Polizei über die Notrufnummer.«

»Okay.«

Er machte sich eine kurze Notiz und fuhr dann mit der Befragung fort.

»Haben Sie das Telefon neben der Kasse verwendet?«

»Nein, ich habe in der Tat Fernsehen.«

»Bitte?«

»Ich sehe mir im Fernsehen am liebsten Kriminalserien an. Natürlich habe ich das Ladenlokal vorsichtig wieder verlassen und die Polizei mit meinem Handy verständigt.«

Kommissar Hill hatte heute wirklich keinen guten Tag. Er benötigte wirklich mehr Schlaf, um sein Denkvermögen halbwegs auf Touren zu bringen.

»Haben Sie Lust, mit mir Mittag zu essen?«

Es gelang ihm zumindest, sie mit dieser Frage zu überraschen. Sie lächelte. Allerdings entschuldigend, aber das Lächeln reichte dafür bis zu ihren wachen graublauen Augen.

»Ich muss leider vor elf schon wieder in Lund sein. Aber trotzdem vielen Dank.«

Er stand auf, vollkommen leer, was jede weitere Initiative anging, und es gelang ihm, ohne jedes Missgeschick seinen Schreibtisch zu umrunden.

»Dann will ich Sie nicht weiter aufhalten.«

»Keine Ursache«, versicherte sie ihm.

Es freute ihn, dass nicht nur er an diesem strahlenden Morgen irgendwelche Platitüden aussprach. Natürlich war es keine Selbstverständlichkeit für sie gewesen, sich hier vormittags zur Vernehmung einzufinden. Von Lund nach Helsingborg waren es mindestens hundertzwanzig Kilometer hin und zurück, aber sie tat die Mühe, die es sie gekostet hatte, einfach mit einer Standardphrase ab. Diese Frau hatte einfach Klasse.

Wie am Vorabend streifte sie den Riemen ihrer Tasche so ganz natürlich über die Schulter, genau wie alle anderen jungen Frauen, als seien sie alle mit einer Umhängetasche zur Welt gekommen.

Ehe sie ging, beharrte er noch einmal auf seinem Privileg als staatlicher Beamter und hielt ihr die Hand zum Abschied hin.

Noch lange, nachdem sie das Präsidium verlassen hatte, konnte er den Druck ihrer langen und schmalen Finger in seiner Hand spüren.

Es kostete die Spurensicherung drei ganze Arbeitstage, den Abschlussbericht zu schreiben, obwohl die Sache »rot«, also als dringlich eingestuft war!

»Dann komm halt verdammt noch mal selbst her und sieh dir alles an!« Anderberg von der Spurensicherung war sauer.

Er war sauer, weil Joakim ihn immer wieder anrief und zur Eile anhielt, als glaubte er, sie würden alle dasitzen und ein Nickerchen halten!

»Wir ertrinken hier in Proben, Analysen und Computerausdrucken«, fuhr er fort. »Wir haben alles stehen und liegen lassen, um uns mit deinem Fall zu befassen!«

Hill sah ein, dass es an der Zeit war, seinen erbosten Kollegen zu besänftigen.

»Ich weiß«, versicherte er, »und ich bin auch wirklich sehr dankbar dafür. Aber ich brauche was, womit ich weitermachen kann. Irgendeine Spur, weißt du.«

»Es gibt nichts.«

Anderbergs Stimme klang wie teurer, alter Champagner. Trocken und schnell verperlt.

»Überhaupt nichts?«

»Nein, jedenfalls keine Spuren. Schließlich geht es um eine Tankstelle und nicht um ein Altersheim. Da rennen den ganzen Tag Leute rein und raus. Verlieren Haare, machen Fingerabdrücke, schmieren mit ihrem Eis herum und hinterlassen Spuren mit ihren dreckigen Schuhen. Aber nichts ist bisher gefunden worden, was sich direkt mit dem Mord in Verbindung bringen lässt.«

»Nichts?«

Hill konnte seine Enttäuschung nicht verbergen.

»Nein, tut mir Leid«, sagte Andenberg aufrichtig. Es tat ihm wirklich Leid, dass er so aufgebraust war, und er bedauerte, dass es tatsächlich nichts Entscheidendes gab, was er Joe Hill wie ein funkelndes Weihnachtsgeschenk überreichen konnte. Nichts.

»Nicht einmal die Augenbinde hat was hergegeben. Der Stoff war billige Meterware von IKEA. Wird massenweise für Gardinen und Ähnliches verkauft.«

»Aber er wird sie sich doch wohl kaum selbst umgebunden haben?«

»Keine Ahnung. Das ist schließlich nicht meine Angelegenheit, obwohl ich es auch für eher unwahrscheinlich halte. Jedenfalls haben wir auch auf der Augenbinde keine Fingerabdrücke oder abweichende Fasern gefunden.«

»Shit«, meinte Hill.

Immerhin hatte sich am vergangenen Abend sein Wortschatz vergrößert.

»Wenn er nur in das Blut getreten wäre, das Schwein«, fuhr Anderberg fort, »dann wäre alles ganz einfach. Es gibt wahnsinnig viel zu tun, wenn sie nur ein paar anständige Spuren hinterlassen. Aber leider, alles vollkommen gereinigt.«

»Du sagst, *er*. Aber deutet irgendwas darauf hin, dass es nicht genauso gut eine *Sie* gewesen sein könnte? Oder mehrere?«

Hills graue Zellen begannen endlich wieder zu arbeiten. Genau rechtzeitig zum Lunch, traten seine Synapsen wieder ihren vorschriftsmäßigen Dienst an, und das gefiel ihm.

»Nein, eigentlich nicht. Aber wären es mehrere gewesen, hätten wir aller Wahrscheinlichkeit nach etwas Entscheidendes gefunden.«

»Meinst du durch das Geh-mal-beiseite-Prinzip?«

»Ja. Mehr als eine Person brauchen das Vielfache an Bewegungsfläche. Man muss den Aktionsradius jedes Einzelnen zum Körperumfang dazuzählen und mit dem Irritationsfaktor Zwölf multiplizieren, und dann sind Fehler vollkommen unvermeidlich.«

»Hm.«

»Aber vollkommen sicher kann man sich nie sein, Joakim«, unterstrich Anderberg. »Es können auch siebzehn Leute gewesen sein, was weiß ich?«

»Hm.«

Hill klang schon fast wie die Reklame für Marabou-Schokolade im Fernsehen, aber eigentlich versuchte er nur, die Wahrscheinlichkeit abzuwägen, soweit sein gerade erwachtes Urteilsvermögen dies zuließ.

Anderberg schwieg. Das lag nicht daran, dass es ihm nicht gefiel, mit Joe Hill Hypothesen auszutauschen, sondern weil er jetzt endlich Mittag essen wollte. Joakim griff jedoch nach seinem letzten Strohhalm.

»Aber was habt ihr denn gefunden, insgesamt? Auch das, was in dieser Umgebung ganz normal ist?«

»Lies den vorläufigen Bericht! Spätestens zur Kaffeepause hast du ihn, und weißt du was, ich geh jetzt essen!«

Anderberg legte auf, und Hill überlegte.

Vielleicht war es eine gute Idee, eine Kleinigkeit zu essen. Sollte er sich einen kalten Pie im Lebensmittelladen nebenan kaufen oder ein Menü bei McDonalds etwas weiter Richtung Stadt?

Die Gerichtsmedizin brauchte noch länger als die Spurensicherung, um den endgültigen Bericht fertig zu stellen. Erst folgende Woche würde der Bericht vorliegen, ließ man Hill wissen.

Die Leiche des ermordeten Tankwarts war nach Lund in die Uniklinik gebracht worden. Aber bekanntlich steckte auch das Gesundheitswesen in einer schweren Krise. Überall wurden Gelder gestrichen, und heutzutage gab es sogar Wartezeiten bei der Leichenschau.

Natürlich würden auch die Ballistiker allmählich etwas beizutragen haben. Aber zu einer Kugel die richtige Waffe zu finden, entsprach buchstäblich der Suche nach der bekannten Nadel im Heuhaufen. Hatte man erst die Mordwaffe unter Verschluss, dann trug die Ballistik Unschätzbares zur Beweisführung bei. Stand man einfach nur mit einer kläglichen Kugel da, dann lieferte diese Wissenschaft nichts anderes als eine interessante Theorie.

Die Wartezeit verbrachte Joakim erfolgreich vor seinem Computer. Alles musste auf Papier festgehalten werden: jeder Gegenstand, den das Opfer bei sich getragen hatte; jede möglicherweise wichtige Uhrzeit und jeder wichtige Kommentar mussten notiert werden, von scharfsinnigen Beobachtungen und Mutmaßungen ganz zu schweigen.

Alles musste in archivierbare Dokumente verwandelt werden.

Sogar die Telefongespräche mit der McGraw University in Idaho, an der der Sohn des Ermordeten in größtem Wohlbefinden studierte.

Es war schon eine Leistung gewesen, den Widerstand der Sekretärin zu brechen, um dann mit dem gestressten Dekan der Universität sprechen zu dürfen.

Die Sekretärin war das Misstrauen in Person; ein Mensch, der von morgens bis abends in einem staubigen Büro mit Mahagonimöbeln nur damit beschäftigt war, den Chef der Hochschule abzuschirmen.

Zuerst glaubte sie nicht, dass Hill der schwedische Polizist war, für den er sich ausgab. Kurz angebunden bestand sie darauf, die Nummer zu kontrollieren, von der aus er anrief. Dann würde sie sich bei ihm melden.

Okay, sollte sie – nur dass das so verdammt lange dauern würde!

Als sie ihn endlich durchgestellt hatte, war es eine Leistung, das eminente Haupt der McGraw University endlich davon abzubringen, über Nebensächlichkeiten zu sprechen.

Wie es denn im Augenblick um Schweden bestellt sei, wollte die joviale Männerstimme gesprächig wissen, und das alles über eine Satellitenverbindung.

Dekan Powell war nämlich einmal in dem unglaublich malerischen *Callstad* auf einer Konferenz gewesen, er kenne Schweden also *pretty well.*

Dann fragte er, ob *Officer* Hill nicht zufällig seine entfernten Verwandten in Dalarna kenne? Sie hießen Dalmas oder so ähnlich. Und warum falle es eigentlich der schwedischen Krone so schwer, sich gegen *the US Dollar* zu behaupten?

Auf keine seiner Fragen hatte Hill eine brauchbare Antwort.

Schließlich gelang es ihm doch, einen direkten Kontakt zu Peter Andersson, *foreign student of Economics* an der McGraw University, herzustellen.

Das war eine große Enttäuschung.

»Wann schicken Sie das Geld?«, wollte der junge Mann ohne weitere Umschweife wissen.

»Bitte?«

»Irgendwas muss mir der Alte doch vererbt haben!«

»Möglich … aber so weit sind wir noch nicht. Wir gehen davon aus, dass Sie jetzt erst mal nach Hause kommen und sich um die Beerdigung kümmern.«

»Keinesfalls!«

Hill war fassungslos. Er war in der Nähe von Kalmar als das einzige Kind von zwei Gymnasiallehrern geboren worden. Ein tragischer Autounfall hatte seine Eltern das Leben gekostet, noch ehe er eingeschult worden war. Eine Tante hatte sich fürsorglich und liebevoll um ihn gekümmert. An sie hatte er nur gute Erinnerungen, seit sie ebenfalls vor einigen Jahren gestorben war.

Vielleicht wusste er also nichts über das Verhältnis von erwachsenen Kindern zu ihren Eltern. Aber … wenn man gerade erfahren hatte, dass der eigene Vater brutal ermordet worden war?

Kurz gesagt mochte er Peter Andersson vom ersten Moment an nicht.

»Ach? Begreifen Sie nicht, dass Ihr Vater …?«

»Das ist mir scheißegal! Er hat nie was für mich getan, der Idiot, nur dass Sie's wissen! Seit ich mich erinnern kann, hat er sich immer nur um seine verdammte Tankstelle gekümmert.«

»Aber er finanziert Ihnen doch Ihre Studien, oder?«

»Na und? Das ist seine verdammte Pflicht und Schuldigkeit!«

»Vielleicht musste er ja deshalb so hart arbeiten?«

Peter Andersson schnaubte verächtlich, und Hill wechselte das Thema.

»Fällt Ihnen jemand ein, der uns mit einem Motiv für den Mord weiterhelfen könnte?«

»Keine Ahnung. Ich weiß von nichts.«

»Irgendwas müssen Sie doch wissen. Sie haben doch jetzt schon seit drei Jahren in den USA studiert?«

Sofort bedauerte Hill diese Bemerkung, aber hatte sich einfach nicht länger beherrschen können.

»Meine Güte, ein Spaßvogel!«, fauchte Peter Andersson.

»Ich schlage vor, dass wir beim Thema bleiben«, sagte Hill und versuchte ruhig zu bleiben.

Er musste sich sehr zusammennehmen, um das Gespräch beenden zu können, und war außerordentlich dankbar dafür, dass Bildtelefone noch nicht erfunden waren. Diesen Taugenichts auch noch zu sehen, wäre mehr gewesen, als er hätte ertragen können.

»Wann hatten Sie zuletzt Kontakt mit Ihrem Vater?«

»Als ich den letzten Scheck eingelöst habe. Ha, das war auch wirklich der einzige Kontakt, den ich mit diesem Langweiler haben wollte.«

Charmanter junger Mann, *indeed,* lautete Hills sarkastisches Urteil.

»Aber haben Sie denn nie mit ihm gesprochen? Haben Sie sich nicht geschrieben?«

»Nein. Ich hatte wirklich Besseres zu tun. Sie sollten sich mal die Frauen hier anschauen!«

Hill schluckte seine Wut hinunter. »Was sollen wir Ihrer Meinung nach tun? Rein praktisch? Ich fahre heute in seine Wohnung, um mich dort umzusehen.«

»Machen Sie das nur, schnüffeln Sie nur rum. Und vergessen Sie nicht, an seinen schmutzigen Unterhosen zu riechen.«

»Ich lasse einen Anwalt das Nachlassverzeichnis aufsetzen«, sagte Hill tonlos. »Wenn ich Sie recht verstehe, soll der Erlös in die USA direkt an Sie geschickt werden?«

Hill hatte von Leuten gehört, die vor Wut schäumen. Er fragte sich, ob er nicht im Augenblick zu ihnen gehörte. Jedenfalls fühlte er sich so.

»Super«, lautete die zufriedene Antwort des Sohns.

»Und Sie ... wo waren Sie am Montagabend schwedische Zeit?«, fragte Hill rasch.

»Was? Was zum Teufel meinen Sie?«

»Ich meine das so«, sagte Hill so beherrscht, wie er konnte, »dass man besser ein verdammt gutes Alibi hat, wenn man so viel Scheiße erzählt wie Sie!«

Der erzürnte Kommissar erlöste sein rot glühendes Ohr und warf den Hörer so heftig auf die Gabel, dass auf dem Tisch alle Stifte klapperten.

Nach dem Telefonat stand Hill lange vor seinem Fenster und starrte nach draußen.

Die Hände tief in den Hosentaschen vergraben, den Schlipsknoten wie immer gelöst, wenn er wütend war, starrte er ins Leere.

Wie zum Teufel ... konnte dieser Nichtsnutz in Idaho nur auf den Gedanken kommen, einen schwedischen Polizeibeamten so zu behandeln ... als sei er Ungeziefer, das die Katze ins Haus geschleppt hat?

Und was schlimmer war, wie konnte er nur diese widerwärtige Einstellung zu seinem Erzeuger haben? Wahrscheinlich war der Sohn einfach ein ekelhafter Typ. Hill war über diesen Mangel an Anständigkeit außerordentlich erbost.

Nicht nur über Peter Andersons Unverschämtheit, sondern auch darüber, dass sein Blick nichts fand, was ihn hätte trösten können.

Er hätte eindeutig ein Zimmer nach Westen mit strahlender Aussicht auf den Sund und zur dänischen Küste vorgezogen. Damit hätte er jetzt seine gepeinigte Seele trösten können! Er hätte dann rund um die Uhr den kreuzenden Fähren zusehen können.

Aber sein Zimmer ging nun einmal genau in die entgegengesetzte Richtung. Tagtäglich hatte er das Parkdeck der Södercity vor Augen, ein unglaublich stimulierender Anblick. Autos kamen und fuhren weg. Gestresste Fahrer, die den lockenden Eingängen des Einkaufszentrums entgegenhasteten oder zu ihren Fahrzeugen zurückkehrten.

Dieser Blick verbesserte seine Laune wirklich nicht im Geringsten und brachte die Ermittlung nicht weiter. Er sollte besser aufbrechen und etwas Vernünftiges tun, statt dazustehen und über etwas nachzudenken, was bereits Geschichte war.

Etwas später an diesem Nachmittag würde die Spurensicherung die Wohnung von Sten Andersson zwar genauestens unter die Lupe nehmen, aber warum sollte er damit warten? Genauso gut konnte er jetzt schon dorthin fahren und an den schmutzigen Unterhosen des Ermordeten schnuppern.

Schlecht gelaunt raffte er die Seiten zusammen, die sein Drucker gerade ausgespuckt hatte, legte sie in seinen Archivschrank und schob seine Pistole in den Halfter. Dann zog er seine Jacke über und knallte die Tür hinter sich zu.

»Ich bin weg, Joansson«, teilte er unten am Empfang mit und warf einen schnellen Blick auf sein Brieffach, aber das war beklemmend leer.

Joansson war noch mit einem Stoß Papier beschäftigt, den er vor sich auf seinem erhöhten Tisch liegen hatte. Umständlich schob er ihn noch ein weiteres Mal zusammen, stempelte ihn und versah ihn dann mit seiner Unterschrift. Dann sah er zu Hill hinüber, der sich mit dem Reißverschluss seiner Jacke abmühte.

»Und wohin willst du?«, fragte er von oben herab.

»Nach Drottninghög, mal sehen ...« Er blätterte in der Kopie des Berichts, die er unterm Arm hatte. »Axtorpsvägen, 17 C soll er gewohnt haben. Dieser Tankstellenmord, du weißt schon.«

»Klaro.«

Joansson schob die Brille auf die Nasenspitze und blinzelte spitzbübisch über ihren Rand. Hill drängte sich der Verdacht auf, dass er wie Catharina Elgh aus dem enormen Angebot im Fernsehen die Krimis auswählte.

Er selbst nannte die Serie »Polizeirevier Hill Street« nie beim Namen. Das würde die anderen nur zu weiteren Dummheiten anregen, fand er. Aber trotzdem kam es ab und zu vor, dass Joansson auf der Wache Phil Esterhaus spielte.

»Du willst doch nicht etwa allein fahren?«, wollte Phil Esterhaus jetzt wissen.

»Ich will mir nur mal rasch ein Bild machen.«

»Das hat die Katze auch gesagt, als sie mit ihrer Schnauze in der Mausefalle hängen geblieben ist.«

Ausnahmsweise war er witzig!

Joakim grinste. »Okay, okay, aber wen hast du? Wer könnte mitkommen?«

»Mal sehen.«

Joansson studierte den Dienstplan. »Hm, Axelsson. Ist unterwegs, Sahlman auch ...«

»Wie ist es mit Gårdeman?«, schlug Hill vor.

»Der ist im Augenblick leider nicht verfügbar.«

»Verdammt«, sagte Hill verärgert und sah sich planlos im Entree des Präsidiums um. Da kam Susanna Avehed aus der Passabteilung und winkte ihm aufmunternd durch die Glastüre zu, ehe sie den Korridor entlang weiterging.

»Hallo – warte Susanna!«, rief Hill.

Er lief zur Tür und drückte ungeduldig den Zifferncode. Mit einem Klicken sprang das Schloss auf, und er holte sie auf dem Gang ein.

»Susanna, hast du gerade sehr viel zu tun«, wollte er wissen, »oder könntest du mich begleiten?«

Susanna hatte schon einen gehörigen Teil allen Elends gesehen und erledigte überwiegend Schreibtischarbeit. Mit ihren Erfahrungen aus dem Streifendienst widmete sie sich den administrativen Aufgaben innerhalb der vier Wände des Polizeipräsidiums. Aber ab und zu war es nett, Büro und Schreibtischarbeit hinter sich zu lassen, vor allem zusammen mit Joe Hill.

»Soll ich mit dir einen Ausflug machen, Joakim? Klar, warum nicht? Ich muss mir nur erst noch meinen Mantel holen«, antwortete sie fröhlich.

»Gut, ausgezeichnet, dann sehen wir uns gleich unten bei meinem Wagen«, sagte er erleichtert und ging ins Entree zurück.

»Susanna begleitet mich«, teilte er Joansson triumphierend mit, und dagegen hatte der Wachhabende nichts mehr einzuwenden.

Der Reißverschluss ließ sich endlich einhaken, und Hill ging mit energischen Schritten zur Tür.

Als Hill nach draußen zu seinem Auto kam, schlug ihm die wohl bekannte Geräuschkulisse entgegen.

Ein Zug donnerte aus dem Tunnel, der ins Herz der Stadt führte. Knutpunkten hieß der Tempel des Verkehrs. Mit ihm war Helsingborg über Nacht ein erstrebenswertes Ziel für alle Reisenden geworden.

Hier konnte man in einem attraktiven Ambiente aus Stahl, Glas und Beton von Zügen auf Busse und Fähren umsteigen. Sämtliche Bedürfnisse des modernen Menschen wurden hier auf drei weitläufigen Etagen befriedigt: Restaurants, Haarstylisten und schicke Designläden, nicht zu vergessen die ungeahnten Möglichkeiten, genau dorthin zu reisen, wohin man wollte, vorausgesetzt, man besaß eine Fahrkarte.

Der Hubschrauber, der wichtige Leute rekordverdächtig schnell zum Großflugplatz Kastrup bei Kopenhagen brachte, hob mit lärmenden Rotorblättern von der Helikopterplattform im südlichen Hafen ab, beschrieb eine Schleife und flog dann über den Sund, während Karawanen von Sattelschleppern und Tanklastzügen an der Fahrkartenkontrolle vorbeirollten und sich in Warteschlangen einreihten.

Der Frühlingsnebel breitete sich langsam über dem Sund aus. Er waberte über dem Wasser und auf die Stadt zu und hüllte den mittelalterlichen Festungsturm Kärnan in einen milchweißen Königsmantel. Die Großfähren Aurora und Tycho Brahe begrüßten sich an der Hafeneinfahrt mit ihren Nebelhörnern.

Aber die Unbill des Wetters konnte das hektische Leben nicht beeinträchtigen, das das Leben von Helsingborg Tag und Nacht charakterisierte. Die Lastzüge würden nicht lange warten müssen, denn trotz Nebel legte alle zwanzig Minuten eine Fähre ab.

Eigentlich hatte Hill allein sein wollen, da er nach dem Telefonat mit dem widerwärtigen jungen Mann in Idaho schlechte Laune hatte. Er wollte seinen Frust über die beklemmende Einsicht, dass ziemlich viele Menschen vollkommene Ekel waren und das auch bleiben würden, an niemand anderem auslassen.

Schon gar nicht an Susanna, die die Mutter des Reviers war. Ihr Mann war ebenfalls Polizeibeamter gewesen, hatte aber Probleme mit dem Rücken bekommen. Also eröffnete er ein Fitnessstudio, in dem er seine vom ständigen Sitzen schlappen Kollegen trainierte, während er gleichzeitig die dringend nötigen Übungen für seine Rückenmuskulatur absolvieren konnte.

Susanna hielt immer noch die Stellung auf dem Revier.

»Na denn los«, sagte sie leicht gestresst, als sie sich endlich neben ihn auf den Beifahrersitz fallen ließ.

Sie war etwas außer Atem, die Korridore waren lang, und außerdem hatte der Aufzug gestreikt.

»Danke, Susanna«, sagte Hill, »das ist nett, dass du so kurzfristig mitkommen konntest. Offenbar fand Joansson, dass ich eine Anstandsdame brauche.«

Langsam kam sie wieder zu Atem und musste lachen, dann wurde sie jedoch ernst: »Joakim, er hat Recht. Man weiß nie, was einen erwartet, und es heißt, vorbereitet zu sein. Wir arbeiten schließlich nicht in einem Kindergarten.«

Aus eigener, bitterer Erfahrung wusste Susanna, dass ein guter Partner und schnelles Reaktionsvermögen bei Gefahr Leben retten konnten. Sie hatte zwar inzwischen ein paar Kilo zugenommen – sie war die Erste, die das zugab –, aber an ihrer Beweglichkeit war trotzdem nichts auszusetzen. Auf der Hindernisbahn kam sie immer noch schnell genug vorwärts.

»Okay, dann fahren wir«, sagte Hill.

»Sure, chief«, antwortete sie und lächelte.

Gott, wie er das liebte, wenn Susanna lächelte!

Sie war ganze zehn Jahre älter als er und würde sich wohl bald über die Party zu ihrem Fünfzigsten Gedanken machen müssen. Außerdem war sie ausgesprochen glücklich verheiratet.

Aber darum ging es nicht. Sie hatte das fantastischste Lächeln, das er je gesehen hatte. Wenn sie lächelte, funkelten ihre Augen. Ja, die Sonne schien – auch wenn es in Strömen regnete.

Er war bereits deutlich besserer Laune, legte den ersten Gang ein und lenkte den zivilen Dienstwagen den Hügel hinauf in Richtung der belebten Straßen der Södercity.

Ihr eigentliches Ziel, Drottninghög, war nicht so schick wie das Hafenviertel, Södercity oder Kullagatan mit ihrem verführerischen Warenangebot.

Drottninghög war ein richtiges Wohnghetto, wie es sie mittlerweile überall gab. Groß- oder Kleinstadt, das spielte keine

Rolle, alle hatte ihre Wohnghettos. Helsingborg hatte mehrere, und Drottninghög war eines von ihnen.

Hier lösten Mietskasernen aus deprimierenden braunen Ziegeln einander ab, die von verwilderten grünen Büschen umgeben wurden. Anonyme Fensterfassaden waren in die Ferne zu den besseren Vierteln hin ausgerichtet. Blumentöpfe und Rüschengardinen sollten in den Wohnungen so etwas wie Gemütlichkeit aufkommen lassen.

Langsam glitt der Wagen der Polizei zwischen den Häusern hindurch.

»Bieg hier ab, ich glaube, hier geht es zum Axhögsvägen«, meinte Susanne.

Als Streifenbeamtin war sie oft in dieser Gegend unterwegs gewesen, und er verließ sich bedingungslos auf sie.

VERMIETETER PARKPLATZ stand auf sämtlichen Schildern. Das war unpraktisch, wenn man in einem zivilen Wagen unterwegs war. Natürlich hätten sie ein Polizeischild in die Windschutzscheibe legen und irgendwo parken können, andererseits war es wenig wünschenswert, so auf sich aufmerksam zu machen.

»Welche Hausnummer war es noch?«, fragte Susanna.

»17 C.«

»Fahr noch ein Stück weiter, dann passt es schon.«

Er tat, was sie ihm geraten hatte, und ließ das Auto langsam zwischen die weißen Reviermarkierungen für Personenkraftwagen auf dem schwarzen Asphalt rollen. Es war still und fast beunruhigend unbelebt. Die Häuser waren nicht sonderlich hoch, die meisten hatten nicht mehr als zwei oder drei Stockwerke, und obwohl Hill nicht recht erklären konnte, warum, strömte das gesamte Viertel schon von weitem eine Atmosphäre von Guerillakrieg aus.

Als Susanne darauf bestand, dass er sich auf einen vermieteten Parkplatz stellte, widersprach er. Neben dem Platz hing ein Firmenschild.

»Das ist keine gute Idee«, meinte er, »die können jederzeit zurückkommen.«

»Das glaube ich kaum.«

Er sah sie fragend an.

»Auf dem Schild steht doch LIVE?«, fragte sie mit einem frechen Lächeln.

»Und?«

»Dann brauchst du dir keine Sorgen zu machen. Der gehört dem Livesexpaar Ole und Mai Svendsen, die ihn für ihre Sexvideofirma mieten. Im Augenblick sitzen sie. Gestern Abend eingebuchtet worden.«

»Du machst Witze! Heutzutage wird doch niemand mehr wegen Livesex eingebuchtet?«

»Doch, wenn man ihn im Knutpunkten betreibt. Sie haben sich bei McDonalds in das Meer aus bunten Bällen gestürzt und vor jubelndem Publikum eine Nummer geschoben.«

Hill grinste, obwohl er als Polizeibeamter durchaus einsah, dass es sich um einen ernsthaften Verstoß handelte. Schließlich hätten die Kinder Angst bekommen können.

»Sie wurden sofort festgenommen«, fuhr Susanna munter fort, »aber ihr Anwalt behauptet heute, dass es sich keineswegs um ein Sexualdelikt handelt.«

»Nicht?«

»Nein! Das war eine Installation. Die avancierte Form von moderner Kunst. Wenn es ihm gelingt, das Ganze auf die kulturelle Ebene zu hieven, dann sind sie vielleicht vor dem Wochenende schon wieder auf freiem Fuß, aber kaum früher.«

Er konnte sein Lachen nicht länger unterdrücken, während er auf dem vermieteten Parkplatz des Livesexehepaars einparkte, den Motor abstellte und zur Sicherheit noch die Handbremse anzog.

»Klar, dass es sich da immer schon um eine Installation gehandelt hat!«, pflichtete er bei, »aber kaum um eine sonderlich moderne.«

Wie ein ganz gewöhnliches Paar gingen sie nebeneinander auf den Eingang von Haus 17 C zu. Er war wieder richtig guter Laune, und das hatte er Susanna zu verdanken.

Jetzt mussten sie nur noch die Wohnung des Ermordeten finden.

2

Für einen Mann wie Alexej Vladimir Igorin war es wirklich nicht leicht, sich in Schweden aufzuhalten, aber ihm blieb einfach nichts anderes übrig.

Das Klima war drückend, die Leute waren dumm und feige und Flora und Fauna höchst uninteressant. Besonders hier im Süden. Kein Wunder, dass man hier eine Grippe nach der anderen erwischte. Schließlich gab es keinen Tundrawind, der in regelmäßigen Abständen die Lungen reinigte.

Die Magie der Tundraluft war bedeutend, das wusste er. Sie verlieh dem menschlichen Organismus Stärke und Widerstandskraft, das hatte zumindest seine alte Babuschka immer behauptet. »Nordwind, Eis und Hagel machen aus dem Knaben einen Mann«, hatte sie stets kichernd erklärt, »weiche Kissen und zu viele Frauen berauben jeden Mann seiner Kraft, aber Schnee und Kälte machen ihn zu einem Riesen unter Riesen.«

Daran war sicher vieles wahr, dachte er oft, denn als Baby hatte man ihn während einer Zeremonie bei zwanzig Grad minus nackt in eine Schneewehe gelegt, um ihn abzuhärten. Und man hatte ihn erst wieder ins Haus geholt, als seine Nase schon fast blau gewesen war.

»So, so«, soll seine alte Babuschka damals gesagt haben, »entweder ist er morgen tot, oder aus ihm wird ein Kraftprotz!«

Und was für einer – fünfzig Jahre später! Groß und eindrucksvoll, Respekt einflößend und dominant, wie er das schon von Kindheit an gewesen war. Elegant war er ebenfalls mit seiner rabenschwarzen Mähne, die an den Schläfen distinguiert ergraut war. Kräftige Augenbrauen, breite Schultern und ein Würde verleihender Bauch machten ihn zum Liebling der Frauen sowohl im Salon als auch im Hurenhaus.

Er hatte alles, was man nur begehren konnte, außer seiner geliebten Heimat.

Hier musste er, er, der große Alexej Vladimir Igorin, sich jetzt in einem Einfamilienhaus im Malmövorort Limhamn in der Nähe des Segelboothafens verstecken und darauf warten, dass seine Handlanger das Geld ablieferten. Und das, obwohl er auf seiner geliebten Datscha Drevjdaja zu Hause am Baikalsee hätte Hof halten können!

Aber ohne Opfer, ohne Prügel und ohne Kampf hätte er die Position, die er heute innehatte, auch nie erreicht. Und er wollte sie behalten. Die Geschäfte hatten in letzter Zeit zwar ohne seine Mithilfe eine Wendung zum Besseren genommen, aber er ließ sich von niemanden die Früchte dessen, was er selbst geschaffen hatte, wegnehmen.

Von niemandem.

Die Einzigen, die noch über ihm standen, waren die »Bankiers«, die Chefs in der Heimat. Eines Tages, er wusste es, früher oder später würde er einer von ihnen sein. Er würde wieder die frische Luft atmen, die über die samtblauen Wogen des Baikalsees dahinstrich, und russischen Basstenören dabei zuhören, wie sie die schönen Volkslieder seiner Heimat sangen. Er würde wieder unter richtigen Männern sein – Männern wie er selbst.

Nicht unter winselnden Schoßhündchen wie jetzt.

»Wie sollen wir das eigentlich machen, Alexej?«, wollte sein Handlanger wissen und störte seine herrlichen Visionen mit seinem dummen Gerede.

»Schnauze!«, fauchte er, und man gehorchte ihm, immer.

Nicht weil das nötig gewesen wäre, aber das war eine gute Übung für ihn, Befehle zu geben, und ein guter Drill für seine Männer, blind seinen Anweisungen zu folgen.

Er lehnte sich im Sessel zurück, drehte sich halb um und genoss das knarrende Geräusch der gediegenen Lederpolster.

Nein, vermutlich war sein Aufenthalt hier wirklich ein notwendiges Übel. Es wäre ihm sicherlich nicht halb so leicht gefallen, seine jetzige Position zu erreichen, wenn er geblieben wäre und sich mit den alten, urrussischen Bären direkt geprügelt hätte.

Stattdessen hatte er es vorgezogen, das Territorium der Nachbarn zu erforschen.

Bei den Nachbarn im Westen war alles ganz anders. Die kleinen Gangster in Lettland waren wie konfuse Hyänen. Ohne Schwierigkeiten hatte er ihnen russisches Zaumzeug übergestreift, und jetzt musste er sie nur noch gelegentlich scharf anblicken. Und dann natürlich noch ab und zu das eine oder andere Exempel statuieren.

Inzwischen erfüllten sie jeden seiner Wünsche.

Nicht einmal, als er ihnen befohlen hatte, ihren kleinen schäbigen Hinterhof zu verlassen und die Unschuld zu erobern, die sich so willig auf der anderen Seite der bodenlosen Tiefe der Ostsee ausbreitete, nicht einmal da wagten sie sich aufzulehnen.

Jetzt war sie vollständig besiegt. Hilflos festgenagelt und der Jagd ausgeliefert, die er hier zu betreiben gedachte.

Ja, seine neuen Jagdgründe waren wirklich außerordentlich jungfräulich.

Es war lachhaft, wie naiv und vollkommen unschuldig dieses Gemeinwesen funktionierte. »Willkommen in Schweden«, müsste eigentlich auf großen Schildern an der Grenze stehen, »willkommen und bedient Euch nach Herzens Lust!«

Und dann kommt da so ein Verrückter und außerdem noch

einer derjenigen, die als Erste an das System angeschlossen worden waren, und glaubt, dass man Alexej Igorin einfach so an der Nase herumführen kann! Dass man ihn vor aller Augen ausplündern und dann noch damit durchkommen kann!

Aber er war hier der Chef, und er hatte blitzschnell reagiert und ein Exempel statuiert. Auf traditionelle Weise war das erste Blut vergossen worden.

»Kann das einer, können es noch mehr«, ließ sich jetzt sein mächtiger Bass vernehmen. »Wir können uns nicht einfach auf sie verlassen, sondern müssen jeden Einzelnen kontrollieren.«

Er nahm eine Hand voll gerösteter Erdnüsse aus der Schale auf dem rauchfarbenen Couchtisch und stopfte sie in den Mund, ehe er fortfuhr.

»Sie sind wie eine Meute hungriger Köter. Gierig und gefräßig. Aber wer die Hand seines Herrn beißt, muss getötet werden. So einfach ist das. Und wenn man nur einmal die Stimme erhebt, dann wird der Rest schon folgsam wie die Lämmer.«

Er bedeutete ihnen, das Zimmer zu verlassen, und sie beeilten sich, aus seinem gemütlichen Arbeitszimmer in dem geräumigen Haus in Limhamn zu verschwinden, um sich mit dem Auto zu ihrem eigenen, bedeutend schlichteren Stützpunkt in Eslöv zu begeben.

Alexej Vladimir Igorin hatte gesagt, was es zu sagen gab, und verließ sich nun darauf, dass sich die anderen um die Details kümmerten. Er achtete darauf, sich nie selbst seine manikürten Hände schmutzig zu machen.

Dazu hatte er seine drei Getreuen, Adrian, Bernard und Stoján.

Wer wie er selbst einen klugen Kopf besaß, kümmerte sich um die Planung und überließ die Schmutzarbeit seinen Vasallen.

Und wenn schon von Köpfen die Rede war, so war es wirklich betrüblich, wie wenig dieser Tankwart in Helsingborg im Kopf gehabt hatte. Und jetzt hatte er überhaupt keinen mehr!

Alexej lächelte bei dem Gedanken an seinen geglückten Scherz und stopfte sich noch eine Hand voll amerikanischer Erdnüsse mit mexikanischer Gewürzmischung in den Mund.

Das war auf jeden Fall etwas, was hier gut war! Man konnte fast überall westliche Lebensmittel bekommen und das zu vernünftigen Preisen. Denn Alexej Vladimir Igorin liebte beispielsweise Erdnüsse mit mexikanischer Gewürzmischung.

Bernard Valmera hingegen liebte an Schweden und der Welt des Westens überhaupt rein gar nichts. Das behauptete er jedenfalls vom ersten Tag seiner Ankunft an.

Sofort hatte er sich darüber beklagt, dass sie alle ihre bereits laufenden lukrativen Projekte in Riga aufgeben sollten, um in einem fremden Land alles auf eine Karte zu setzen. Und außerdem noch einen Intensivkurs in diesem unschönen Rotwelsch über sich ergehen lassen mussten! Es war ihm nicht gerecht erschienen, dass man das von ihnen verlangte, zumal sie sich untereinander natürlich weiterhin der lettischen Sprache bedienten.

»Bernard Valmera«, hatte ihm Alexej Igorin geantwortet, »es gibt keine Gerechtigkeit. Gerechtigkeit und Fair Play gibt es nur im Märchen. Das Einzige, was man bekommt, ist das, was man sich selbst nimmt.«

Und sie hatten Schweden genommen.

Aber woran hatte er soeben gedacht? Richtig, an den Tankwart! Dass dieser Idiot sich nur eine Sekunde eingebildet hatte, er könne üppige Schecks in die Heimat der würzigen Erdnüsse schicken – jeden Monat!

Susanna fand fast sofort einen ganzen Stapel der dünnen, halb unleserlichen Einzahlungsbestätigungen, die ganz offen in einer Schreibtischschublade in Sten Anderssons Wohnzimmer lagen.

In einer Schreibtischschublade in einem Schreibtisch der gewöhnlichsten Art in einer Wohnung, die sich in nichts vom normalschwedischen Standard unterschied. Ein klaustrophobisch kleines Schlafzimmer, eine winzige Küche und eine Fernsehkammer, die unter der beschönigenden Bezeichnung Wohnzimmer lief. Hill und Susanna bewegten sich in der Wohnung mit dünnen, weißen Baumwollhandschuhen und vorsichtigen Schritten, als würden sie erwarten, jeden Moment auf ein Gespenst oder etwas Übernatürliches zu treffen.

Aber nichts Ungewöhnliches fiel ihnen auf, mit Ausnahme der überwiesenen Summen. Ungläubig kontrollierte Susanna diese noch ein weiteres Mal, ohne dass sich das erstaunliche Resultat veränderte.

Zusammengenommen handelte es sich um eine enorme Summe, weitaus mehr als der Ermordete jemals versteuert hatte, wie ihnen das Finanzamt bestätigte. Oft spielte die Steuerbehörde eine bedeutende Rolle bei Ermittlungen der Kriminalpolizei, die höchst inoffiziell über eine direkte Leitung ins heimlichste Archiv der Steuereinnehmer verfügte.

»Wenn man doch nur so viel Zaster hätte!«, rief Susanna mit verständlichem Neid in der Stimme.

»Aber er hat ja das Geld weitergeleitet, nicht wahr?«, wandte Hill ein. »Es hat nicht den Anschein, als hätte er sich mehr als nur das Allernötigste gegönnt.«

»Hm, schau mal hier. Die Beträge sind alle nach Idaho in den USA überwiesen worden, und zwar meist über verschiedene Banken.«

»Das wundert mich nicht.«

»Steuerhinterziehung?«

»Nein«, meinte Hill, während er einen vorsichtigen Blick in die Küchenschränke warf, »das glaube ich nicht.«

Sie sah ihn fragend an.

»Er hatte eine Schwäche für jemanden in Idaho«, erklärte er.

»Eine Frau?«

»Nein, einen Sohn, ein richtiges Kuckucksei, wenn du mich fragst.«

Er kehrte zum Schreibtisch zurück und betrachtete die Belege noch ein weiteres Mal. Als könnte sich ihm jetzt plötzlich etwas Entscheidendes in Flammenschrift enthüllen, wenn er nur lange genug auf die Papiere starrte. Aber nichts geschah.

»Hier hast du jedenfalls ein Motiv«, sagte Susanne und schaute sich in der traurigen kleinen Wohnung weiter um.

»Ja, Geld. Nach Eifersucht das gängigste Motiv. Aber was ist das eigentlich für Geld? Wie ist er nur an solche Beträge gekommen?«

»Das würde ich auch gerne mal wissen.«

Er wünschte sich, dass sie auch über diese Sache hätten Witze machen können so wie vorhin draußen auf dem Parkplatz. Dann wäre es ihm leichter gefallen, in den privaten Dingen des Toten herumzuwühlen. Aber sie waren beide ernst geworden, als hätten sie gleichzeitig geahnt, dass sie hier über eine unerfreuliche Wahrheit gestolpert waren.

Obwohl sie noch nicht sehen konnten, wie diese Wahrheit eigentlich aussah, waren sie bereits überzeugt davon, dass sie ein ganz anderes Bild des gutmütigen und vorbildlichen Tankwarts Sten Andersson ergeben würde.

Susanna hatte sich inzwischen den Schubladen der Kommode zugewandt und wühlte jetzt zwischen der Unterwäsche des Toten. Alles sehr sauber.

»Du … was zum Teufel ist das hier?«, fragte sie plötzlich.

Sie hielt einen kleinen Kasten aus Metall – nicht größer als eine Fernbedienung, aber vielleicht eine Idee dicker – in das schwächer werdende Licht des Nachmittags, das kaum durch die schmutzigen Fenster des Wohnzimmers drang.

»Tja, das ist eine gute Frage. Sieht aus wie …? Nein, ich weiß nicht!«

Er nahm den Gegenstand in die Hand und betrachtete ihn von allen Seiten.

»Nein, keine Ahnung«, stellte er resigniert fest. »Ich dachte zuerst, das sei irgendeine Fernbedienung. Aber hier unten ist eine merkwürdige Spalte. Sieht so aus, als sollte man da eine Geldautomatenkarte oder so was reinstecken, siehst du?«

»Aber wieso das?«

»Ich habe nicht den blassesten Schimmer.«

Er zog eine der stabilen Beweismitteltüten mit eingebautem Verschlussstreifen aus der Innentasche seiner Jacke.

»Wir nehmen das Ding für die Spurensicherung mit«, sagte er und ergriff es mit zwei Fingern, die in Baumwollhandschuhen steckten. »Mal sehen, ob es ihnen mehr sagt.«

Vorsichtig legte er das Kästchen in die Tüte, als sei es auf Grund seiner Ungewöhnlichkeit zerbrechlich und unberechenbar.

»Okay«, meinte Susanna, »die Belege nehmen wir auch mit. Glaubst du, dass es hier sonst noch was zu holen gibt?«

Er sah sich in der Wohnung um und hatte auf einmal ein merkwürdiges Gefühl: Es machte keinen Unterschied, dass der Mieter, der Herr im Hause, gestorben war.

Alles wirkte sowieso unpersönlich und lieblos, ein vollkommen identitätsloses Zuhause, ein Vakuum, um dort zu nächtigen, und jetzt ein trauriges Requiem auf das einsame Leben des Sten Andersson.

»Nein. Hier haben wir wohl nichts mehr verloren«, pflichtete ihr Hill bei und versicherte sich, dass die Tür ordentlich verschlossen war, als sie gingen.

Das dänische Liveshowpaar war noch nicht wieder zurück.

Niemand stellte daher ihr Recht in Frage, den Parkplatz der Firma zu benutzen, und sie verließen den Axtorpsvägen in Drottninghög ebenso unbemerkt, wie sie gekommen waren.

Die Spurensicherung machte einen schnellen Versuch, zu ermitteln, worum es sich bei dem merkwürdigen Kästchen handelte, aber auch dort gab es niemanden, der ihnen hätte weiterhelfen können.

»Nein«, gestand Anderberg ratlos ein, »ich habe wirklich

keine Ahnung, worum es sich handeln könnte. Es ist ganz eindeutig eine Spezialkonstruktion. Nichts, was man im Laden kaufen könnte. Nirgendwo ist ein Markenzeichen, und es ist auch nicht zu erkennen, wie das Ding funktioniert.«

Hill seufzte. An diesem Fall war wirklich nichts Einfaches, nichts ergab sich von selbst.

»Aber gleichzeitig«, fuhr Anderberg fort, »handelt es sich auch nicht um irgendeine dürftige Amateurarbeit. Was immer es sein mag, es stammt von einem Profi. Jemandem, der elektronische Geräte herstellt, vermute ich. Das ist an den Lötstellen zu erkennen.«

»Und wenn du raten müsstest?«

»Tja ...« Anderberg drehte den Gegenstand hin und her. »Möglicherweise stammt das Ding aus Lund, von den Technikern oder Physikern. Die Optik ist avanciert, nichts was ich auf Anhieb wiedererkennen würde. Mein Vorschlag wäre, dass du dich in Lund erkundigst, eine bessere Idee habe ich leider nicht.

Hill freute sich nicht übermäßig.

»Okay«, erwiderte er, »ich hole das Ding nachher wieder bei euch ab. Ich muss hier erst noch ein paar Sachen erledigen. Der Versuch mit der Uni muss warten.«

»Gut. Viel Glück«, meinte Anderberg und schob Blutpräparate unter seine beiden Elektronenmikroskope. Er wollte einen Vergleich anstellen, und hatten sie Glück, dann konnte einer der berüchtigtsten Einbrecher der Stadt damit rechnen, ein paar weitere Jahre auf Staatskosten zu leben.

Missvergnügt kehrte Hill in sein Büro zurück. Er arbeitete nicht gern in Lund. Schuld daran war dieser akademische Zirkus. Dabei rollten sich ihm die Zehennägel auf. Es erinnerte ihn alles immer an einen Geheimbund, eine vollkommen andere Wirklichkeit, und er besaß keine Mitgliedskarte.

Stets hatte er das Gefühl, als starrten ihn alle abschätzig an und fänden, dass er dort nichts zu suchen habe. Er hatte auch den Eindruck, dass man ohne diese Mitgliedskarte keinen Zugriff auf wesentliche Informationen erhielt.

Und das machte ihn nervös.

Außerdem war da noch das Straßennetz der Stadt – dieser mittelalterliche Stadtplan, der zur Folge hatte, dass man nie eine einfache und einleuchtende Wegbeschreibung erhielt. Querstraßen zu zählen genügte nicht, wenn man einem Ziel entgegenstrebte, einfache Begriffe wie rechts und links reichten nicht aus.

Alles ähnelte einem Labyrinth, gelegentlich waren sogar Kehrtwendungen erforderlich, und beschreiben ließ sich das schon mal gar nicht. Noch so ein Trick – vermutete Hill –, um Fremde auf Abstand zu halten.

Aber Anderberg hatte seine Meinung kundgetan, und es wäre fast einem Dienstvergehen gleichgekommen, einer Spur nicht zu folgen, auf die ein erfahrener Kollege hingewiesen hatte, wie hypothetisch oder unwahrscheinlich sie auch immer zu sein schien. Außerdem fiel ihm selbst auch nichts Besseres ein.

Kurz vor halb drei bog er also in den neuen Kreisverkehr, der auf die Autobahn Richtung Malmö zuführte, ein. Das kleine Metallgerät aus Sten Anderssons Wohnung rutschte in der Kurve auf dem Rücksitz zur Seite, und Hill fragte sich, ob die Entstehung dieses Gegenstands wohl mit kriminellen Machenschaften zu tun hatte.

Bernard Valmera kamen wirklich ernsthafte Bedenken.

Die Dinge hatten eine ganz andere Wendung genommen, als man ihnen in Riga beim Einschiffen auf der heruntergekommenen Fähre Richtung Schweden vorgegaukelt hatte.

Damals war es darum gegangen, am Überfluss des reichen Nachbarn teilzuhaben. Sie wollten den Honig und das Manna einsammeln, das ohnehin ständig auf das schwedische Volk herabregnete. An sich war ihm das wie ein vernünftiges Unternehmen vorgekommen. Denn wer sich nicht an diesem Überfluss bediente, der konnte wirklich nicht ganz bei Trost sein.

Aber von Mord war da nicht die Rede gewesen.

Irgendwo waren die Geschäfte mit Alexej Igorin aus dem Ruder gelaufen. Und wer würde die Rechnung bezahlen, wenn nicht seine getreuen Handlanger? Denn wer hatte Alexej Igorin, den Marodeur vom Baikalsee, auch nur gesehen, geschweige denn von ihm gehört?

Niemand!

Aber ihn, Bernard Valmera, kannte man, und außerdem den Grünschnabel Adrian Remis und den Jugoslawen Stoján Stefanis. Man kannte ihre Namen und man wusste, wie sie aussahen.

Solange es nur darum ging, Geld einzusammeln, das ohnehin keinem so recht gehörte, war das Risiko tragbar. So war das Leben, und von nichts kam nichts, dessen war er sich bewusst. Aber sogar in Schweden bekam man für Mord zehn Jahre Gefängnis!

Dann wäre Jalinka fünfzehn Jahre alt.

Jalinka, die er über alles liebte, das Licht seines Lebens und die Freude in seinem Herzen.

Die Tochter, von der er nie geglaubt hatte, dass er sie einmal bekommen konnte.

Das sternenäugige Menschenkind, deretwegen er sich bis hierher gewagt hatte, um ihr eine annehmbare Zukunft zu schaffen, und zu der er auf jeden Fall zurückkehren wollte.

Nein, die Zusammenarbeit mit diesem großkotzigen Russen in Malmö hatte allerdings eine unerwartete Wendung genommen. Und das unvorhersehbare Risiko mit sich gebracht, dass er Jalinka vielleicht nicht wiedersehen würde, ehe ihn die Zeit für sie zu einem Fremden gemacht hatte, zu einem unerwünschten alten Mann, einem Klotz am Bein.

Bernard fragte sich, ob die anderen das wirklich nicht begriffen – ob sie einfach nicht verstanden, was sie da taten?

Sie hatten sich die schwedische Offenheit zu Nutze gemacht, und das war leichter gewesen, als irgendjemand hätte vermuten können. Ohne größere Schwierigkeiten holten sie Angaben von ahnungslosen Behörden, Gläubigern und Arbeitgebern ein. Erstaunlich wenig Schauspielkünste waren erforderlich gewesen, damit sich die viel gerühmte Verschwiegenheit in Luft auflöste und man sogar Ausländern außerordentliche Einblicke gestattete.

Viele waren sogar erstaunlich entgegenkommend. Sogar dienstbeflissener als sie dem gegenüber gewesen wären, um den es ging. Man musste nur eine gehörige Portion Einfühlungsvermögen, Talent und übertriebene Unterwürfigkeit an den Tag legen. Je nachdem, was gerade am Besten passte.

Es war das reinste »Sesam öffne dich«. Alles wurde offen gelegt, und sie näherten sich unaufhörlich den gefährlichen Wahrheiten über die Mitglieder des Systems.

Und Alexej hatte natürlich vollkommen Recht. Sten Andersson war durchaus nicht der Einzige gewesen, der seine Chance genutzt hatte. Es war naiv gewesen, das überhaupt nur zu glauben. Gib Leuten die Möglichkeit, und sie werden sie früher oder später ausnutzen.

Genau wie sie selbst es gemacht hatten, als sie hergekommen waren.

»Und was machen wir, wenn es brenzlig wird?«, fragte Bernard bekümmert.

»Wie bitte?«, wollte Adrian wissen, ohne von den Listen aufzuschauen.

Bernard packte ihn an den Schultern und riss ihn im Stuhl herum. Adrian musste man zwingen, zuzuhören.

»Ich habe gesagt, was tun wir, wenn uns die schwedische Polizei auf die Spur kommt? Wenn sie hinter uns her sind, und wenn man uns vielleicht sogar steckbrieflich sucht?«

Adrians Erstaunen wurde von einem höhnischen Grinsen abgelöst.

»Ach so, du bekommst es jetzt wohl mit der Angst zu tun, du halbfinnischer Idiot? Gib jetzt endlich Ruhe, verdammt noch mal, und stör uns nicht weiter bei der Arbeit.«

Gerade legte Stoján am anderen Ende des Zimmers den Hörer auf und wandte sich ihnen interessiert zu. Bernard verstummte. Er mochte diesen Jugoslawen nicht. Es spielte keine Rolle, wie lange er in seinem Land und Beruf gearbeitet hatte – Jugoslawen waren einfach schlechtere Leute und würden es bleiben.

Bernard hegte Vorurteile gegenüber Stoján, Adrian hielt Bernard sein finnisches Blut vor, und Stoján verachtete hauptsächlich Bernard, aber zweifellos auch Adrian, weil sie aus dem Baltikum stammten. Und Alexej Vladimir Igorin verachtete sie alle drei. So einfach war das.

Adrian und Stoján fuhren mit ihrer Beschäftigung fort. Sie erkundigten sich und verglichen dann die Auskünfte, die sie bereits erhalten hatten. Schließlich legte Adrian alle Papiere auf einen Stapel, streckte die Arme hoch, um sich zu entspannen, und schob den Stuhl vom Schreibtisch zurück.

Scheinbar planlos ging er auf die Küche dieser schäbigen Wohnung, die sie vorübergehend in Eslöv gemietet hatten und die ihren Stützpunkt darstellte, zu. Die Wohnung war womöglich noch armseliger als die, in der Sten Andersson gewohnt hatte, und der Platzmangel machte ihnen zu schaffen. Sie gingen sich mit jedem Tag mehr auf die Nerven.

Als Adrian an Bernard vorbeiging, flüsterte er säuerlich:

»Fahr nach Hause, Valmera, falls du den Druck nicht aushältst. Hier rafft man in einem einzigen Jahr mehr zusammen, als die Besten von uns in einem Leben in Riga verdienen können. Also halt die Schnauze oder verschwinde!«

»Aber jetzt geht es um Mord!«, fauchte Bernard. »Nicht Schutzgeld, nicht Zuhälterei, sondern das große M!«

»Na und?«, fragte Stoján hinterhältig von der anderen Seite des Zimmers.

Bernard starrte ihn an, musste dann aber dem stahlblauen Blick ausweichen, der von der hinteren Grenze der Mongolei bis zur Unterwelt Prags so gut wie alles gesehen hatte.

»Und außerdem«, fuhr Adrian mit unverhohlener Schadenfreude fort und schlug mit der einen Hand auf den dicken Ordner, »haben wir wieder eines von diesen Schweinen gefunden, dieses Mal in Landskrona.«

Bernard fühlte sich machtlos.

Es würde nicht lange dauern, bis sie das nächste Exempel statuierten.

Nach zehn Minuten kam Joakim Hill an der Raststätte Skånerasten und an den Gräben aus der Bronzezeit auf der Anhöhe von Glumslöv vorbei, und von dort aus bot sich ihm eine großartige Aussicht nach Süden. Vom Gipfel konnte man Landskrona, Lund und bis hinunter nach Malmö mit dem riesigen Kran auf der Kockumswerft sehen, und sogar hinüber nach Kopenhagen.

Bergab wechselten grünende Äcker und üppige Gehölze einander ab, und schließlich breitete sich hinter der südlichen Abfahrt nach Landskrona die Ebene Schonens aus.

Dieses Stück der Autobahn erweckte in ihm immer das merkwürdige Gefühl, auf Schienen zu fahren. Er wusste nicht recht warum, denn die Landschaft war ziemlich abwechslungsreich. Zwischen den zartgrünen Äckern und den Laubwäldern erstreckten sich Weiden bis an den blauen, funkelnden Sund, auf denen das für diese Gegend typische Vieh weidete. Und doch war die Strecke wie die gesamte Ebene Schonens so gleichförmig, dass er fast Lust bekam, ein Nickerchen hinter dem Steuer zu halten.

Sicherheitshalber schaltete er das Autoradio ein und geriet mitten in eine hitzige Debatte über das Für und Wider der Öresundbrücke. Die Gemüter waren so in Rage, dass die Diskussionen selten etwas Vernünftiges ergaben.

Entweder liebte man den Gedanken an diese enorme Betonverbindung mit dem Nachbarland im Westen oder man verabscheute ihn. Dazwischen gab es nichts, es gab niemanden, dem die Sache vollkommen gleichgültig gewesen wäre.

Argumente wurden ständig miteinander verglichen, und die der einen Seite wirkten gelegentlich ebenso einleuchtend wie die der anderen. Bei beiden Seiten ging es um die Wirtschaft, die Umwelt und die Entwicklung, aber Hill hatte den Verdacht, dass die ganzen Streitereien eher von Gefühlen gelenkt wurden.

Das eine Lager konnte sich nicht vorstellen, dass das Land unwiderruflich mit dem übrigen Europa verbunden wurde, und das andere weigerte sich, durch ein klägliches Gewässer von der neuen großen Gemeinschaft im Süden getrennt zu bleiben.

Und so gab es endlose und unnötige Diskussionen in den Massenmedien, während der Brückenbau unbehelligt voranschritt.

Immerhin hielt ihn die Diskussion wach, bis er Lund erreicht hatte, wo er sich mit einem ganz anderen Problem herumschlagen musste: Wo befand sich in diesem Durcheinander das Physikum?

Für Besucher wie ihn gab es am Ortseingang einen Orientierungsplan von gigantischem Ausmaß. Nachdem er diesen konsultiert und Notizen gemacht hatte, war Joakim Hill überzeugt davon, dass er das Institut, das er suchte, ausfindig machen würde.

Es gelang ihm auch ganz richtig, das Institut für theoretische Physik zu finden, aber gerade als er die winzigen und altmodischen Namensschilder an den Türen studierte, schrillte sein Handy. Es hallte zwischen den stillen, leeren Wänden wider, als hätte gerade jemand den großen Feueralarm ausgelöst.

Plötzlich war der Korridor nicht mehr leer.

Ein Kopf nach dem anderen wurde durch halb offene Türen

gestreckt, unzählige Augen starrten verärgert auf den Störer. Die theoretische Arbeit hatte eine ernsthafte Unterbrechung erfahren, und einige der Denker schüttelten verstimmt ihre Wuschelköpfe.

Hill zog sich in eine Fensternische zurück und antwortete in dem strahlenden Sonnenlicht, das durch ungeputzte und staubige alte Doppelfenster fiel.

»Ja? Hier ist Hill.«

»Kriminalkommissar Joe Hill?«, wollte eine unbekannte Stimme wissen.

»Joakim Hill.«

Was sollte dieser Unsinn? Auch wenn ihn nicht alle liebten, so wussten hier alle, wer er war!

Aber der Anruf kam nicht aus Helsingborg.

»Ja, hallo! Hier spricht Holmgren«, fuhr die Stimme fort.

»Wie bitte ... wer?«

»Holmgren, aus Landskrona.«

Es dauerte eine Weile, bis Hill sich erinnerte.

»Ach, richtig, Entschuldigung. Was kann ich für Sie tun?«

»Tja, die Sache ist eher umgekehrt. Wir haben einen neuen für Sie.«

»Einen neuen?«

Hill kam sich dumm vor. Vermutlich beeinträchtigte diese staubige, sonnige Luft in Lund sein Denkvermögen. Ihm fehlte die frische Brise an der Küste.

»Ja, einen ermordeten Tankwart«, antwortete Holmgren.

Mit einem Mal reagierte Hill schnell.

»Mit Augenbinde?«, fragte er.

»Ja. Mit Augenbinde und offenbar durch den Mund erschossen.«

»Wann ist das passiert?«

»Tja, vermutlich ist er recht kürzlich, also gegen drei Uhr, erschossen worden. Die Spurensicherung ist noch nicht fertig, aber eigentlich besteht daran kaum ein Zweifel.«

Hills Gedanken überschlugen sich, und er konnte sich nur mit Mühe auf das Wesentliche konzentrieren.

»Aber wie sind Sie auf meinen Namen gekommen?«

»In Landskrona lesen wir schließlich auch die Kvällsposten. Es fiel nicht schwer, gewisse Zusammenhänge zu vermuten, und Joansson hat uns die Nummer gegeben.«

»Joansson? Ach so.«

»Ja, wir kennen uns von früher. Wir haben eine Weile zusammen Paintball gespielt.«

»Ich verstehe.«

Es ist schmählich, so nahe dran zu sein und sich trotzdem zurückziehen zu müssen, wie schon Don Juan festgestellt hat. Hill blieb nichts anderes übrig, als bereits erobertes akademisches Territorium aufzugeben und in die Nachbargemeinde zu eilen.

»Ich komme ein andermal zurück«, versicherte er im Vorbeihasten einer verärgerten Institutssekretärin, die sich auf den Gang gewagt hatte, um der Ursache der Ruhestörung näher auf den Grund zu gehen.

Unverzüglich rief sie bei der Securitas an, meldete den Vorfall und brachte es auch fertig, eine einigermaßen zutreffende Beschreibung des Ruhestörers abzugeben. Sie erhielt die ernst gemeinte Anweisung, sofort Alarm zu schlagen, falls sich der Verdächtige nochmals zeigen sollte.

Joakim Hill brauchte nur siebzehn Minuten, um mit dem Auto das nördliche Ortsende von Landskrona zu erreichen. Das war der Vorteil von Schonen – und gleichzeitig auch der Nachteil. Alles lag so unerhört nahe beisammen.

Die Tankstelle lag an einem Kreisverkehr, der von aufwendigen Pflanzungen umgeben wurde. Dahinter breitete sich das friedliche, echt schonische Frühlingsgrün in dem strahlenden Nachmittagslicht aus. Die blau-weißen Absperrbänder der Polizei, die Neugierige zurückhalten sollten, standen dazu in grellem Kontrast. Die Blaulichter der Streifenwagen warfen unruhiges Licht auf den gelbroten Rettungswagen, der rückwärts an die Tankstelle herangefahren war.

Die Absperrbänder flatterten lustig in der Frühlingsbrise, aber hinter dem Geflatter verbarg sich wieder einmal eine Tragödie.

Das jüngste Opfer besaß Familie, womöglich auch noch Kinder, und die Ehefrau war gerade eingetroffen. Hill vernahm verzweifeltes Weinen und halb erstickte Angstschreie.

Die Begegnung mit den Angehörigen war immer das Schlimmste, und wenn er mit Tränen konfrontiert wurde, flammte seine stets latent vorhandene Melancholie auf.

Er zeigte dem uniformierten Beamten an der Tür seinen Ausweis.

»Hill, Helsingborg«, sagte er und wurde sofort hereingewinkt. Offenbar erwartete man ihn bereits.

Wie am Vorabend in Berga wirkte auch diese Tankstelle seltsam verändert. Nichts war zerstört, und nicht einmal die Kasse war geöffnet worden. Er merkte, wie sich ihm wieder die Nackenhaare aufstellten. Obwohl er es nicht benennen konnte, hatte er sofort ein Gefühl von Déjà-vu.

»Hallo, mein Name ist Holmgren«, stellte sich ein stattlicher Kriminalbeamter der Polizei Landskrona vor.

Hill schüttelte dem Mann, der etwa zehn Jahre älter war als er, die Hand. Er war ganz klar mehr nach Joanssons Geschmack: ordentlich und wahrscheinlich ohne jeden Hang zur Schwermut.

Paintball? Hill hatte nicht den blassesten Schimmer gehabt, dass sich Joansson mit so etwas amüsierte. So konnte man sich irren.

»Danke, dass Sie mich angerufen haben«, entgegnete er leise.

Das herzerweichende Weinen wurde lauter und unterbrach sie. Es bereitete Hill stets Mühe, solche Situationen zu meistern, und dieses Mal blieb es ihm Gott sei Dank erspart.

Eine Polizistin hatte der armen Frau, die gerade ihren hingerichteten Mann identifiziert hatte, einen Arm um die Schultern gelegt. Die Männer hielten sich alle etwas auf Abstand, denn irgendwie half das Mitleid einer Frau den Hinterbliebenen am besten.

Nach einer Weile sah sie endlich ein, dass es keinen Sinn hatte, länger zu verweilen, und wie in Trance ließ sie sich zu einem Streifenwagen führen, um die Fahrt zum Krankenhaus in Landskrona anzutreten. Nicht dass die Spritze, die sie dort bekommen würde, etwas ändern konnte. Aber sie würde ihr zumindest eine Zeit der Ruhe und des Vergessens schenken.

Das Gefühl, alles schon einmal gesehen zu haben, verstärkte sich bei Hill, als er das Büro der Tankstelle betrat.

Neu war allerdings, dass sich das Drama hier und nicht draußen im Shop abgespielt hatte. Außerdem war der Mord am Nachmittag verübt worden.

Aber Hill ahnte, dass dies keine große Rolle spielte. Der Zeitpunkt war einfach praktischer gewesen. Es war praktischer, die Hinrichtung gegen drei im Büro vorzunehmen als in einem einsamen, nächtlichen Augenblick vor der Kühltheke.

Der Modus operandi war genau derselbe.

Leblos und mit einer dunkelblauen Binde vor den Augen lag der Mann auf dem Fußboden und hatte eine riesige klaffende Austrittswunde im Nacken. Die Kugel steckte ordentlich zusammen mit Knochensplittern und Hirnsubstanz in der Wand dahinter.

Die Hosen waren wie im Fall von Sten Andersson verfleckt, was an sich peinlich gewesen wäre, aber jetzt überhaupt keine Rolle mehr spielte.

Es war kaum noch zu erkennen, aber bei dem Opfer hatte es sich um einen großen, gut aussehenden Mann gehandelt, schlank und durchtrainiert. Seine Gesichtszüge waren sehr ebenmäßig und sympathisch.

Sein Haar war pechschwarz, was darauf schließen ließ, dass

er noch relativ jung war. Offenbar war er ausländischer Abstammung, dachte Hill, im Unterschied zu Sten Andersson, der in direkter Linie von den schonischen Bauern abstammte und der überdies mittleren Alters gewesen war. Was die Abstammung anging, ließen sich also keine Gemeinsamkeiten finden.

Die Spurensicherung war wie immer, wenn Personen während normaler Arbeitszeiten ermordet wurden, schnell am Platz. Überdies ließ es sich bei Tageslicht besser arbeiten. Die Männer von der Spurensicherung erledigten ihre Aufgabe so graziös wie Seiltänzer im Zirkus. Vorsichtig beugten sie sich über Kanten, um eventuelle Fingerabdrücke zu sichern, behutsam bewegten sie sich zwischen den alltäglichen Ladenregalen des Shops, der der Arbeitsplatz des Ermordeten gewesen war, um ein paar Staubkörnchen aufzusammeln.

Hill sah sich um. Er versuchte alles in seinem Unterbewusstsein zu speichern. Eventuell ließ sich ja doch etwas finden. Etwas, was auf den ersten Blick überhaupt nichts zu bedeuten schien, aber vielleicht ...?

Nein, er wusste es nicht. Das war nur so eine Angewohnheit. Nichts Mystisches, keine magische Intuition. Er war sich nicht einmal sicher, ob Ermittler über diese in höherem Grade verfügten als normale Sterbliche. Wahrscheinlich war das reines Wunschdenken.

Er seufzte schwer und kehrte mit vorsichtigen Schritten in den Laden zurück. Alles war merkwürdig unberührt, nicht einmal eine Schachtel Zigaretten schien zu fehlen.

Und doch musste hier irgendetwas sein! Etwas, was den Tankwart sein Leben gekostet hatte. Vielleicht gab es ja tatsächlich einen Zusammenhang!

»Wissen Sie, ob der Tote der Besitzer war oder nur ein Angestellter?«, fragte er Holmgren. Sten Andersson war der Geschäftsführer der Tankstelle gewesen. Holmgren zuckte mit den Achseln. »Ihm gehörte die Tankstelle.«

Also zum Teufel mit dieser Theorie. Vielleicht gab es einen anderen Faden, den er weiterspinnen konnte?

»Wie hieß er?«, fragte Hill nach einer Weile.

Schließlich hatte er seine eigenen Theorien, was Namen betraf.

»Rajid. Rajid Hamawed. Er war gebürtiger Iraker.«

Nein, diese Information brachte ihn auch nicht weiter. Nirgends ein roter Faden und nicht das kleinste Assoziationskarussell, das sich in Bewegung gesetzt hätte. Die einzige Verbindung bestand darin, dass es sich bei dem Namen um eine ebenso große Niete handelte wie bei dem Namen Sten Andersson.

Hill trat hinter den Kassentisch und überzeugte sich davon, dass die Kasse wirklich unberührt war, und blickte zerstreut auf die Zettel, die unter Briefbeschwerern und Heftapparaten verwahrt lagen. Zum Teil handelte es sich um private Erinnerungszettel, Dinge die für zu Hause gekauft werden mussten. Telefonnummern von Leuten, die ihn hatten erreichen wollen. Rechnungen, Büroklammern und ein unordentlich herumliegender Packen Briefmarkenhefte.

War der Ermordete ein unordentlicher Mensch gewesen oder ein Pedant?

Der Shop war ordentlich und gut geführt, aber gewisse Dinge fielen einem doch ins Auge. Die Briefmarken, beispielsweise. Und die Rechnungen, die eigentlich im Büro hätten liegen müssen. Außerdem ein Trissbingo Rubbellos, das falschherum halb unter dem Kassentisch lag.

Es war wirklich unerträglich, hier zu stehen und sich über die Persönlichkeitsdefekte des Verblichenen Gedanken machen zu müssen, ehe man ihn noch von dort drinnen weggeschafft hatte!

Hill spürte den Verdruss wieder in sich aufsteigen, aber sei's drum, irgendein Motiv musste es schließlich geben.

Dass sowohl der Mord von Berga als auch dieser hier demselben Muster folgten, bezweifelte er keine Sekunde. Dafür sprach einfach alles.

Aber was wollten die Täter damit sagen? Mit der Augenbinde, und mit der Kugel durch den Gaumen?

Odin, der Mann von der Spurensicherung, schien mit seiner Arbeit fertig zu sein. Er warf die letzten Sachen in seine schwarze Ledertasche und schlenderte dann zwischen den Warenregalen auf sie zu.

»So'n Pech. Mit 'ner Niete rechnet man natürlich immer, aber nicht mit einer regelrechten Hinrichtung!«, sagte er und schüttelte seinen Kopf. Sein Haar war bereits gelichtet.

»Wie meinst du das?«, fragte Holmgren und nahm damit Hill die Worte aus dem Mund.

»Meine Güte, er hat sich offenbar gerade etwas Nervenkitzel gegönnt, ehe er abgeknallt wurde.«

Offenbar war Holmgren verärgert. Die Art von Odin, sich in Anspielungen auszudrücken, gefiel ihm überhaupt nicht.

»Red endlich Klartext!«, ermahnte er den anderen.

»Okay, okay.«

Odins Blick sagte ganz unmissverständlich, dass das ohnehin Perlen vor die Säue waren.

»Unter seinem Daumennagel fanden wir Reste eines Rubbelloses«, fuhr Odin fort. »Er hat offenbar dagesessen und gehofft, auf die magische Dreierreihe zu stoßen, und was bekam er stattdessen? Ein Loch in den Schädel. Armes Schwein!«

Es ging nicht blitzschnell, nicht einmal so exakt wie bei Hills berühmtem Kollegen aus der Baker Street. Nein, Sherlock Holmes hätte sich wahrhaftig ob seiner langsamen Kombinationsfähigkeit geschämt und wohl Knut Sahlman als Kronprinz vorgezogen.

Denn erst als Odin bereits wieder zum Präsidium zurückgewackelt war und der Beerdigungsunternehmer sich anschickte, die Leiche in die Gerichtsmedizin zu schaffen, gelangte Hill allmählich zu einer Einsicht.

»Entschuldigen Sie, Herr Holmgren, ist noch jemand von der Spurensicherung da?«, wollte er mehr aus seiner eben erst angezweifelten Intuition heraus als auf Grund eines echten logischen Schlusssatzes wissen.

»Hm«, entgegnete Holmgren, der damit beschäftigt war, einen Abdruck in einem vertrockneten Rasenstück zu betrachten. »Svantesson ist immer noch da drin.«

Hill ging wieder zurück.

Der Platz, an dem der Leichnam gelegen hatte, wirkte merkwürdig verlassen. Als sei dieser direkt ins Himmelreich aufgestiegen und hätte nur Unreinlichkeit zurückgelassen. Flecken und Blut, die die im Trend liegende helle Tapete verschandelten.

Svantesson von der Spurensicherung sah nachdenklich aus, aber er hatte Lust auf einen Gesprächspartner, und deswegen vertraute er seinem Kollegen aus Helsingborg auch sofort seine Überlegungen an.

»Wie ich das sehe, also eigentlich ist das ja nicht meine Sache, wie ich das sehe, aber sie müssen ihm befohlen haben, sich an die Wand zu stellen.«

»Wieso das?«

»Man beschäftigt sich mit einem Rubbellos schließlich nicht im Stehen, oder? Das macht man im Sitzen.«

»Wenn Sie meinen.«

»Jemand muss hier ins Büro gekommen sein. Sie haben über irgendwas geredet, dann musste er aufstehen und vom Schreibtisch weggehen. Dann hat man ihn an der Wand erschossen.«

Hill schwieg. Er sah das Ganze vor seinem inneren Auge. Svantessons Theorie wirkte äußerst plausibel.

»Was schließen Sie daraus?«, wollte er wissen.

»Tja, ich weiß nicht. Das war nur so ein Gedanke. Passt er irgendwo rein, ist das ausgezeichnet, aber weiter weiß ich nichts.«

Hill sah den kleinen Mann erstaunt an. Aber Svantesson schien auf einmal sehr zufrieden zu sein und wollte nur noch eins: endlich Feierabend machen. Er ließ seine gediegene Ledertasche zuschnappen. Das Klicken des Schlosses hatte etwas vom Zuschlagen einer Akte.

Plötzlich erinnerte sich Hill daran, was er ihn eigentlich hatte fragen wollen.

»Sie haben nicht zufällig etwas gefunden ... ja, wie soll man es nennen? Einen kleinen Apparat, etwa in dieser Größe«, er deutete die Größe mit den Fingern an, »so eine Art Prüfgerät für Geldautomatenkarten?«

Svantesson schüttelte den Kopf.

Er war bereits auf dem Weg nach draußen, als Hill noch etwas einfiel, was er ihn fragen musste.

»Entschuldigen Sie ... warten Sie!«, rief er.

Der Mann von der Spurensicherung sah sich fragend um, kam dann aber bereitwillig noch einmal zurück.

»Ja?«

»Sie haben doch Fragmente eines Rubbelloses unter den Nägeln gefunden, oder?«

»Ja, Fragmente einer mehrfarbigen Folie.«

»Mehrfarbige Folie?«

»Ja, sie bestehen doch aus einer schwarzen Deckfolie – einer so genannten Camouflierungsauflage, darüber wird dann eine Farbcodierung aufgebracht, die die Serie angibt. Diese Mischung haben wir unter den Nägeln des Opfers gefunden.«

»Ich verstehe. Aber wo haben Sie das Los gefunden?«

»Welches Los? Von einem Los weiß ich nichts. Haben Sie die Leute von der Kripo schon gefragt? Reden Sie mit Holmgren! Die Leiche oder Leichenteile und absonderlichen Substanzen, die wir auf dieser vorfinden, nur das ist unsere Angelegenheit. Um alles andere kümmert sich Holmgren. So arbeiten wir immer, und das funktioniert auch sehr gut so. Fragen Sie ihn. Bis dann!«

Hill hob zum Abschied die Hand und fühlte sich ein wenig wie am Vorabend, als Catharina Elgh mit ihrem leisen Suzuki im Dunkel der Nacht verschwunden war.

Da war er ebenfalls mit einer riesigen Einkaufstüte unbeantworteter Fragen stehen geblieben.

Bernard Valmera versteckte sich in den Hügeln oberhalb der Tankstelle hinter den wintergrünen Büschen, wie es sie eigentlich nur weiter südlich gab und die mit ihrem dichten Laub das ganze Jahr über Schutz boten.

Etwas weiter weg lag ein Wohnviertel mit Hochhäusern, aber direkt auf seiner Höhe waren Schrebergärten, die sich noch im Winterschlaf befanden. Das Risiko, dass ihn jemand zwischen den Rhododendronbüschen entdecken würde, war minimal.

Trotzdem lief ihm der kalte Schweiß herunter, als er auf das abgesperrte Gelände der Tankstelle blickte. Er hatte das Gefühl, die Nägel würden in den Deckel seines Sargs geschlagen, als er dort unten die Arbeit der Polizei beobachtete. Die Sache gefiel ihm nicht. Er hatte solche Angst um Jalinka, dass sein Herzschlag in den Schläfen pochte. Er hätte alles darum gegeben, sich absetzen zu können.

Für Adrian war das anders, von diesem Stoján ganz zu schweigen. Den beiden machte Gewalt einfach Spaß. Sie liebten die Macht, die eine geladene Pistole verlieh, und genossen das Gewicht eines bestückten Magazins aus vollen Zügen. Die Exempel, die statuiert werden mussten, zogen sie unendlich in die Länge. Sie verlängerten den Genuss, den es ihnen bereitete, dass ihr Opfer um sein Leben flehte.

Ganz klar geilten sich die beiden daran auf, ihre Opfer zu erniedrigen, nur um ihnen die große Gnade zu gewähren, noch einen Moment weiterleben zu dürfen.

Das Ganze war einfach ein Katz-und-Maus-Spiel, ein Augenblick des Vergnügens, bis der unvermeidliche Schuss fiel.

Das Opfer hatte natürlich nie eine Chance. Aber Adrian und Stoján ließen sich deswegen ihre sadistischen Spielchen nicht nehmen.

Stoján hatte dem jungen irakischen Tankstellenbesitzer zuerst alle seine Ersparnisse abgenommen, die er im Safe verwahrte. Nichts, was mit der Kasse der Tankstelle zu tun hatte oder mit Unkosten. In diesem Punkt waren die Regeln klar. Nur das, was irgendwo in einer Matratze versteckt war, und dann natürlich die Box und das kleine kaltgraue Metallinstrument, das die Basis ihrer ganzen Operation darstellte.

Er hatte alles bekommen und dann den verzweifelten jungen Mann gebeten, den Safe wieder ordentlich zu verschließen, schließlich durften sie keine Spuren zurücklassen.

»Okay«, hatte Adrian dann zu Rajid Hamawed gesagt, während Stoján das Geld für ihre Pension in die kleine braune Tasche gepackt hatte, »du weißt doch, dass du was verdammt Dummes angestellt hast, oder?«

Der Mann hatte genickt.

Er hatte kaum gewagt zu atmen.

»Oder?«, hatte Adrian im Rausch der Macht gebrüllt und seinem Gefangenen den Lauf der Pistole unter die Nase gedrückt. »Antworte!«

»Ja ... ja!«

»Gut, ausgezeichnet.«

Adrian hatte mit seiner Beute gespielt und einen verräterisch milden Ton angeschlagen.

»Du bist tüchtig. Aber jetzt musst du doch noch um Entschuldigung bitten.«

Der Mann hatte geschluckt, als hätte er einen Klumpen im Hals, und der Adamsapfel war an seinem sehnigen Hals nach oben geschnellt.

»Ich bitte vielmals um Entschuldigung. Wirklich.«

Adrian und Stoján hatten sich viel sagend angesehen, gelächelt und dann verneinend den Kopf geschüttelt.

»Nein, nicht so«, hatte Adrian lächelnd gesagt.

Aber das Lächeln war blitzschnell von einem bösartigen Grinsen abgelöst worden, als er dem Mann den kalten Lauf der Pistole auf die Lippen gedrückt hatte.

»Runter! Auf die Knie, du Schwein!«

Der Kolben hatte Rajid hart auf der Schulter getroffen, direkt oberhalb des Schlüsselbeins. Er war zu Boden gegangen und hatte sich mit Händen und Füßen abgefangen.

»So. Das ist besser. Können wir das jetzt noch mal hören?«

Das Opfer auf dem Fußboden hatte geschnieft, und Tränen der Demütigung waren ihm in die Augen getreten.

Aber er wollte leben!

Er wollte seine Söhne heranwachsen sehen, miterleben, wie sie zur Schule gingen und wie etwas aus ihnen wurde. Vielleicht würden sie ja seine Tankstelle erben, vielleicht ... Aber mehr als alles andere wollte er leben.

»Es tut mir so Leid ... ich habe eine Dummheit gemacht.«

Dann konnte er seine Worte nicht mehr im Zaum halten. Sie stürzten ihm wie ein Wasserfall über die Lippen, als wären sie seine einzige Hoffnung. Er war die Scheherazade aus dem Märchen und er wollte liebliche Worte in ihre Ohren gießen, bis sie ihm vergeben und vergessen würden, warum sie eigentlich gekommen waren.

»Ich war verwirrt, ich habe gar nicht verstanden, was ich da eigentlich tat«, flehte er. »Aber ich werde es nie wieder tun, nie, nie! Ich verspreche, alles zurückzuzahlen, alles, alles und mit Zinsen. Mit sehr hohen Zinsen! Es spielt keine Rolle, ich mache alles, egal was, wenn ich es nur wieder gutmachen kann. Wenn mir der Chef nur verzeiht! Bitte, bitte ...«

Begeistert hatten Adrian und Stoján gekichert, als Stoján dem Knienden demonstrativ seinen Schuh unter die Nase gestellt hatte. Ohne weitere Aufforderung war er mit dem erstklassig gebügelten Ärmel des schneeweißen Hemds geputzt worden.

Bernard hatte ein Auge auf den Shop gehabt. Aber es war ihm trotzdem leicht übel geworden.

»Schön, das machst du sehr gut. Jetzt ist da nur noch eine Kleinigkeit.«

Der junge Mann hatte hoffnungsvoll ausgesehen, als er servil zu Stoján aufblickte, um seine Aufgabe entgegenzunehmen.

»Küss mir den Arsch und sag, dass du mich liebst! Dann sehen wir weiter.«

Sofort war die Hoffnung in seinen Augen erloschen und von Scham und Wut abgelöst worden.

»Nein, nein! Das nicht, alles andere, aber das nicht!«

»Nicht?«

Adrians Stimme war ganz milde gewesen, aber er hatte den Lauf der Pistole hart gegen das Ohr des Mannes gedrückt.

»Hört jetzt auf, verdammt noch mal!«, zischte Bernard.

Er war so wütend gewesen, dass Adrian zu ihm herübergesehen hatte.

»Bitte?«

»Ihr seid doch nicht ganz bei Trost, es kann jeden Moment jemand reinkommen! Verdammt, ihr versaut noch alles, ihr Idioten!«

Adrian hatte schadenfroh gegrinst.

»Reg dich schon ab, Papa. Wir haben genug Zeit! Das hier dauert nicht lange.«

Er hatte mit der Pistole noch fester gegen das Ohr des Mannes gedrückt.

»Oder?«

Stoján hatte sich umgedreht, die Hosen heruntergelassen und die Unterhosen heruntergezogen, bis seine Hinterbacken schamlos entblößt gewesen waren.

Bernard hatte es nicht lassen können, zuzuschauen. Magnetisch hatte der abscheuliche Anblick seinen Blick auf sich gezogen.

Der Mann auf dem Fußboden weinte jetzt. Der Rotz lief ihm aus der Nase, und sein Mund zitterte und bebte. Wie besessen sagte er Gebete vor sich hin. Aber seine geschwungenen Lippen wurden immer näher an Stojáns von gekräuselten Haaren bedeckte Hinterseite herangezwungen.

Bernard hatte die Miene des Jugoslawen gesehen, als die nassen Lippen gegen seine Pobacken gedrückt worden waren: ein machtvollkommenes, lüsternes Grinsen. Sein verhangener Blick war der eines Siegers. Vorne beulte sein Hemd aus. Die Wollust schien vollkommen zu sein.

Und doch hätte Bernard schwören können, dass Stoján Stefanis nicht homosexuell war. Nein, das war der Rausch, jemanden ganz bezwingen zu können, die vollkommene Unterwerfung eines anderen im Kampf um Leben und Tod zu erleben. *Das* war es, was Stoján wirklich genoss, und das verschaffte er sich, wo immer er es bekommen konnte.

Es begann gefährlich zu werden, sehr gefährlich, sich auch nur in seiner Nähe aufzuhalten.

»So ist's gut«, hatte Adrian gesagt und den am Boden zerstörten Tankstellenbesitzer an den Haaren hochgezerrt. »Das war doch gar nicht so schlimm, oder?«

Hinter sich her hatte er ihn an die Wand gezogen, ihn dort aufgestellt und die Binde vor seine Augen gebunden.

»So, jetzt ist's gleich vorbei. Nur ruhig, ruhig! Jetzt müssen wir nur noch was machen, was du besser nicht siehst, weißt du. Still stehen bleiben, gleich ist's vorbei.«

Und das war es gewesen. Stoján hatte seine Hose hochgezogen, war über den sauberen Fußboden geschlendert und hatte Adrian die Pistole aus der Hand genommen. Er hatte seinem Opfer die Pistole zwischen die Lippen gestoßen, ihn angegrinst, obwohl der andere nichts hatte sehen können, und abgedrückt.

Plötzlich war ein Kunde an eine der Zapfsäulen herangefahren, an denen man mit Karte zahlen konnte.

»Schnell, verdammt!«, hatte Bernard gezischt. »Durch die Hintertür! Ihr seid doch nicht ganz bei Trost, hört ihr, ihr Idioten!«

Sie verließen das Tankstellengelände durch die Büsche hinter dem Shop gerade in dem Augenblick, als ein weiterer Kunde auf den Vorplatz fuhr.

Wer nur tanken wollte, brauchte den Shop gar nicht zu betreten. Sehr bequem, diese Karten der Mineralölgesellschaften. Und der Kunde, der sie aufgeschreckt hatte, hatte bereits seine Quittung erhalten und die Tankstelle wieder verlassen. Aber derjenige, der nach ihm gekommen war, hatte Pech. Er benötigte eine Zündkerze, und es blieb ihm nichts anderes übrig, als den Shop zu betreten.

Sie hatten ihn aus den dichten Büschen auf dem kleinen Lärmschutzwall heraus beobachtet und wussten alle drei, dass es höchste Zeit war, zu verschwinden.

»Das Los, wo zum Teufel ist das Los?«, hatte Adrian gefragt und erst zu spät eingesehen, dass er viel zu laut gesprochen hatte.

»Schnauze, du hast es doch in der Hand!«, hatte Stoján gezischt.

»Nein, das ist nur das eine. Er hatte zwei!«

»Verdammt, du Idiot, hast du nur das eine genommen?«

»Nein, beide, aber das hatte er bereits aufgerubbelt. Ich hatte sie beide, als wir den Kassentisch kontrolliert haben. Wo ist das andere?«

Stoján hatte gefährlich leise gesprochen, aber Bernards Wut war plötzlich noch gefährlicher gewesen als alles, was sie bisher gekannt hatten.

Er schrie nicht, er schlug nicht. Aber die vollkommene Eiseskälte, die aus seiner Stimme sprach, wenn er die absolute Grenze seiner Geduld erreicht hatte, war etwas, was sie zu respektieren gelernt hatten. Sie war es, die sie bisher auf Abstand gehalten hatte.

»Ihr Schwachköpfe«, hatte er gefaucht, »wenn ihr nicht mit diesem ganzen Unsinn beschäftig gewesen wärt, dann hätten wir Zeit gehabt, saubere Arbeit zu machen! Wer soll das jetzt beichten? Wer soll Alexej Igorin mitteilen, dass wir wegen eines fetten Kusses auf den Arsch die Sache versiebt haben? Wer?«

Darauf hatte niemand geantwortet, denn das war offenbar eine rhetorische Frage gewesen.

»Ja, das werde ich!«

Obwohl er den Wahnsinn in Stojáns Blick bemerkt hatte, war Bernard viel zu wütend gewesen, um nicht genau das zu sagen, was ihm auf der Zunge lag.

»Mit Vergnügen werde ich ihm das erzählen, Stoján. Er wird dich um genau dasselbe bitten, wozu du den armen Teufel da unten gezwungen hast!«

»Sei still, verdammt.«

Adrian hatte angefangen zu schwitzen. Er stank nach Pferd, wenn er in Panik geriet. Bernard konnte seine Angst riechen, und der Geruch vermischte sich auf eine fast unwirkliche Art mit dem Blumenduft des Frühlings zu einem abgestandenen, süßsauren Gestank.

»Und? Was tun wir jetzt?«, hatte Stoján verdrossen wissen wollen.

»Das musst du in Ordnung bringen, Bernard«, hatte Adrian gesagt und nervös den Kopf zurückgeworfen.

Bernard hatte es gefallen, dass sich Adrian wieder auf seine Seite geschlagen und jedenfalls im Augenblick Abstand von seinem sadistischen Kumpan genommen hatte.

»Aha, Bernard soll die Karre also wieder aus dem Dreck ziehen? Meine Güte!«

Theatralisch hatte sich Bernard vor die Stirn geschlagen, sich dann aber rasch gesammelt und autoritär die Führung übernommen.

»Dann haltet die Schnauze, damit ich nachdenken kann.«

Das Ergebnis seines Nachdenkens war, dass er jetzt allein auf der anderen Seite der Straße stand und auf den richtigen Augenblick wartete.

Knut Sahlman wusste nicht recht, wo er hinsollte. Er kam sich etwas verloren vor, als er Feierabend machte und dann auch noch betroffen feststellte, dass es erst 16.03 Uhr war.

Wo sollte man so früh am Tag nur hin?

Nach Hause konnte er nicht, denn was sollte er dann den Abend lang tun? Sahlman war nicht direkt hungrig. Aber um die Wahrheit zu sagen, ertrug er das Alleinsein nicht. Als würde ihm der Mord der vergangenen Nacht nachhängen.

Er wusste sehr gut, dass er einen Ruf zu verteidigen hatte, den eines typischen unterkühlten europäischen Polizisten.

Es ging also nicht, seine Beklemmung jemandem anzuvertrauen, besonders dann nicht, wenn es ihn so gründlich erwischt hatte wie jetzt. Es schnürte ihm fast das Herz ab, wenn er sich an die Bilder des Vorabends erinnerte.

Er spürte, dass er einen Drink brauchte.

Instinktiv machte er sich zum Shoppingcenter Knutpunkten auf den Weg, wo etliche Bars bereits nachmittags geöffnet waren. Ein gut gekühltes Bier würde er sich doch noch gönnen dürfen!

Aus einem Heineken wurden im Halbdunkel des Lokals *Stuprännan* schnell zwei, aber leider zerstreute das seine düsteren Gedanken auch nicht nennenswert.

Der Mann, der in einem absurden Winkel vor der Kühltheke gelegen hatte, war schließlich nicht viel älter gewesen als er selbst. Auf eine undefinierbare Art hatte er aber verbraucht und abgearbeitet gewirkt.

Knut hatte es stets für selbstverständlich gehalten, immer jung zu sein und garantiert siebenundachtzig zu werden. Die Einsicht, dass das vielleicht nicht so kommen würde, war in der vergangenen Nacht für ihn ein Schock gewesen.

Er selbst ging in beängstigender Windeseile auf die Fünfzig zu. Susanna Avehed war zwar noch vor ihm dran, aber sie war auch nur anderthalb Jahre älter.

Nein, mit Bier war es heute nicht getan. Er bestellte einen Gin Tonic und hoffte, dass jemand die Musik lauter aufdrehen würde, damit er seine Gedanken nicht mehr zu hören brauchte.

Das Glück war ihm nicht gewogen.

Seine Gedanken gingen weiter im Kreis und führten ihn auf Wege, auf die er wirklich keinen Wert legte. War er denn der perfekte Bulle, der er in seinen eigenen Augen und in denen der anderen sein wollte? Und wenn er selbst so schnell das Zeitliche segnete wie der Bursche an der Tankstelle, was ließ sich dann schon über seinen Einsatz hier im Leben sagen?

War seine taffe Kälte nicht in Wirklichkeit eine dürftige Fassade für jemand ganz anderen? Für jemanden, der viel mehr empfand, als in seinem Beruf gut war? Und der sehr viel Zeit darauf verwendete, diesen Umstand herunterzuspielen, statt konstruktiv als Polizeibeamter zu handeln?

Solche Gedanken suchten ihn immer heim, wenn etwas Aufwühlendes geschehen war, und er versuchte seinen Schock immer hinter einer dummen, gut gelaunten Fassade zu verbergen. Wurde er dadurch nicht einfach, um es deutlich zu sagen, ein schlechter Polizist?

Er ging zur Bar und ließ sich sein Glas nachfüllen.

Dann ließ er sich wieder auf das Ende der weichen Sitzbank sinken und hoffte, dass der Alkohol seine betrüblichen Gedanken bald betäuben oder zumindest stören würde. Vielleicht sollte er doch nach Hause zu seinem Goldfisch gehen? Zu seiner geliebten kleinen Wanda mit den goldenen Schleiern.

»Hast du von dem Mord in Berga gestern Abend gehört?«, fragte ein Rotzbengel am Nachbartisch seinen Nachbarn.

»Nein, wieso?«

»Megacool – die haben so einem alten Knacker das Gehirn rausgeblasen.«

Sahlman spitzte die Ohren.

»All right! Weißt du, wer's war?«, wollte der andere wissen.

Die Ohren von Sahlman waren plötzlich länger als die von Spock in Raumschiff Enterprise.

»Nee, keine Ahnung. Leider! Offenbar 'ne saubere Arbeit.«

Der andere kicherte.

Sahlman hielt sein Ginglas so fest, dass die Fingerknöchel weiß wurden. Was wussten diese Rotzbengel schon vom wirklichen Leben? Wären sie gestern Abend in Berga gewesen, dann hätten sie sich in die Hosen gemacht, aber es war einfach, das Maul aufzureißen, wenn die eigene Begabung darin bestand, die Einrichtungen von Kneipen zu verschleißen!

Er wusste, dass er gezwungen sein würde zu wählen. Entweder stand er auf und ging oder ...

Sein Handy klingelte, und vor lauter Verwirrung goss er seinen Drink über den Tisch. Die Jungen am Nachbartisch kicherten, entdeckten dann aber durchs Fenster eine Bekannte und kümmerten sich nicht weiter um ihren zittrigen Tischnachbarn, denn die Bekannte hatte einen großen Busen und trug einen Minirock.

»Sahlman.«

Irgendwie war es ihm geglückt, das Handy aus der Tasche zu ziehen.

»Sahlman? Hier ist Joansson. Du, ich hab da was für dich.«

»Was?«

»Ich weiß, dass du schon Feierabend hast, aber könntest du noch mal reinkommen, dann gebe ich dir die Unterlagen. Es geht um eine Einbruchswelle. Glaubst du, dass du dich darum kümmern könntest?«

Sahlman richtete sich mit Mühe in der Bank auf, vermied es, seinen Anzug mit dem durchnässten Tischtuch zu ruinieren, und nahm Kurs auf das Präsidium.

»Spielt alles keine Rolle, Joansson, wenn du mich nur von diesem verdammten Feierabend erlöst.«

Hill fragte sich, ob Holmgren ihm nicht bei seinem Problem helfen könnte. Dieser befand sich immer noch in dem Shop und betrachtete den eigenartigen Eisfleck.

Offenbar war die Untersuchung in eine entscheidende Phase getreten. Holmgren kniete mit einer Lupe auf allen vieren. Gewisse Methoden kamen wohl nie aus der Mode.

Er hörte, wie sich ihm Hill von hinten näherte, aber sah nicht auf.

»Hören Sie«, wollte er wissen, ehe Hill noch seine eigenen Fragen stellen konnte, »was halten Sie eigentlich von diesem Abdruck? Der Fleck ist offenbar alt, aber der Abdruck ist frisch, oder?«

Hill beugte sich vor und betrachtete nachdenklich den schmierigen Fleck.

»Ja, jedenfalls ist kein Staub drauf. Überhaupt kein Schmutz im Übrigen. Die Kanten sind ebenfalls nicht abgetreten, sondern scharf und deutlich abgegrenzt. Das ist ein frischer Fleck, würde ich auch sagen.«

»Dann könnte er also vom Mord stammen.«

»Glauben Sie?«

»Ja. Schauen Sie hier. Ein sehr deutlicher Abdruck. Sehen Sie hier den kleinen Dinosaurier. Eine ungewöhnliche Marke. Wissen Sie, diese Marke ist selten. Das ist ein echter französischer Stegoschuh.«

»Ich weiß.«

»Ach?«

»Ja«, entgegnete Hill.

Holmgren starrte ihn ungläubig an. Was wollte der eigentlich davon wissen? Ganz offensichtlich kaufte Hill seine Kleider bei Hennes & Mauritz.

»Wie das?«, wollte er wissen.

»Das steht auf Ihren Schuhen.«

Hill beugte sich vor und klopfte ironisch auf Holmgrens Schuhsohlen.

»›Stego. Made in France‹, steht hier unter dem kleinen Stegosaurier.«

Er wandte sich ab und tat so, als würde er nicht merken, dass Holmgren knallrot wurde.

»Übrigens«, fuhr Hill fort, während der andere verärgert aufstand, »haben Sie irgendwo bei der Leiche ein Rubbellos gefunden?«

»Nein.«

Draußen begann es zu dämmern, und auf den Autopflegeprodukten, Videofilmen, Zeitungen und Kühltheken breitete sich ein weiches gelbrosa Licht aus. Alles war vermutlich ebenso friedlich und schön wie an jedem anderen Abend, und Hill kam es schändlich vor, den seltsam melancholischen Frieden durch eine unverschämte Frage zu stören.

»Haben Sie im Papierkorb nachgesehen?«

»Hören Sie, wir machen das hier nicht zum ersten Mal. Hören Sie auf.«

»Nein, ich meine das ernst«, versicherte Hill. »Haben Sie nachgeschaut?«

»Nein.«

Mit energischen Schritten ging Hill in das leere Büro zurück. Methodisch wühlte er im Papierkorb, den Svantesson sicher bereits kontrolliert hatte, aber da lag nicht viel. Ein gründlich verwendetes Kleenex, einige Haare, die Schale einer Klementine und ein zerknülltes Blatt Papier ohne Text.

Aber kein einziges Rubbellos, überhaupt nichts, womit sie etwas hätten anfangen können.

»He, Sie, aufwachen!«, ermahnte ihn Holmgren und lehnte sich lässig in die Tür. »Das hier ist keine Fernsehserie. Das ist die Wirklichkeit. W ... I ... R ... K!«

»Ich weiß, ich weiß«, antwortete Hill mit einer abwehrenden Geste, »aber Sie müssen doch auch zugeben, dass das merkwürdig ist.«

»Was?«

»Die Spurensicherung hat doch Reste eines Rubbelloses unter dem Daumennagel des Mannes gefunden, das haben Sie schließlich auch gehört. Aber wir können das Los nirgends finden.«

»Das finden Sie merkwürdig? Dann haben Sie wirklich noch nicht viel erlebt.«

Holmgren hatte das Gefühl, jetzt wieder obenauf zu sein, und beschloss, dem Grünschnabel aus dem Nachbarort eine Lektion in wirklichkeitsbasierter, durch Erfahrung geprägter Polizeiarbeit zu geben.

»Er könnte sich mit diesem Rubbellos auch gestern oder vor drei Tagen oder heute Morgen, ehe er von zu Hause wegging, amüsiert haben. Das können wir unmöglich wissen. Er könnte es auch hier geöffnet, eine Bonuschance erhalten und es, lange bevor er ermordet wurde, weggeschickt haben. Wer weiß?«

Nein, das war klar. Jetzt war Hill damit an der Reihe, mit den Achseln zu zucken, denn es war praktisch unmöglich, sich darüber zu äußern, was diese Fragmente zu bedeuten hatten. Aber er hatte ein Gefühl, das er sich selbst kaum erklären konnte und noch viel weniger seinem skeptischen Kollegen aus Landskrona.

Das Gefühl, dass das Ganze etwas zu bedeuten hatte, etwas sehr Wichtiges.

Er ging wieder in den winzigen Shop der Tankstelle zurück und musste sich dabei an dem triumphierenden Holmgren vorbeidrängen.

Er hatte das deutliche Gefühl, dass es noch etwas anderes gab, was er untersuchen musste, ehe er sich wieder auf den Weg nach Hause begab. Er ließ den Blick über die ordentlich gefüllten Regale, die Kasse und die vollkommen staubfreien Vitrinen schweifen. Vielleicht klingelte es ja …

Stattdessen klingelte das Telefon und hinderte ihn erneut daran, den richtigen Gedanken zu fassen. Er antwortete verärgert.

»Ja? Hill.«

»Tag, hier ist Sahlman. Wie geht's?«

»Leidlich. Wieso?«

»Ich habe mich nur gefragt, ob du findest, dass uns das weiterbringt? Glaubst du, dass es eine Verbindung gibt?«

»Gibt es eine Verbindung zwischen dem Weihnachtsmann und dem Christfest?«

»Oh, ist es so offensichtlich?«

»Ja und nein.«

»Wie meinst du das?«

Hill wurde sich plötzlich bewusst, dass Holmgren verdammt lange Ohren bekommen hatte, und beschloss, dass es an der Zeit sei, die Geheimhaltung zu verstärken, auch wenn das ein ungewöhnlich infantiler Einfall war!

»Warte einen Moment. Hier drin ist der Empfang so schlecht. Vielleicht ist es draußen besser.«

Er ging auf die Tür zu und tat so, als würde er Holmgrens Enttäuschung hinten bei der Tür nicht bemerken.

»Okay, hier bin ich wieder! Jetzt hör ich dich besser«, sagte er, nachdem die Tür des Shops mit einem leisen Geräusch, das an einen Seufzer erinnerte, zugefallen war.

In der lauen Brise draußen war es richtig angenehm. Er genoss die salzige Luft, die vom Sund kam. Ein Möwenpaar verteidigte seinen Teil des Luftraums und kreiste entrüstet über der Tankstelle.

Vielleicht hofften sie, dass für sie irgendein Leckerbissen abfallen würde, denn wo sich große Menschenmengen sammelten, blieb immer etwas liegen.

»Jedenfalls für mich«, meinte Hill kryptisch und fuhr dann fort: »Die Augenbinde ist dieselbe, die Methode ebenfalls, das Umfeld stimmt auch. Mehr weiß ich noch nicht. Ich vermute, dass das nur ein Gefühl ist.«

»Okay.«

Sahlman wusste in etwa, wovon Hill sprach. Das hätten alle

Kriminalbeamten gewusst, aber er hatte keine Zeit, sich in die Diskussion zu vertiefen, da er etwas ganz anderes auf dem Herzen hatte.

»Ich rufe an, weil Joansson mich aus dem Feierabend geholt hat, damit ich mich um ein paar Raubüberfälle kümmere, aber wir haben es gerade noch mit einem ernsteren Problem zu tun bekommen. Wir fahren sofort los, denn da draußen bei den Rockern in Lönnarp ist wieder eine Bombe explodiert.«

»Shit!«

Anders ließ sich das nicht kommentieren.

3

Zu Beginn war Adrian anders gewesen, dachte Bernard. Vermutlich hatten sie beide aus demselben Grund mit dieser Tätigkeit begonnen. Es ging um Geld und um sonst nichts. Einfach und klar. Fast bestechend sauber, irgendwie.

Sie beide hatten trotz des Altersunterschieds von Anfang an gut zusammengearbeitet. Sie zeigten der harten Unterwelt von Riga, was in ihnen steckte, und ihre Aktionen machten allen Eindruck. Sie bekamen immer größere Aufträge, und es ging plötzlich um bedeutend größere Summen als das, was sie für das tägliche Brot brauchten. Und genau zu diesem Zeitpunkt hatte man ihnen einen Vertrag mit den Mächtigen aus dem Osten angeboten.

Sie bekamen Angebote, denen man einfach nicht widerstehen konnte, und sie leisteten erstklassige Arbeit. Bildlich gesprochen erhob sie die neue Tätigkeit weit über die anderen, weit über Rigas normale schmutzige Kleinkriminalität.

Sie stiegen in die obere Liga auf, und nie gab es Anlass zur Unzufriedenheit. Gleichzeitig bot sich ihnen jetzt zum ersten Mal die Gelegenheit, etwas für die Zukunft beiseite zu legen. Vielleicht sogar für legalere Geschäfte als Voraussetzung für einen sorgenfreien Lebensabend? Schließlich lagen noch einige Jahre vor ihnen, und es galt, nichts anbrennen zu lassen.

Aber seit dieser Jugoslawe zu ihnen gestoßen war, hatte Adrian sich verändert.

Er hatte sich sofort von Stojáns makabren Fantasien anstecken lassen und dessen aufgesetzten Machostil vorgezogen und ahnungslos sogar sein dunkles Begehren bejaht.

Bernard hatte sich eingestehen müssen, dass er als Adrians Vorbild vollkommen entmachtet war. Ein kleiner Ganove aus dem schäbigen kleinen Dorf Drojic im Südwesten von Jugoslawien, der vollkommen verrückt nach Macht war, hatte ihn besiegt. Und seine ganzen gediegenen Fachkenntnisse waren lächerlich gemacht worden. Von einem ... perversen Verrückten!

Empfand er vielleicht eine heimliche Verbitterung?

Ohnmacht und Rachegelüste?

Natürlich!

Aber am meisten Sorge. Sorge um seinen ehemaligen Freund, der früher so zuverlässig und genau gearbeitet hatte. Alles, womit Stoján angab und was er dem Jungen einredete, hatte eine ungesunde, benebelnde Wirkung, die sein Urteilsvermögen herabsetzte. Adrian war nachlässig geworden.

Und Nachlässigkeit hatte in ihrer Welt einen hohen Preis.

Einen zu hohen Preis.

Außerdem waren sie ein Team. Eine Mannschaft, in der die Aufgaben jedes Einzelnen miteinander verwoben waren und bei der es als einzig denkbares Resultat nur Schwarz oder Weiß, Sieg oder Niederlage gab.

In ihrer Branche war es schwer, noch einmal von vorne anzufangen. Sie konnten kaum sagen: »Entschuldigen Sie, wir haben hier einen kleinen Fehler begangen – können wir diesen Mord noch einmal wiederholen? Danke!« Nein, was einer von ihnen versiebte, warf unweigerlich seinen Schatten auch auf die anderen.

Deswegen hatte Bernard beschlossen, sich um diese Sache zu kümmern und den Fehler, den die anderen so idiotisch gemacht hatten, auszubügeln. Obwohl damit eine offensichtliche Gefahr verbunden war, blieb ihm nicht viel anderes übrig.

Schmerzhaft war er sich bei diesem Entschluss bewusst, das er damit gegen den heiligen Berufscodex verstieß. Aus leicht nachvollziehbaren Gründen zeigte man sich nie – aber auch wirklich nie – wieder am Tatort!

Aber trotz des unerhörten Risikos war sein Einsatz glücklicherweise gelungen. Und was Alexej Igorin nicht wusste, das konnte ihm auch nichts ausmachen, nicht wahr?

Triumphierend traf er seine Kumpanen an der Raststätte Skånerasten an der E 6 in nördlicher Richtung auf den Hügeln von Glumlöv. Adrians erleichterter Gesichtsausdruck, als er auftauchte, freute ihn, und es ärgerte ihn gleichzeitig, dass die anderen offenbar nichts dazugelernt hatten.

Begriffen sie nicht, wie entscheidend es war, sich anzupassen, nicht als *Fremder* erkennbar zu sein? Das war viel wichtiger als alles andere und viel wichtiger als seinen Spaß zu haben! Er hatte ihnen gesagt, dass sie bei Kaffee und Hamburger auf ihn warten und sich unauffällig verhalten sollten. Dann hätten sie ausgesehen wie ganz normale Lastwagenfahrer, die eine Pause machten. Die saßen im Restaurant, schaufelten enorme Portionen in sich hinein und überflogen die riesigen Schlagzeilen der Abendzeitungen.

Genauso unauffällig wie die alten Leute hinten in der Nichtraucherabteilung. Fast feierlich saßen sie da nach der angenehmen kleinen Autofahrt durch die schonische Frühlingslandschaft. Die kurze Strecke von Teckomatorp zu diesem wichtigen Aussichtspunkt mit dem Steinhaufen aus der Bronzezeit in der wogenden Hügellandschaft stellte für Leute, die das goldene Rentenalter erreicht hatten, ein ziemliches Abenteuer dar.

Die beiden ergrauten Paare genossen ihren rabenschwarzen Kaffee und kauten zufrieden an trockenen Kuchenstücken mit Sahne aus der Dose. Das war wirklich alles ganz spannend, und es dürstete sie förmlich nach weiteren Erlebnissen an diesem fantastischen Ausflugstag.

Deswegen sahen sie sich auch die anderen Gäste so interessiert an. Besonders die beiden, die mit diesen neumodischen Apparaten in der Ecke so viel Spaß zu haben schienen.

Bernard traute seinen Augen nicht. »Was zum Teufel macht ihr da, ihr Idioten!«, zischte er und klopfte Adrian irritiert auf die Schulter.

»Was denn, wir albern doch nur ein bisschen rum«, meinte Stoján abwehrend. »Vorsicht, Vorsicht, was für ein Knall. Aber jetzt bin ich wieder auf der Bahn! Vorsicht, der Baum ... VORSICHT!«

Stoján war sehr laut. Kindisch aufgeregt und sehr laut – und das auch noch in seiner eigenen Muttersprache.

Adrian war gefasster und mehr auf die Aufgabe konzentriert, einen knallroten Lamborghini durch heimtückische vektorgrafische Fallen zu führen.

Stoján haute verärgert auf die Verkleidung des Spielautomats, als die Mitteilung: »Credits: 0. Insert more coins«, mit digitaler Sturheit auf dem Bildschirm aufblinkte. Die elektronisch simulierte Fahrt war vorbei, und das Geld war weg »Fuck you!«

Die Rentner sahen fragend zu ihnen herüber, und Bernard war sich akut bewusst, welche Gefahr ihre unschuldige Neugier darstellte.

»Hier, ihr Schwachköpfe, habt ihr euer verdammtes Los«, zischte er mit unverhohlener Wut und drückte Adrian den bunten Zettel in die Hand. »Aber das war jetzt das erste und letzte Mal, verstanden?«

»Klasse, Bernard. Danke!«

Das klang echt – und war vielleicht sogar ernst gemeint.

Stoján schwieg.

»Kriegt jetzt endlich den Arsch hoch«, kommandierte Bernard. »Wir verschwinden. Ehe auch noch die Greise da hinten am Tisch uns perfekt beschreiben können.«

Joakim Hill war müde. Der Tag war hektisch gewesen, und er spürte, dass die vergangene sehr kurze Nacht ihr Recht forderte.

Er hatte nicht einmal Zeit gehabt, am Nachmittag eine Tasse Kaffee zu trinken. Allein das reichte als Erklärung, warum er so vollkommen fertig war, reif für die Müllkippe.

Sahlman wäre es natürlich lieber gewesen, wenn er einen Zahn zugelegt und ihn nach Lönnarp begleitet hätte, aber Hill hatte ihm erklärt, wie die Dinge lagen.

»Ich bin mir nicht sicher, ob ich heute überhaupt noch mal reinkomme. Es dauert, bis ich wieder zurück in der Stadt bin, und wenn ich dann noch mal raus bis nach Lönnarp fahren soll ... tja, ehrlich gesagt glaube ich nicht, dass ich das schaffe. Gårdeman müsste doch dort sein?«

»Doch, natürlich«, gab Sahlman bereitwillig zu. »Er war als Erster dort.«

»Na, dann – dann kommt ihr sicher ohne mich zurecht.«

»Ja – und falls was sein sollte, können wir dich immer noch anrufen«, meinte Sahlman und beendete das Gespräch.

Hill war froh über seine Entscheidung, sich etwas zu entspannen. Denn ehrlich gesagt hatten sie Leute, die sich nur um die Rockerbanden kümmerten. Die Kamikazetruppe nannte er sie immer, besonders geschulte Beamte, die die Rockerbanden besser kannten als diese sich selbst.

Ulf Gårdeman war einer von ihnen, und Hill war überzeugt, dass er der rechte Mann am rechten Ort war, was auch immer sich in Lönnarp abspielen würde.

Hill wollte nur nach Hause, und um seine Nerven zu beruhigen wählte er zurück nach Helsingborg die schöne Strecke über den Landskronavägen. Sicher würde es ihm besser bekommen, die alte Strecke mit der schönen Aussicht zu nehmen, als sich mit Autobahnauffahrten abzumühen und sich in den abendlichen Berufsverkehr zu mischen.

Heute wie auch sonst immer, wenn er diese Strecke fuhr,

hielt er an, um von den Hügeln von Glumslöv aus die fantastische Aussicht über den Öresund zu bewundern.

Wie von der parallel verlaufenden Autobahn aus bot sich an klaren Tagen ein Panorama, das von Landskrona bis nach Malmö und weiter nach Kopenhagen reichte und auch Helsingør und Helsingborg einschloss. Selbst bei einem Unwetter war diese Aussicht der »Scenic Route« ein Hochgenuss.

Die wellige Hügellandschaft erstreckte sich bis Glumslövsdalen. Hier weidete im saftigen Gras und Klee das Vieh. Dahinter lag der blaugrüne Sund mit seinem nie verebbenden Schiffsverkehr. Traumhaft weiße Kreuzfahrtschiffe drehten für rostige Lastkähne bei, und Roll-on-roll-off-Fähren steuerten schwerfällig neuen Häfen entgegen.

Hinter sich konnte er die mächtigen Hügelgräber aus der Bronzezeit ausmachen. Er hatte den Verdacht, dass überhaupt nur ein Bruchteil von denen, die an dem Rastplatz Skånerasten Halt machten, an die seltsam abgerundeten Hügel ganz in der Nähe dachten.

Ein merkwürdiger Gedanke, fand er, dass heute nicht weniger als hundert Meter von den heiligen Gräbern der bronzezeitlichen Häuptlinge Treibstoff und Junkfood an Reisende abgegeben wurden. Genau so waren das Leben und die Geschichte – voll seltsamer Umstände.

Auch an diesem Tag schien die Nachmittagssonne milde auf die Insel Ven, die der Astronom Tycho Brahe und der Dichter Gabriel Jönsson so geliebt hatten. Wie eine Märcheninsel lag Ven mitten im blau schimmernden Sund, verführerisch nahe und doch unerreichbar, was sie gar nicht war, denn tagsüber bestand eine regelmäßige Fährverbindung. Und doch schien die Insel romantisch fern. Obwohl Hill nicht übermäßig religiös war, konnte er nicht anders, als die höheren Mächte preisen, dass er das Los gezogen hatte, genau jetzt an dieser Stelle zu sein.

»Das Los?«

Er sprach das Wort noch einmal aus, an das er in seiner Ergriffenheit beim Anblick der Natur gerade gedacht hatte.

Das Los! Das war's!

Wie ein Schock eröffnete sich ihm jetzt das Fazit seiner Gedanken, das sich ihm auf der Tankstelle in Landskrona ärgerlicherweise immer wieder entzogen hatte.

Es war das Los – Trissbingo oder wie es nun immer hieß –, das jemand in die Kante des Kassentisches gesteckt hatte und an das er sich nicht mehr hatte erinnern können!

Erst hatte er angenommen, dass es lag, wo es lag, weil das den Ordnungssinn des Inhabers spiegelte. Dabei hatte er es bewenden lassen. Aber wenn es nun das Los war, das sie gesucht und dann nach dem Mord verloren hatten! Wenn ...?

Es gab nur eine Art, das herauszufinden. Er rief bei der Polizei von Landskrona an und bat darum, mit Holmgren verbunden zu werden. Egal, wo dieser sich befinde.

»Ja, hier Holmgren?«

»Hallo. Hier ist noch einmal Hill.«

»Ja?«

An Holmgrens Freude darüber, dass er so bald wieder Hills Stimme hörte, war nicht zu zweifeln.

»Es ist mir gerade was eingefallen. Ich hoffe, ich störe nicht.«

Als Holmgren nach einer Weile antwortete, klang seine Stimme etwas gezwungen.

»Nein, kein Problem.«

Hill wünschte sich, sie hätten eine bessere Verbindung, denn es rauschte fürchterlich.

»Habt ihr dieses Los an euch genommen?«, erkundigte er sich.

»Wir haben keins gefunden. Das hab ich doch gesagt!«

»Nein, nein, nicht dieses Los. Ich meine ein anderes – das neben der Kasse. Unten in die Leiste geklemmt.«

Verdammte Verbindung, es war kaum ein Wort zu verstehen! Es rauschte nicht nur, es toste, es klang wie ein verdammter Wasserfall!

»Ich habe nicht die Zeit, noch mal zurückzufahren, verstehen Sie«, fuhr Hill fort. »Aber wenn Sie das noch mal überprüfen könnten, dann rufe ich später aus dem Büro wieder an.«

»... gut«, antwortete Holmgren.

»Entschuldigung, ich habe kein Wort verstanden. Was machen Sie da eigentlich?«

»Ich habe gesagt, das geht in Ordnung! Und wenn Sie's wirklich wissen wollen, bitteschön!«

Mit Hochgenuss betätigte Holmgren die Wasserspülung und ließ die Wassermassen durch die Klosettschüssel rauschen.

Hill verstand die Botschaft genau.

Der Terminator hatte sich bereits an Ort und Stelle befunden, als Ulf Gårdeman bei dem Clublokal in Lönnarp eingetroffen war.

Mit eisernem Willen und außerdem äußerst geschäftstüchtig führte der Terminator die Rockerbande namens Gangsters. Wie ein mittelalterlicher Machiavelli herrschte er über ein expandierendes Reich zweirädriger Soldaten. Er wusste, wann man nachgeben und wann man die blanken – oder in ihrem Fall geladenen – Waffen ziehen musste.

Geschickt hielt er seine Mannschaft unter Kontrolle und sorgte gleichzeitig dafür, dass sie mit ihrem Dasein unter seiner Regentschaft zufrieden waren. Jede interne Missfallensäußerung leitete er geschickt um, sodass sie sich gegen den rivalisierenden Club der Outlaws in Klippan richtete, einige Dutzend Kilometer entfernt.

Der Terminator war ein Mann, mit dem sich niemand so recht anlegen wollte.

Aber jetzt war er offenbar trotzdem mehr als verärgert. Mit

verzerrtem Mund stand er da und zupfte an seinem roten Schnurrbart, während sein breiter Brustkorb mit jedem heftigen Atemzug seine Lederweste anschwellen ließ.

Er und die Kerntruppe seiner Burschen auf zwei Rädern waren offenbar von einem Planungstreffen in der Nachbargemeinde herbeigeeilt, als sie von der Explosion auf dem Hof des eigenen Clublokals gehört hatten. Was geplant worden war und die Anwesenheit der gesamten Haupttruppe erfordert hatte, wollte er allerdings absolut nicht preisgeben, als er eintraf.

Jetzt stiefelte er stattdessen wütend auf dem Kies des eingezäunten Hofplatzes hin und her und schimpfte abwechselnd auf seine mordlustigen Rivalen, die Outlaws, und auf die Bullen, die nicht besser Ordnung halten konnten.

»Das ist, verdammt noch mal, schon lange kein Rechtsstaat mehr!«, verkündete der Terminator und drohte dem Ermittler Ulf Gårdeman mit einem behandschuhten Finger.

Als wolle er dem Beamten, außer sich, wie er war, die Schuld an dem Vorfall geben.

»Immer mit der Ruhe«, meinte Gårdeman. »Wir kümmern uns drum, das weißt du.«

Im Lauf der Jahre hatten der Terminator und Gårdeman immer wieder miteinander zu tun gehabt. Vielleicht verband sie sogar eine Art Freundschaft, eine gewisse Vertrautheit. Natürlich im Rahmen der Tätigkeit, der beide von Berufs wegen nachgingen.

Der Krieg der beiden Rockerbanden war für die Gemeinde eine betrübliche Angelegenheit, und eine Lösung des Konflikts war nicht in Sicht.

»Klar kümmert ihr euch drum!«, zischte der Terminator. »Großartig! Aber wann unternehmt ihr endlich was?«

»Wir können nicht einfach zu den Outlaws rüberfahren und sie einsammeln, ehe wir nicht wissen, was wirklich passiert ist«, erklärte Gårdeman geduldig. »Du musst doch begreifen, dass für sie genau dieselben Gesetze gelten wie für euch, oder?«

Gårdeman war ein erstaunlich geduldiger Mensch, jedenfalls bei der Arbeit. Er war ein typischer Schone, jovial und kein Kostverächter. Seine Frau Lena hatte ein etwas anderes Bild von ihm und fand, dass er alles andere als jovial und gutmütig war, wenn er für seine Gourmetgerichte die Küche in Unordnung brachte. Mit rasendem Eifer trieb er dann immer neuen kulinarischen Höhepunkten entgegen und beruhigte sich erst wieder, wenn das Essen auf dem Tisch stand und der Wein entkorkt war.

Aber dann – dann war Ulf Gårdeman wirklich auch zufrieden. Außerdem konnte er gut mit Leuten reden. Unbedingt glaubte er an die Macht des Wortes und hatte diese fundamentale Überzeugung bei sich selbst zur Kunst entwickelt. Wollte man Leute dazu bringen, damit aufzuhören, mit Waffen zu sprechen, dann musste man sie dazu bringen, ihren Mund zu benutzen.

Und jetzt war es ihm also mit therapeutischem Geschick ein weiteres Mal geglückt, den Terminator in einen Dialog zu verwickeln, der ihn hinterlistig befrieden sollte.

»Ja, ja, gewiss, aber hast du das gesehen? Soll das jetzt etwa so weitergehen?«, wollte der Terminator wissen und deutete verärgert auf die Verwüstung.

»Aber das ist doch nur ein Schuppen«, meinte Gårdeman. »Das Clubhaus ist doch noch vollkommen in Ordnung. Dort ist nichts beschädigt worden.«

Der Terminator sah Gårdeman wütend an, zog noch heftiger an seinem roten Bart und stiefelte zu dem gesprengten Vorratshaus hinten am Zaun hinüber.

Missmutig untersuchte er einen halb verkohlten Eckpfosten, als sei dieser ein gefallener Krieger. Dann hob er einige Dachziegel hoch, die herabgefallen waren, und warf sie dann wütend auf den schwelenden Trümmerhaufen.

Der Bulle hatte natürlich vollkommen Recht.

Das war kaum mehr als ein Schuppen, ein Lagerhaus mit einer schief hängenden Tür und einem vorspringenden Dach, das auf kräftigen Eckpfosten ruhte. Aber hier galt es, das Möglichste aus der Situation zu machen, oder etwa nicht?

»Hast du Schuppen gesagt?«, fauchte er. »Begreifst du denn nicht, was das hier bedeutet?«

Auf dieses Spiel wollte sich Gårdeman gar nicht erst einlassen, sondern wartete ab.

»Das bedeutet verdammt noch mal«, brüllte der Terminator und breitete theatralisch die Arme aus, »dass wir unsere Maschinen jetzt nicht mehr unterstellen können!«

Jetzt war offenbar Gårdeman an der Reihe.

»Mein Gott!«, rief er verärgert.

»Zieh den hier nicht mit rein! Der ist vollkommen unschuldig!«

»Jetzt hör mir mal zu. Die Maschinen stehen hier auf dem Hof ganz ausgezeichnet, wie jetzt auch. Motorräder dürfen in der Tat auch mal nass werden.«

»Darum geht es nicht«, meinte der Terminator beharrlich. »Wir haben auch ein Recht darauf, unsere Sachen sicher zu verwahren. So geht das ganz einfach nicht.«

»Aber es geht doch wirklich nur um ein paar Bretter. Wenn ihr Samstag anfangt, noch ehe das Wochenende vorbei ist ... Bingo! Ein neuer Schuppen!«, versuchte Gårdeman.

»Hörst du schlecht? Darum geht es nicht. Du musst endlich gewisse Prinzipien begreifen!«

Ausnahmsweise war Gårdeman sprachlos.

»Das Prinzip ist nämlich Folgendes«, erklärte der Terminator mit der Autorität eines Strafverteidigers beim Schlussplädoyer, »wenn es der Gesellschaft nicht gelingt, uns auf unserem eigenen Terrain zu beschützen, dann ist es faktisch die Sache der Gesellschaft, den Schaden zu beheben oder eventuell zu ersetzen.«

Der Terminator war mit seinen Worten zufrieden.

Sehr zufrieden.

»Aber die Gesellschaft ist doch wohl nicht für den Streit zwischen den Gangsters und den Outlaws verantwortlich?«, meinte Gårdeman.

Der Terminator sah sich gezwungen, über diese Fragestellung einen Augenblick nachzudenken, und war erleichtert, als Gary aus dem Clubhaus kam und ihn ansprach.

»Du, ich habe mich etwas umgesehen. Habe kontrolliert, dass keiner im Haus war und ... ja, du weißt schon.«

Er warf dem Terminator einen viel sagenden Blick zu, und dieser wusste genau, wovon die Rede war, von dem Lagerraum, in dem so das eine oder andere verwahrt wurde, bei dem den Bullen nur so das Wasser im Mund zusammenlaufen würde.

»Gut. War auch sonst alles in Ordnung?«

»Yes. Niemand war im Büro, nicht einmal die Bullen«, diese letzte Bemerkung konnte er sich nicht verkneifen.

»Nein, denn weißt du was, Gary«, warf Gårdeman ein, »dafür brauchen wir eine Genehmigung, sonst bekommen wir Schwierigkeiten. Wir sind hier, weil da drüben im Schuppen eine Bombe explodiert ist, sonst nichts.«

»Natürlich, natürlich«, versicherte Gary, konnte seine Skepsis jedoch nicht verbergen.

»Nein, jedenfalls heute nicht«, meinte Gårdeman noch.

»Aber warum sind Sie dann immer noch hier?«

»Wieso?«

»Die Bombe ist explodiert, der Brand ist gelöscht. Dann könnten Sie doch einfach wieder zurück zum Untersuchungsknast fahren!«

Selbst der Terminator versuchte auf einmal zu vermitteln.

»Hör schon auf, Gary. Er ist hier, um über den Wiederaufbau zu sprechen. Und wer weiß, vielleicht kann er uns ja einen Whirlpool einbauen lassen?«

Die beiden von der berüchtigten Rockerbande lachten verzückt bei diesem Gedanken.

Gary hatte mit seinem heimatlosen Feuerstuhl jedoch noch einige Dinge zu erledigen. Er klopfte dem Terminator brüderlich auf die Schulter und ging zu dem Platz, wo die Motorräder abgestellt waren. Er war noch nicht ganz da, als ihm plötzlich einfiel, wonach er seinen Boss eigentlich hatte fragen wollen.

»He, Chef«, sagte er und drehte sich mitten auf dem Kiesplatz um, »gehört diese lächerliche Tüte eigentlich dir?«

»Was für eine Tüte?«

»Die in der Küche. Die von *Chez Lulu – intime Damenwäsche.*« Gary kicherte.

»Was willst du? Wer hier lacht, erlebt sein blaues Wunder!«

Der Terminator war drauf und dran, in die Luft zu gehen. Bei Gårdeman fiel der Groschen. Instinktiv wusste er, dass gleich noch etwas anderes als der Anführer der Rockerbande in die Luft gehen würde. Er packte den Arm des Terminators, was diesen den Ernst der Situation erkennen ließ.

»Dann los, Gary«, sagte der Beamte triumphierend und schob den getreuen Gefolgsmann des Bandenführers resolut zur Seite, »jetzt haben wir wirklich alles Recht der Welt, uns Zutritt zu verschaffen!«

Der Roboter zum Entschärfen von Bomben traf, so schnell es ging, mit einem Mannschaftswagen aus Malmö ein. Es dauerte fünfundfünfzig Minuten von dem Augenblick an, in dem in der Provinz Bombenalarm ausgelöst worden war, bis zur Inbetriebnahme dieses technischen Wunderwerks auf dem kiesbedeckten Hofplatz in Lönnarp.

Der winzige mechanische Krieger sah alles andere als imponierend aus, er erinnerte mehr an irgendeinen absurden Apparat aus einem Zeichentrickfilm. So etwas wie ein treuer Welpe zum Aufziehen, der für sein Herrchen oder Frauchen durch dick und dünn geht.

Tatsächlich war er jedoch die beste Waffe der Polizei, um dem immer weiter zunehmenden Bombenterrorismus zu begegnen.

Kein Mensch brauchte sich noch einem lebensgefährlichen Sprengsatz zu nähern. Kein Familienvater, kein geliebter Sohn einer Mutter brauchte noch sein Leben zu riskieren, da der Bombenroboter allzeit bereit stand.

Ulf Gårdeman hatte bei einer riskanten, aber schnellen Kontrolle festgestellt, dass das Ganze wirklich sehr verdächtig aussah. Besonders in Anbetracht der Tatsache, dass bereits eine Bombe im Schuppen neben dem Wohnhaus losgegangen war. Eine Person mit höchst feindseligen Intentionen war offenbar in die sonst immer gut bewachte Bastion der Rockerbande eingedrungen.

Zweifellos war Vorsicht ratsam, und das auch gerade im Hinblick darauf, dass die Plastiktüte in der Küche des Vereinshauses klar und deutlich tickte.

Der elektronisch gesteuerte Ordnungsstifter der oberen Polizeibehörde in Malmö bewegte sich jetzt auf seinen Raupen Meter um Meter auf den verdächtigen Gegenstand zu, der in seiner viel versprechenden Verpackung gegen den Kühlschrank lehnte.

Eine kleine Schwelle der Tür führte zu unvorhergesehenen Problemen. Offenbar entsprach sie nicht dem von der schwedischen Baunorm geforderten Standard, denn dieser war genauestens auf die Speicherchips des kleinen Blechburschen eingegeben.

Das Haus war alt, und das Augenmaß eines schonischen Bauers war beim Bau entscheidend gewesen. Dass es einmal als Unterschlupf von Rockern im ganzen Reich bekannt werden würde, war damals nicht zu ahnen gewesen. Und nun hinderte dieser Umstand den hilfreichen Roboter daran, überhaupt ins Haus zu gelangen.

Knut Sahlman hatte die Truppe, die angerückt war, überraschenderweise begleitet. Natürlich war bei einem solchen Vorfall jede Verstärkung willkommen, also kümmerte sich niemand weiter darum, dass er eigentlich schon Feierabend hatte.

»Was? Wieso passiert denn nichts?«, wollte er jetzt ungeduldig wissen.

»Keine Ahnung«, antwortete Gårdeman. »Warte, ich frage die Leute mit dem Roboter.«

Gårdeman trat zur Seite und drückte auf die Knöpfe seines Funkgeräts. Es knisterte und rauschte. Gårdeman nickte. Sahlman hoffte, dass sein Kollege eine vernünftige Auskunft erhalten hatte.

»Er ist stecken geblieben«, teilte Gårdeman mit.

»Wer?«

»Der Roboter, du Idiot«, zischte der Kollege verärgert. Was war nur mit Sahlman los? Er schien nur Bahnhof zu verstehen.

»Ist er stecken geblieben? Dann muss man ihm doch weiterhelfen!«

»Da sind sie schon dabei. Sie steuern ihn, so gut es geht!«, versicherte Gårdeman.

»Steuern? Schwachsinn! Ist man stecken geblieben, dann muss einen jemand losmachen!«, entschied Sahlman und handelte wie ein richtiger Held.

Gegen jedes Reglement und offenbar vollkommen ahnungslos, wie riskant sein Einsatz war, lief er quer über den Hofplatz.

Das trostlose Geräusch der durchdrehenden Raupen des Roboters ließ sich ganz klar als ein peinliches Versagen deuten, und Sahlman war wirklich nicht in der Laune, sich an diesem Abend auch noch damit abzufinden.

Mit einem kräftigen Ruck hob er das Wunderwerk der Technik über die Schwelle und suchte dann eilig Schutz bei den Kollegen, die sich auf der anderen Seite der Wiese hinter einem Zaun verbarrikadiert hatten, der das Anwesen umgab.

»Super!«, sagte Gårdeman anerkennend. Das hätte er Sahlman nie zugetraut. Wirklich erstaunlich! Bei der Kamikazetruppe galt Sahlman eher als hochnäsiger Snob.

»Nicht wahr? Aber das Scheißding taugt wirklich nichts! Sieh dir nur mal mein Jackett an.«

Gårdeman wusste sofort, wie er dran war, als Sahlman das traurige Schicksal seines Jacketts beklagte: Die Gin Tonic-Fahne war nicht zu verkennen. Jetzt wusste er auch, wo der plötzliche Mut herkam.

Weitere Streifenwagen trafen ein, und überraschend gesellte sich Joakim Hill ganz außer Atem zu ihnen.

»Wie steht's?«, wollte er wissen.

»Joakim, ich habe geglaubt ...?«, sagte Sahlman verwirrt.

»Ich weiß, das habe ich auch. Aber man darf es sich doch wohl noch anders überlegen! Als ich zurück aufs Revier kam, war es dort so deprimierend leer, und da habe ich gedacht, was zum Teufel? Hier rauszufahren spielte dann auch keine Rolle mehr.«

Gårdeman grinste anerkennend und erklärte die Lage.

»Der Roboter ist gerade im Haus verschwunden. Bald wissen wir, ob es knallt oder nicht.«

»Und wenn es knallt?«

»Die Sprengsätze, mit denen wir es bisher zu tun hatten, hatten keine sonderliche Reichweite. Uns passiert also nichts, ausgenommen natürlich dem Roboter.«

Hill nickte.

Dann wandte er sich an Sahlman, der nachdenklich hinter dem Zaun kauerte, den sie mit Gerümpel und alten Säcken aus einem der Schuppen verstärkt hatten.

»Du, Sahlman?«

»Ja?«

»Wir müssen uns wirklich mal was anderes für unsere Rendezvous überlegen.«

Ulf Gårdeman brach, ob er es wollte oder nicht, in Gelächter aus. Der Witz war gut, obwohl er alles andere als neu war. Im Augenblick wusste er ihn auch mehr als sonst zu schätzen, weil er von der unbehaglichen Spannung ablenkte.

Aber Sahlman merkte nicht einmal, dass über ihn gelacht wurde, er war viel zu entrüstet.

»Verdammt, jetzt habe ich auch noch Grasflecken auf der Hose.«

»Du kannst wirklich froh sein, dass es nichts Schlimmeres ist«, meinte Hill.

Der Mann, der die Bewegungen des Roboters überwachte, gab Alarm.

»Er ist jetzt in der Küche, er ist gerade durch die Tür und arbeitet sich zum Kühlschrank vor.«

Es trat eine andächtige Pause ein, niemand – absolut niemand – bewegte sich.

Nicht einmal Sahlman schien sich jetzt noch um sein Erscheinungsbild zu kümmern.

»Das hier ... wartet ...«, referierte der Techniker weiter.

Es fiel ihm offenbar schwer, die genauen Bewegungen des Roboters auszumachen.

»Ja!«, rief er schließlich. »Jetzt hat er die Tüte!«

Gårdeman merkte, dass ihm der Schweiß auf der Stirn stand. Es war beileibe nicht das erste Mal, dass er beim Entschärfen einer Bombe dabei war, aber jedes Mal hatte er das unbehagliche Gefühl, dass sich gewisse Dinge einfach nicht voraussehen ließen.

Was tat diese verdammte Maschine da drinnen eigentlich?

Und was würde sie in der Tüte finden?

Falls die Ladung außergewöhnlich kräftig war, dann gab es überhaupt keine Garantien. Bisher waren die Sprengsätze im Krieg der Rockerbanden relativ harmlos gewesen, jedenfalls für die, die nicht gerade das Pech gehabt hatten, sich in ihrer unmittelbaren Nähe zu befinden. Einige waren sogar unglaublich schwachsinnig montiert und vollkommen idiotisch platziert gewesen.

Aber man konnte es nie wissen, denn alles, was mit Sprengstoff zu tun hatte, stellte eine erhebliche Bedrohung dar.

Er kümmerte sich also nicht weiter darum, dass ihm der Schweiß ausgebrochen war, und ließ ihn einfach die Wangen herablaufen. Er fand, dass es dafür einen außerordentlich guten Grund gab.

»Der Roboter hat jetzt einen Metallbehälter aus der Plastiktüte entfernt«, lautete das kurze und präzise Referat des Technikers.

Gårdeman hoffte inständig, nicht seinen trockenen Kommentar hören zu müssen, falls das Ganze den Bach runtergehen würde: »Bombe explodiert – Pech gehabt!«

Die Sekunden schienen sich immer weiter in die Länge zu ziehen, unerträglich krochen sie dahin. Sie hätten sich alle einen bedeutend angenehmeren Zeitvertreib vorstellen können, als hinter einem Haufen Gerümpel zu hocken und abzuwarten, wie das russische Roulett in der Küche der Rockerbande ausgehen würde.

»Er nimmt die Frontplatte ab.«

Endlich war die trockene Stimme des Technikers erneut zu vernehmen.

Er?

Sie bekamen fast einen Schlag, als plötzlich die Funkverbindung zu dem Roboter abriss. Ohne überhaupt die Zeit zu haben, so weit zu denken, hatten sie denselben Gedanken. Jetzt knallt's!

Aber es gelang dem Techniker, eine andere Frequenz zu finden, und da war er wieder, der kleine Bengel, immer noch dabei, den diabolischen Sprengmechanismus zu zerlegen.

»Frontplatte entfernt.«

Jetzt ging's ums Ganze. Sie konnten nur hoffen, dass sie mit Hilfe der gediegenen Software, über die der Roboter verfügte, den Inhalt identifizieren würden. Und dass das Entschärfen innerhalb seines Kompetenzbereichs lag. Für den Roboter hieß es sonst »bye-bye« und ohne Umwege zum Schrottplatz.

Es tickte deutlich, und das unheimliche Geräusch wurde von der Monitorausrüstung verstärkt und verzerrt. Es klang genauso unbehaglich wie das Jüngste Gericht.

»Da ist es!«

Der Sprengstoffexperte starrte auf seinen Bildschirm. Ein paar Sekunden lang sah er vollkommen entgeistert aus, dann begann er zu lachen!

Der Typ war wohl nicht bei Trost? Die Beamten sahen ihn allesamt ungläubig an.

»Schau selbst«, sagte er und forderte Hill dazu auf, einen Blick auf den Monitor zu werfen.

Das Bild war schwarzweiß. Es flimmerte etwas, aber der unerschrockene kleine Roboter war deutlich in der Küche zu erkennen. Der Techniker hatte die eingebaute Kamera auf das Fundstück gerichtet. Das Blechgehäuse, das es umgeben hatte, lag ordentlich auf dem Fußboden. Der Roboter hielt den Inhalt in seiner sorgfältig lackierten Klauenhand.

Es handelte sich um einen Wecker.

So einen soliden, altmodischen Wecker ohne Batterie oder Flüssigkristallanzeige. Einfach so ein Wecker, wie sie immer noch im Warenhaus Åhléns verkauft werden und den man jeden Tag aufziehen muss.

Es handelte sich um einen echten Mickymaus-Wecker. Der rechte Arm war der Minuten-, der linke der Stundenzeiger. Er stand auf 20.59 Uhr.

Würde die Bombe jetzt hochgehen?

Der Einzige, der nicht vollständig erstarrte, war der Roboter. Er untersuchte die Uhr programmgemäß, während die Sekunden vergingen. Auf dem Hof war es totenstill.

Es schlug neun. Der Roboter schickte seine Beurteilung per Fax, das mit dem Monitor verbunden war.

»Vorhandensein eines Zündmechanismus: negativ.«

Seine erstaunlich feinkalibrierten Metallfinger machten ein Papier los, das auf der Rückseite des Weckers festgeklebt war. Sein gefährlicher Auftrag war offenbar jetzt erledigt.

Die schmalen Raupen unter ihm begannen sich wieder zu bewegen, und er verließ das Haus auf demselben Weg, den er gekommen war. Hilflos blieb er wieder auf der unmodernen Schwelle stecken, aber bekam sofort Hilfe von seinem Herrchen, der seinen Monitor verlassen hatte.

Einer der Kriminalbeamten nahm die Mitteilung, entfaltete den weißen Papierbogen und gab den Text bekannt:

Supershow, Freunde!
Bis bald!
Joker

Hill seufzte schwer.

»Meine Güte. Manche Leute sollten sich wirklich keine Batmanfilme ansehen!«

»Batman? Das hier ist doch eindeutig was aus Daffy Duck!«, meinte Gårdeman, war aber insgeheim sehr erleichtert.

Das Unterhaltungsprogramm war vorbei, alle konnten jetzt nach Hause gehen, ruhig in ihren Betten schlafen und dann gelassen einem neuen Tag entgegensehen. Wer dieser »Joker« war, würde die Zukunft zeigen.

»Aber was wird jetzt mit dem Schuppen?«, wollte der Terminator wissen, ehe sich die Leute, die er zum Zimmern einer neuen Remise auserkoren hatte, wieder auf den Weg machten.

»Also«, meinte Gårdeman und versuchte nicht im Geringsten seine Müdigkeit zu verbergen, »wenn du dich um die Nägel kümmerst, dann besorge ich einen Hammer, dann können wir hier am Wochenende nett picknicken und alles reparieren, okay?«

Der Terminator sah wenig begeistert aus und blieb eine Antwort schuldig.

4

Es war später, als Hill angenommen hatte. Als er wieder in der Stadt war, ging es bereits auf halb zehn zu. Aber entgegen seine früheren Pläne ging er nicht direkt nach Hause, sondern verweilte noch im Präsidium an der Carl Krooksgata.

Die Information war natürlich immer noch ebenso geschlossen und abweisend leer, und er hätte eigentlich direkt zu sich fahren, ein ordentliches Glas Whisky trinken und Clint Eastwood dabei zusehen sollen, wie er seine Frustrationen auf der Mattscheibe abreagierte.

Es gab nicht viel, was so beruhigend war wie der Kampf dieses Unbezwingbaren gegen die Ungerechtigkeiten des Lebens. Der physische und psychische Kampf gegen die Wüste mit ihren Sandstürmen vor einem glühenden Horizont und gegen schmutzige Schurken, deren Strom nie zu versiegen schien. Das lockte immer.

Aber Hill war jetzt über die Müdigkeit des Spätnachmittags hinweg, hatte neue Kräfte gesammelt und war rastloser als je zuvor. Er musste versuchen, eine Antwort zu bekommen. Eine Antwort auf die bohrende Frage, die mit seinen Ermittlungen zu tun hatte, und er hoffte, dass diese Antwort bereits in seinem Büro auf ihn warten würde.

Auf den Korridoren der Kripo war es sehr still, angenehmerweise brannte in kaum einem der Zimmer noch Licht, denn ab jetzt waren Nachtpatrouillen unten im Untersuchungsgefängnis im Einsatz. Je später es wurde, um so hektischer würde es dort unten zugehen, mit Säufern, Gelegenheitsdieben und Schlägern. Ungefähr wie auf der Notaufnahme.

Eigentlich ein guter Vergleich, dachte Hill und dachte einen Augenblick an Catharina Elgh.

Aber das war schließlich die Angelegenheit der Nachtpatrouille, sinnierte er weiter, und schüttelte diese Probleme ab. Seine Pflicht und Schuldigkeit hatte er auf dieser Ebene bereits als normaler Streifenbeamter geleistet. Die geistigen Klimmzüge, die von einem Kriminalen gefordert wurden, gefielen ihm besser.

Die Auskunft, die er so heiß herbeigesehnt hatte, war wirklich eingetroffen. Das Fax aus Landskrona lag ordentlich auf seinem Schreibtisch.

Es war mit der Hand geschrieben, offenbar sehr in Eile. Hill vermutete, dass Holmgren direkt danach Feierabend gemacht hatte.

Unter der Ladentheke lag kein Los. Sind Sie sich sicher,
dass Sie sich nicht verguckt haben?
Holmgren

Ganz entgegen seiner Annahme, dass Holmgren seinen Posten bereits verlassen haben müsste, griff er sofort zum Telefon und wählte die Direktnummer zur Wache in Landskrona.

»Polizei, können Sie warten?«

»Nein, ich …«

Der andere hatte ihn bereits wieder aus der Leitung genommen. Ein blödes Gefühl, und Joakim Hill verstand plötzlich den Ärger des Mannes von der Straße, wenn er einfach so abgehängt und in ein stilles Nichts befördert wurde.

Dann knackte es unerwartet wieder in der Leitung.

»Polizei.«

Es hätte nicht geschadet, wenn der andere gesagt hätte: »Womit kann ich Ihnen dienen«, aber Hill musste vermutlich zufrieden sein.

»Hier ist einer Ihrer Kollegen aus Helsingborg, Kommissar Hill.«

»Hill«, wiederholte die Stimme am anderen Ende ausdruckslos.

»Ich würde gern mit Holmgren sprechen.«

»Holmgren.«

Hill fragte sich, ob er vielleicht nur sein Echo hörte. Aber dann hörte er ein Klicken in der Leitung und wusste, dass das nur die ganz normale Durchschnittsbehandlung war.

Er war erstaunt, dass am anderen Ende jemand abnahm.

»Holmgren.«

Hills Geduld war beinahe zu Ende. »Hallo, hier ist Hill. Ich rufe wegen Ihres Fax an. Gut, dass sie noch da sind.«

»Ich wollte gerade gehen. Ich hab schon meine Jacke an.«

Aber Hill gehörte nicht zu den Leuten, die sich so leicht abwimmeln ließen. Jetzt, da es ihm gelungen war, den Richtigen an die Strippe zu bekommen, würde er sich so schnell nicht geschlagen geben.

»Sie schreiben hier, dass da kein Los lag.«

»Stimmt. Wir haben den Kassentisch sogar angehoben, aber außer Staub war da nichts.«

Hill meinte eine gewisse Schadenfreude aus Holmgrens Stimme herauszuhören, aber das war ihm egal. Unverdrossen machte er weiter.

»Könnte jemand anderes das Los als Beweismittel gesichert haben?«

»Glaub ich nicht. Ich habe mich selbst um diesen Teil des Tatorts gekümmert.«

»Hat dort schon jemand Ordnung gemacht? Geputzt oder so?«

»Sie bilden sich da was ein, Hill. Da lag nie ein Los, Sie haben ein Phantom gesehen, oder vielleicht werden Sie schon senil?«, meinte Holmgren säuerlich.

»Und außer der Polizei war keiner in der Tankstelle, das können Sie beschwören? Keine Menschenseele?«, fragte Hill stur weiter.

Holmgren zögerte den Bruchteil einer Sekunde, und Hill registrierte zufrieden seine Verlegenheit.

»Niemand«, entgegnete Holmgren schließlich, »niemand außer diesem Mann von der Penninglotteri.«

»Was für ein Mann von der Penninglotteri?«

»Da ist doch nichts dabei.«

Aber sein Instinkt sagte Hill etwas anderes.

»Wann war das?«

»Kurz nachdem Sie gegangen waren.«

Hill schwieg. Er dachte fieberhaft nach. Holmgren hatte das Gefühl, sich verteidigen zu müssen.

»Er wollte die Los-Serien auf den neuesten Stand bringen, das war alles. Schließlich waren wir bereits fertig. Für uns gab es dort nichts mehr zu holen. Ich fand, dass nichts weiter dabei war.«

»Woran?«

Hill war gnadenlos. Einerseits fand er, dass Holmgren es nicht besser verdient hatte, andererseits wusste er, dass jedes noch so kleine Detail wichtig war und dass ihm jetzt nichts entgehen durfte.

»Dass er reingehen durfte, um seine Arbeit zu machen, verdammt. Die fahren schließlich von einer Verkaufsstelle zur nächsten und sorgen dafür, dass die Los-Serien stimmen. Ich sah keine Veranlassung, ihn an seiner Arbeit zu hindern.«

»Meinen Sie etwa, dass die persönlich unterwegs sind? Zum Kontrollieren von Rubbellosen?«

»Klar, die klappern alle Verkaufsstellen ab.«

»Ich hätte gedacht, dass sie die Lose als Wertsendung verschicken.«

»Tun sie nicht.«

»Wie wollen Sie das wissen?«

Holmgren schwieg lange, ehe er antwortete.

»Das hat er gesagt.«

»Wer?«

»Der Typ, der in die Tankstelle kam, natürlich.«

Joakim Hill war alles andere als so ruhig, wie er zu sein vorgab. Er war außer sich. Er verfluchte die Rivalität, die zwischen ihm und dem Kollegen aus Landskrona entstanden war. Schlimmstenfalls hatte diese die Ermittlung bereits ernsthaft beeinträchtigt.

»Hören Sie, Holmgren. Könnte ich eine ausführliche Personenbeschreibung von diesem Burschen bekommen? Das wäre nett. Fragen Sie auch die anderen, die ihn gesehen haben könnten. Versuchen Sie sich an alles zu erinnern, und schicken Sie mir dann so schnell wie möglich ein Fax.«

»Noch heute Abend?«

»Das wär mir sehr recht«, erwiderte Hill und legte auf.

Nur um sofort wieder zum Hörer zu greifen, nachdem er unter dem Schreibtisch seine Schuhe abgestreift hatte.

Er konnte es sich genauso gut bequem machen, denn offenbar würde er heute Abend weder zu seinem Clint-Eastwood-Video noch zu seinem Whisky kommen.

Elin Starbeck hatten die Typen damals schon nicht gefallen, als sie eines Abends vor fast drei Monaten in ihre kleine Tankstelle gekommen waren.

Getankt hatten sie nicht und auch nicht den Reifendruck kontrolliert oder so was. Sie hatten ihren Volvo einfach an der Seite geparkt und waren reingekommen.

Aber nicht sofort, und auch das hatte sie geärgert.

Erst einmal hatten sie sich draußen alles angesehen, die alte Autowaschanlage und den Servicebereich auf das Wäldchen zu. Sogar in der Toilette waren sie gewesen.

Vielleicht hatte ihr gerade dieses merkwürdige Verhalten Angst gemacht, dass sie sie ausrauben würden. Wer hätte ihr dort draußen zwischen den Bauernhöfen schon helfen können? Wer hätte sie schon gefunden, wenn sie sie in dem winzigen Anbau, der hinter der Tankstelle als Wohnung diente, vergewaltigt hätten? Wer hätte ihr in dem kleinen, gottverlassenen småländischen Ramseryd schon helfen können? Niemand!

Im Scherz pflegte sie immer zu sagen, dass ihre Tankstelle zumindest die umweltfreundlichste und am schönsten gelegene des Ortes sei.

Umweltfreundlich, weil sie keine großen Zapfsäulen installiert hatte und somit auch keinen großen Umsatz. Der verdarb mehr als er nützte, davon war sie immer überzeugt gewesen, und dafür mussten schließlich letzten Endes die Kunden bezahlen.

Die Tankstelle lag idyllisch in einer Waldlichtung an der Landstraße, direkt an dem vielfältigen Mischwald, der sich kilometerweit den Hügel hinauf erstreckte.

Aber das hatte auch den Nachteil, dass es viel zu weit war, um Hilfe zu holen, falls etwas passieren sollte. Und das genau befürchtete sie jetzt.

Elin hatte in dem kleinen Ort in Småland wirklich kein Leben im Überfluss gelebt. Hier spielte es keine Rolle, ob die Berliner Mauer fiel, ob Bosnien brannte oder ob die USA Kuba angriffen. Denn das hatte hier auf dem Land nicht die geringsten Auswirkungen.

Aber wenn Olle mit der Wurstbude weiter unten im Ort sich das Bein brach, war das sofort in aller Munde, denn das bedeutete, dass die Bockwurstversorgung von Ramseryd lahm gelegt war.

Wie gesagt war an ihrem Leben nichts besonders, aber sie hatte es sich doch auf eine außergewöhnliche Weise eingerichtet. In der Schule war sie sehr gut gewesen, aber dann hatte sie die Tankstelle von ihrem Vater übernommen. Von Kindesbeinen an lernte sie alles über Autos und Motoren und es blieb ihr nichts anderes übrig, als in seine Fußstapfen zu treten, fand sie zumindest. Ehrlich gesagt schwebte es ihr auch nie vor, sich mit etwas anderem als mit Autos und Motoren zu beschäftigen.

Etwa mit Jungen.

An sich war da einer gewesen, nein, jetzt war sie dumm! Mit Kent hatte sie nie was gehabt.

Kent, der so ... so unglaublich gut aussehende Kent!

Kent, der sich ganz unvermutet in der elften Klasse um sie bemüht hatte. Während die Schönheiten unter ihren Mitschülerinnen finster zusehen mussten, wie er sich ihr in den Pausen aufdrängte. Er wollte über Politik, Mathematik, Religion und Philosophie sprechen. Ja, über all das, worauf sie in der Schule jetzt im letzten Augenblick noch ansatzweise zu sprechen kamen und was die anderen für abscheulich langweilig hielten.

All das interessierte plötzlich diesen Beau der Klasse, und er behauptete, er würde sich danach sehnen, ihre Ansichten zu hören.

Aber sie hatte sich entschlossen, ihm kein Wort zu glauben.

Sie war sich sicher, dass er irgendeine lächerliche Wette abgeschlossen hatte, dass es ihm gelingen würde, sie noch vor der Abschlussfeier flachzulegen.

Auf Schönlinge konnte man sich nicht verlassen.

Also hielt sie ihn auf Abstand, obwohl sie sich nichts mehr wünschte, als ihm nahe zu sein, richtig nahe. Aber sie hatte den Verdacht, dass das fürchterlich wehtun würde. Das würde vermutlich weitaus mehr wehtun, als sie ertragen konnte, wenn es sich herausstellen sollte, dass das Ganze nur ein großer Witz war.

Denn wer hätte glauben können, dass Kent, der göttliche Kent, sich im Ernst in sie, die Läusefia, verlieben würde?

Sie wusste sehr wohl, wie die anderen sie hinter ihrem Rücken nannten. Aber sie kümmerte sich nicht um diese strohdummen Zuckerpüppchen! Vermutlich hatten sie Kent dazu angestiftet.

Es war wirklich vollkommen abwegig! Er hätte jede von ihnen haben können, also würde er doch nicht gerade sie wählen?

Sie war höflich und kühl geblieben, und er war nie zudringlich geworden. Er bat darum, sie auf den Abschlussball begleiten zu dürfen, aber sie ging gar nicht hin. Anschließend waren ihr alle Männer gleichgültig.

Jetzt war es jedenfalls zu spät, dachte sie manchmal erleichtert. Inzwischen war sie über fünfzig, ein etwas heruntergekommenes Original, das keinerlei Wert auf dem Heiratsmarkt besaß.

Falls sie nicht jemand wegen ihres Geldes heiraten würde!

Alle glaubten nämlich, dass die alte Elin Geld in ihrer Matratze versteckt hatte. So eine alte Jungfer hatte in all den Jahren sicher eine Menge zusammengespart. Eine, die sich ihr Leben lang nichts gegönnt und bereits ihr Erbe angetreten hatte. Ja, es gab sicher mehr als einen, der so dachte.

Aber in Wahrheit waren da nur Schulden gewesen, als ihr Vater abgetreten war.

Es war ein schweres Erbe gewesen. Aber durch Sturheit und harte Arbeit gelang es Elin allmählich, die Schulden abzuzahlen, indem sie in die öligen Fußstapfen ihres Vaters trat.

Sie hatte sogar gewisse Modernisierungen durchgeführt, was die Kunden von heute eben von einer Tankstelle erwarteten und was nicht das Geringste mit Kraftstoffen und mit der Wartung von Kraftfahrzeugen zu tun hatte. Milch, Brot und ein paar alte Videos. Bald würde es sich jedoch nicht mehr umgehen lassen, in neue Zapfsäulen zu investieren. Genauer gesagt würde sie bald Pleite machen.

Den Leuten gefiel es nicht, die verbeulten und rostigen Zapfhähne in ihre funkelnagelneuen Fahrzeuge zu stecken.

Oft besannen sie sich eines anderen, wenn sie ihre uralten Zapfsäulen sahen, und fuhren stattdessen zur Statoil-Tankstelle an der Autobahn.

Aber niemand in der Gegend begriff vermutlich, was es bedeuten würde, wenn Elin und ihre alte Tankstelle wirklich verschwinden würden. Genauso wenig realisierten sie, welche Konsequenzen es haben würde, wenn der ICA-Laden, bei dem man auch am Wochenende Milch und Brot kaufen konnte, schließen musste, weil alle einmal die Woche in die Großmärkte vor der nächsten Stadt einkaufen fuhren.

Wenn Elins Tankstelle verschwinden würde, dann würde ihnen nichts anderes übrig bleiben, als mit jeder Reparatur zu einer Vertragswerkstatt zu gehen, und die waren weiter weg und außerdem verdammt teuer.

Das Risiko, dass etwas Unangenehmes passieren würde, wuchs, je weiter die Unterschiede in der Gesellschaft zunahmen. Und außerdem sprach sich das Gerücht immer weiter herum, dieses Gerücht, das jeder Grundlage entbehrte, dass sie einen Haufen Geld in ihrer Matratze hätte.

»Da in Ramseryd, weißt du, da hinten auf dieses kleine Dorf zu, diese Alte mit der Tanke, die hat sicher irgendwo Geld versteckt. Die Frage ist nur, wo. Aber das lässt sich rauskriegen, wenn es erst mal dunkel geworden ist. Nach halb sieben kommt da niemand mehr hin. Alle sitzen dann in ihren Bruchbuden und schauen sich im Fernsehen die Lokalnachrichten an.«

Elin hatte eingesehen, dass das Risiko nicht unbedeutend war, aber nie irgendwelche Vorsichtsmaßnahmen ergriffen. Eine Alarmanlage besaß sie ebenfalls nicht. Sie hatte bis zu diesem späten Abend Ende Februar, als die dunklen Ahnungen sie befielen, nie geglaubt, dass ihr was passieren könnte.

Ihr Herz hatte wie wild zu klopfen begonnen.

Der eine der Männer, groß, dunkelhaarig und alles andere als angenehm, hatte die Tür geöffnet und war eingetreten. Wenig später waren die anderen beiden zu ihm gestoßen und hatten wachsame Blicke auf den Vorhof geworfen.

Elin hatte nichts gesagt. Aber sie hatte sie nicht aus den Augen gelassen. Sie hätte auch gar nichts sagen können, denn ihr Herz klopfte so heftig, als würde es gleich ihren Brustkorb sprengen.

Die drei Männer liefen in ihrem Shop herum und nahmen gewissermaßen alles in Augenschein, der lange, dunkelhaarige und noch einer ungefähr im selben Alter. Der war jedoch blond und untersetzt. Der Dritte war älter mit schon gelichtetem Haar und Bauchansatz.

Etwas zerstreut hatten sie sich die Waren angesehen, die ganz hinten standen, alte staubige Ersatzteile, die schon lange von einem Nikotinfilm bedeckt waren. Einige lagen schon seit den fünfziger Jahren dort. Bereits ihr Vater hatte geraucht, und auch sie hatte ständig eine Marlboro Light zwischen den Lippen.

Das war ihr einziger Trost, wenn sie in der Grube stand. Nur so sah sie sich der Arbeit gewachsen, der Gedanke an die Zigarette, die sie sich anschließend gönnen würde, hielt sie aufrecht.

Jetzt hätte sie diese Zigarette gebrauchen können. Sie hätte …

»Schöne Sachen, wirklich …«, hatte der Erste von ihnen gesagt, unerwartet und unaufrichtig.

Er hatte einen Akzent aus dem Osten, und bei seinen Worten ging ihr innerer Alarm los. Sie begann, wie viele der anderen vor ihr, zu plappern. Die Worte strömten wie ein Wasserfall aus ihrem Mund, angsterfüllte, entlarvende und flehende Worte.

»Bitte tun Sie mir nichts! Ich habe Geld, nicht viel, aber ich hab welches! Sie bekommen ja alles, wenn Sie mir nur nichts tun … bitte, egal was! Aber fassen Sie mich nicht an!«

Sie hatten sie angeschaut, gespielt erstaunt die Brauen hochgezogen und dümmlich gelacht. Die drei in ihren zerknautschten Gabardinehosen taten vollkommen unschuldig. Der mit dem gelichteten Haar hob beruhigend die Hände.

»Sie anfassen, gnädige Frau? Keiner von uns denkt auch nur im Traum daran, Sie anzufassen.«

»Das würde uns nie einfallen«, hatte Stoján kichernd gesagt.

»Beruhigen Sie sich doch, wir wollen Ihnen doch gar nichts tun.

»Noch nicht.«

Adrian versuchte damit so ganz nebenbei, sich bei Stoján einzuschmeicheln, aber Bernard warf ihnen einen verärgerten Blick zu. Dann redete er weiter beruhigend auf die Dame in dem wenig kleidsamen und von Ölflecken bedeckten Blaumann ein, die vollkommen verängstigt war.

»Ganz im Gegenteil! Wir wollen Ihnen ein Angebot machen, zu dem Sie einfach nicht Nein sagen können!«

Wie sollte er um diese Zeit nur noch jemanden bei der Penninglotteri erreichen, fragte sich Joakim Hill, jedenfalls solange er nicht den Jackpot geknackt hatte?

In Visby war natürlich niemand ans Telefon gegangen. Offenbar machte man auf Gotland ebenfalls Feierabend, stellte er enttäuscht fest.

Aber er unternahm, obwohl alles dagegen sprach, dass er dieses Mal Glück haben würde, einen neuen Versuch.

»Telia Auskunft«, ließ sich eine Frauenstimme am anderen Ende der Leitung vernehmen.

»Ja, hallo«, erwiderte Hill eifrig und versuchte seine Stimme so charmant wie möglich klingen zu lassen. »Ich meine nur, das, was Sie da in der Fernsehreklame vormachen, können Sie das in Wirklichkeit auch?«

»Bitte?«

»Ich meine, dass Sie fast jede Telefonnummer und Adresse rauskriegen können, wenn Sie nur was zum Anfangen haben?«

Die Dame lachte verlegen – sie klang nett, fand er.

»Tja, das kommt ganz darauf an.«

»Die Sache ist nämlich die, dass ich Kriminalbeamter bin.«

»Aha.«

Die Dame von der Auskunft klang alles andere als überzeugt, blieb aber reserviert höflich.

»Ich müsste mit Lars-Gunnar sprechen, beruflich.«

»Lars-Gunnar? Welchem Lars-Gunnar?«

»Lars-Gunnar Björklund natürlich! Wer sonst?«

»Ach so, der von der Penninglotteri, einen Augenblick bitte.«

»Nein, nein!«, beeilte er sich. »Es hat keinen Sinn, wenn Sie mich mit denen verbinden. Dort habe ich es bereits versucht. Die haben alle schon Feierabend gemacht.«

»Aber kann die Sache nicht bis morgen warten?«, schlug die Dame vor.

»Nein, es geht um einen Mord. Es eilt.«

Er hörte sie lachen, wollte aber trotzdem nicht klein beigeben.

»Es ist äußerst wichtig, dass ich dort jemanden zu sprechen bekomme und zwar unverzüglich.«

»Augenblick.«

Er wartete einen Augenblick, er wartete zwei. Um die Wahrheit zu sagen vergingen viele Augenblicke, ehe sie wieder etwas sagte.

»Tut mir Leid, er hat eine Geheimnummer.«

»Hören Sie, ich bin von der Polizei. Ich heiße Joakim Hill. Ich bin Kriminalkommissar in Helsingborg. Sie können die Nummer kontrollieren, von der aus ich anrufe. Das hat alles seine Richtigkeit.«

»Das hilft leider nichts. Wir dürfen keine Geheimnummern rausgeben. Nur mit Gerichtsbeschluss.«

»Hören Sie, es ist fast acht. Der Untersuchungsrichter hat bereits Feierabend.«

»Tut mir Leid. Aber das geht leider nicht.«

»Verdammt ... entschuldigen Sie.«

»Keine Ursache. Aber was wollen Sie denn genau wissen? Ich finde vielleicht jemand anderen, der Ihnen weiterhelfen kann.«

Jetzt klang sie etwas überzeugender. Er hätte gerne geglaubt, dass sie das Zuverlässige in seiner ehrlichen, männlichen Stimme auf seine Seite gebracht hatte.

»Ich will wissen, was es für Routinen gibt, wenn sie liefern.«

Sie zögerte.

»Wenn sie was liefern? Meinen Sie Geld?«

Ihre Stimme klang sofort bedeutend kühler. Offenbar wirkten seine Nachforschungen erneut suspekt.

»Nein, nicht das. Ich meine, wenn sie ihre Lose liefern. An Kioske, Tankstellen und so. Sie wissen schon!«

Die Dame verstand, was er meinte.

»Aber könnten Sie diese Frage nicht anders einfacher klären?«, meinte sie taktvoll.

»Wie das?«

»Sie können doch einfach zum nächsten Zeitschriftenkiosk gehen und dort fragen.«

Lange sagte er nichts. Er war froh zu telefonieren, denn er war bis zu den Ohrläppchen rot geworden. Warum hatte er daran nur nicht gedacht?

»Vielen Dank! Sie sind wirklich ein Naturtalent! Kommen Sie doch zu uns. Wir können Sie besser gebrauchen als Telia. Noch einmal vielen Dank! Wiederhören!«

»Danke und auf Wiederhören!«, erwiderte sie lachend und legte auf.

Bereits nach fünfundzwanzig Minuten war Hill wieder auf dem Revier. In dieser Zeit hatte er alles erfahren, was er wissen wollte, und sich außerdem mit einer Bockwurst mit Brot gestärkt.

Die Chance eines sorgenfreien Lebens war allerdings an ihm vorbeigegangen, obwohl einmal jemand bei dem Zeitungskiosk, den er aufgesucht hatte, den Jackpot mit 61 Millionen schwedischen Kronen geknackt hatte!

Aber sonst hatte er fast alles bekommen, was er gewollt hatte: Auskünfte etwas zu essen, eine Abendzeitung und einen kleinen praktischen Nagelknipser.

Da draußen in Lönnarp hatte er sich einen Nagel abgebrochen, dessen scharfe Kante ihn mehr und mehr irritierte. Diese Ungleichmäßigkeit verstärkte in ihm das Gefühl, alles würde ihm allmählich entgleiten. Und da er fand, es reiche, dass ihm im Tankstellen-Mordfall alles entglitt, schnitt er resolut mit dem neu erworbenen Werkzeug die Bruchstelle zu einer gleichmäßigen Rundung.

Wenn es mit seinen Ermittlungen doch nur ebenso leicht gegangen wäre! Einfach die Kanten mit der geeigneten Ermittlungsschere gleichmäßig sauber abschneiden. Das Ganze am Jackett etwas polieren und elegant die Angelegenheit aufgeklärt zu den Akten legen. Aber leider hatte er das deutliche Gefühl, dass es so nicht gehen würde und die Sache eben erst angefangen hatte.

Das Faxgerät ließ einen ärgerlich schrillen Signalton vernehmen. Es war das Fax von Holgren in Landskrona, knapp formuliert wie eine Vermisstenmeldung im Radio.

> Der Mann war etwas kleiner als der Durchschnitt, hatte kurzes, etwas gelichtetes aschblondes Haar und grüngraue Augen. Er hatte einen Akzent, wahrscheinlich osteuropäisch. Bauchansatz, aber nicht regelrecht übergewichtig. Kleidung: moosgrüne Baumwolljacke, braune Gabardinehosen und dunkelgraue Eccoschuhe mit schief abgelaufenen Absätzen. Vermutlich normale Schuhgröße. Er hatte eine braune Aktentasche bei sich. Gute Nacht!

»Aha«, sagte Joakim zufrieden. »Er kann also doch. Ausgezeichnet!«

Endlich war für Joe Hill der Zeitpunkt gekommen, Annahmen und Theorien gegeneinander abzuwägen, Schlüsse zu ziehen und zu versuchen, zur Wahrheit vorzudringen.

Aber dazu brauchte er Kaffee, und glücklicherweise stand der Kaffeeautomat auf dem Gang wie immer zu Diensten.

Es war merkwürdig, auf dem Weg dorthin an den nächtlich-leeren Dienstzimmern vorbeizukommen. Die späte Stunde und sein Schlafmangel spielten ihm einen Streich, und er meinte schon die Stimmen der Kollegen aus den Zimmern zu hören. Aber das war nur das Echo in seinem müden Kopf. Schatten vertrauter Klangbilder aus dem stressigen Getriebe des Tages.

Der Kaffeeautomat funktionierte einwandfrei, aber als er verstohlen eine weitere Münze in den Schlitz steckte und den Knopf für ein Gebäckstück mit schneeweißem Zuckerguss drückte, weigerte sich die Klappe aufzugehen. Die Zehnkronenmünze bekam er nicht zurück. Das war Diebstahl, nichts anderes!

Oder – war es vielleicht so, dass es sich um einen Fingerzeig handelte? Ein diskreter Hinweis höherer Mächte, dass es nicht sonderlich nützlich war, so spät am Abend fettige und zuckrige Sattmacher einzuwerfen?

Hill eilte ohne süße Belohnung, aber mit dem heiß begehrten Becher stimulierenden Koffeins in sein Zimmer zurück. So gut es ging versuchte er, nicht auf die Geräusche zu lauschen, von denen er wusste, dass sie nicht zu hören waren.

»Mal sehen, womit wir es hier eigentlich zu tun haben«, murmelte er, als er wieder in den vier Wänden seines Dienstzimmers war. Er legte ein weißes Blatt Papier auf den Schreibtisch und begann mit Hilfe eines blauen Kugelschreibers mit der Aufschrift »Finanzministerium« die Fakten aufzulisten, auf die sie bisher gestoßen waren.

»Mal sehen, erst einmal die Opfer ...«

Die Uhr der Gustav Adolfs Kyrka etwas weiter die Straße entlang verkündete für alle Welt und insbesondere für Kommissar Hill, ehe er diesen Gedanken noch formulieren konnte, dass es bereits zehn Uhr abends war.

Draußen auf der Straße war alles ruhig. Das Publikum der Siebenuhrvorstellungen der Kinos war bereits wieder zu Hause, und die Leute aus den Neunuhrvorstellungen würden erst in einer Dreiviertelstunde auf die Straße strömen.

Dann würden die Pizzabäcker in der Södercity noch einmal alle Hände voll zu tun bekommen, und der eine oder andere würde eins aufs Maul kriegen, so war es immer.

Hill legte den Stift beiseite, reckte sich und lehnte seinen schmerzenden Rücken in das weiche Polster seines Bürostuhls.

Was hatte er da eigentlich, fragte er sich und sah seine handgeschriebenen Aufzeichnungen noch einmal durch. Was konnte man aus diesem betrüblichen Gekritzel herauslesen und vor allen Dingen: Was stand zwischen den Zeilen?

Er brauchte vermutlich noch mehr Kaffee, wenn er mit dieser Aufgabe fertig werden wollte. Er ging zu einem weiteren Durchgang zurück zum Automaten. Dieses Mal ging er jedoch nicht wieder in die Gebäckfalle.

Er hatte die Umstände der beiden Morde nebeneinander aufgelistet. Jetzt brauchte er nur noch Parallelen zu suchen – oder Diskrepanzen.

Gewisse Dinge waren einfach.

Unbehaglich, aber einfach.

»Mal sehen«, sagte er zu sich selbst, »Rajid wurde durch den Mund erschossen und hatte eine Binde vor Augen. Sten Andersson ebenfalls. Rajid hatte Reste der Beschichtung eines Rubbelloses unter den Fingernägeln. Aber gab es so was auch bei dem anderen?«

Daran konnte er sich nicht erinnern.

Also nahm er ein neues Blatt Papier und notierte sich als Punkt Nr. 1, dass er dem am nächsten Tag sofort nachgehen musste, sobald er Anderberg erreichen konnte. Dann fuhr er in seiner Analyse fort.

»Sten Andersson war der Geschäftsführer der Tankstelle, aber Rajid war der Besitzer. Wo ist hier der gemeinsame Nenner? Eindeutig: die Tankstelle.«

Mit demselben methodischen Fleiß ging er jeden einzelnen Punkt durch, während er mit sich selbst sprach und mit dem kanarienvogelgelben Besuchersessel.

»Die Kugeln.«

Die Ballistiker arbeiteten daran, aber er hatte sich trotzdem als Punkt Nr. 2 notiert, sich so bald wie möglich nach einem vorläufigen Untersuchungsergebnis zu erkundigen. Es bestand nämlich die Möglichkeit – um nicht zu sagen, dass es äußerst wahrscheinlich war –, dass die tödlichen Kugeln aus derselben Waffe abgefeuert worden waren.

»Familie? Nein, da gibt es nicht die geringste Ähnlichkeit«, konstatierte er enttäuscht. »Aber warte … nein. Rajid hatte eine junge Frau. Zwei kleine Söhne, ein glückliches Leben. Sten Andersson hatte … nichts!«

Hill trug den schweigenden Wänden seines Dienstzimmers sein Plädoyer vor. In der verzweifelten Hoffnung, dass aus dem Nichts plötzlich ein leuchtender Pfeil auftauchen würde, erwog er das Für und Wider seiner Argumente.

Ein Pfeil, der in eine ganz bestimmte Richtung weisen würde zwischen allen Missverständnissen und Irrwegen auf die richtige Fährte.

»Sten Andersson hatte nur seinen erwachsenen Sohn, der nicht mehr zu Hause wohnte. Ein Lump. Ein richtig geldgieriger …«

Geld!

Geld – Geld … hier war doch was Ungewöhnliches? So viel

Geld, das er seinem Sohn in Idaho im letzten Jahr geschickt hatte. Keine Ersparnisse, kein nennenswertes Vermögen im Nachlass des Toten – wie hatte er da bloß seinen Sohn mit so fürstlichen Summen unterhalten können?

Und das Los in Landskrona war eine weitere solche Anomalie. Teils wegen der mysteriösen Art und Weise, auf die es verschwunden war, denn es hatte am Nachmittag wirklich noch dort gelegen, und teils wegen des Mannes, der behauptet hatte, von der Penninglotteri zu kommen.

Denn solche Männer gab es nicht.

Der anfänglich misstrauische junge Mann in dem Zeitungskiosk war erst aufgetaut, als ihm Hill seinen Dienstausweis gezeigt hatte.

»Spitze! Genau wie im Fernsehen!« Der junge Mann war auf einmal ebenso eifrig gewesen, seine Fragen zu beantworten, wie einer der Teilnehmer der Sendung *Jeopardy*.

»Wo wir die neuen Rubbellose herkriegen, wenn die alten ausgetauscht werden sollen, meinen Sie?«, wollte er wissen, wie um sich zu versichern, dass er die Frage richtig verstanden hatte.

»Ja?«

Hill hatte so glänzende Augen bekommen wie ein Kind, das auf ein großes Eis wartet.

»Ganz einfach. Wir tauschen die Lose gar nicht aus. Wir verkaufen, bis keine mehr da sind!«, verkündete der Verkäufer mit jugendlicher Begeisterung. »Die gehen weg wie warme Semmeln, und zwar alle. Die einen wollen ein Triss, andere ein A oder ein TIA oder eins von den anderen, aber alle gehen weg. Das ist überhaupt kein Problem!«

»Aber nehmen Sie mal an …«, fing Hill an.

»Bitte?«

»Ja also, stellen Sie sich vor, dass Lose übrig bleiben. Lose, die sich überhaupt nicht verkaufen lassen. Was würden Sie dann machen?«

»Sie zurückschicken natürlich! Auf dieselbe Art, wie sie auch gekommen sind.«

»Und wie kommen sie?«

Hill hatte Mühe, die Ruhe zu bewahren, und er spürte, wie ihm der Schweiß aus den sonst immer knochentrockenen Achselhöhlen lief.

»Als Wertbrief, natürlich.«

Natürlich! Bingo!

Es war so, wie er von Anfang an vermutet hatte. Es gab überhaupt keine Reisenden, die Rubbellose austauschten! Der Mann von der Tankstelle in Landskrona hatte gerade den Platz des Hauptverdächtigen eingenommen. Wer war er nur?

Hill hatte dem jungen Mann gedankt, der es schade fand, dass er schon wieder gehen wollte. Vielleicht könne er ihm ja ein andermal mehr von seiner spannenden Arbeit im Zeitungskiosk berichten? Dort sei immer eine Menge los, und er könne dem Kommissar jederzeit das eine oder andere erzählen!

Hill hatte höflich gemeint, das klinge wirklich hochinteressant, er habe nur gerade überhaupt keine Zeit. Und das war auch gar nicht gelogen, denn jetzt saß er bereits solange in seinem Dienstzimmer, dachte nach und schlussfolgerte, dass ihm alle Gedanken stehen zu bleiben drohten, und trotzdem war er nicht sonderlich weit gekommen.

Und dann war da noch dieses merkwürdige kleine Kästchen, das er zusammen mit Susanna in Anderssons Wohnung gefunden hatte.

Als Punkt Nr. 3 notierte er, dass er kontrollieren musste, ob ein solcher Gegenstand auch im Landskronafall aufgetaucht war, und dass er so bald wie möglich damit nach Lund fahren musste, um die Untersuchung durchführen zu lassen, zu der es wegen Holmgrens Anruf nicht gekommen war.

Aber seine Gedanken kehrten immer wieder zu dem deutlichsten Thema zurück und wollten es nicht loslassen. Geld. Rubbellose. Geld gab Lose. Lose gaben Geld.

Hill spielte dieses Modell eine Weile durch.

Jetzt wusste er, dass er auf der richtigen Spur war. Er ahnte den ersehnten Pfeil bereits, der ihm den Weg weisen würde. Er meinte ihn sogar an der Wand gegenüber dem Schreibtisch zu sehen.

Joe Hill folgte ihm – und ging nach Hause. Er musste wirklich versuchen, etwas mehr Schlaf zu bekommen, und er wusste bereits, dass auch der morgige Tag wieder lang werden würde.

Normalerweise ließ Hill seinen Wagen auf dem Parkplatz hinter dem Präsidium stehen. Dort war er relativ sicher, und außerdem musste er dann nicht um einen der wenigen Stellplätze in seiner Straße kämpfen.

Es gab nur wenige Tage, an denen Hill es nicht vorzog, das kurze steile Stück durch Bergaliden und weiter Richtung Rektorsgatan zu Fuß zu gehen, denn frische Luft und Bewegung waren nützlich, auch wenn man nur noch nach Hause und sich ins Bett legen wollte.

Dieser Abend war da keine Ausnahme, und Hill holte dankbar in der feuchten Nachtluft tief Atem, als er die Anhöhe hinaufging. Hoffentlich würde der Sauerstoff dafür sorgen, dass er gut schlief und etwas Angenehmes träumte oder im besten Fall überhaupt nichts.

Rechts von ihm lag das Lazarett. Die Notaufnahme befand sich jedoch auf der anderen Seite. Alles wirkte an diesem Abend friedlich und harmonisch. In der anderen Richtung ragte der Festungsturm Kärnan in den mondhellen Nachthimmel. Hill schlug der verführerische erste Frühlingsduft aus dem Slottshagen entgegen. Aber er ließ sich nicht verleiten, durch den Park zu gehen, sondern eilte entschlossen direkt auf seinen Bau zu. Um sehr viel mehr als das handelte es sich nämlich nicht. Hill war schließlich mit seiner Arbeit verheiratet. Er hatte also kein Geld und keine Mühe darauf verschwendet, seiner Wohnung einen persönlichen Stempel aufzudrücken. Meist war er zu müde, als dass ihn das weiter gekümmert hätte – wie heute Abend.

Einen Fernseher mit einem großen Bildschirm hatte er sich allerdings gegönnt und ein außerordentlich bequemes Bett. Aber davon abgesehen, das musste er einsehen, als er seine Wohnungstür hinter sich schloss, unterschied sich sein Lebensstil nicht viel von dem eines Sten Andersson.

Aber einen Unterschied gab es, überlegte Hill, während er sich vor dem Badezimmerspiegel die Zähne mit einer Zahnpasta putzte, die sämtliche Flecken zu entfernen versprach, die der Automatenkaffee ärgerlicherweise verursachte. Sten Andersson pflegte einen solchen Lebensstil, weil er bereits aufgegeben hatte.

Hill hingegen hoffte, dass es bei ihm noch gar nicht richtig angefangen hatte.

»Meine Güte, wie müde ich sein muss«, sagte er etwas undeutlich zu seinem Spiegelbild und betrachtete mürrisch die Zahnpastaspuren in seinen Mundwinkeln.

Stand er etwa da und ließ sich in eine Depression fallen? Sich mit diesem armen Schwein aus Berga zu vergleichen, als hätten dessen tragische Lebensumstände auch nur das Geringste mit ihm zu tun!

Gewiss, sie waren beide allein stehend. Und gewiss, die Arbeit stand auch bei ihm immer im Mittelpunkt, und das, was allgemein sozialer Umgang genannt wurde, schien in beiden Fällen Mangelware zu sein.

Und da war noch ein weiterer bedeutender Unterschied. Sten Andersson war tot, was man von Joakim Hill noch lange nicht behaupten konnte! Er war todmüde.

Wenn er jetzt nur ein paar Stunden ordentlichen Schlaf bekam, dann würde er schon herausfinden, wer den Tankstellenwart umgebracht hatte und warum. Er würde auch dafür sorgen, dass der Schuldige oder die Schuldigen dafür bezahlten!

Die Depression gewann doch noch die Oberhand. Er spuckte die stark schäumende Zahnpasta ins Waschbecken, fuhr sich mit dem Handtuch durchs Gesicht und fragte sich müde, ob es ihm wirklich gelingen würde, diesen Fall zu lösen.

Vielleicht würden sie ja nie die entscheidende Spur finden, und vielleicht würde es nie einen weiteren Tankstellenmord geben? In diesem Fall würde die Sache allmählich vergessen, archiviert und schließlich abgeschrieben werden.

Dann war Sten Anderssons Tod ebenso sinnlos wie offenbar auch schon sein Leben.

Nein, er durfte einfach nicht weiter über die betrüblichen Seiten des Lebens nachdenken. Davon wurde auch nichts besser!

Rasch fuhr er sich mit dem Kamm durchs Haar, weil ihm das seine geliebte Tante einmal so beigebracht hatte, machte das Licht im Badezimmer aus und fand dann durch die Dunkelheit den Weg ins Schlafzimmer.

Wie immer knallte er mit den Zehen ans Bettgestell, fluchte und ließ sich dann auf die Bettkante sinken.

Dann fand er endlich Kissen und Decke und war eingeschlafen, ehe er noch den Kopf richtig hingelegt hatte.

»Verdammt!«, rief Bernard Valmera und schlug sich verärgert vor die Stirn.

Solche unangenehmen Entdeckungen gefielen ihm nicht. Sie bedeuteten Kopfzerbrechen, Unannehmlichkeiten und unnötige Risiken. Aber es gab sonst keine Möglichkeiten, er hatte keine Wahl. Er hatte darüber Rechenschaft abzulegen.

Mitgefangen, mitgehangen ...

Fressen oder gefressen werden, so hieß das Gesetz, und wer glaubte, dass die Welt anders war, eignete sich ganz einfach nicht für das wirkliche Leben.

Verärgert ging er zu Adrian und Stoján hinüber, die jeder in einer Ecke des Sofas vor dem Fernseher lagen. MTV verkündete mit lästig flimmerndem Diskolicht seine simple Botschaft an die Jugend der Welt: Sei in – sei dabei – relax!

Dieses Konzept erreichte über den Äther sogar Empfänger im kleinen schwedischen Eslöv.

Adrian schlief, aber Stoján starrte lüstern auf die sich drehenden, halb nackten jungen Mädchen auf der Mattscheibe, als Bernard einen Stapel Papier vor ihn auf den Couchtisch knallte.

»Hier sind die Kontoauszüge«, teilte er mit.

Stoján betrachtete sie uninteressiert.

»Drei Wochen in einem Luxushotel in Florida.«

»Für uns?«, wollte Stoján wissen, und sein Interesse war geweckt.

»Holzkopf! Die Braut in dem Kiosk, die wir vor zwei Monaten eingeweiht haben. Letzten Montag ist sie zurückgekommen. Neu eingekleidet und mit echtem Schmuck. Ihre Kollegin war sehr neidisch und sehr gesprächig.«

Stoján räkelte sich träge. Bernard war noch nie aufgefallen, was für lange und muskulöse Arme er hatte. Er erkannte die Bestie in ihm und schaute weg.

»Wann?«, fragte Stoján.

Rastlos sah Bernard auf seine Armbanduhr. Es war erst Viertel vor sechs an diesem Montagabend. Sie würden es noch schaffen, wenn sie sich beeilten.

»Jetzt.«

5

Am Dienstagmorgen bekam Joakim Hill endlich Bescheid von der Spurensicherung. Ärgerlicherweise hatte das viel länger gedauert, als er gehofft hatte, und das Resultat war außerdem niederschmetternd. Es war negativ.

Nein, leider, unter den Fingernägeln von Andersson hätten sich keine Reste der Beschichtung von Rubbellosen gefunden.

Die Ballistiker waren auch nicht fertig. Sie wollten sich nicht mal auf eine vorläufige Stellungnahme einlassen.

Das Einzige, was ihm jetzt noch zu tun blieb, war zu versuchen, Ashia Hamawed in Landskrona anzurufen, die Witwe von Rajid. Als sie zu Hause ans Telefon kam, merkte er an ihrer Stimme, dass die Medizin ihre Wirkung getan hatte. Sie klang verdächtig gedämpft und gleichmütig. Wonach er sie auch fragte, sie antwortete immer so, als ginge es nicht um sie. Nicht um sie und ihre Familie und keinesfalls um ihren ermordeten Mann, sondern um irgendwelche Fremden. Weit weg, ganz woanders.

Aber trotzdem sah er sich gezwungen, Fragen zu stellen.

Er fragte nach dem Metallkästchen und beschrieb es ihr, so gut es ging. Es erinnere an ein Prüfgerät für Geldautomatenkarten, nur kleiner. Wie sollte sie das nur verstehen? Er war sich nicht einmal sicher, dass es in Landskrona so ein Kästchen gegeben hatte. Aber fragen musste er schließlich.

»Ja, genau so eins. Er hat so eins.«

Bei ihrer geflüsterten Antwort klang ihre Stimme tonlos.

Ein Glück, dass Joe Hill bereits saß.

»Hat er so eins? Ich … ich meine hatte.«

Aber seine Wortwahl spielte für sie keine Rolle. Das Beruhigungsmittel hinderte Worte und Assoziationen effektiv daran, weitere Wunden in ihre blutende Seele zu reißen.

»Ja, im Büro. In der … Tankstelle«, antwortete sie tonlos.

Sie war sicher müde, aber trotzdem sah er sich gezwungen, sich noch länger in ihre Welt zu drängen.

»Sind Sie sicher? Hatte er das Ding im Schreibtisch?«

Svantesson hatte ganz entschieden verneint, dass sie so etwas im Büro gefunden hätten.

»Nein, ich habe mich undeutlich ausgedrückt, entschuldigen Sie. Er verwahrte das Ding im Tresor.«

Ihre angestrengte Höflichkeit bekümmerte ihn. Sie hatte jedes Recht und allen Grund, die Welt zum Teufel zu wünschen. Aber stattdessen war sie so orientalisch höflich, dass es wehtat. Und ihm blieb nichts anderes übrig, als das auszunutzen.

Er musste es einfach wissen.

»Darf ich gegen Mittag kurz bei Ihnen vorbeischauen? Ich bin dann ohnehin gerade in der Gegend. Ich will Ihnen einen Apparat zeigen und wissen, ob es möglicherweise derselbe ist.«

Sie versprach, sich alle Mühe zu geben.

Und er versprach, etwas später auf dem Weg nach Lund vorbeizukommen.

»Gehst du?«, fragte Joansson und ließ seine Lesebrille auf die Nasenspitze herabgleiten. Er starrte Joakim Hill über ihren Rand an.

»Jawohl. Ich fahre nach Lund«, antwortete Hill. Er balancierte eine Tasche auf dem Knie und hielt einen Packen neuer Rapporte zwischen den Lippen. Er versuchte, die Tasche zu öffnen, aber der Verschluss machte ihm Schwierigkeiten.

Offenbar hatte Joansson das ebenfalls vor.

»Wie immer allein?«, wollte er wissen.

Endlich schnappte der Verschluss zu, und Hill hatte endlich eine Hand frei, um die Papiere abzulegen.

»Ja, aber ich will nur mit einem von der Universität sprechen«, erwiderte er abwehrend. »Die sind nicht gefährlich und beißen nur, wenn sie angegriffen werden.«

Er lachte, aber das machte auf den an diesem Tag ziemlich grimmigen Joansson keinen Eindruck.

»Und was wird aus dem Training?«, wollte er plötzlich wissen.

»Welchem Training?«

Joansson sah ihn auffordernd an, und auf einmal erinnerte sich Hill wieder. Er hatte sich am Nachmittag zum Training eingetragen. Verdammt!

»Kannst du mir nicht einfach eine neue Zeit geben?«, fragte er und sah den Diensthabenden flehend an.

Aber Joansson nahm einfach nur einen weiteren Stapel Rapporte in beide Hände, schlug die Unterkante gegen die Tischplatte, damit die Seiten gleichmäßig lagen, und schüttelte den Kopf.

»Alles ausgebucht!«

Hill wurde immer kleiner. Das hier war eine vollkommen unerwartete Widrigkeit, und er fühlte sich wieder so wie am Vorabend vor dem Badezimmerspiegel: abgehetzt, mit lauter Stolpersteinen im Weg.

Das Training war wichtig. Die Polizeiführung legte größten Wert darauf, dass man mindestens einmal in der Woche trainierte. Den Zeitpunkt durfte man sich dann allerdings selbst aussuchen. Eine Trainingszeit ausfallen zu lassen wurde hingegen gar nicht gern gesehen. Ein nicht trainierter Polizist war potenziell gefährdet, so einfach war das.

»Aber es gibt da vielleicht eine Möglichkeit …« Joansson sagte A, aber nicht B. Er kostete die Situation förmlich aus.

»Ja?«, erwiderte Hill hoffnungsvoll.

Jetzt stand er, Kommissar Joakim Hill, wieder so erwartungsvoll da wie ein kleines Kind, das auf ein großes Eis wartet.

»Samstagmorgen zwischen acht und neun!«, teilte ihm Joansson mit und strahlte über das ganze Gesicht. Je enttäuschter Hill aussah, desto mehr strahlte er.

Aber heute musste er unbedingt weg, denn schließlich konnte er Rajid Hamaweds Frau nicht anrufen und sagen, ihm sei etwas dazwischengekommen. Er wollte sie nicht vergebens belästigt haben und auch nicht warten. Er brauchte so bald wie möglich ein paar richtige Antworten.

»Okay«, antwortete er kurz.

»Okay?«

»Ja, super. Trag mich ein. Morgenstund hat Gold im Mund, du weißt schon.«

Joanssons bösartig strahlendes Lächeln erstarb sofort. Ehe Joe Hill noch durch die Tür verschwunden war, war er wieder so schlecht gelaunt wie vorher.

»Danke, danke, dass Sie gekommen sind.«

Sie dankte ihm, obwohl eigentlich er das hätte tun müssen. Die kleine Wohnung war ordentlich und gemütlich. Bedeutend weniger orientalisch, als er erwartet hatte, und das galt ebenfalls für die junge Witwe Ashia Hamawed.

Sie war eine schöne Frau. Ihr genaues Alter zu bestimmen war gar nicht so einfach, aber er schätzte sie auf um die fünfundzwanzig. Klein, grazil und mit hoch erhobenem Kopf hieß sie ihn in ihrer kleinen Welt willkommen, ihrer Welt und der ihrer Söhne.

Er begriff nicht, woher sie die Kraft nahm, aber war ihr trotzdem dankbar dafür.

Sie trug ein schlichtes schwarzes Kostüm mit einer weißen Bluse und eine kleine Emailbrosche auf dem Aufschlag. Ihr rabenschwarzes Haar hatte sie zu einer kunstvollen, aber trotzdem modernen Frisur hochgesteckt. Ihre Fingernägel waren makellos und mit gleichmäßigen Pinselstrichen lackiert.

Sie glich mehr der Gattin eines Managers. Ihre gesamte Erscheinung legte von den Hoffnungen Zeugnis ab, die sie sich für die Zukunft gemacht hatten – Hoffnungen, die durch einen infamen Schicksalsschlag zunichte gemacht worden waren.

Er zog die Schuhe aus und ging hinter ihr her ins Wohnzimmer. Die zwei kleinen Jungen versteckten sich hinter einem Sessel. Als er vorbeiging, lugten sie erwartungsvoll hervor, und er lächelte vorsichtig. Sofort wurden sie wieder scheu und versteckten sich erneut hinter der Sessellehne.

Auch dieses Mal war es wieder nicht der Papa.

Er machte sich an dem widerborstigen Schloss seiner Aktentasche zu schaffen und zog schließlich das unansehnliche Instrument hervor, das sich unten in der Tasche zwischen zwei Lederfalten verborgen hatte. Vorsichtig legte er es in ihre ausgestreckte Hand und rief dabei die höheren Mächte an.

»Genau. Genau so eins«, sagte sie.

Sie drehte es vorsichtig um und sah es so erstaunt an, als sei es ein Kätzchen.

»So eins liegt im Büro im Tresor«, behauptete sie.

Aber das tat es nicht, er hatte sicherheitshalber noch einmal bei Svantesson nachgefragt.

Vorsichtig legte sie das Kästchen in seine ausgestreckte Hand zurück. Als würde er ihr einen Gefallen tun, indem er diesen mysteriösen Gegenstand wieder aus ihrem Zuhause entfernte. Als würde einfach nur sein unbekanntes Anwendungsgebiet Gefahr verheißen.

»Danke, Sie waren mir eine große Hilfe«, versicherte er. »Vielen herzlichen Dank.«

Sie nickte, und er sah auf einmal direkt durch ihre Maske, die aufgesetzte Tapferkeit. Jetzt war sie müde und wollte nur noch eins: mit ihren Söhnen zurück in ihre Einsamkeit. Also ging er zur Tür. Mit großen Augen spähten ihm die Jungen hinterher, gaben sich aber größte Mühe, sich dabei nicht sehen zu lassen.

»Ich hoffe …«

Plötzlich wurde er verlegen, wie er da in ihrer Diele stand und in seine Schuhe schlüpfte. Das hatte ihr Mann sicher auch Tausende von Malen getan. Was sollte er sagen? Was gibt es schon zu sagen, wenn jemand alles verloren hat?

»Ich hoffe, dass das wieder in Ordnung kommt. Ich meine, für Sie und die Kinder.«

»Das wird schon!«

Er war erstaunt, dass sie so energisch war, und hatte merkwürdigerweise das Gefühl, dass das keine leeren Worte waren. Er sah das auch in ihrem brennenden Blick, als sie fortfuhr:

»Ich werde die Tankstelle weiterführen. Die gehörte Rajid, aber jetzt gehört sie mir. Und ich werde sie für unsere Söhne verwalten. Eines Tages werden sie sie übernehmen und dort weitermachen, wo er aufgehört hat.«

Er nickte, lächelte und hielt ihr die Hand zu einem traditionell westlichen Abschied hin.

Sie nahm sie, und er spürte Entschlossenheit und eine zähe Stärke in ihrer schmalen kleinen Hand.

»Es gibt nur eine Sache, die ich nicht beenden kann. Jedenfalls nicht jetzt«, bekannte sie, als würde es sie erleichtern, jemandem, egal wem, ihr Herz auszuschütten. »Ich werde Rajids Pläne für den Ausbau der Tankstelle nicht ausführen. Von Anfang an war das ein zu großes Wagnis.«

Hill war bereits durch die Tür, aber schaute jetzt erstaunt zurück. Sein Instinkt sagte ihm, dass dieses kleine Bekenntnis sehr wichtig war, und er merkte sich jedes einzelne Wort.

»Das hätte weit mehr gekostet, als wir je hätten bezahlen können«, sagte sie und machte leise die Tür hinter ihm zu.

Lund glich in vielerlei Hinsicht einer Perlmuschel. Das Gerücht ihrer inneren Schönheit hatte sich weit herumgesprochen, aber der Schatz blieb den Besuchern erst einmal verborgen außer denen, denen das Kunststück gelang, sich zu dem magischen Kern vorzuarbeiten.

Wenn man aber wie Hill auf der Umgehungsstraße in die Stadt kam, konnte einem dieses atemberaubende Erlebnis entgehen. Im Nordwesten erinnerte Lund mit monotonen Gewerbegebieten und weitläufigen modernen Wohnvierteln an jede andere traurige schwedische Kleinstadt.

Hier draußen fiel einem eigentlich nichts ins Auge, was darauf hätte schließen lassen, dass die Stadt über ein Wissen und Können verfügte, das ihr in der ganzen Welt Respekt einbrachte, außer dem Turm des Doms, der sich imposant über die Dächer erhob, und der charakteristischen Silhouette der Universitätsklinik vor dem klarblauen Frühlingshimmel.

Hill fand, dass der Ruf der Stadt als kulturhistorische Hochburg übertrieben war. Durchaus, dort gab es Universität und Dom, aber sonst? Keine Aussicht über den Sund, keine mittelalterliche Burg und keine Gräber aus der Bronzezeit. Jedenfalls nicht, dass ich wüsste, dachte er und fuhr ahnungslos an einem Hügel vorbei, auf dem früher der Thing getagt hatte. Es war der Sankt Laborii Hügel, auf dem seit Menschengedenken, die großen Könige der Vorzeit vereidigt worden waren. Hier waren historische Entschlüsse gefallen und schwere Urteile verhängt worden. Auf dem Hügel hatten Adlige Königen falsche und echte Schwüre geleistet, und von hier aus war die Stimme des Aufruhrs mehr als einmal über der Ebene erklungen und hatte Schonen in Brand gesetzt.

Hill hatte bereits Hunger bekommen, als er den Kreisverkehr von Fjelie passiert hatte, und der Gedanke, sich der akademischen Welt mit leerem Magen zu stellen, kam ihm auf einmal vollkommen idiotisch vor, besonders mit seinen intellektuellen Problemen.

Jetzt ging es nicht mehr nur darum, sich über ein paar Morde den Kopf zu zerbrechen, sondern auch, das Geheimnis eines rätselhaften Apparates zu lüften. Er hatte das eindeutige Gefühl, eine Pause zu benötigen, vielleicht auch nur, um eine Möglichkeit zu haben, das Zusammentreffen mit Ashia Hamawed noch einmal gründlich zu durchdenken.

Rolles Hamburgerbar lag äußerst passend an der Kreuzung von Sölvegatan und Tornavägen. Dass es sich um mehr als nur um einen Imbiss handeln musste, sah Hill auf den ersten Blick. Hier traf man sich, saß in der warmen Frühlingssonne vor der Tür und aß Hamburger, Pommes frites und Wurst.

Als er die Leute sah, bekam er plötzlich einen Bärenhunger. Er parkte auf dem Parkplatz im Schatten des alten Wasserturms und betrat das Etablissement.

»Hallöchen!«

Hill drehte sich um, um zu sehen, wen die Frau am Grill in dem melodischen Dialekt aus Dalarna so herzlich begrüßte.

Aber da war niemand.

»Was können wir heute für Sie tun?«

Wieder dieser fröhliche Dialekt, und Hill ging auf, dass die enthusiastische Begrüßung ihm galt.

Das gefiel ihm.

»Ja ... was habt ihr denn?«, wollte er wissen.

Die Frage war dumm. Das wusste er bereits, als er sie gestellt hatte. Sie war deswegen dumm, weil die Speisekarte von hinten beleuchtet über dem Tresen hing.

»Was Sie sich nur wünschen können und noch mehr!«

Die Frau drehte einen zischenden Hamburger um, schüttelte einen Korb mit appetitlichen goldbraunen Pommes frites und lächelte mit funkelnden Augen.

Inzwischen fragte er sich ernsthaft, ob sie ihn nicht vielleicht doch für jemand anderen hielt, schließlich hatte er dieses Lokal noch nie betreten.

»Was empfehlen Sie?«, erkundigte er sich vorsichtig.

»Für so einen stattlichen Mann wie Sie? Ein Rolles Spezial, keine Frage!«

Er lachte und nickte. Guter Vorschlag.

»Okay. Und dazu hätte ich gerne Gurkensalat und ein Vichy Nouveau Lime.«

»Gerne. Hier bei Rolles ist nichts unmöglich.«

Sie hatte bereits mit seiner Bestellung angefangen. Gewandt machte sie sich zwischen Grill, Friteuse und der Kühltheke mit dem Salat zu schaffen und achtete dabei darauf, dass sie nicht mit ihren Kolleginnen zusammenstieß, die ebenfalls mit Bestellungen beschäftigt waren.

Es war die hektische Zeit über Mittag zwischen elf und eins. Hinter dem Tresen lief alles reibungslos, und alle waren herzlich miteinander. Hill stand, ohne Gewissensbisse zu bekommen, dabei und hörte sich das Geplänkel mit den Stammkunden an.

Eine sehr junge Frau, nicht unähnlich der, bei der er gerade bestellt hatte, hatte sich auf ein spöttisches Wortgefecht mit einer Truppe DHL-Fahrer eingelassen. Sie machte ihnen das Leben wirklich nicht leicht und beantwortete jeden Vorschlag zur gemeinsamen Gestaltung des Wochenendes mit einer vernichtenden Replik und einem frechen Lächeln, während sie ein Minutensteak mit Kräuterbutter und ein Hörnchen Schokoladeneis gleichzeitig servierte.

Der gut gelaunte Wirt amüsierte sich und platzierte einen großen Batzen Remouladensoße wie das Tüpfelchen auf dem I auf einem unwiderstehlichen Fischfilet.

Bald stand ein Hamburger vor ihm auf dem Tresen. Er nahm sich Besteck und eine Serviette und suchte sich einen freien Platz weiter hinten im Lokal.

Dort saß sie.

Catharina Elgh.

Versunken in einen Bericht oder Aufsatz saß sie direkt vor seiner Nase. Mit mechanischen Bewegungen und abwesendem Blick biss sie gelegentlich, ohne die Lektüre zu unterbrechen, von dem Fischburger ab, der vor ihr auf einem Teller lag.

Er konnte nicht anders. Ihm wurde ganz warm ums Herz, und er war glücklich, sie nur dort sitzen zu sehen.

»Hallo«, sagte er.

Aber sie war ganz versunken in ihre Papiere.

»Nett, dass ich Sie hier wiedersehe«, fuhr er hoffnungsvoll fort.

Er fühlte sich wieder wie fünfzehn. Schüchtern, unerfahren und picklig. Endlich gelang es ihm, sie in ihrer Versunkenheit zu stören. Benommen schaute sie auf und wirkte eine Sekunde lang ratlos. Sie schien ihn nicht wiederzuerkennen.

Aber dann lächelte sie.

Nicht so offen wie die Frau hinterm Tresen, aber zumindest so, wie man jemanden anlächelt, den man kennt.

»Hallo. Entschuldigen Sie, dass es einen Moment gedauert hat. Ich hatte nicht damit gerechnet, Sie ausgerechnet hier zu treffen.«

Hatte sie überhaupt damit gerechnet, ihn noch einmal wiederzusehen? Irgendwo? Das war wie eine gute Nachricht. Sein Herz schlug höher.

»Darf ich mich zu Ihnen setzen?«

Eigentlich war sie ja in die Sache verwickelt. Es verstieß also gegen jegliche Ermittlungsethik, mit ihr über den Fall zu sprechen. Aber genau das tat er, hemmungslos.

Zumindest war sie Ärztin.

Er wollte wissen, ob sie schon von dem letzten Mord gehört hätte, dem in Landskrona? Sie verneinte; sie hätte sowohl am Nachmittag als auch Abend Dienst gehabt und, um die Wahrheit zu sagen, gerade erst wieder mit der Arbeit angefangen.

Das fand er bombig.

Bombig, einen Fischburger zum Frühstück zu essen. Aber er sagte das nicht, denn er wollte nicht zu persönlich werden – jedenfalls vorläufig.

Sie erzählte nichts von dem Aufsatz, in dem sie gelesen hatte, aber er berichtete über Theorien, Spuren und Verdachtsmomente. Er plapperte über alles, woran er sich erinnern konnte und was eine überarbeitete Ärztin im Praktikum nur im Geringsten interessieren würde. Nur damit sie nicht auf einmal verlegen erklären konnte, dass sie jetzt eigentlich gehen müsse.

Es erleichterte ihn, ihr erzählen zu können, wie enttäuscht er gewesen sei, dass sie unter den Fingernägeln von Sten Andersson keine Reste von Rubbellosen gefunden hätten. Das wäre ein unglaublich wichtiger Teil des Puzzles gewesen. Das hätte wunderbar gepasst.

»Ist das so wichtig?«, fragte sie. »Dass er diese Partikel ausgerechnet unter den Fingernägeln hatte?

»Tja …«

»Nein, ich meine nur – er hatte sie schließlich auf der Jacke.«

Sie überraschte ihn immer wieder.

»Was meinen Sie damit?«, wollte er wissen. »Wo auf der Jacke?«

»Etwa in Höhe des Schlüsselbeins. Nicht sonderlich viel, aber mir ist es immerhin aufgefallen.«

Einen Augenblick lang glaubte er, sie würde sich über ihn lustig machen.

»Wie konnte Ihnen das auffallen?«

»Das klingt vielleicht etwas dumm«, erklärte sie und sah sich um, um sicherzugehen, dass sich niemand in Hörweite befand, »es bestand schließlich kein Zweifel, dass der Mann tot war. Ich meine, als ich reinkam. Aber ganz reflexmäßig, wie alle Ärzte das eben tun, wollte ich mich dann doch noch auf die klassische Art und Weise davon überzeugen. Wenn Sie verstehen, was ich meine.«

»Nein.«

»Ich suchte den Puls. Fasste ihm an die Halsschlagader,

aber da gab es natürlich keinerlei Lebenszeichen mehr. Da habe ich diese merkwürdigen abgeschabten Krümel bemerkt, die da irgendwie nachlässig auf seiner Jacke lagen.«

Anerkennend sah er sie an. Was für eine Frau! Entdeckt zufällig einen blutigen Mord. Kreischt nicht, wird nicht ohnmächtig, sondern tritt ruhig an die Leiche heran und checkt den Puls.

»Ja, so ist das eben bei uns«, erklärte sie, »für uns ist eben alles wichtig, was mit den Primärfunktionen zu tun hat. Um alles andere kümmern wir uns nicht weiter. Ich habe also erst viel später wieder an diese Krümel gedacht, um genau zu sein, als ich einschlafen wollte.«

Er gab sich alle Mühe, sich den Zusammenhang vorzustellen.

»Aber ich dachte wirklich, dass die Spurensicherung das bereits registriert hätte«, meinte sie weiter, »sonst hätte ich deswegen noch mal angerufen.«

Er nutzte die Gelegenheit, die ihm ihre momentane Unsicherheit bot, beugte sich über den Tisch und kam ihr so nahe, dass er den milden, angenehmen Duft wahrnahm, den sie verströmte. Dann nahm er ihre Hände, so als wolle er sie nie mehr loslassen, und zog sämtliche Register.

»Danke! Haben Sie vielen Dank. Sie haben mir das Leben gerettet – oder zumindest meine Theorie.«

Sie lachte etwas verlegen, konnte ihre Hände aber nicht wegziehen, ohne dadurch ruppig und unfreundlich zu wirken.

Die freundliche Bedienung, sie hieß Inger, war in der Küche abgelöst worden und kam unversehens ins Lokal, um die Tische abzuwischen. Wie ein Wirbelwind war sie mit dem Putzlappen zugange, als sie plötzlich das Paar bemerkte.

»Hallo, hallo«, meinte sie und lachte, »das ging aber schnell!«

»Nein, nein«, versicherte Catharina abwehrend, »er meint das nicht so.«

Aber Joe Hill hatte sich bereits die ehrliche, unkomplizierte Herzlichkeit des Lokals zu Eigen gemacht und war wild entschlossen, sich diese Gelegenheit nicht entgehen zu lassen.

»Das glaubt sie nur. Aber in Wirklichkeit bin ich unsterblich verliebt!«, bekannte er mit einem verschmitzten Lächeln.

Inger lachte erneut, und Hill war sich plötzlich sicher, dass es ihm gelungen war. Es war ihm gelungen, in der Universitätsstadt Lund den Keim eines Gerüchts zu säen. Und Frau Dr. Catharina Elgh würde einige Mühe haben, es wieder zu zerstreuen.

Ungefähr zu dem Zeitpunkt, als Joakim Hill in *Rolles Schnellimbiss* in Lund zum Angriff überging, befand sich Ulf Gårdeman auf der Suche.

Er hatte ebenfalls einen Bärenhunger, allerdings in Helsingborg. Und das erklärte voll und ganz, warum er nach einem guten Lokal suchte, in dem sich sein mittäglicher Hunger stillen ließ.

Aber um nicht ganz den willkürlichen Kompositionen der Wirte ausgeliefert zu sein, die einen billigen Mittagstisch anboten, hatte er sich von Radio Stella, der treuen Freundin im Äther der Bewohner Helsingborgs, über besondere Angebote informieren lassen, und das hatte ihn in die Richtung geführt, auf die er jetzt seine Nachforschungen konzentrierte.

Er bewegte sich durch die Menschenmassen der Innenstadt auf der Kyrkogata auf die Südseite der mittelalterlichen Mariakyrka zu.

In zügigem Tempo umrundete er die Apsis der Kirche und steuerte dann in westlicher Richtung einige Lokale an. Sein Lieblingslokal hieß *Olssons Skafferi* und lag an der Mariagata. Hier gab es ausgezeichnete hausgemachte Nudeln. Seine Frau allerdings behauptete, dass er von den Nudeln und besonders von der Sahnesauce, in der sie schwammen, einen Bauch bekommen würde.

»Ich seh dir doch an, mein Lieber, dass du schon wieder bei Olssons Mittag gegessen hast«, pflegte sie zu sagen. »Dir hängt dann vor dem Fernseher immer der Bauch über den Gürtel.«

Er behauptete stets, das sei nur üble Nachrede. Wie auch immer, war ihr Spott liebevoll und alles andere als böse gemeint.

Ulf Gårdeman und seine Frau Lena gingen so direkt und ehrlich miteinander um. Kinder hatten sie keine bekommen, aber jetzt befanden sie sich beide bereits in der zweiten Hälfte des vierten Lebensjahrzehnts und hatten sich damit ausgesöhnt. Wenn überhaupt, hatte sie diese Tatsache nur noch näher zusammengebracht.

Deswegen konnte er es sich auch erlauben, der Versuchung genau dieses Lokals nachzugeben, denn er wusste, dass sie ihn auch mit ein paar Pfunden mehr immer noch lieben würde.

Jetzt ging er beschwingt die schmale Gasse mit dem Kopfsteinpflaster neben der Kirche entlang und dachte darüber nach, wie er beim Mittagessen am besten über die Stränge schlagen könnte. Ravioli mit Spinatfüllung vielleicht oder Spaghetti carbonara mit einer gepfefferten Sauce …

Als er kurz vor der Treppe der Kirche aufschaute, sah er den Terminator aus dem *Chez Lulu* kommen.

Das Geschäft existierte noch nicht lange. Es stand jedoch bereits in dem Ruf, mehr Waren im Angebot zu haben, als sich in der Auslage befanden.

Weitaus mehr.

Aber noch konnten sie das nicht beweisen. Die Sitte arbeitete zwar daran, hatte aber zu wenig Leute. Solange es nicht zu besonderen Vorfällen kam, konnten sie nicht viel tun.

Gårdeman hielt es jedoch zweifellos für überaus bemerkenswert, dass der Anführer der Gangster aus Lönnarp über den Lunch genau dort gewesen war, im *Chez Lulu,* einem Geschäft für eher ungewöhnliche Damenwäsche, von dem er noch am Vortag versichert hatte, es sei ihm unbekannt.

Gårdeman war plötzlich nicht mehr hungrig, wofür er nicht

undankbar war. Sofort erwachte sein Jagdinstinkt, und er drückte sich in eine der Nischen zwischen den Strebepfeilern der Kirche, wo ihn der Terminator nicht sehen konnte.

Der rotbärtige Anführer der Rockerbande hatte zwar keine Plastiktüte aus dem Geschäft dabei, grinste aber so zufrieden, dass sich Gårdeman über die Natur seines Besuches dort keine Illusionen machte.

Auffallend gut gelaunt ging der Terminator die Norra Kyrkogatan entlang und pfiff dabei vor sich hin. Das passte Ulf Gårdeman ausgezeichnet. In dieser Verfassung wurden Leute unvorsichtig und ließen sich leicht beschatten.

Vorsichtig trat er aus dem kühlen Schatten der Kirchenmauer und überquerte die Straße. Den anderen ließ er dabei nicht aus den Augen.

Als der Bandenführer plötzlich stehen blieb, tat der Beamte so, als sei er ganz in die staubige Auslage eines Trödlers versunken. Einen Moment lang schien sich der Terminator tatsächlich zu erinnern, dass er alle Vorsicht hatte fahren lassen, und nutzte die Gelegenheit, das Schaufenster eines Süßwarengeschäfts in Augenschein zu nehmen, das an der Ecke unterhalb der rhododendrongesäumten Hallbergstreppe lag.

Gårdeman war sicherheitshalber bereits in den Kellerräumen des Trödlers verschwunden. Der Terminator würde also nichts Außergewöhnliches sehen, wenn er seine Umgebung im Spiegelbild des schmutzigen Schaufensters des Süßwarengeschäfts absuchte.

Und deshalb breitete sich sofort wieder ein zufriedenes Grinsen auf seinen Zügen aus. Er ging die Fußgängerzone Södra Storgatan in nördlicher Richtung weiter, fest davon überzeugt, allein zu sein.

Gårdeman hatte gleichzeitig alle Hände voll zu tun, unbehelligt zu bleiben, denn nur selten verirrte sich ein Kunde in den Laden des Trödlers. Für den Inhaber ging es jetzt darum, das Möglichste aus dieser Gelegenheit zu machen.

»Guten Tag, womit kann ich dienen?«, erkundigte er sich eilfertig. »Interessieren Sie sich für alte Ansichtskarten? Die finden in letzter Zeit immer mehr Liebhaber, und ich kann Ihnen versichern, dass ich einige Raritäten zu bieten habe. Hier sind noch mehr, falls Sie nach hinten kommen wollen.«

»Danke, nicht nötig«, versicherte Gårdeman, der schon wieder auf der Treppe war. »Ich wollte mich nur rasch umsehen.«

»Natürlich, natürlich, kein Problem. Wir haben gerade viele schöne Sachen reinbekommen. Was sagen Sie zu einem echten russischen Samowar mit Griffen aus feinstem Ebenholz?«

»Nein ... nein danke«, sagte Ulf abwehrend und schaute vorsichtig auf die Straße.

Der Terminator war verschwunden.

»Vielen Dank, ich komme in den nächsten Tagen wieder«, versuchte Gårdeman sich aus der Affäre zu ziehen.

»Aber das hier«, meinte der Ladenbesitzer beharrlich, »das ist heute erst reingekommen. Das ist eines von Haile Selassies Champagnergläsern, geschliffenes schwedisches Kristallglas.«

»Interessant«, meinte Ulf und sah nicht so aus, als würde er das wirklich meinen. »Ich werde das mal mit meiner Frau besprechen, dann lasse ich wieder von mir hören.«

Der Inhaber des Trödlerladens hatte noch mehr feilzubieten und hob einen Finger, um die Bedeutung von dem, was er zu verkaufen hatte, zu unterstreichen. Aber der Kunde war bereits verschwunden. Genauso schnell und unvermutet wie er aufgetaucht war.

Gårdeman wetzte zur Ecke mit dem Süßwarenladen und sah erstaunt auf die Hallbergstreppe hoch. Die ganze Zeit war er davon ausgegangen, dass der Terminator dorthin unterwegs wäre, da oberhalb ein großer Parkplatz lag.

Aber keine Menschenseele stieg die steile Treppe hinauf. Vielleicht war der Terminator wirklich in den Süßwarenladen an der Ecke gegangen, um sich etwas zu kaufen?

Gårdeman warf einen verstohlenen Blick in den Laden, aber dort war es ebenso leer wie beim Trödler.

Er geriet in Panik. In der Frühlingswärme brach ihm der kalte Schweiß aus, und er stierte in alle Richtungen. Jetzt ging es um seine Berufsehre. Das durfte einfach nicht passieren, dass man jemanden aus den Augen verlor. Wirklich überaus stümperhaft! Dass gerade ihm das passieren musste, gefiel ihm nicht.

Da!

Da war er! Der Terminator war auf dem Weg Richtung Norden. Eiligen Schritts ging er die Norra Storgata entlang und war bereits auf der Höhe der Terrassen unterhalb des Festungsturms Kärnan angekommen. Spornstreichs eilte ihm Gårdeman hinterher; als er wieder ein Stück aufgeholt hatte, verlangsamte er seinen Schritt und sah zu, in Deckung zu bleiben.

Der Terminator ging noch ein kurzes Stück in nördlicher Richtung weiter und bog dann resolut nach links in die schmale Strömgränd ein, die direkt auf das geschäftige Einkaufsviertel Kullagatan zuführte, auf eine Fußgängerzone.

Was ein erhebliches Problem darstellte. Beschatten war auf der menschenleeren Straße relativ einfach, aber auf der Kullagatan war das Gedränge so groß, dass einem sogar der eigene Schatten abhanden kommen konnte.

Vielleicht hatte der Terminator ja einen Hintergedanken?

Gårdeman wurde plötzlich unsicher. Aber da sah er den roten Haarschopf auf einmal wieder über den anderen Köpfen weiter unten auf der Straße. Der Terminator war also auf dem Weg zum neuesten Shoppingcenter der Stadt, ins Magnus Stenbock, der Antwort der Innenstadt auf sämtliche Ladenpassagen und extravaganten Einkaufszentren der Vororte. Hier gab es alles, was der moderne Mensch brauchte, einschließlich einer Apotheke für Naturheilmittel, die den Terminator wohl kaum interessierte.

Gerade eben verschwand er im Gewimmel von Konsumenten im Kaufrausch.

Aber damit würde Gårdeman schon klarkommen!

Hill kam sich lächerlich vor, als er Catharina Elgh endlich das geheimnisvolle Kästchen zeigte. Schließlich hatte er nicht den blassesten Schimmer, um was es sich handeln könnte.

Ihr Arbeitsplatz lag nur ein paar Hundert Meter weit von dem Schnellimbiss entfernt, und er begleitete sie dorthin. Im Augenblick tat sie in der Universitätsklinik von Lund Dienst, die im Volksmund einfach »der Block« genannt wurde, und da sie in der Notaufnahme arbeitete, war es wenig verwunderlich, dass sie nicht so leicht aus der Ruhe zu bringen war.

Es war ihm ganz natürlich vorgekommen, sie zu begleiten, als seien sie bereits ...

Außerdem hatte er, um die Wahrheit zu sagen, etwas Angst, dass sie einfach wieder verschwinden würde, wie an dem Abend in Berga. Er musste sich also anstrengen.

Anstrengen, um dieses Mal ein deutlicheres Interesse zu wecken.

Deswegen nutzte er die Gelegenheit, ihr von dem geheimnisvollen Metallkästchen zu erzählen und es ihr zu zeigen, während sie den Fußgänger- und Fahrradweg zur Notaufnahme entlanggingen. Er wollte sie unwiderruflich in seine Angelegenheiten verwickeln. Vielleicht sollte sie sich auch seiner erbarmen und ihm in dieser rätselhaften Welt der Gelehrsamkeit, die schließlich ihr ureigenstes Element war, den Weg weisen.

Und sie zeigte wirklich Interesse.

Das konnte er an ihren Gesten erkennen. Sie wandte sich ihm zu und gestikulierte ausdrucksvoll. Plötzlich hatte sie eine brillante Idee.

»Es könnte sich um ein optisches Gerät handeln, aus der Lichtforschung, das noch in der Erprobungsphase ist. Muss man es ans Netz anschließen?«

»Nein, offenbar nicht. Es hat eine Batterie.«

»Okay, dann kann man davon ausgehen, dass das Gerät nicht für den ständigen oder regelmäßigen Einsatz vorgesehen ist.«

»Nein, vermutlich nicht. Da würde man bei Batteriebetrieb nicht weit kommen.«

»Also, nur zum gelegentlichen Einsatz«, lautete ihr unvermeidlicher Schlusssatz.

»Aber was für Gelegenheiten?«

Sie fand plötzlich, dass er sie wie ein kleiner Cockerspaniel ansah, erwartungs- und hingebungsvoll, und wurde wieder etwas reserviert.

»Keine Ahnung. In der Notaufnahme haben wir solche Dinger jedenfalls nicht.«

»Aber Sie bedienen sich dort doch auch modernster Technik, Ultraschall und so?«, beharrte er.

»Doch, schon, aber ...«

»Und technische Neuerungen gibt es doch auch ständig, optische Methoden, um Krankheiten und fremde Stoffe nachzuweisen?«

»Das stimmt«, musste sie zugeben.

»Wer an der Universität versteht sich auf so was? Bei wem fragen Sie normalerweise nach?«

»Am ehesten bei den Physikern.«

Mit einem Mal war sie wesentlich zugeknöpfter. Vielleicht lag das daran, dass sie sich der Notaufnahme näherten. Ihre gemeinsame Zeit näherte sich unerbittlich dem Ende. Die Pflicht rief sie beide. Kranke Menschen benötigten ihre Betreuung und Tote seine Nachforschungen.

Das Beste war, keine weiteren Umschweife zu machen.

»Kennen Sie da jemanden? Ich meine, bei den Physikern. Jemanden, den ich fragen könnte?«

»Doch, an sich ...« Sie seufzte und dachte eine Weile nach. »Dort kenne ich allerdings nur einen Dozenten, der sich mit Licht und so beschäftigt.«

Er hielt den Atem an. Würde sie ihm wirklich endlich etwas anvertrauen?

»Dr. Corell, versuchen Sie es bei Hans Corell.«

»Megahit!«, hätte Sahlman jetzt vermutlich gesagt.

»Danke, noch einmal vielen Dank.«

Der Block ragte jetzt über ihnen auf. Groß, grau und wuchtig. Wie ein Riese hielt er ein wachsames Auge auf die Ebene von Schonen und ihren Flickenteppich aus fruchtbaren Äckern. Zu Füßen des Kolosses waren sie und die anderen Menschen nur Ungeziefer, das in seinem gewaltigen Schatten emsig hin und her eilte.

Wie war es wohl, an einem solchen Ort zu arbeiten?

An einem Arbeitsplatz, der so groß schien wie eine Welt für sich, abgeschirmt und autark wie ein Staat im Staate. Beiläufig fragte er sich, ob man dort auch eigenen Gesetzen gehorchte, die mit der Realität der Straße nichts zu tun hatten …

Er ließ sich die Gelegenheit nicht entgehen, ihr ein letztes Mal die Hand zu drücken, ehe sie durch den Personaleingang verschwand.

»Entschuldigung!«, rief er in letzter Sekunde.

»Ja?«

Fragend streckte sie ihren Kopf wieder durch die Tür.

»Mögen Sie das Meer?«, wollte er wissen.

»Natürlich!«

»Dann rufe ich Sie bei Gelegenheit an, wir müssen einen Ausflug machen!«

»Sehr interessant«, lautete der Kommentar, den Dr. Corell mehrmals wiederholte, »wirklich sehr interessant.«

Hill war wieder Richtung Schnellimbiss zurückgegangen, aber jetzt hatte nicht Hunger, sondern Wissensdurst seine Schritte gelenkt. Er hatte die Sölvegata überquert und war wieder zu dem Gebäude gekommen, das er am Vortag so übereilt verlassen hatte.

Heute kam es ihm angenehm bekannt vor, und dass ihm Catharina Elgh einen Namen genannt hatte, ersparte ihm das Herumirren in den abweisenden Korridoren.

Er hatte nur kurz den Übersichtsplan im Entree studiert und festgestellt, dass Dr. Hans Corells Büro in Zimmer 417 im zweiten Stock lag. Sein Namensschild hing exzentrisch schief, aber davon hatte sich Hill nicht abschrecken lassen, sondern angeklopft. Als er Katharina Elghs Namen nannte, wurde er mit weit offenen Armen empfangen. Hill hatte den Verdacht, dass er es sonst nicht so leicht gehabt hätte.

Obwohl es sich herausgestellt hatte, dass es sich bei Corell um einen älteren Herrn mit einer großen weißen Mähne handelte, so wie es das Klischee forderte, wurde Hill kindisch eifersüchtig und misstrauisch. Aber mit Rücksicht auf den dienstlichen Charakter der Sache versuchte er, sich nichts anmerken zu lassen.

Mit zärtlicher Vorsicht legte Corell nun das merkwürdige Gerät auf einem Tisch auf ein weiches Tuch. Dann setzte er sich eine Spezialbrille auf und knipste eine irritierend grelle Lampe an. Er drehte das Gerät hin und her und fingerte daran herum, während Hill nachdenklich und schweigend auf dem Besuchersessel saß.

»Außerordentlich interessant! Woher kommt das, hatten Sie gesagt?«, wollte der Dozent schließlich wissen.

Hill erwachte aus seiner Versunkenheit, setzte sich auf und erklärte es noch einmal.

»Wirklich erstaunlich!«, rief der Dozent und betrachtete das Instrument noch einmal genau.

Wieder schien er die Anwesenheit Hills vergessen zu haben. Unablässig drehte Corell den Gegenstand hin und her.

»Das ist wirklich ... erstaunlich.«

»Was?«, wollte Hill wissen und fand, dass es jetzt langsam an der Zeit sei, dass er etwas Vernünftiges erfuhr, sonst musste er den Versuch als gescheitert betrachten.

»Ich weiß da nur ein Institut ... ja, ein anderes Projekt kommt da nicht in Frage«, murmelte Corell.

»Bitte?«

»Ja, Sie wissen schon ...«

Corell entsprach wirklich in allem dem Klischee eines zerstreuten Professors. Auf seine interessante Auskunft folgte eine ewig lange, nachdenkliche Pause, und Hills Nerven wurden vor eine Zerreißprobe gestellt.

»... diese paramilitärische Unternehmung da drüben«, fuhr der Dozent endlich fort.

»Nein«, erwiderte Hill und zwang sich ruhig zu bleiben, »davon weiß ich nichts. Aber Sie dürfen es mir gerne erklären.«

»An der Helsingin Yliopisto.«

»Bitte?«

»In Helsinki natürlich, an der Universität.«

Aha! Helsingin Yliopisto, kein Problem.

»Aber worum geht es bei diesem Projekt?«, wollte Hill wissen und entschloss sich, die Erörterung des finnischen Worts für Universität auf später zu verschieben.

Ob er heute noch eine Antwort erhalten würde?

»Es handelt sich um ...«

Corell versank ein weiteres Mal in die Betrachtung des Geräts. Er wirkte genauso ehrfurchtsvoll wie ein Biologe, der das letzte Exemplar einer Dronte in Händen hält.

»Ja, kein Zweifel, dass die Technologie von dort stammt. Ich erkenne die Handschrift der finnischen Instrumentenbauer. Genauigkeit gepaart mit Einfachheit der theoretischen Lösungen.«

Komm endlich zur Sache, bitte, komm endlich zur Sache, bat Hill innerlich.

»Es handelt sich um ein Projekt, das – rein theoretisch natürlich – die Möglichkeit untersucht, hypereffektive Penetrationswellen für dichte Objekte zu erzeugen.«

»Bitte?«

»Ja, einfacher ausgedrückt geht es um die Möglichkeit, durch Schwarz zu sehen.«

Ein Gedanke, bei dem es einem schwindeln konnte, aber endlich hatte Hill etwas, womit er weitermachen konnte. Er stand auf, schob das Kästchen zurück in seine Tüte und dankte Corell für seine Hilfe.

»Oh, nicht der Rede wert. Das Ganze war für mich wirklich sehr interessant. Ich wusste nicht, dass es in Helsinki wirklich gelungen ist, zu konkreten Ergebnissen zu kommen. Dass sie ein Gerät hergestellt haben, das funktioniert.«

»Vielleicht ...«, Hill sah plötzlich ein, dass er damit vermutlich Recht hatte, »vielleicht wissen sie das nicht einmal selbst.«

Er würde dem Ganzen auf jeden Fall nachgehen, denn er ahnte, worum es ging. Er musste nur noch ein paar Ferngespräche führen.

Unerwartet wurde die Tür von Zimmer 417 aufgerissen.

Ein Riese in Uniform stand breitbeinig davor. Wie ein Macho trug er seine von einem Emblem geschmückte Baseballmütze etwas schief und hielt seinen Gummiknüppel mit der rechten Hand parallel zum Bein.

»Belästigt Sie dieser Typ, Dr. Corell? Soll ich ihn vielleicht nach draußen befördern?«, wollte er großspurig wissen.

Die eifrige Sekretärin hatte ihn unten im Entree bemerkt und sich an ihre Anweisungen erinnert, als sie diese Mannsperson erneut in den Korridoren hatte herumstreichen sehen. Sie hatte sofort Alarm geschlagen, und jetzt war die Kavallerie angerückt.

Corell wirkte überrumpelt, und ihm fiel nicht sofort eine zufrieden stellende Antwort ein. Der Wachmann von der Securitas deutete das als Bestätigung seines Verdachts und packte mit festem Griff einen Arm von Kriminalkommissar Hill.

»Kommen Sie einfach ruhig mit, dann gibt es keinen Streit!«

»Ich will Ihnen nur was zeigen«, sagte Hill und hob seine andere Hand zum Revers seiner Jacke.

»Stopp! Keine Tricks!«

»Keine Tricks«, Hill hob abwehrend die Hände, »nur ein Stück eingeschweißtes Papier. Okay?«

»Okay, aber machen Sie keine Dummheiten!«

Hill drehte das Futter seiner Jacke nach außen und zeigte ihm seinen Dienstausweis.

Das Resultat war nicht sehr ansehnlich. Die blutrote Farbe, die sich auf den Wangen des Wachmanns ausbreitete, passte ganz entschieden nicht zu seiner weinroten Uniform.

Aber das war schließlich sein Problem.

Hill war sich nicht sicher, was er davon halten sollte, dass privaten Wachgesellschaften immer mehr Aufgaben übertragen wurden.

Er wünschte sich, dieser Problematik so leicht den Rücken wenden zu können, wie er jetzt der Stadt den Rücken kehrte und auf der nach Norden führenden Spur der Autobahn zurück nach Helsingborg fuhr.

Aber ganz so einfach war das nicht. Es hatte weniger damit zu tun, dass es erniedrigend war, für einen Störenfried gehalten zu werden. Weitaus wichtiger waren die Fragen, die sich ergaben, wenn man den kräftig expandierenden Wirtschaftszweig betrachtete, der von Bewachung lebte.

Immer mehr Unternehmen beschäftigten immer schlechter ausgebildetes und überprüftes Wachpersonal, da sie sich nicht mehr darauf verließen, dass die Polizei Recht und Ordnung aufrechterhalten konnte. Und dass finanzstarke Interessen so deutlich der Polizei den Rücken kehrten, hatte auch Signalwirkung für die übrige Gesellschaft: Die Polizei ist ihren Aufgaben nicht mehr gewachsen. Sie bietet uns nicht mehr den Schutz, den wir brauchen.

Oder – von einem anderen Standpunkt aus – wir haben von ihr nichts zu befürchten.

Ein Teufelskreis, es konnten noch so viele Kriminologen an der Polizeihochschule ausgebildet werden und trotzdem würde niemand darauf kommen, wie er sich unterbrechen ließ. Je stärker die Zahl der Wachmänner zunahm, desto geringer wurde die Bereitschaft, den Etat der Polizei kräftig zu erhöhen. Und wenn die Mittel der Polizei nicht mehr ausreichten, dann wurden einfach noch weitere private Wachleute gebraucht. Aus dieser Zwickmühle fand niemand heraus.

Die Gewalt fraß sich unterdessen durch alle Gesellschaftsschichten, während sich die Politiker und Polizeichefs an den Konferenztischen die Haare rauften und hofften, dass es sich nur um ein vorübergehendes Problem handeln würde.

Aber Hill gehörte zu denen, die glaubten, dass das nicht der Fall war. Die Gewalt würde nicht mehr verschwinden. Im Lauf der Zeit hatte sie sich etwas verändert, aber sie unterschied sich in ihrer Substanz nicht von der, mit der sie es immer zu tun gehabt hatten.

Er hatte die Manifestationen der Gewalt häufiger studieren können, als ihm lieb sein konnte, und wusste um ihre Vielschichtigkeit. Er wusste, dass ein geschickter Anwalt aus Schwarz Weiß machen konnte. Es war so unerhört einfach, einen reumütigen Teenager mit Tränen in den Augen der Presse vorzustellen und sich über die Brutalität der Polizei zu verbreiten, obwohl der Teenager ein Raser auf Speed und außerdem betrunken gewesen war.

Da war es ebenso leicht zu sagen, er sei in der Zelle ausgerutscht und hätte sich die Nase am Gitter blutig geschlagen. Denn bei der Polizei arbeiteten keine Engel, sondern Menschen. Und Menschen werden schon mal gewalttätig, wenn man ihnen ins Gesicht spuckt und sie zwischen die Beine tritt.

Gewalt wird aus Schmerz geboren und spricht die lauteste Sprache, die die Welt kennt.

Die Gewalt der Polizei wird durch die Toleranzschwelle der Gesellschaft definiert – »so weit und nicht weiter«. Und die der Verbrecher?

Es wurden also Wachmänner gebraucht, denn es war vollkommen ausgeschlossen, dass die Polizei die Sicherheit aller garantieren konnte. Und so wurde die Arbeit der Polizei von Leuten gemacht, die nicht die Ausbildung und die Erfahrung hatten, die aller gesellschaftlichen Konfliktbereinigung zu Grunde liegen sollte.

Deswegen war auch er gerade im allzu grobmaschigen Netz des Wachmanns hängen geblieben, und um die Wahrheit zu sagen, war er darüber außerordentlich verärgert.

Ein Polizeibeamter durfte ihn nicht auch nur zweimal anschauen, ohne dass ein Anfangsverdacht bestand. Aber der Wachmann hatte nicht gezögert, ihre private Unterhaltung zu unterbrechen, auf Grund ... was man sich im Institut auch immer eingebildet haben mochte.

Aber was wäre gewesen, wenn von Hill wirklich eine Gefährdung der Öffentlichkeit ausgegangen wäre? Wenn er wirklich ein gewaltbereiter Eindringling gewesen wäre?

Dann wären vielleicht weder der Wächter noch Corell noch am Leben oder lägen zumindest mit Schädelverletzungen, inneren Blutungen und Knochenbrüchen auf der Intensivstation.

Hill öffnete das Seitenfenster, denn er brauchte frische Luft. Es war warm draußen, aber ihm stand trotzdem der kalte Schweiß auf der Stirn. Seine Überlegungen waren beunruhigend und deprimierend und liefen immer weiter im Kreis, als wollten sie ihn bedrängen, bis er nach Hause gekommen war.

Mehr Geld schien ebenfalls keine vernünftige Lösung zu sein. Insbesondere in Anbetracht der Verteilung, die sie in den letzten Jahren erlebt hatten: 90% blieben in der Verwaltung hängen, obwohl der Bedarf im Streifendienst ständig um 25% zunahm.

Nein, die Situation war unhaltbar, aber trotzdem liebte er seinen Beruf. Er wollte zumindest tun, was er tun konnte und so deutliche Grenzen wie möglich setzen.

Was ihm fehlte war Zeit! Bei den Tankstellenmorden wurde die Spur bereits kalt.

»Die ersten vierundzwanzig Stunden sind entscheidend«, dachte er deprimiert und sauste an einem polnischen Sattelschlepper vorbei, der sich überladen eine Steigung hinaufkämpfte. »Die Fährte war ohnehin von Anfang an nicht allzu heiß, und jetzt wird sie mit jeder Stunde kälter.«

Sie hätten mindestens zu fünft rund um die Uhr an dieser Sache arbeiten müssen, aber dazu fehlte einfach das Geld.

Er verlangsamte das Tempo bis etwas über die erlaubten 70 km/h und passierte den Kreisverkehr mit dem absonderlichen Kunstwerk am Ortseingang von Helsingborg.

»Worin besteht eigentlich die Aufgabe der Gesellschaft«, fragte er sich, als er mit Hilfe der grünen Welle unbehindert nach Hause fuhr, »hübsche Kreisverkehre zu bauen oder auf der Straße für Ordnung zu sorgen?«

6

Eine weitere Hinrichtung hatte in der Nacht auf Dienstag stattgefunden, aber dieses Mal in Borås.

Zuerst waren die Ähnlichkeiten niemandem aufgefallen, obwohl sie so offensichtlich waren.

Hätte nicht einer der Beamten in Borås einen Schwager bei der Polizei in Landskrona gehabt, dann wären die Parallelen zwischen der ermordeten Kioskangestellten in Borås und den Tankstellenmorden in Schonen vermutlich erst Wochen später aufgefallen.

Aber die beiden Männer hatten sich bereits am Dienstag um die Mittagszeit am Telefon unterhalten.

Zufälligerweise hatte Gittan ein Kuchenrezept von ihrer Schwester Gull in Schonen wissen wollen. Und nachdem sich die Schwestern endlich über Zutaten und Mengen verständigt hatten, nutzte Gittan die Gelegenheit, von dem schrecklichen, nächtlichen Mord in Borås zu erzählen.

Ihr Henrik sei in der kalten, regnerischen Nacht weiß Gott bis zwei unterwegs gewesen. Sie hätte den starken Verdacht, dass er sich dabei erkältet hätte, aber davon wolle er nichts wissen!

Merkwürdig, meinte Gull, nicht, dass Henrik davon nichts wissen wolle, sondern das mit dem Mord. Ihr Torsten hätte tatsächlich am Nachmittag des Vortags mit einem ähnlichen Fall zu tun gehabt.

»Hm«, meinte Gittan.

»Hm«, pflichtete Gull ihr bei. Daran sei wirklich etwas sehr merkwürdig, die Männer sollten sich wohl besser selbst darüber unterhalten.

Gull erreichte Torsten zuerst. Sie erzählte ihm kurz, was Gittan erzählt hatte, und bat ihn, seinen Schwager Henrik anzurufen. So kam es, dass sich die beiden Beamten bereits unterhalten und auch die Parallelen erkannt hatten.

Obwohl der Schuss in Borås danebengegangen war.

Offenbar hatte sich das Opfer im letzten Augenblick losgerissen, als die Waffe bereits abgefeuert worden war. Die Kugel war nicht durch den Gaumen gegangen und durch den Hinterkopf ausgetreten, sondern hatte schräg unter dem Nasenbein ihren Lauf genommen, durch den rückwärtigen Teil der Augenhöhle und weiter durch die Fontanelle, was den Anblick bedeutend unangenehmer gemacht hatte.

Aber sonst war der Modus operandi identisch. Die Augenbinde war aus demselben dunkelblauen Tuch und nachlässig verknotet; der Knoten saß an der richtigen Stelle.

Etwas Positives gab es an dem Boråsfall zumindest. Der Widerstand des Mädchens hatte den Täter oder die Täter ganz offenbar aus der Ruhe gebracht. In der Blutlache neben dem Kopf war ein deutlicher Schuhabdruck zu sehen und, was noch viel versprechender wirkte, ein undeutlicher Daumenabdruck auf der Augenbinde und ein weiterer auf der Wand daneben. Es handelte sich zwar um verschmierte, blutige Abdrücke, aber besser als nichts.

Wenn man diese Fakten zu dem, was bereits über die Morde in Schonen bekannt geworden war, hinzurechnete, dann hegten die Kriminalbeamten in Borås nicht mehr die geringsten Zweifel. Jemand machte Überstunden, und es sah mehr und mehr danach aus, als hätten sie es mit einem Serienmörder zu tun. Und ein Serienkiller löste in der Öffentlichkeit Entsetzen aus.

Wenn die Leute plötzlich das Gefühl bekamen, dass es jederzeit jeden treffen konnte, dann musste wirklich etwas unternommen werden.

Da ging es um die Glaubwürdigkeit der gesamten Polizei, und wenn die Sache erst einmal ruchbar geworden war, dann würde die Reichsmordkommission vermutlich alle verfügbaren Mittel einsetzen.

Joakim Hill erfuhr, dass die Kripo in Borås versucht hätte, ihn zu erreichen, als er aus Lund zurückkam. Sofort rief er bei Kommissar Henrik Elén an.

Nachdem ihm der Fall geschildert worden war, stellte er noch einige Fragen. Über einige wunderte sich der ältere Kollege weiter im Norden außerordentlich.

Ein geheimnisvolles Kästchen?

Doch, eine Art Kartenleser tauche in der Tat auf seiner Liste auf. Er hätte jedoch nicht im Safe gelegen, sondern im Spind der Angestellten. Er befände sich noch bei der Spurensicherung, aber soweit er sich erinnern könne, stimme er im Großen und Ganzen mit der Beschreibung überein.

Auf oder bei der Leiche seien jedoch keine Spuren von Rubbellosen gefunden worden. Nein, ganz sicher könne er sich da leider nicht sein. Aber davon hätte auf jeden Fall nichts in dem Bericht der Spurensicherung gestanden.

»Okay. Gibt es noch was, was Ihrer Meinung nach auffällig ist?«, fragte Hill hoffnungsvoll.

»Nee, nicht direkt. Höchstens die Reise.«

»Was für eine Reise?«

»Offenbar hatte sie gerade eine Reise gemacht, eine schrecklich teure Amerikareise. Normalerweise war sie immer pleite und musste sich am Monatsende Geld von ihren Freundinnen leihen. Wie sie nun ihren luxuriösen Urlaub finanziert hatte, wollte sie niemandem verraten.«

Treffer!

»Danke für Ihre Mühe. Das hilft uns zweifellos bei unseren eigenen Ermittlungen weiter.«

»Freut mich, dass ich Ihnen weiterhelfen konnte. Ich faxe Ihnen dann das Gesprächsprotokoll zur Kenntnisnahme.«

»Darf ich Sie in einigen Tagen noch mal anrufen? Falls sich bis dahin was Neues ergeben haben sollte?«

»Natürlich, tun Sie das.«

Hill war müde und unnötig umständlich beim Auflegen des Hörers. Da ergriff Henrik Elén seine Chance.

»Übrigens, kennen Sie nicht meinen Schwager Torsten Bengtsson?«

»Nein, nicht direkt. Er arbeitet doch in Landskrona?«

»Ja, aber er weiß, wer Sie sind. Jedenfalls weiß er, wie Sie auch genannt werden. Schon mal gehört?«

»Yes«, erwiderte Hill, »ich weiß.«

Hill hatte jetzt endlich genug Material beisammen, um mit seinen Kollegen Beweise und Indizien abwägen zu können. Außerdem war der Bericht der Ballistiker fertig, unerwartet früh, und bestätigte, dass in den beiden Fällen in Schonen dieselbe Mordwaffe zur Anwendung gekommen war.

Sahlman und Hill betrachteten alles wirklich von allen Seiten, als sie den Fall in Hills Dienstzimmer durchsprachen.

Sie merkten nicht einmal, dass die Bestellliste für die Lunchbrote für den nächsten Tag geholt wurde. Keine Sekunde dachten sie an den Mann, der eilig die kleinen rosa Bestellzettel aus den Dienstzimmern abholte.

»Es hat wirklich den Anschein, als hättest du da eine Spur, Hill«, bestätigte Sahlman. »Ich wünschte, dass ich dir helfen könnte, aber leider muss ich gleich in einer anderen Angelegenheit weg. Aber das hier scheint zu stimmen, so viel kann ich auf jeden Fall sagen.«

»Okay, dann reden wir später weiter.«

»Klar, ich bin in etwa zwei Stunden zurück.«

»Hast du übrigens Gårdeman gesehen?«

»Gårdeman? Nein, der ist schon seit vor dem Lunch nicht mehr da«, meinte Sahlman. »Vielleicht hilft er draußen im Wald von Pålsjö den Enten über den Fußgängerüberweg«, schlug er vor und grinste dann zufrieden, als er ging.

Hill nickte, nicht weil er Sahlmans Scherz sonderlich viel abgewinnen konnte, sondern weil er jetzt wusste, dass Gårdeman sich nicht im Präsidium befand.

Offenbar war Sahlman draußen auf dem Korridor mit jemandem zusammengestoßen, aber Hill hatte nicht die Zeit, sich um den kurzen Tumult zu kümmern. Er sichtete unverdrossen eine der neuen Informationen nach der anderen.

Eine Kopie des Berichts der Ballistiker faxte er nach Borås und hoffte, dass es noch eine dritte Übereinstimmung geben würde.

Anderberg war nicht sonderlich begeistert, als Hill ihn eine Stunde später telefonisch bat, Sten Anderssons Kleider noch einmal unter die Lupe zu nehmen.

»Es ist nicht so, dass wir hier nichts zu tun hätten«, lautete seine mürrische Antwort.

»Ich weiß. Aber hättest du die Hände in den Schoß legen wollen, dann hättest du dir doch wohl eine andere Arbeit gesucht?«

»Da hast du vermutlich Recht«, pflichtete ihm Anderberg bei und bekam bessere Laune. »Aber wonach soll ich denn suchen?«

»Nach der Beschichtung von Rubbellosen.«

»Bist du schon so verkalkt, Hill? Das haben wir bereits gemacht.«

»Nur unter den Fingernägeln. Aber habt ihr auch auf seiner Jacke gesucht? Rechts, etwa in Höhe des Schlüsselbeins. Ich habe eine Zeugenaussage, die den Verdacht nahe legt, dass dort etwas zu finden sein könnte.«

»Unsinn, wenn dort was zu finden gewesen wäre, hätten wir das auch gefunden«, meinte Anderberg entrüstet.

»Könntest du mir netterweise den Gefallen nicht trotzdem tun? Nur noch mal kurz nachsehen?«

»Natürlich. Wenn du mit Harriet redest.«

»Bitte?«

»Mit meiner Frau. Meine Schwiegermutter wird heute achtzig. Wenn ich nicht spätestens um sechs zu Hause bin, dann werde ich das nächste Opfer der allgemeinen Gewaltwelle.«

Hill lachte.

»Das ist klar, dass du das lustig findest«, meinte Anderberg beleidigt.

»Ehrlich gesagt, ja.«

»Gut! Dann darfst du wirklich mit Harriet sprechen, und das wird dann superlustig, das kann ich dir versprechen.«

Hill bat zuerst die Frau in der Vermittlung, für ihn die Telefonnummer des Instituts für Physik der Helsingin Yliopisto zu ermitteln.

Er hatte erwartet, dass sie ihn fragen würde, was das sei, aber sie meinte nur, sie würde sich melden. Die Frauen von der Vermittlung waren einiges gewohnt.

Sahlman war wieder zurück, und Hill sah seine Chance gekommen.

»Hallo, Knut! Hast noch mal einen Augenblick Zeit?«

»Klar, Joey. Willst du über Weiber reden?«

»Wohl kaum, über Rubbellose.«

»Weiber, Rubbellose. Das ist doch dasselbe. Das Entblößen ist bei beiden das Entscheidende«, entgegnete Sahlman, der immer versuchte, alles positiv zu sehen.

Hill wollte seine Theorie der Rubbellose jedoch weiter diskutieren. Er brauchte mehr als nur nächtlich leere Wände, er brauchte ein Feedback. Und Sahlman war in dieser Beziehung ausgezeichnet. Er war ein erstklassiger Zuhörer.

Aber die Frau von der Vermittlung unterbrach sie. Sie hatte nicht nur die gewünschte Nummer gefunden, sondern außerdem noch das fast Unmögliche vollbracht – wie meistens.

»Ich habe hier die Institutssekretärin für dich an der Leitung. Sie spricht Schwedisch. Soll ich dich verbinden?«

»Na klar! Du bist ein Engel!«

Halblaut flüsterte er Sahlman zu:

»Vielen Dank einstweilen, Knut. Ich lasse wieder von mir hören. Ich muss erst noch einen Moment mit der Helsingin Yliopisto reden.«

»Yliopisto?«

»Ja. Mit der Uni Helsinki.«

Das hatte Sahlman nicht gewusst.

Jonas D. war ein super Typ, der sich einen bequemen Job zugelegt hatte. Eine richtig bequeme Nebenbeschäftigung.

Er war Unternehmer, genauer gesagt Kleinunternehmer. Er machte Baguettes für gestresste Beamte. Vor Feierabend legte er seine Speisekarten in den verschiedenen Ämtern aus. Dann holte er sich die Bestellungen am Morgen ab und machte seine riesigen Baguettes, wahre Kalorienbomben, so dass sie pünktlich zum Lunch fertig waren.

Er durfte die Küche des beliebtesten Nachtlokals der Stadt benutzen, in der morgens nichts los war, natürlich nur gegen Prozente. So konnte ihm keiner vom verdammten Gesundheitsamt an die Karre fahren, weil die Küche nicht irgendwelchen Hygieneansprüchen genügte! Hier waren sämtliche Schneidebretter so lang und breit, wie die Norm forderte, und die Spülbecken hatten den richtigen Abstand zu Kühl- und Gefrierschränken. Alles kein Problem also.

Dann musste er die Brote nur richtig austeilen, kassieren und hatte Feierabend! Im Übrigen wurde er vom Arbeitsamt subventioniert. Das schoss die Hälfte zu, die ihm noch zum Leben fehlte. Ihnen war nichts anderes übrig geblieben.

Das Problem war nur, dass ihm das Geld trotzdem nicht reichte. Hätte er nicht seine Kontakte gehabt, wäre er echt in Schwierigkeiten geraten. Womit Bernard in Wirklichkeit sein

Geld verdiente, verstand er nur zu gut, und auch, wen er vertrat.

So what? Alle hatten das Recht, zu versuchen, ihr Auskommen zu finden.

Oder Einkommen?

Jonas dachte einen Augenblick über diese kleine Besonderheit der Sprache nach. Aus und ein waren doch gegensätzlich, oder etwa nicht? Okay. Aber wie konnten dann Aus- und Einkommen genau dasselbe sein?

Er hatte schon erwogen, nach Lund zu schreiben, wo sie alles wussten und wo die Leute herkamen, die über die wesentlichen Fragen des Lebens im Fernsehen diskutierten. Er hatte das Gefühl, dass dieses Rätsel auf eine gediegene akademische Antwort wartete und dass er vorher nicht mit seinem Leben fortfahren konnte.

Jonas hatte zwar auf diese Frage noch keine Antwort erhalten, aber er wusste dank seiner Arbeit einiges andere. Wer kümmerte sich schon darum, dass ein Typ mit Baguettes seinen Kopf durch die Tür streckte? Die hellblauen Latzhosen und eine falschrum getragene Baseballmütze sorgten schon dafür, dass man ihn gar nicht erst wahrnahm.

Dankenswerterweise hörte niemand auf, über Dinge zu sprechen, die der Geheimhaltung unterlagen, bloß weil er seinen Kopf durch die Tür streckte. Und das nutzte er weidlich aus. Seine Ohren waren zwar klein, aber sie funktionierten, fand er zumindest selbst, verdammt gut.

Wenn er nur an die Bullen dachte, denen er gerade eben gelauscht hatte. Wirklich ein hochinteressantes Gespräch. Und er wusste bereits, wer ganz sicher wahnsinnig interessiert sein würde!

Jonas D. erinnerte sich nämlich verdammt gut, wenn er nur wollte. Wer würde sich auch nicht an Kleinigkeiten erinnern, wenn sie sich schnell zu Geld machen ließen?

Und ein saumäßiges Glück hatte er außerdem gehabt, als einer plötzlich aus dem Zimmer gestürzt und fast über ihn gestolpert war. Mit aller Sicherheit hatte es für ihn so ausgesehen, als sei Jonas gerade den Gang entlanggekommen, und nicht, als hätte er vor der Tür gelauscht. Er hatte Jonas sogar noch um Entschuldigung gebeten, ehe er weitergegangen war.

Es war unglaublich, wie diese Säle der Mächtigen Informationen leckten. Eine Lieferung Brote mit Roastbeef, Meerrettich und Röstzwiebeln konnte einem mühelos Informationen aus den geheimsten Korridoren der Macht einbringen.

Und dieser Bernard war nicht der Einzige, der bereit war zu blechen, auch wenn er besser zahlte als die meisten.

Einmal, nein, zweimal, hatte er für Bernard abkassiert. Er hatte nur seinen Namen auf einen Zettel schreiben müssen. So einfach war das gewesen. Für seine Mühe hatte er sich ordentlich bezahlen lassen, zwar nur zwei Riesen, aber immerhin.

Jonas D. – D. wie in *depraved* – schlenderte mit den Bestellungen für den nächsten Tag nach Hause. Er freute sich an dem ersten Grün der Bäume und beschloss, sich später am Nachmittag die Frauen auf der Wiese vor der Stadtbücherei anzusehen. Das mit den Frauen setzte seinen Ersparnissen zwar sehr zu, aber man musste schließlich bereit sein, für seinen Spaß Opfer zu bringen!

Er lächelte erwartungsvoll, als er sah, dass Bernard und noch ein Typ vor seiner Wohnung in der Kaliforniegata auf ihn warteten.

»Danke, danke für die Hilfe, Wiederhören.«

Hill legte auf und spürte bis in die Beine, wie anstrengend es gewesen war, in Finnland anzurufen.

Ihm gefiel zwar das singende Finnlandschwedisch, das hier im Süden so exotisch klang, aber das Risiko, sich misszuverstehen, wenn man in einer anderen als in seiner Muttersprache kommunizierte, war trotzdem groß, und man musste höllisch aufpassen.

Die Sekretärin hatte ihn gleich mit dem Dozenten Jukka Heilenen verbunden, von dem sie annahm, dass er sich mit dem beschäftigte, woran der Kommissar so interessiert zu sein schien.

Und so war es auch gewesen.

»Doch, das stimmt. So viel kann ich sagen, ohne gegen die Geheimhaltungsvorschriften zu verstoßen. Wir beschäftigen uns genau mit einem solchen Auftrag, wie Sie ihn beschreiben. Dafür gäbe es nämlich viele wichtige Anwendungen, nicht nur militärische, wenn es uns wirklich gelänge, hypereffektive Penetrationswellen für dichte Objekte zu erzeugen.«

Da hatte er ihn wieder, diesen wissenschaftlichen Kauderwelsch.

»Sie meinen – die Möglichkeit durch Schwarz zu sehen«, meinte Hill, da er bereits Bescheid wusste.

»Genau. Ganz genau«, erwiderte Heilenen anerkennend.

»Ist es Ihnen bereits gelungen?«

Heilenen schwieg lange.

»Worum ging es bei Ihrer Ermittlung noch, hatten Sie gesagt?«

»Mord. Doppelmord, eventuell dreifacher Mord«, erwiderte Hill.

»Um die Wahrheit zu sagen, begreife ich nicht ganz, was unsere Forschungsresultate damit zu tun haben sollen. Lichtstrahlen töten schließlich niemanden. Ausgenommen Hochenergielaser natürlich.«

»Glauben Sie mir, die Sache ist sehr wichtig. Der Zusammenhang ist zwar nur indirekt, aber außerordentlich bedeutsam. Vielleicht hilft er uns dabei, weitere Morde zu verhindern.«

»Okay. Die Antwort lautet nein.«

»Nein?«

»Nein, es ist uns nicht gelungen – noch nicht.«

Hill seufzte so enttäuscht, dass das vermutlich bis über die

Ostsee zu hören gewesen war. Die nächste Frage ergab sich von selbst.

»Gibt es vielleicht außerhalb von Ihrem Institut jemanden, dem das gelungen sein könnte?«

»Nein, soweit ich weiß, nicht. Unser Institut ist auf diesem Gebiet international führend. Wir halten uns jedoch auf dem Laufenden, was andere ähnliche Forschungsprojekte auf der ganzen Welt angeht. Es gibt keinen Grund anzunehmen, dass jemand weitergekommen sein sollte als wir.«

Schon bei dem bloßen Gedanken klang er gekränkt.

»Aber möglich wäre das schon?«

Plötzlich war Hill wieder ganz eifrig. Er ließ sich ganz von seinem Instinkt leiten.

»Theoretisch ja. Natürlich. Aber kaum, ohne auf unsere Forschungsergebnisse zurückzugreifen. Wie gesagt sind wir auf diesem Gebiet führend.«

»Wie könnte man sich – natürlich wieder rein theoretisch – die praktische Anwendung vorstellen?«

Es galt zu lernen, zu imitieren und zu imponieren, und Hill bekam dann auch wirklich seine wohl verdiente Banane, als Heilenen ihm antwortete.

»Langwelliges rotes Licht könnte man dazu verwenden, um zwischen Kohlschwarz und anderer Materie zu unterscheiden.

Ungefähr wie bei einer Wärmekamera. Sodass man beispielsweise helle Materie, die von schwarzer Materie umgeben oder bedeckt ist, durch die minimale, aber doch vorkommende Wärmeerhöhung der Wellenlänge für schwarzes Licht ablesen kann.«

Puh! Es schwindelte Hill, als er versuchte, der Erklärung des Wissenschaftlers zu folgen. Aber Dozent Heilenen schien das nicht weiter zu bekümmern.

»Durch die Projizierung der helleren und somit kälteren Teilchen würde sich ein Bild ergeben.«

»Das klingt doch nach einer Art Wärmekamera, oder?«

»Das stimmt. Aber es geht um die Suche nach hyperaktiven Penetrationswellen. Wellen, die nicht nur die Dunkelheit durchdringen, sondern sogar schwarze Gegenstände. Sie können sich Anwendungsbereiche wie Dechiffrierung, Beweissicherung und Ähnliches vorstellen. Ein Muster hinter dichten schwarzen Oberflächen erkennen zu können, wenn Röntgenaufnahmen unmöglich sind. Wie bei dieser eingemauerten Katze im Tower.«

Hill ahnte die Tragweite des Ganzen, und seine Gedanken kamen unausweichlich auf ein sehr spezielles Anwendungsgebiet.

»Und das ist ganz sicher, dass Sie die Technik noch nicht so weit entwickelt haben, dass sie sich praktisch anwenden lässt?«

»Ja. Darin besteht nämlich das Problem, einen Scanner zu konstruieren, wenn man das mal so nennen will. Einen Bildleser, der empfindlich genug ist, diese minimalen, fast nicht vorhandenen Unterschiede zu erfassen und in ein sichtbares Bild zu verwandeln.«

»Hatte jemand anderes auf irgendeine Art Zugang zu Ihrem Material?«

Am anderen Ende wurde es verdächtig still.

»Herr Heilenen? Hallo?«

»Nein. Dazu hatte niemand Zugang. Allerdings hatten wir vor etwa einem Jahr einen Einbruch. Jemand ist ins Labor eingedrungen, das war ganz klar. Aber nichts war gestohlen, und alles wirkte unberührt.«

Hill war auf einmal ganz Ohr.

Alles unberührt.

Aber unberührt bedeutete nicht *ungesehen!*

»Könnte jemand alles auf Mikrofilm aufgenommen haben?«

Dieser Gedanke war dem Dozenten sehr unangenehm – das

war vollkommen klar. Aber er war schließlich Wissenschaftler und musste dann doch zugeben, dass das nicht auszuschließen sei. Sein singendes Finnlandschwedisch nahm einen verärgerten Ton an, als er dem Kriminalkommissar aus Schweden antwortete: »Doch. Das ist durchaus möglich.«

Hill jubelte innerlich, dankte dem Dozenten für das Gespräch und verabschiedete sich.

Sobald er aufgelegt hatte, klingelte das Telefon erneut.

»Hast du schon mit Harriet gesprochen?«, wollte Anderberg wissen.

Natürlich – Anderberg!

»Harriet? Nein.«

»Gut. Das kannst du dir sparen.«

»Wieso?«

»Ich habe eine schnelle Kontrolle durchgeführt. Nur deinetwegen, wenn du's genau wissen willst. An der Jacke waren wirklich Überreste der Beschichtung eines Rubbelloses. Nicht viel. Überhaupt nicht viel, verstehst du. Aber da du mir so genau gesagt hattest, wo ich suchen soll, waren sie relativ leicht zu finden.«

Endlich hatte sich das Blatt gewendet! Hill spürte, wie ihm vor Spannung das Rückgrat kribbelte. Jetzt befand er sich auf dem Weg – eindeutig!

»Vielen Dank! Hoffentlich wird es heute Abend richtig nett bei deiner Schwiegermutter. Bis bald!«

Das Ferngespräch nach Idaho konnte er jetzt aufschieben. Joakim Hill hatte für heute genug telefoniert, zumindest dienstlich. Heute Abend würde er sich wirklich einen Whisky und etwas Entspannung gönnen. Erst ein ordentliches Glas zwölf Jahre alten McAllan, dann etwas Brubeck und Coltrane und zum Schluss einen langen Film mit Clint Eastwood und Unmengen Chips!

Und dann natürlich noch ein sehr wichtiges Telefongespräch – mit Catharina Elgh.

Elin Starbeck brauchte die neuen Zapfsäulen wirklich sehr dringend.

Sie hatte sogar bereits einen Antrag für den Ausbau gestellt. Obwohl sie sich bei dem geringen Gewinn, den ihre Tankstelle abwarf, wirklich keinen Ausbau leisten konnte. Trotz aller Beteuerungen des Gegenteils war die Regierung ganz und gar kein Freund der Kleinunternehmer, sondern ihr Feind und der Bettgenosse der Großindustrie.

Die Bedingungen waren für jemanden, der bereits riesige Summen beiseite geschafft hatte, günstig. Aber für die, die im Schweiß ihres Angesichts kämpften, um ihren kleinen Betrieb zu erweitern, gab es eine Sondersteuer nach der anderen.

Ihr hatten die Männer, die zu Besuch gekommen waren, zwar nicht gefallen, aber den etwas älteren hatte sie merkwürdigerweise sogar eine Spur sympathisch gefunden, während es ihr beim Anblick der beiden jüngeren eher übel geworden war. Doch die drei hatten ihr immerhin eine denkbare Lösung für ihr Problem angeboten.

Denn neue Zapfsäulen brauchte sie wirklich. Nagelneue Wayne, Modell 923.22.

So einfach war das. Ohne die würden ihr im nächsten halben Jahr auch noch die letzten Kunden wegbleiben. Preem wollte noch vor den Sommerferien am anderen Ende des Dorfes eine neue Tankstelle eröffnen, wo es dann auch Lebensmittel und sonst alles geben würde. Dann würde sie mit ihren Abendzeitungen, Zigaretten und Losen nicht mehr viel ausrichten können! Das war die bittere Wahrheit, der sie sich stellen musste.

Das Ganze schien schließlich sehr einfach zu sein.

Etwas anderes als die Arbeit in der Grube. Weder schmutzig noch anstrengend. Keine Probleme mit Ersatzteilen, die nicht passten und die sie womöglich noch aus Traryd, also sonst wo, holen musste.

Nein, das hier – da musste man nur vorsichtig ziehen.

Langsam und vorsichtig, wie er es ihr jetzt vor ungefähr einem Monat gezeigt hatte, dieser Bernard. Ziehen, bis es sich in der richtigen Position befand. Das war äußerst wichtig. Sie durften nicht zerknickt oder sonst wie beschädigt werden. Und dann dauerte es einen Augenblick. Sogar ziemlich lange, bis man ablesen konnte. Sie begriff eigentlich nicht, warum das solange dauern musste, aber das war schließlich nicht ihr Problem. Plötzlich wurde es sichtbar. Erst verschwommen, aber schließlich waren die Ziffern klar und deutlich zu erkennen.

Das erste Mal, als sie es allein ausprobiert hatte, hatte sie fünfundzwanzig Stück an einem einzigen Tag durchleuchtet, ohne bei einem Tia-Los auch nur lausige zehn Kronen zu gewinnen.

Aber am zweiten Tag fand sie eins mit 500 000, dem Hauptgewinn.

Sie hatte das Gerät ungläubig angestarrt. Vielleicht war es ein Fehler? Sie legte das Los ein zweites Mal in den Scanner. Äußerst langsam und vorsichtig. Sie achtete dieses Mal noch mehr darauf, dass es nicht schief lag oder verknickt wurde. Schließlich wollte sie nicht, dass das Resultat deswegen fehlerhaft ausfiel.

Aber es war wieder dasselbe. In dem kleinen, etwas konkaven Fenster im Deckel des Scanners leuchteten die Zahlen vor einem braungelben Hintergrund merkwürdig kalt und blaugrün schimmernd auf.

Ein Gewinn von 500 000 Kronen!

Erstaunt sah sie sich immer wieder das kleine Los an, das da so unschuldig auf der Theke vor ihr lag. Wenn es jetzt jemand bei ihr gekauft hätte! Dann wäre ihre Tankstelle als die Glückstanke im Wald berühmt geworden. Alle hätten Statoil den Rücken gekehrt und wären stattdessen zu ihr gegangen. Zur Glückstanke, die das Halbmillionenlos verkauft hatte.

Aber jetzt würde es nie jemand erfahren.

Nicht einmal, wer jetzt hereinkam und das Los dort liegen sah, würde etwas ahnen. Es sah genauso frustrierend geheimnisvoll aus wie alle anderen Rubbellose im Land. Geheimnisvoll und im Regelfall eine vergebliche Investition.

Aber Elin hatte ihre Anweisungen, Richtlinien, die ihr Bernard in seinem gebrochenen, aber vollkommen verständlichen Schwedisch, auseinander gesetzt hatte. Sie sollte dieses Los in den kleinen Metallbehälter legen, den sie ebenfalls bei ihr deponiert hatten. Ein Metallkästchen, das oben einen schmalen Schlitz hatte. Keine andere Öffnung, kein Schloss im Boden oder so was. Nur einen Schlitz, durch den sie die Glückslose schieben sollte. Um sie wieder herauszubekommen benötigte man vermutlich einen Schneidbrenner.

Elin zögerte die Entscheidung hinaus. In der Zwischenzeit steckte sie das eine oder andere Los mit einem minimalen Gewinn in die Box. Eines mit einem Gewinn von 50 Kronen, zwei mit einem von 20 Kronen und eines mit einem von zehn. Daran verdiente sie ebenfalls nicht viel. Sie sollte sich die Gewinnsummen der Lose, die sie deponierte, sorgfältig aufschreiben. Sie würden ihr dann ganze zehn Prozent des Gesamtgewinns zukommen lassen, hatten sie ihr versichert.

Bisher hatte sie mit ihrem kleinen Nebenverdienst innerhalb von ein paar Tagen ganze zehn Kronen verdient. Zehn Prozent von 500 000 wären zwar auch noch mal 50 000 gewesen, aber was war das schon, dachte man an das Kapital, das sie brauchen würde.

Elin ging auf, dass für sie diese Sache genauso lohnend war, wie die Letzte bei einem Kettenbrief zu sein. Und doch kam sie aus der Geschichte nicht mehr raus. Natürlich war sie sich darüber im Klaren, dass die gesamte Unternehmung höchst ungesetzlich war. Sie hatte ihr Angebot zwar nur angenommen, damit sie bei ihr nicht alles kurz und klein schlugen, aber jetzt gab es kein Zurück mehr.

Das Klingeln des Telefons schreckte sie auf, während sie

noch dastand und über das Wertpapier in ihrer Hand nachdachte. Sie bekam gewaltiges Herzklopfen, als hätte sie jemand überrascht und ihr schlechtes Gewissen bemerkt.

»Starbecks Benzin«, sagte sie schließlich in den Hörer.

»Spreche ich mit Elin Starbeck?«, fragte eine Stimme, die sie nicht sofort wiedererkannte.

»Ja?«

»Hallo. Hier ist Pelle Eggert von der Gemeindeverwaltung. Ich wollte dir nur sagen, dass wir den Ausbau genehmigen. Die Pläne sind von der Straßenbauverwaltung und von der Feuerwehr geprüft worden, und niemand hatte was einzuwenden. Wir schicken dir die Baugenehmigung, sobald alle Papiere unterschrieben sind. Vielleicht treffen sie bereits morgen bei dir ein, aber ich dachte, du würdest das gerne schon heute erfahren.«

»Danke, danke, das ist fürchterlich nett. Das ist fast ein Schock«, erwiderte sie atemlos.

Er lachte zufrieden, fast wie ein Weihnachtsmann, der gerade einer Fünfjährigen mit strahlenden Augen ein besonders schönes Geschenk gegeben hat.

»Ja«, fuhr er fort, »offenbar sitzen die Lieferanten ja bereits in den Startlöchern. Wie ich die Sache sehe, könntest du sofort anfangen oder zumindest spätestens Ende April. Vielleicht könntest du die neue Tankstelle dann noch vor Preem einweihen?«

»Das wäre natürlich klasse«, gab Elin zu, die es noch gar nicht fassen konnte. Dann hätte die Konkurrenz nichts zu lachen.«

»Ja, wenn das mit der Finanzierung nur in Ordnung geht.«

Es entstand eine verlegene Pause.

»Die geht doch wohl in Ordnung? Du hast doch hoffentlich genug Geld? Nicht, dass dir die Bank jetzt auf einmal den Kredit verweigert?«

Elin hielt das Los so fest zwischen Daumen und Zeigefinger, dass ihre Fingerspitzen weiß wurden. Als wollte sie das Geld sofort aus ihm herauspressen.

Aber – wenn …?

Wenn sie es jetzt einfach nicht in dieser Box mit dem Schlitz verschwinden ließ, wie sie ausgemacht hatten? Wenn sie sich nun weigerte, es für immer aus der Hand zu geben? Wenn sie nichts erfuhren und wenn sie das Geld listig auf ihr Geschäftskonto schleuste? Dann würden sie auch nie etwas erfahren!

»Verlass dich drauf, Pelle. Hier gibt es ausreichend Mittel!«, entschied sie sofort.

Dann ließ sie das Gewinnlos in der tiefen Seitentasche ihres Blaumanns verschwinden, statt in dem Schlitz der Metallbox, die so begierig darauf wartete.

Den ganzen Tag über war das Los eine süße, aufreizende Liebkosung ihres Oberschenkels.

Das Telefonat, das Hill mit Catharina Elgh am Dienstagabend geführt hatte, war überaus erfreulich gewesen. Der Whisky hatte ihm die Zunge gelöst, und nach Vorbild Clint Eastwoods war er sogar etwas vorlaut gewesen.

Sie hatte tatsächlich ziemlich viel ihrer bisherigen Zurückhaltung fahren lassen und gefunden, dass sein Vorschlag recht interessant klinge. Sie versprach, am nächsten Tag gegen halb sechs auf dem Revier vorbeizukommen.

Am nächsten Morgen um Viertel vor acht rief er noch einmal bei der McCraw University in Idaho an, und genau wie er das vorhergesehen hatte, war dieses Gespräch bedeutend weniger erfreulich.

Peter Andersson war nicht gerade die Person, mit der er unbedingt ein weiteres Mal hatte reden wollen, aber leider ließ sich das nicht vermeiden. Es ging darum, ausreichend schwerwiegende Indizien zu finden, um die Mittel zu erhalten, von denen Hill überzeugt war, dass sie sie benötigen würden.

»Yea, it's Peter.«

Die Stimme klang brummig und verschlafen, und Hill merkte begeistert, dass es in Amerika Nacht sein musste. Erst jetzt machte er sich über die Zeitverschiebung Gedanken.

»Hier ist Kommissar Hill von der Polizei Helsingborg. Ich habe Ihnen noch ein paar ergänzende Fragen zu stellen.«

Er machte sich nicht die Mühe, irgendwelche Höflichkeitsfloskeln zu verwenden, denn aufrichtig gesagt, war es ihm scheißegal, ob er Peter Andersson nun geweckt hatte oder nicht.

»Sind Sie nicht ganz ...«, begann der Gaststudent verschlafen.

»Hatten Sie wirklich nie irgendeinen Verdacht, woher Ihr Vater dieses ganze Geld hatte?«

»Hören Sie, das schert mich einen Dreck. Und das gilt auch für Ihre idiotischen Nachforschungen!«

Das Nachlassverzeichnis war bereits an Peter Andersson in Idaho gefaxt worden, und somit wusste er, dass seine Geldquelle endgültig versiegt war. Waren die Kosten der Beerdigung erst einmal beglichen, reichte sein Erbe gerade noch für einen Hamburger.

Daher gab es für ihn keinen Grund, sich bei jemandem aus seiner Heimatstadt anzubiedern, am allerwenigsten bei einem Bullen.

Glaubte er.

»Dann«, antwortete Hill, »muss ich leider den schmerzlichen Schluss ziehen, dass Ihre mangelnde Bereitschaft zur Zusammenarbeit darauf beruht, dass Sie über den Ursprung der beträchtlichen Nebeneinnahmen Ihres Vaters Bescheid wussten.«

»Wie bitte?«

»Und das bedeutet nicht nur, dass wir sofort dafür sorgen können, dass Sie nach Hause geschafft werden, sondern auch, dass der schwedische Staat alles zurückfordern kann, was Ihr Vater Ihnen je zukommen ließ. Rückwirkend und nach eigenem Ermessen. Manchmal handelt es sich um wesentlich mehr, als anfangs anzunehmen wäre.«

»Sie lügen, Sie Schwein! Das können die nicht!«

»Oh doch, und zwar ohne mit der Wimper zu zucken. Außerdem kann ich nun auch Beleidigung eines Polizeibeamten zu den Anklagepunkten hinzufügen«, meinte Hill unversöhnlich. »Seit Jahreswechsel ist es strafbar, einen Polizeibeamten als Schwein zu bezeichnen. Aber das haben Sie vielleicht nicht gewusst?«

»Sie lügen!«

Peter Andersson verfügte offensichtlich über wenig Fantasie.

»Sie lügen, die können überhaupt nichts machen. Ich bin schließlich in den USA!«

»Nur als ausländischer Gaststudent. Falls die nur den geringsten Skandal wittern, mein Junge, dann schmeißen sie Sie schnellstmöglich ins Meer und lassen Sie nach Hause schwimmen.«

Hill vermutete, dass Peter Andersson inzwischen hellwach war.

Am anderen Ende der Leitung wurde es still. Offenbar dachte der junge Mann gründlich über seine Situation nach.

»Was wollen Sie wissen?«, fragte er schließlich.

»Wussten Sie, dass Ihr Vater Rubbellose manipuliert hat, um sich zu bereichern?«

»Ja – doch, das wusste ich.«

»War er dabei allein?«

»Allein? Wenn er die Lose checkte? Nein, natürlich nicht.«

»Hatte er Helfer? Hatte er jemanden über sich? Wie funktionierte das Ganze eigentlich?«

»Hören Sie, das weiß ich nicht. Aber ich glaube nicht, dass das seine Idee war. Er sprach einmal von den ›Bankiers‹. Damit meinte er die Leute, die dafür sorgten, dass die Gewinne eingelöst wurden oder so.«

Hill hatte erreicht, was er sich erhofft hatte. Eine Zeugenaussage bestätigte nun, was bisher nur Theorien gewesen waren, und aus dieser Zeugenaussage ließ sich außerdem ableiten, dass das Ganze einen weitaus größeren Umfang annahm, als sie bisher vermutet hatten.

»Bankiers« ließen Geldwäsche vermuten, und Geldwäsche erinnerte an Mafia. Zweifellos würde Hill jetzt die Mittel erhalten, die er brauchte, und endlich konnte er das Gespräch mit dem unangenehmen Studenten beenden.

»Okay, danke für Ihre Hilfe. Auch wenn sie etwas zögernd geleistet wurde«, sagte er.

»Aber was passiert jetzt?«, wollte Peter Andersson deutlich beunruhigt wissen. »Mit mir, meine ich, passiert mir jetzt was? Oder behelligen Sie mich noch mal damit?«

Auf seiner Seite des Atlantik grinste Hill sadistisch.

»Hören Sie, Sie hatten die ganze Zeit Recht.«

»Wie bitte?«

»Ja.«

»Wie meinen Sie das, Recht?«

»Ich habe gelogen.«

Hill legte auf und war jetzt wirklich zufrieden mit sich.

»Da soll er ruhig schwitzen und sich überlegen, wie ich das gemeint haben könnte«, sagte er laut ohne die geringsten Gewissensbisse, »er soll sich jedes Mal, wenn in der nächsten Zeit das Telefon klingelt, vor Angst in die Hosen machen.«

Das hatte er schließlich ehrlich verdient.

Und Hill hatte sich jetzt wahrhaftig erst einmal als Muntermacher einen Becher schwarzen Java verdient. Er hatte das Gefühl einer richtigen Großtat, indem er diesen unverschämten Grünschnabel in die Schranken gewiesen hatte.

Irgendwo tief in seinem Innern ließ sich zwar eine leise Alarmglocke vernehmen. Schließlich entsprach sein Verhalten nicht ganz den polizeilichen Normen und konnte ihm daher schlimmstenfalls noch Schwierigkeiten bereiten.

Aber okay, Hill war sich bewusst, dass jede süße Rache ihren Preis hatte, und notfalls würde er diesen auch bezahlen. Vermutlich würde er von diesem Taugenichts in den USA sowieso nichts mehr hören.

Susanna stand bereits vor dem Automat und wartete auf ihren Cappuccino, als Hill den Gang entlangkam.

»Guten Morgen«, begrüßte er sie, und sie schaute verschlafen auf. Vielleicht war er ja nicht der Einzige, bei dem es am Vortag etwas spät geworden war?

»Oh, hallo Joakim! Wie geht's? Du siehst so zufrieden aus wie eine Katze, die gerade einen Kanarienvogel verschluckt hat.«

»Genauso fühle ich mich auch«, gab er zu, steckte drei Kronen in den Münzschlitz und drückte auf den Knopf für schwarzen Kaffee. Er erzählte ihr, wie das Gespräch mit Peter Andersson in Idaho verlaufen war, und sie erinnerte sich an die triste kleine Wohnung in Drottninghög und die beklemmenden Beweise sinnloser Vaterliebe, die sie dort in einer Schublade gefunden hatten.

»Es muss furchtbar sein, einen derart niederträchtigen Sohn zu haben«, meinte sie und schüttelte niedergeschlagen den Kopf.

»Es kann für diesen armen Vater nicht leicht gewesen sein. Aber das entschuldigt mein Benehmen trotzdem nicht. Ich bin vielleicht doch nicht so nett, wie ich mir immer vorgestellt habe«, sagte er und nippte vorsichtig an seinem heißen Getränk.

»Nett ist ohnehin ein vager Begriff«, meinte Susanna philosophisch. »Kleine Kinder sind nett, wenn sie den Ketchup nicht auf den Fußboden kippen. Greise sind nett, wenn sie sich abends um sechs hinlegen, ohne zu meutern. Aber wann ist ein Polizeibeamter eigentlich nett?«

»Wenn er bei einem Heimspiel der HIF den Falschparkern vor dem Stadion kein Strafmandat gibt?«, schlug Hill vor.

Was Besseres fiel ihm nicht ein. Susanna lächelte mitleidig.

»Tja, vielleicht«, meinte sie, »aber möglicherweise auch, wenn er die Gelegenheit nutzt, sich an jemandem abzureagieren, der es wirklich verdient hat – so wie du. Denn ein frustrierter Beamter ist kein netter Beamter, er wird gefährlich.«

Sie waren vor Susannas Zimmer angekommen, und Hill sah an ihrem Schreibtisch, dass sie viel zu tun hatte. Er wollte sie nicht stören, aber was sie gesagt hatte, leuchtete ihm ein.

»Susanna, du bist wirklich eine kluge Frau! Man sollte einmal über deine Theorie nachdenken. Und falls man sie zur Regel erheben könnte, könnten wir alle verdammten Aggressionstherapeuten rausschmeißen und das Geld für Besseres aufheben.

Sie lachte und setzte sich hinter ihren voll gepackten Schreibtisch – ohne ihren Cappuccino zu verschütten –, und Hill ging zurück in sein Büro, das etwas weiter den Gang entlang lag.

Jetzt musste er nur noch ein Gespräch führen und zwar mit Dozent Corell in Lund. Hill kam sich fast etwas übermütig vor, als er die Vorwahl 046 wählte. Er fand, dass Catharina Elgh jetzt *ihm* gehörte und nicht Corell. Schließlich hatte sie sich bereit erklärt, einen Ausflug mit ihm zu unternehmen. Nicht mit dem anderen.

»Ja? Corell?«, ließ sich die etwas gestresste Stimme des Dozenten vernehmen.

»Guten Morgen, Herr Corell. Hier ist wieder Kommissar Hill aus Helsingborg. Hoffentlich störe ich Sie nicht, aber im Zusammenhang mit diesem kleinen Scanner, über den wir uns gestern unterhalten haben, sind noch ein paar Fragen aufgetaucht.«

»Schießen Sie los.«

»Ich habe mich mit jemandem in Helsinki unterhalten, einem Dozenten Jukka Heilenen.«

»Natürlich, Jukka! Das ist nett, wie geht es ihm?«

»Ja, ich meine, gut, vermute ich. Er bestätigte jedenfalls, dass er an einem Projekt arbeitet, der Suche nach den wärmeempfindlichen langwelligen Strahlen. Er bestritt jedoch, dass sie zu einem entscheidenden Durchbruch gekommen seien.«

»Ach ja. Sonst hätte ich alles darauf gesetzt, dass es sich bei dem gestrigen Ergebnis um das Resultat seiner Bemühungen handelte.«

»Also wenn wir einmal davon ausgehen, dass dies wirklich der Fall war?«

»Hypothetisch, meinen Sie?«

»Genau. Wenn wir davon ausgehen, dass das Instrument wirklich dazu vorgesehen ist, mit Hilfe einer solchen Strahlung Mitteilungen unter einer schwarzen Deckfolie zu decodieren? Einer dünnen, relativ kleinen Fläche. Ich stelle mir da so etwas wie … ein Rubbellos vor.«

»Ja?«

»Wie würde dann das eigentliche Ablesen vor sich gehen?«

Das war eine Frage, die fast schon philosophische Dimensionen hatte. Corell dachte daher auch äußerst genau über seine Antwort nach, um Missverständnisse zu vermeiden.

»Wenn ich mich recht entsinne, gab es einen kleinen Schlitz, einen Einlesekanal, nicht wahr? Ich könnte mir vorstellen, dass man das Los dort durchschiebt. Aber ganz so einfach kann es eigentlich auch nicht sein.«

»Warum nicht?«

»Weil die Technik in diesem Fall eine äußerst geringe Differenz in der Temperatur der Strahlung erfassen müsste. Das würde lange dauern – schwer zu sagen, wie lange –, bis der Scanner den Unterschied erfasst hat, sodass ein Bild sichtbar wird.

»Würde es ein deutliches Bild ergeben?«

»Wenn die Theorie stimmt und das Instrument sorgfältig eingestellt ist, dann ja. Sonst würde man vermutlich kaum etwas erkennen.«

Das war ein Gedanke, der Hill nicht sonderlich gefiel. Er wollte nach all seiner Arbeit nicht dastehen und nichts in der Hand haben. Er wusste, dass alles von dem Experiment abhing, das er jetzt durchführen musste.

»Vielen Dank einstweilen, Herr Corell. Ich teile Ihnen das Ergebnis dann umgehend mit.«

»Ja, sehr gut. Übrigens, ich hoffe, dass es Ihnen gestern nicht allzu viel ausgemacht hat. Ich meine, das mit dem Wachmann. Wir müssen schließlich für eine gewisse Kontrolle sorgen. Das lässt sich in diesen Zeiten einfach nicht vermeiden.

»Kein Problem. Damit muss man schließlich rechnen, wenn man herumschnüffelt«, meinte Hill wegwerfend.

»Das beruhigt mich«, meinte der Dozent erleichtert. »Das Ganze wirkte schließlich einen Moment lang recht bedrohlich.«

»Kein Problem«, log Hill noch einmal und beendete das Gespräch.

Die Gegensprechanlage schepperte. Es ärgerte Hill, aus seinen Überlegungen gerissen zu werden. Er hatte sich gerade erst mit der Terminologie angefreundet, und das Schreiben des Berichts ging ihm endlich etwas schneller von der Hand.

Es gab Handys mit einer Reichweite quer über halb Europa und Satellitenkommunikation, aber die Gegensprechanlagen schepperten immer noch so wie damals, als sie in den fünfziger Jahren erfunden wurden.

»Du, Hill, kannst du nicht einen Augenblick runterkommen«, ließ sich Joanssons Stimme scheppernd aus dem Erdgeschoss vernehmen.

Das war keine Frage, sondern ein Befehl.

Hill hatte ohnehin unten in den Zellen der Untersuchungsgefangenen zu tun. Die Angelegenheit war zwar eher unerfreulich, umso besser also, dass er sich gleich darum kümmerte.

Ein Mann hatte am Vorabend in einem Chinarestaurant einen Mann und dessen Frau, die ihren Hochzeitstag gefeiert hatten, gestört und misshandelt, und zwar allein deswegen, weil das Opfer einen Schlips getragen hatte, gegen den der Täter einen unmittelbaren Widerwillen empfunden hatte. Jetzt sollte er wieder auf freien Fuß gesetzt werden, und Hill fiel die Aufgabe zu, ihm die freudige Neuigkeit zu überbringen.

Nach einer geruhsamen Nacht in der Zelle konnte er jetzt nach Hause gehen, denn als Hill den Bericht über die Festnahmen des vergangenen Abends geschrieben hatte, war ihm aufgefallen, dass es durch einen unglücklichen Umstand nichts gab, auf Grund dessen sie diese Ratte festhalten konnten.

Der Mann mit dem aufdringlichen Schlips hatte sich leider zum Schluss gewehrt, hatte alle Hemmungen und alle Vorsicht fahren lassen und seinen Angreifer mit einer rechten Geraden zu Boden gestreckt. Und das war nicht erlaubt!

Der Täter konnte also alles gelassen angehen und seinerseits das feiernde Paar anzeigen, wenn er das wünschte. Die Staatsanwaltschaft würde den Fall sicher nicht einmal mit der Zange anfassen wollen.

Also alles wie immer. Der Abschaum zog sich durch irgendeine Finte aus der Affäre. Die Opfer hatten keinerlei Rechte und mussten im stillen Kämmerlein leiden.

So etwas konnte jedem eingefleischten Polizisten die Arbeit verleiden. Falls es überhaupt einen gemeinsamen Nenner für die Unzufriedenheit bei der Polizei gab, dann war es diese Machtlosigkeit, die alle empfanden. Wie oft wurden alle ihre Anstrengungen zunichte gemacht, weil ein Komma Fehldeutungen zuließ oder weil irgendwo eine Unterschrift fehlte – manchmal reichte auch schon der Umstand, dass Tante Agata blaue Unterhosen hatte!

Alle hatten Tage, an denen sie an dem Sinn ihres Tuns zweifelten. Dann überlegten sie, ob all dies zulässig war, oder ob sie sich nicht bald umschulen lassen sollten. Frisör, behaupteten einige, sei ein stimulierender Beruf auf sicherem Abstand vom langen Arm des Gesetzes.

Aber dann war da auch etwas anderes. Dieses Gefühl, wirklich gebraucht zu werden. Dass man wirklich etwas erreichte, dass man für die meisten die Demarkationslinie darstellte zwischen einem relativ erträglichen Dasein und dem absoluten Chaos. Aus diesem Grund harrten trotz allem die meisten von ihnen auf ihrem Posten aus.

Im Prinzip befand sich Hill also bereits auf dem Weg aus seinem Zimmer, als ihn Joansson anrief. Er versprach, sofort bei ihm vorbeizuschauen.

Ein junger Mann stand lässig gegen den Empfangstisch gelehnt und blätterte in einem Packen zerknitterter Zettel. Das war der Typ mit den Baguettes.

»Ja?«, sagte Hill.

»Du, hier ist Jonas. Offenbar gab es ein Durcheinander mit den Bestellzetteln«, begann Joansson, als könnte der junge Mann nicht selbst sprechen. »Er will wissen, ob du Frikadelle oder Krabbensalat bestellt hast.«

»Nein.«

»Was? Nein?«

»Ich habe nichts bestellt«, entgegnete Hill entschieden. »Ich hatte nicht vor, heute hier zu essen. Bist du dir sicher, dass du da wirklich meine Bestellung in der Hand hast, Bürschchen?«, wandte er sich an den jungen Mann.

Jonas D. hasste es, mit Bürschchen angeredet zu werden, obwohl diese Bezeichnung gut zu ihm passte. Aber es wäre ihn teuer zu stehen gekommen, die Bullen das merken zu lassen. Er blätterte weiter in seinen Bestellzetteln und tat, als sei er gänzlich verwirrt.

»Mal sehen, wo war der gleich wieder? Hier … Bengt irgendwas …«

»Nein, das ist falsch, Bürschchen. Tut mir Leid, aber ich bin nicht Bengt, ich heiße Joakim. Sorry.«

»Nein! So was! Das war nicht mal hier ... das war da drüben. Entschuldigung vielmals!«

Er machte sich schnellstens aus dem Staub, mit hängendem Hosenboden und umgekehrter Baseball-Mütze, die ihm fast in der zuschlagenden Tür hängen blieb.

Joansson und Hill starrten ihm hinterher.

»Sieh an! Die Jugend von heute!«, sagte Joansson und nahm Hill das Wort aus dem Mund. »Die wissen wirklich nicht, was sie gerade wollen. Was soll nur aus diesem Land werden?«

»Alles wäre so viel einfacher, wenn sie etwas lernen würden, oder? Vielleicht Paintball oder Ähnliches?«

»Ja ... vielleicht. Aber woher weißt du ...?«

Aber Hill war bereits auf dem Weg zum Untersuchungsgefängnis, um dem Schläger die gute Neuigkeit zu überbringen, dass es ihm wieder freistand, Unschuldige zu misshandeln.

Anschließend wollte Hill zum Zeitungskiosk, um ein Rubbellos zu kaufen. Vielleicht hatte er ja Glück.

Weder Joansson noch Hill hatten den Mann mit dem etwas gelichteten Haar bemerkt, der offenbar vollkommen versunken das Anschlagbrett mit allgemeinen Informationen studierte.

Deswegen konnte dieser Mann nach einem Augenblick das Revier ebenso unbemerkt verlassen, wie er es betreten hatte.

»Hast du dir den Typ jetzt ordentlich angeschaut?«, wollte Jonas D. erwartungsvoll wissen.

»Ja, gründlich«, antwortete Bernard Valmera, »aber wie hieß er noch mal?«

»Hill, Joakim Hill.«

»Gut, das hast du gut hingekriegt. Hier ist der Umschlag.«

Bernard gab ihm einen kleinen weißen Briefumschlag, der sofort in einer der geräumigen Taschen von Jonas Jeans verschwand. In diesem lagen fünfzehn Hunderter. So viel waren die Auskünfte über den unerwarteten Arbeitseifer des Polizeibeamten und darüber, wie unbehaglich nahe er der Wahrheit gekommen war, zweifellos wert gewesen. Die geschickt inszenierte Gegenüberstellung im Präsidium hatte sich ebenfalls gelohnt.

Sie standen auf der schmalen Seitentreppe des Warenhauses Domus Södercity, die hinauf aufs Parkdeck führte. Sie wurde kaum benutzt, da es einen Fahrstuhl gab, und eignete sich deshalb gut, um Geschäfte zu machen.

Ehe Jonas noch die Zeit hatte, nach unten zu verschwinden, packte Bernard ihn auffordernd am Arm.

»Und du! Kein Wort!«

»Natürlich nicht. Ich hab schließlich noch alle auf der Reihe.«

Auf der Reihe? Bernard verstand überhaupt nichts. Er zuckte nur mit den Achseln. Er fand zwar, dass er die Sprache recht gut beherrschte, aber manchmal konnte er nur den Kopf schütteln.

Nun ja, jedenfalls war er erleichtert, dass ihr kleiner Fehler bald behoben sein würde. Es sollte ihnen auch nicht wieder passieren. Es war unverzeihlich schlampig gewesen, dass sie sich bei der Abrechnung mit diesem Andersson in Helsingborg nicht um die Ausrüstung gekümmert hatten.

Die Box hatten sie sofort an sich genommen, aber den Scanner hatte er zu Hause in seiner Wohnung gehabt, und als sie schließlich dort angelangt waren, hatte dort ein wahnsinniger Trubel geherrscht. Die Polizei war dabei gewesen, Sexspielzeuge, Filme und alles Mögliche andere bei einem Paar Liveshow-Artisten im Nachbarhaus zu beschlagnahmen.

Das Risiko wäre zu groß gewesen, also waren sie einfach weitergefahren.

Die Box in Landskrona hatten sie sichergestellt. Aber dort hatte ihnen dieses verdammte Los, das sie vergessen hatten, Schwierigkeiten bereitet!

Und in Borås waren sie ganz einfach aufgeschreckt worden.

Ein paar angetrunkene junge Männer hatten vor dem Kiosk einen wahnsinnigen Lärm gemacht. Sie hatten lang und breit darüber diskutiert, ob sie jetzt Gummis kaufen sollten oder nicht.

Ein paar meinten: »Wieso denn? Das eine oder andere Risiko muss man hier im Leben schließlich eingehen.«

Aber ein paar andere fanden, dass das Risiko zu hoch sei. Einer hatte von jemandem gehört, der von einem der Mädchen von Vivan angesteckt worden war. Okay, zwar nicht Aids, aber irgendeine Art von Tripper.

Und damit war das Risiko auch für Bernard, Adrian und Stoján auf einmal zu groß geworden.

Es war abzusehen gewesen, dass die Burschen den sicheren Weg wählen und hereinkommen würden, um Kondome zu kaufen.

Nicht einmal Stoján hatte Lust gehabt, sich mit ihnen anzulegen. Denn sie sahen aus, als würden sie viele Abende in der Woche im Fitnessstudio zubringen. Außerdem hatte er kurz zuvor der Kioskverkäuferin das Gehirn weggepustet.

Es gibt Leute, denen gefällt so etwas nicht.

Also hatten sie sich aus dem Staub gemacht.

Es war natürlich ärgerlich, dass sie den Auftrag nicht ordnungsgemäß zum Ende gebracht hatten. Aber wer würde schon auf den Gedanken kommen, einen Zusammenhang zwischen den Morden und einem kleinen Taschenrechner oder einer Fernbedienung herzustellen? Heutzutage gab es die schließlich überall. Immer ein halbes Dutzend, wo man auch hinkam.

Niemand würde da einen zweiten Blick draufwerfen, hatten sie sich eingeredet, als sie wieder südwärts gefahren waren. Und die Box hatte sie vermutlich nie verwendet in Anbetracht der riesigen Summen, die sie in Florida ausgegeben hatte!

7

Dieser Mittwoch neigte sich dem Nachmittag zu. Viel versprechende Frühlingssonne verwandelte sich in Regenwolken, und auf dem Revier machte sich eine gestresste Stimmung breit.

»Hast du einen Augenblick Zeit, Joakim?«, wollte Gårdeman wissen, der an diesem Tag die Uniform der Verkehrspolizei trug.

»Natürlich, komm rein.«

»Ich muss gleich weg. Die Kollegen, die sich um die Rocker kümmern, brauchen Verstärkung. Es dauert also nicht lange.«

Buchstäblich gestiefelt betrat er Hills Büro. Gepolstert und abgeschirmt wie ein Ritter des Mittelalters in seiner verschlissenen hellblauen Lederrüstung mit gepanzerten Handschuhen und einem Helm, den er allerdings unter dem Arm trug. Bereit, mit seinem noblen Ross, einer BMW mit vielen Extras, in den Kampf zu ziehen, einen Kreuzzug gegen das Verbrechen, wo auch immer es sein hässliches Gesicht zeigen mochte.

Dann blieb er plötzlich stehen und sah fragend auf Hills Schreibtisch.

»Was machst du hier eigentlich? Rubbellose abkratzen?«

»Ja«, entgegnete Hill verlegen, »aber es ist nicht, was du denkst. Sie sind ein Glied in der Beweiskette bei der Ermittlung in einem Mordfall.«

»Trissbingo-Rubbellose?«

»Durchaus. Ich muss alle Sorten durchprobieren. Tia, A und wie sie alle heißen.«

Gårdeman wirkte wenig überzeugt. Er hegte den Verdacht, dass sich Hill in der Arbeitszeit einfach nur etwas amüsieren wollte, und deswegen zog er es vor, das Gesprächsthema zu wechseln.

»Was ich sagen wollte, beim Terminator kommt mir was seltsam vor.«

Als ob das eine Neuigkeit war, dachte Hill, das wussten doch alle.

»Inwiefern seltsam?«, fragte er wohlerzogen.

»Er weiß mehr, als er sagen will.«

»Aber das ist doch immer so mit diesen Typen.«

»Aber hier geht es nicht um Bandengeheimnisse«, erklärte Gårdeman, »sondern um den letzten Bombenanschlag.«

»Wieso glaubst du das?«

»Ich habe ihn gestern beschattet. Ihm war das Etablissement *Chez Lulu* durchaus nicht so unbekannt, wie er noch vor ein paar Tagen vorgab.«

»Damit war doch zu rechnen!«, sagte Hill und lächelte zufrieden, als habe er bereits einen Sieg errungen.

Aber dann kam ihm plötzlich ein möglicher Einwand.

»Vielleicht wollte er ja gerade an diesem Abend Kontakt aufnehmen?«

»Tja, was weiß ich? Aber das war nicht unbedingt mein Eindruck. Ich fand, dass er sich dort sehr zu Hause fühlt.«

»Da haben wir nicht viel in der Hand, Ulf. Obwohl das natürlich interessant ist.«

»Nein. Aber was sagst du, wenn ich dir erzähle, dass er anschließend zum Einkaufen bei Åhléns war?«

»Dass das sein verbrieftes Recht ist«, erwiderte Hill und überlegte, worauf Gårdeman eigentlich hinauswollte.

»Aber weißt du auch, was er da gekauft hat?«

»Nein, aber du kannst es mir gern sagen.«

»Einen Wecker. Einen Mickymaus-Wecker.«

Das ließ die Sache wirklich in einem ganz neuen Licht erscheinen, aber Gårdeman wurde es in seiner engen Kluft allmählich warm, und er wollte los.

»Das wird schön, wenn wir endlich diese neuen Gore-Tex-Overalls bekommen«, meinte er. »Diese Lederkluft ist der reinste Backofen.«

Er ging zur Tür, drehte sich dann aber noch einmal um, um einen Vorschlag zu machen.

»Übrigens, hast du heute Abend schon was vor? Sollten wir uns nicht ein bisschen umsehen?«

»Tut mir Leid«, erwiderte Hill, »ich bin bereits vergeben. Aber morgen Abend ist es kein Problem, falls du meinst, dass es so lange warten kann.«

Ulf Gårdeman nickte. Ehe er nach draußen verschwand, lächelte er verstohlen.

»Ist mir schon klar, was heute Abend so verdammt wichtig ist«, sagte er.

Hill errötete.

»Offensichtlich zum Bingo!« Gårdeman lachte und verschwand auf dem Korridor.

Es gibt Probleme, die auf den ersten Blick unbedeutend – ja, regelrecht lächerlich – wirken, jedenfalls wenn man sie damit vergleicht, was draußen los ist.

Aber nichts desto weniger, musste man sich ihnen mit der größten Vorsicht und Diplomatie nähern, damit es innerhalb der Polizei nicht zur Frontenbildung und zu unerfreulichen Artikeln in der Tagespresse kam.

Der Wachhabende Joansson sah sich gerade jetzt einem solchen Problem gegenüber.

Der Roboter zum Entschärfen von Bomben hatte bei seiner Rückkehr nach Malmö nach seinem Einsatz in Lönnarp Beulen und Kratzer im Lack davongetragen. Und jetzt waren die Leute in Malmö sehr erbost.

Welcher Dilettant den Roboter in Helsingborg verladen habe, wollten sie wissen.

»Ich kümmere mich darum, dann melde ich mich wieder«, hatte Joansson diplomatisch geantwortet und so Zeit gewonnen. Obwohl er zu wissen meinte, wer der Schuldige war, und vorhatte, mit dem Übeltäter persönlich ins Gericht zu gehen.

»Sahlman!«, brüllte die Gegensprechanlage in Sahlmans Zimmer.

Aber dort war niemand.

Denn Knut Sahlman befand sich in Hills Büro. Er hielt – ebenso wie Hill – den Atem an.

Jetzt ging's ums Ganze. Der entscheidende Augenblick rückte unerbittlich näher. Der Test, der zeigen sollte, ob ihre Theorie standhielt oder nicht, hatte vor ihnen auf dem Tisch bereits begonnen.

Es juckte am Haaransatz, und Hill merkte, dass die ersten ärgerlichen Schweißtropfen bereits unterwegs waren. Im Scanner lag ein TIA-Los, und der Ein-Knopf war eingedrückt.

Erst einmal passierte überhaupt nichts.

Niente.

Dann veränderte der winzige Bildschirm auf einmal seine Farbe. Erst nur äußerst schwach, breitete sich eine braunrote Färbung bis zum Rand aus. Ein grüner Schleier legte sich jetzt über den immer dunkler werdenden braunroten Hintergrund.

Schließlich veränderte sich das grüne Licht.

Changierte ins Blau, veränderte sich dann zu Graublau: Gegen den Hintergrund ließ sich plötzlich ein deutliches Bild erkennen.

50,-	1000,-	75,-
Fünfzig	Eintausend	Fünfundsiebzig

75,-	100,-	100,-
Fünfundsiebzig	Einhundert	Einhundert
10 000,-	1000,-	10 000,-
Zehntausend	Eintausend	Zehntausend

»Bingo!«, jubelte Hill.

»Scheiße!«, rutschte es Sahlman heraus. Er war enttäuscht.

Hill sah ihn fragend an.

»Eine Niete!«, erklärte er.

»Sag das nicht, sag das nicht!«, erwiderte Hill zufrieden.

Er hatte nämlich gerade das große Los gezogen. Jetzt musste er einige weitere Telefonate führen. Jetzt hatte er endlich das Zauberwort, mit dem sich sämtliche Türen öffnen würden. Jetzt war sein Spesenkonto vermutlich unbegrenzt. Aber es war ebenfalls offensichtlich, dass sie einiges unternehmen mussten, um weitere Morde zu verhindern.

»Vielleicht sollten wir die anderen auch noch testen, ehe ich mich mit der Staatsanwaltschaft kurzschließe«, meinte er, aber schüttelte dann sofort den Kopf. »Funktioniert es bei einem, dann funktioniert es bei allen.«

Sahlman verzog bei dem Eifer seines Kollegen das Gesicht.

»Wirklich nicht verwunderlich, dass du kein Privatleben und keine Frau hast! Du denkst immer nur an die Arbeit. Du weißt kaum noch, wie man L-U-S-T-I-G buchstabiert. Und wie man eine Frau aufreißt, hast du vermutlich keine Ahnung, oder?«

Hemmungslos ließ sich Sahlman über Hills Versagen im sozialen Leben aus, gerade auch, was das andere Geschlecht angehe, aber Hill war so froh über das Ergebnis mit dem Scanner, dass er sich nicht weiter darum kümmerte.

»Man muss sie im Sturm nehmen, Joey. Ihnen was bieten. Sich freimachen und ihnen zu etwas Wirklichkeitsflucht verhelfen. Wann wirst du das endlich lernen?«

Hill hatte nicht die Zeit zu antworten, da setzte Sahlman die Lektion bereits fort.

»Du solltest dein Licht nicht unter den Scheffel stellen!«

»Du, Sahlman.«

»Du musst endlich mal die einfachsten Angriffsregeln lernen.«

Hill musste brüllen.

»Sahlman!!!«

»Ja?«

»Ich hab schon eine!«

»Eine was?«

»Eine Freundin.«

Sahlman starrte ihn ungläubig an. Ein wenig von unten herauf, als versuche er die Lüge hinter dem Gesagten zu entdecken.

»Ach was ...«

»Ja.«

Sahlman schwieg lange. Dann entschloss er sich, der Aussage seines Kollegens Glauben zu schenken, ließ sich auf den Besuchersessel sinken und sah Hill mit dem Blick eines großen Bruders an.

»Und was gedenkst du zu unternehmen?«

Hill versuchte unbeschwert auszusehen.

»Ich gedenke, sie im Sturm zu nehmen, mein Lieber. Ihr was zu bieten, übermütig zu sein und ihr etwas Wirklichkeitsflucht zu schenken!«

Sie wurden von der Gegensprechanlage unterbrochen. Sie knisterte und knackte fast so erbost, wie es der Sprecher war.

»Sahlman? Bist du da, Sahlman?«, brüllte Joansson mit erboster Stimme. »Ist er bei dir, Hill?«

»Ja, das ist er«, antwortete Hill und sah Sahlman fragend an.

»Sahlman?«, ließ sich Joanssons Stimme auffordernd vernehmen.

»Was gibt's?«

»Komm einen Augenblick runter. Sofort!«

Joansson hatte wirklich eine freundliche Art an sich.

»Meine Güte!« Hill sah seinen Kollegen fragend an. »Das klang ja eher unangenehm. Worum geht's?«

Sahlman zuckte ratlos mit den Achseln.

»Weißt du was? Ich glaube, ich komme mit«, meinte Hill.

»Schon okay. Das brauchst du nicht.«

»Aber ich will. Ich will das wirklich nicht verpassen.«

»Was denn?«

»Er hörte sich so an, als wollte er dich erschießen.«

»Ach?«

»Zumindest mit einem Paintball.«

Sahlman begriff nicht, was an Hills Kommentar so lustig war. Das Ganze war ihm eher unangenehm, und als sie zusammen mit dem Aufzug nach unten fuhren, hoffte er, dass alles nur ein verdammtes Missverständnis war. Aber Joansson war wirklich außer sich. Es passte ihm nicht, dass sein Revier einen schlechten Ruf bekam. Egal, ob jemand schlechte Arbeit geleistet hatte oder nachlässig mit der Ausrüstung umgegangen war.

»Wie konntest du nur so einen Mist bauen, Sahlman?«, wollte er sofort wissen, als er sie sah.

»Wie soll ich das wissen, wenn ich nicht mal weiß, von welchem Mist die Rede ist?«

Wütend knallte Joansson das Fax auf den Tisch.

»Das hier! Der Roboter!«

»Hör mal, von Mistbauen kann da keine Rede sein – es handelte sich um Rache.«

»Rache?«

»Genau das.«

»An einem Roboter?«

»Ein bösartiges Scheißding, das kann ich dir sagen«, zischte Sahlman vorwurfsvoll.

Hill und Joansson schauten sich fragend an und warteten auf eine Erklärung.

»Dieser Blechbursche ist auf meine Wildlederschuhe getreten.«

Sahlman war unglaublich!

»Er hat mir mit seinen dreckigen Raupen die Kleider versaut«, fuhr er entrüstet fort. »Ich wurde so wütend, dass ich ihm mit dem Schraubenschlüssel eins verpasst habe.«

Joansson rückte seinen Schlips zurecht und schüttelte fassungslos den Kopf.

»Schäm dich, Rushdie«, sagte er. »Das hier wird dich mehr kosten, als du durch die Risikozulage wieder reinkriegst, du Idiot.«

Sahlman verzog das Gesicht. Joanssons merkwürdiger Humor gefiel ihm noch weniger als sonst.

Es heißt, dass die Helsingborger gern Ausflüge machen, und das stimmt ganz sicher. Aber falls das jemand noch mehr liebt als die Einwohner der Stadt, dann sind das ihre Besucher, und die wissen häufig nicht recht, was mit diesem Ausdruck eigentlich gemeint ist.

Unzählige Touristen fahren jeden Tag mit der Fähre oder mit den kleinen Schnellbooten, den so genannten Sundbussen, nach Helsingør und geben auf der belebten, charmanten Stengade ihr ganzes Geld aus. Aber im Unterschied zu dem, was sie bei ihrer Rückkehr behaupten, haben sie *keinen* Ausflug gemacht.

Leider freuen sie sich über ein Missverständnis. Denn einen richtigen Ausflug macht man nur, wenn man gar nicht erst an Land geht und stattdessen das gute Essen und die Getränke an Bord genießt und dabei so oft zwischen den Grenzen hin und her fährt, wie eben erforderlich ist.

Einen solchen Ausflug kann man unabhängig vom Wetter unternehmen und zu jeder Jahreszeit. Aber genau an diesem Abend herrschte ungewöhnlich schönes Frühlingswetter, und mit der Seezunge Walewska lag man auch nie falsch.

Joakim Hill und Catharina Elgh hatten mit einem klassischen Krabbencocktail und Weißwein begonnen, auf den dann der delikate Fisch gefolgt war mit noch mehr Wein. Zum Abschluss hatten ihnen Kaffee, Vanilleeis und ein großer Kognak eingeleuchtet. Ein wirklich passendes Essen auf See, wenn Hill seine Meinung sagen durfte.

Und das tat er – wie Catharina auch – den ganzen schönen Abend lang. Sie hatten eine richtig gute Zeit miteinander. Es war fast unwirklich angenehm und entspannt.

Hill hatte natürlich Sinn für Frauen. Aber normalerweise war er in ihrer Gesellschaft etwas nervös und verkrampft. Eigentlich wusste er gar nicht, warum. Vielleicht hatte es mit seinen Erwartungen zu tun, der Angst, abgewiesen zu werden, möglicherweise war es auch allgemeine Unbeholfenheit? Wie gesagt, wusste er es selbst nicht.

Aber in Catharinas Gesellschaft fühlte er sich wohl – die ganze Zeit. Obwohl die Großfähre Aurora auf ihrer Fahrt von Helsingborg nach Helsingør und zurück ziemlich schaukelte.

Catharina war pünktlich im Präsidium eingetroffen, was ihn erstaunte. Schließlich war sie Ärztin auf der Notaufnahme, wo doch in letzter Sekunde noch allerhand hätte passieren können.

Er hatte sich darauf vorbereitet zu warten und sogar gehofft, noch vor dem Feierabend eine Antwort von der Staatsanwaltschaft zu bekommen. Doch um Punkt sechs stand sie in der Tür und betrachtete amüsiert seine Mühen mit den Losen. Er kam sich wie ein Idiot vor. Sie röntgte bei ihrer Arbeit gebrochene Fußgelenke und Schädelfrakturen, und er durchleuchtete die Rubbellose der Penninglotteri.

»Hallo!«, sagte er etwas verlegen, »kommst du jetzt schon, sehr gut!«

»Ich störe doch hoffentlich nicht? Es hat den Anschein, als würdest du auf einmal dein Glück allein suchen.«

»Ach das … das erkläre ich dir später! Die Millionen können warten – aber unser Abendessen legt auf die Minute pünktlich ab. Komm!«

Rasch beendete er seine Arbeit mit dem Scanner und schloss diesen dann zusammen mit den Losen und seiner Dienstwaffe in seinem großen Aktenschrank ein.

Laut Reglement hätte er seine Pistole in den Waffenschrank legen müssen. Aber da sie bereits wartete, hatte er es besonders eilig. Also legte er die Waffe schlampig zusammen mit all den anderen Sachen in den verschließbaren Stahlschrank.

Denn er wollte sie nicht mitnehmen, weil es nicht sonderlich bequem war, gerade jetzt dieses extra Gewicht unter dem Jackett mitzuschleppen. Besonders auch im Hinblick darauf, dass sie sich vielleicht im Verlauf des Abends näher kamen.

Dann hatte er sie durch den Korridor nach draußen gelotst. Beschützend legte er ihr einen Arm um die Schultern, als sie am Kaffeezimmer vorbeikamen und verabschiedete sich ungewöhnlich laut und deutlich von seinen Kollegen.

Sahlman saß mit ein paar Kollegen dort.

Joansson hatte bereits Feierabend und war von Bo Mandén abgelöst worden. Jetzt redete er auf Sahlman wegen des misshandelten Blechkollegen aus Malmö ein.

Sie hatten ihren Wortwechsel unterbrochen, Hills Abschiedsgruß erwidert und Catharina an seiner Seite gesehen.

Wie geplant.

Er war wirklich zufrieden mit sich. Dies konnte ein überaus angenehmer Abend werden, so etwas hatte er im Gefühl.

Er war so übermütig gewesen, dass ihn der grüne Volvo nicht kümmerte. Dieser wartete mindestens seit anderthalb Stunden auf einem der Parkplätze vor dem Polizeipräsidium, auf denen man nur eine Viertelstunde stehen durfte. Er würdigte ihn kaum eines Blicks, als sie zusammen hinunter zum Hafen eilten. Er wollte seine Zeit schließlich nicht auf einen Falschparker verschwenden. An diesem Abend hatte er Besseres vor!

Und sie offenbar auch.

Erwartungsvoll ging die zierliche Ärztin aus Lund neben dem langbeinigen Detektiv her. Eile schien geboten. An diesem milden Frühlingsabend voller Vorfreude blieb keine Zeit, um auf Licht oder Schatten zu achten.

Sie hatten sich stattdessen von einer der eleganten Fähren der Scandlines aufs Meer entführen lassen – auf ein Meer, auf dem man in dem magentarot eingerichteten Restaurant auf dem Oberdeck vor der Wirklichkeit flüchten und sich kulinarisch verwöhnen lassen konnte.

Die Aussicht war grandios. Hill hatte einen Tisch so weit vorne wie nur möglich bestellt, und ihr Mahl war von einer Aussicht umgeben, die sich ständig veränderte: Schnellboote, Kreuzer und Frachter aller Größen und aller Nationalitäten. Es schien ihnen fast, als spürten sie, wie der Kapitän auf der Kommandobrücke auf und ab schritt und jedes Mal erleichtert aufseufzte, wenn es ihm gelang, reibungslos anzudocken.

Autos, Eisenbahnwaggons und Busse hatten das Fahrzeugdeck hastig in einer ameisenähnlichen Karawane verlassen, nur damit sich das Transportdeck erneut füllen und die Fähre wenden konnte.

Seltsamerweise unterhielten sie sich kaum über die Mordfälle oder anderweitiges menschliches Leiden. Es war überaus entspannend, die Probleme des Alltags für eine Weile vergessen zu können. Stattdessen sprachen sie über Reisen und andere Interessen.

So gut es ging, versuchten sie, sich ein Bild von den Vor- und Nachteilen des anderen zu machen. Eine Art sprachliches Vorspiel, die platonische Billigung des Intellekts einer zukünftigen, eingehenderen körperlichen Vereinigung.

Er beschloss, dass er vermutlich ohne Schwierigkeiten ihr Interesse an Geschichte würde teilen können und dass sie ihrerseits sicher auch den Größen des Jazz etwas würde abgewinnen können. Besonders wenn er ihr erst einmal eine eingehende Einführung gewährt hatte.

Clint Eastwood würde er für sich behalten müssen – vorläufig.

»Noch mehr Kaffee?«, wollte ihre schicke Kellnerin mit einer randvollen Kaffeekanne in der Hand wissen.

Da merkte er plötzlich, wie dringend er auf die Toilette musste.

Sie hatten bereits anderthalb Runden über den Sund hinter sich und gegessen und getrunken und bereits das zweite Mal in Helsingør abgelegt. Gerade ging es zwischen den Hafenmolen hindurch, und Schweden kam wieder in Sicht. Und als sie jetzt so freundlich fragte, diese korrekt schwarz-weiß gekleidete Kellnerin mit ihren Scholl-Gesundheitsschuhen, ließ es sich nicht weiter aufschieben.

»Danke«, sagte Catharina und ließ sich ihre Tasse auffüllen.

Klugerweise war sie bereits nach dem Fisch einen Augenblick nach draußen gegangen. Joakim machte eine abwehrende Handbewegung, beugte sich vertraulich über das weiße Tischtuch vor und bekannte sich zu seiner Notlage.

»Warte einen Moment. Ich muss nur eben auf die Toilette. Ich bin gleich zurück.«

Sie lächelte.

»Oh! Ich dachte, Männer könnten, wenn nötig, mindestens acht Stunden ausharren.«

Sie kicherte angeheitert.

Er hätte gern unverzüglich etwas auf den Scherz erwidert, aber ihm blieb nichts anderes übrig, als den Tisch sofort zu verlassen. So schnell es ging verließ er das schaukelnde Restaurant und eilte auf die Herrentoilette zu.

Dass auch er leicht angetrunken war, fiel ihm auf, als er auf dem Weg mit einem Barhocker kollidierte. Aber wenn er sich jetzt nur etwas erleichtern durfte, dann gab es wahrhaftig nichts, worüber er sich beklagen konnte.

Umständlich drückte er die Klinke zur großen, blitzenden Herrentoilette hinunter und öffnete erleichtert die Tür.

Mit einem unfreundlichen Griff packte ihn jemand am Jackenkragen und riss ihn nach drinnen. Dann wurde die Tür mit einem abgesägten Eisenrohr von innen verriegelt, nachdem schnell noch draußen ein Schild aufgehängt worden war.

Ordentlich und deutlich stand darauf geschrieben:

Es wird geputzt.
Bitte benutzen Sie die Toilette eine
Treppe tiefer.

Die Oberlippe platzte als Erstes. Ein gnadenloser Faustschlag traf Hill auf dem Mund und ließ ihn auf der anderen Seite des Raums gegen die Wand krachen.

Sowohl sein Gesicht als auch die Schulter, die mit der gefliesten Wand zusammengeprallt war, schmerzten wie glühendes Eisen.

Einen Schwindel erregenden Augenblick glaubte er schon, zu Boden zu gehen, aber dann gewann er das Gleichgewicht wieder. Die Gefahr ließ ihn glücklicherweise sein ursprüngliches Vorhaben vergessen, sodass er sich hundertprozentig auf die unerwartete Situation konzentrieren konnte. Instinktiv tastete er nach seiner Dienstwaffe und richtete sich gleichzeitig an den tadellos sauberen, cremefarbenen Fliesen auf.

Die Pistole?

Die lag auf dem Revier in seinem Aktenschrank!

Er unterdrückte einen Fluch, wischte sich mit dem Handrücken über den Mund und starrte auf das hellrote Blut auf seinen Fingern.

Dann schüttelte er den Kopf, um wieder klar sehen zu können. Anfangs drehte sich alles vor seinen Augen, beruhigte sich dann allmählich, und schließlich sah er drei Männer auf sich zukommen.

»Sind Sie verrückt? Hören Sie auf, verdammt noch mal! Sie haben den Falschen erwischt! Hören Sie auf!«

Zu Abrechnungen kam es immer wieder mal. Es handelte sich um Revierkämpfe, die verschiedene Ligen in dunklen Winkeln und eiskalten Lagerhallen austrugen.

Der Polizei war dies durchaus kein Geheimnis. Schließlich musste sie oftmals anschließend aufräumen. Dass die Allgemeinheit zu Schaden kam oder überhaupt erfuhr, was vorgefallen war, geschah relativ selten. Die Unterwelt regelte diese Dinge normalerweise im Stillen.

Warum musste ausgerechnet er in die Quere kommen, wenn etwas schief ging, und dann ausgerechnet noch an diesem Abend!

Er versuchte, seiner Stimme möglichst viel Autorität zu verleihen, jedoch ohne Erfolg.

»Den Falschen? Nein, das glaube ich nicht«, erwiderte einer der Männer. »Sie sind doch Joakim Hill, Kriminalkommissar Joakim Hill von der Polizei Helsingborg?«

Mit einem Schlag war Hill vollkommen nüchtern. In einer einzigen Sekunde schien der gesamte Alkohol, den er genossen hatte, seinen Blutkreislauf verlassen zu haben. Das eiskalte Gefühl akuter Lebensgefahr ließ ihn augenblicklich klar denken.

»Oder etwa nicht?«, wollte der kleine Mann mit dem gelichteten Haar, der auf ihn zukam, wissen.

Wie die anderen beiden Männer trug er die Arbeitskleidung eines Raumpflegers. Dennoch schien es sie nicht weiter zu bekümmern, in welchem Zustand sie die Toilette zurückließen.

Hill antwortete nicht, und ein weiterer Schlag traf seine Schläfe.

Er kam ebenso unerwartet wie der erste. Der Kleine mit den wenigen Haaren war bedeutend gewandter, als man gemeint hätte. Hill war vermutlich auch nicht so nüchtern, wie er sich noch vor einem Augenblick gefühlt hatte.

Ein stechender Schmerz durchfuhr ihn, als seine Augenbraue platzte. Warmes, dunkles Blut floss ihm wie ein roter Nebel ins Auge.

»Verdammte Idioten! Was wollen Sie eigentlich?«

Verzweifelt trat Hill nach dem Kleinen. Ein Karatetritt auf gut Glück. Er spürte, dass er das Schienbein des anderen erwischt hatte. Er merkte aber auch, dass er ihn nur schräg getroffen und daher nicht viel ausgerichtet hatte.

Das andere Stück des abgesägten Eisenrohrs traf mit fürchterlicher Kraft auf Hills Oberschenkel. Die Beine gaben unter ihm nach, und er sank hilflos auf dem gekachelten Fußboden zusammen. Während des Sturzes schlug er mit dem Kopf gegen den elektrischen Händetrockner.

Der größere von den jüngeren Männern hatte hinter dem Kleinen bereit gestanden und gab sich jetzt mit sadistischem Grinsen seiner Aufgabe als Sekundant hin.

Kommissar Joe stellte, wie es die Fernsehreporter in den Abendnachrichten so schön zu nennen pflegten, ein hilfloses Opfer der sich in der Gesellschaft immer weiter ausbreitenden Gewalt dar.

Als Nächstes traf ihn ein Tritt, der sein Nasenbein erwischte.

Der Kommissar jammerte vor Schmerz. Es lohnte nicht mehr, so zu tun, als sei man der abgebrühte Clint Eastwood. Dafür tat es viel, viel zu weh. Hill verspürte das dringende Bedürfnis, sich der Bewusstlosigkeit hinzugeben.

Wenn er jetzt nie mehr erwachte?

Catharina wunderte sich allmählich, was eigentlich los war.

Sie war inzwischen etwas nüchterner und sah das letzte Abendlicht hinter Dänemarks Horizont verschwinden. Die gelbroten Sonnenstrahlen spiegelten sich unglaublich schön in den grauschwarzen Wogen, fast ein tiefreligiöses Erlebnis.

Trotzdem wurde sie allmählich immer wütender.

Wo war dieser Kriminalkommissar eigentlich hin verschwunden?

Jetzt liefen sie schon fast wieder in den Hafen von Helsingborg ein, und die abgerundeten Piere hießen die Fähre mindestens bereits zum 30. Mal an diesem Tag willkommen. Wenn sie erst einmal angelegt hatten, würde alles ziemlich schnell gehen, so viel wusste sogar jemand aus Lund wie sie. Von der Aufforderung über Lautsprecher an die Reisenden mit Personenwagen, Bus oder Zug, sich auf das Fahrzeugdeck zu begeben, bis zum An-Land-Gehen vergingen wahrlich nicht viele Minuten.

Und hier saß sie – vollkommen allein und verlassen.

Solange wie möglich hatte sie die richtig unangenehme Schlussfolgerung hinausgezögert. Aber je näher die Fähre mit jeder Minute, die verging, dem Hafen kam, desto unausweichlicher drängte sie sich auf. Hier saß sie, beschwipst und sitzen gelassen.

Es war also erneut passiert. So verhielt es sich einfach.

Sie war einem Tölpel, Langweiler und Ausreißer auf den Leim gegangen. Er hatte mit seinen Komplimenten, seinem Charme und seiner Schmeichelei nur immer ein Ziel gehabt. Sie mit der Rechnung sitzen zu lassen und nie mehr wiederzusehen.

Pfui Teufel!

Die Kellnerin sah sie bereits etwas schief an, während sie versuchte, so zu tun, als sei nichts. Sie war bereits ein weiteres Mal an ihrem Tisch gewesen und hatte gefragt, ob sonst noch etwas gewünscht werde.

Catharina wusste, was das bedeutete!

Sie wollte endlich kassieren. Und wenn der Mann nun so geheimnisvoll abhanden gekommen war, dann würde es ja wohl der Dame zufallen, die Sache zu regeln? Es dauerte immer ein paar Minuten, eine Rechnung zu begleichen, und das wollte alles erledigt sein, bevor die Fähre wieder auf dem Weg zurück nach Dänemark war.

»Verdammter Kerl«, fluchte Catharina.

Sie kochte vor Wut, zog aber mit einer – wie sie hoffte – unbeschwerten Miene ihre Kreditkarte hervor.

»Warte nur, bis ich dich erwische«, murmelte sie und lächelte unbeschwert, »dann kannst du was erleben.«

Die Kellnerin riss die Karte sofort an sich und eilte zur Kasse, um die Forderungen der Reederei sicherzustellen. Rasch kam sie mit der Quittung zurück, um diese unterschreiben zu lassen.

Catharina nahm sich nicht die Zeit zu kontrollieren, ob die Summe stimmte. Sie hatte jetzt keine Lust, sich damit auseinanderzusetzen. Wie um sich für die Dummheit zu entschuldigen, an diesem Abend überhaupt hergekommen zu sein, gab sie der Kellnerin noch zwanzig Kronen Trinkgeld extra.

Dann entschloss sie sich jedoch, sicherheitshalber bei der Herrentoilette nachzusehen, ehe sie an Land ging. Es gab schließlich hin und wieder akute Magenbeschwerden, und eine minimale Chance bestand, dass sich alles so erklären ließ. Aber daran glaubte sie eigentlich nicht einmal selbst.

»Vielen Dank und beehren Sie uns bald wieder«, sagte die Kellnerin.

»Danke,« Catharina lächelte höflich und erhob sich vom Tisch, »das Essen war wirklich sehr gut.«

»Jedenfalls zu Beginn«, murmelte sie halb laut auf dem Weg zur Garderobe.

Hill spürte das kalte Wasser im Gesicht. Es brachte ihn in die qualvolle Wirklichkeit zurück.

Das Auge war halb zugeschwollen, und er sah nur noch undeutlich durch den blutrosa Nebel. Die Nase war geschwollen, und er hatte das Gefühl, keine Luft mehr zu bekommen.

Das war eigentlich nicht verwunderlich, denn das Blut war mit dem Rotz zu einem dicken, dichten Schleim geronnen. Und als er versuchte, durch den Mund zu atmen, liefen ihm Blut und Speichel von den Lippen.

»Was ... wollen ... Sie ...?«

Kraftlos wischte er sich mit dem Ärmel seines Jacketts über den Mund.

»Was zum Teufel wollen Sie? So sagen Sie es doch endlich!«

Der Kleine war ihm jetzt ganz nahe. Unbehaglich nahe. Er packte Joakim mit festem Griff am Kragen und zog ihn hoch.

»Was wir wollen? Denken Sie nach, Hill! Denken Sie nach!«

Joakim roch seinen stark gewürzten Atem. Es war seltsam, dass ihm so etwas noch auffiel trotz seiner vollkommen verstopften Nase und trotz seiner Schmerzen und seiner Demütigung. Aber er registrierte deutlich den Duft von Knoblauch.

»Wir wollen, dass Sie aufhören, Hill«, sprach der Mann mit dem gelichteten Haar.

Jetzt dämmerte Joakim Hill endlich, worum es ging. Er rang nicht mehr nach Luft, der Atem stockte ihm, als er einsah, in wessen Gesellschaft er sich befand.

»Wir wollen, dass Sie die Ermittlungen einstellen, die Spuren verwischen und den Fall abschließen.«

Bernard schlug ihm mit der Rückseite der Hand auf die Wange, um den Ernst seiner Worte hervorzuheben. Dieses fast unschuldige, rasche Unterstreichen ließ ihn Sterne sehen.

»Verwisch die Spuren«, fuhr sein Quälgeist fort, »sonst verwischen wir *deine* Spuren. Verstanden?«

Hill stand der Schweiß auf der Stirn. Jetzt war er hellwach und versuchte, jedes Detail in seinem Gedächtnis zu speichern. Lächerliche Sachen, unwesentliche Sachen und relevante Fakten in einem munteren Durcheinander. Wie das so seine Art war.

Er betrachtete den Langen, merkte sich seine markanten Gesichtszüge, seine Haarfarbe, Größe, Kleidung. Danach versuchte er sich das Aussehen des Jungen mit den helleren Haaren einzuprägen.

Auf einmal fiel ihm auf, dass der Seifenspender leer war.

Immer das Gleiche!

Die Seife ging stets zur Neige, wenn …

»Verstanden, Bulle?«

Hill antwortete nicht. Aber er merkte sich den Akzent und spuckte Bernard seinen mit Blut gemischten Speichel zwischen die Augen.

»Pfui Teufel, verdammte Sauerei! Stoján! Kümmer dich …!«

Bernard warf sich zur Seite und wischte sich angeekelt die Augen mit dem Ärmel. Das schöne weiße, ordentlich gewaschene Kleidungsstück aus der Kleiderkammer für das Personal war bereits mit dem Blut des Polizeibeamten befleckt, also war es sowieso egal.

Stoján – ganz offensichtlich hatte er doch Stoján gesagt?

Hill hoffte, dass er sich auch daran würde erinnern können.

Da traf ihn das Eisenrohr im Bauch. Genau in den Solar plexus. Er verlor das Bewusstsein im selben Moment, in dem er merkte, dass das halb verdaute Abendessen auf dem Weg nach oben war.

Bereits als Catharina ein paar Herren zur Toilettentür eilen, an der Klinke rütteln, die Tür wütend anstarren und beidrehen sah, hatte sie den Eindruck, dass etwas nicht stimmte.

Was war hier eigentlich los?, fragte sie sich. Warum gingen sie nicht auf die Toilette?

Sie drängte sich an einem schlafenden Gast der Bar vor dem Restaurant vorbei. Offenbar fand er es bequem, auf dem kleinen Tisch, die Beine um die Stuhlbeine geschlungen, zu schlafen.

Zwei jüngere Männer und eine Frau mittleren Alters, die alle drei schon nicht mehr ganz nüchtern waren, führten am anderen Ende der Bar eine lautstarke und lebhafte Diskussion. Sie redeten sich in Rage, Argumente und unlogische Gegenargumente wurden vorgebracht, und das Problem kam seiner Lösung nicht näher.

Hatte das richtige Lied wirklich beim Eurovisionsschlagerfestival gewonnen, oder war alles ein abgekartetes Spiel gewesen?

Der Barkeeper hinterm Tresen hörte mit halbem Ohr zu. Bald würde er eine wohl verdiente Pause einlegen, während die Fähre im Hafen lag.

Lautlos schloss er die Kasse, hängte ein Gläserhandtuch auf und warf einen skeptischen Blick auf die junge Frau, die an ihm vorbeihastete und es so eilig zu haben schien, zur Herrentoilette zu kommen. Aber was spielte das schon für eine Rolle – in seinem Beruf hatte man alles schon gesehen!

Als Katharina zur Tür kam, sah sie genauso verärgert auf das Schild wie die Männer vor ihr:

Es wird geputzt.
Bitte benutzen Sie die Toilette
eine Treppe tiefer.

Verdammt!

Er musste dort unten sein, wenn er sich überhaupt noch auf der Fähre befand.

Die ersten Passagiere waren bereits von Bord gegangen und hatten die lange Seufzerbrücke betreten, die zum Zoll und zur Ankunftshalle führte. Einige Tüten klirrten verräterisch, aber das war bei dem allgemeinen Lärm kaum zu hören, und um einzelne Flaschen kümmerten sich die Zöllner mittlerweile auch kaum noch. Sie hatten es mit bedeutend ernsteren Problemen zu tun.

Catharina eilte auf die Treppe zu, die zum Ankunftsdeck führte, da sie um alles in der Welt nicht die Chance verpassen wollte, jetzt von der Fähre zu kommen, obwohl sie dem »Kommissar« doch noch gern eine letzte Gelegenheit gegeben hätte.

Alles wirkte recht seltsam. Schließlich war er Polizist und überhaupt? Dass er die Stirn hatte! Sie würde ihn doch schneller finden als ihm …

Sie verharrte auf der obersten Treppenstufe und warf einen nachdenklichen Blick auf die Herrentoilette.

Es gab Leute, die konnten einfach nicht lesen!

Ein großer, grobschlächtiger Bursche hatte begonnen, gegen die Tür zu hämmern. Ein Riese von der Körperfülle eines Pavarotti mit einem dringlichen Bedürfnis. Er hielt sich krampfhaft im Schritt, um ein Unglück zu verhindern.

Er schrie: *»Open maken, snel!«*

Das klang holländisch.

Um irgendein Schild an der Tür kümmerte er sich nicht. Schließlich sah er ja, dass sich hinter dem dicken Milchglas Schatten bewegten, und da rein wollte er!

»Open maken! Nu direct!«

Vielleicht war er Ringer? Wie sollte sie das wissen? Jedenfalls zog er mit gewaltiger Kraft an der Klinke, sodass sich die Tür fast durchbog.

Heftig und unerwartet flog sie auf – als sei innen ein Riegel aus seiner Verankerung gerissen worden.

Das war wirklich Pech für den Mann aus Holland. Er wurde nach hinten geschleudert und prallte mit seinem breiten Rücken gegen das große Panoramafenster des Seitendecks. Darunter wogte das schwarze Wasser.

Doch die Scheibe aus stabilem Panzerglas hielt und warf ihn wie einen Gummiball wieder Richtung Herrentoilette. Dabei nahm die Natur ihren Lauf, und auf seiner Hose wurden große, dunkle, demütigende Flecken sichtbar.

In diesem Augenblick, in dem er in seinem Elend nicht viel gegen sie unternehmen konnte, drängten sie sich aus der Toilette.

Unbehindert rannten sie die breite, geschwungene Treppe zum Entreedeck hinunter. Dabei stießen sie Catharina zur Seite und verschwanden nach unten Richtung Fahrzeugdeck.

Der Holländer brüllte ihnen Verwünschungen hinterher.

Er hätte sie auf der Stelle umbringen wollen, wenn er ihnen

nur seine großen Pranken hätte um den Hals legen können. Dieser Riese aus dem gelobten Land der Tulpen, der es jetzt leider nicht mehr so eilig hatte, auf die Toilette zu gelangen.

Catharina schürfte sich beim Sturz die Knie auf. Ihre Strümpfe hatten Löcher bekommen, aber was war als Abschluss eines so üblen Abends auch schon zu erwarten gewesen?

Jetzt brüllte er wieder, dieser Holländer.

Er schrie laut und deutlich, und etwas an seinem Tonfall ließ sie umkehren. Als Ärztin hatte sie seinen Hilferuf richtig verstanden. Als sie die Herrentoilette erreichte, stand er da.

Der Riese aus Holland.

Mit nassen Hosen, Tränen der Demütigung immer noch in den Augenwinkeln und mit ihrem verschwundenen, beschmutzten und blutig geschlagenen Kavalier auf seinen bärenstarken Armen.

Der Vorfall auf der Großfähre Aurora hatte nur eine geringe Verspätung zur Folge.

Zum einen, weil Hill die Sache nicht unnötig aufbauschen wollte, nachdem er wieder zu sich gekommen war. Zum anderen war das Ereignis zu geringfügig, als dass es den pünktlichen Verkehr über den Sund beeinträchtigt hätte.

Allerdings standen einige Streifenwagen mit eingeschaltetem Blaulicht vor den Zollhäuschen des Fährterminals. Aber dort gab es nicht viel zu holen.

Alle Fahrzeuge, die an Bord gewesen waren, hatten den Zoll bereits passiert, und den Zöllnern war nichts Außergewöhnliches aufgefallen. Alle sahen in der Abenddämmerung mehr oder minder gleich aus, und war zuvor nicht irgendein Tipp eingegangen, so floss der Verkehr relativ zügig. Wäre der Alarm nur fünf Minuten eher gekommen, dann …

Diejenigen, die Kommissar Hill misshandelt hatten, waren also bereits spurlos verschwunden.

Es war fast elf Uhr nachts, als Catharina Elgh endlich Gelegenheit erhielt, Hill die vermeintliche Demütigung heimzuzahlen. Er saß in einem der Behandlungszimmer der Notaufnahme auf einer Pritsche.

»Au! Aua!«, klagte er, als sie eine kleine Wunde am Haaransatz desinfizierte.

»Stillsitzen«, ermahnte sie ihn.

Er verabscheute sie, die professionelle Ruhe, mit der sie seine Blessuren verarztete. Besonders deswegen, weil er bei seiner eigenen Arbeit so vollständig versagt hatte. Gleichzeitig war er dankbar dafür, dass ihm im Warteraum der Notaufnahme die Blicke der anderen Patienten erspart blieben.

»Ich weiß, dass das etwas brennt, aber gleich ist es vorbei«, versicherte sie ihm.

Sie hatte bereits eine Platzwunde über der Braue mit zwei ordentlichen Stichen genäht und die Oberlippe geklebt.

»Gewisse Vorteile hat es immerhin, mit einer Ärztin auszugehen«, murmelte Hill und verzog das Gesicht, »zum Beispiel, dass man in jedem Krankenhaus ohne größere Schwierigkeiten ein Behandlungszimmer bekommt. Falls man nach dem Essengehen eins braucht.«

»Die Nase wird dir noch eine ganze Weile wehtun, Joakim«, stellte Catharina seine sarkastische Bemerkung ignorierend fest. »Sie ist zwar nicht gebrochen, aber ich habe den starken Verdacht, dass das eigentliche Nasenbein einen Riss bekommen hat. Da lässt sich leider nicht viel machen. Ich kann ein Stützpflaster aufkleben, und dann muss man eben abwarten.«

Kurz und gut.

»Kannst du dich jetzt hinlegen?«, forderte sie ihn auf, »dann kann ich dich abtasten.«

Wie es ihm gefallen hätte, wenn sie ihm das unter ganz anderen Vorzeichen gesagt hätte! Er hatte natürlich gehofft, dass sie intim werden würden, aber nicht so!

Mit Mühe legte er sich auf die grüne Plastikpritsche, auf der ein neues Papier lag. Er blutete nicht mehr, er hatte jedoch bereits den Fußboden und Catharinas hübsche Jacke versaut.

Alles tat weh, und er hatte den Verdacht, dass das auch am nächsten Tag nicht anders sein würde. Im Gegenteil.

Aber zumindest lebte er noch.

Wie durch ein Wunder war dieser gigantische Holländer im richtigen Augenblick aufgetaucht. Wenn er nicht so ein dringliches Bedürfnis gehabt hätte, außer sich und außergewöhnlich beharrlich, dann hätten sie ungestört weitermachen können. Bis sie fertig gewesen wären.

Joakim Hill hatte dem Mann sein Leben zu verdanken. Er hatte angeboten, ihm die chemische Reinigung zu bezahlen, und zusätzlich eine größere Summe in bar, weil er so dankbar war.

Aber der Riese hatte nur abgewinkt. Gerührt und liebevoll hatte er den Kommissar in seine Arme geschlossen, als er realisiert hatte, was vorgefallen war. Er hatte Tränen vergossen und gesagt:

»Prijs de heer, dat alles goed is!«

Danke, Herr, dass alles gut ist! Und Hill hatte ihm nur zustimmen können. Er bestand darauf, dass ihm sein Retter zumindest seine Adresse gab, um ihm später noch einmal ordentlich danken zu können.

Es hatte sich gezeigt, dass es sich nicht etwa um einen Profiringer, sondern um einen Paleontologen von der Universität Amsterdam gehandelt hatte, der in Göteborg einen Vortrag halten wollte.

Kommissar Hill stöhnte leicht, als Frau Dr. Elgh mit leichten Fingern seine Bauchmuskulatur abtastete. Es war nie ganz ungefährlich, ein Eisenrohr in den Bauch zu bekommen. Aber einen Augenblick lang fand er fast, dass es das wert gewesen war.

Sie ließ ihre Finger mit leichtem Druck kreisen. Strich ihm auf eine aufreizend weiche Art über die Seiten und arbeitete sich dann zum Nabel vor und zu den Organen in dieser Region.

Er fragte sich … ob es wirklich nur ihr Medizinstudium war, das sie so kompetent machte.

»Okay, keine Rippen gebrochen, keine Schädigung der Lunge, so weit ich das überblicke. Aber hier tut's weh, oder?«, wollte sie wissen und drückte unter dem Nabel etwas fester.

»Hm.«

»Da kann man nichts machen. Da hat es dich wirklich ganz ordentlich erwischt. Hier sind ein paar Blutergüsse, aber nichts deutet auf irgendwelche inneren Verletzungen hin. Darf ich die Hose mal eben aufknöpfen?«

Er protestierte nicht, und sie erledigte das schnell und routiniert.

Er wagte kaum zu atmen.

Zarte Finger tasteten seinen Beckenknochen ab und von dort aus die Leisten, und zwar mit diesen schmetterlingsleichten Berührungen von vorher. Was er jetzt erlebte, war ein anderer Schmerz. Bittersüß, willkommen. Genau was es brauchte, um seine düsteren Gedanken zu zerstreuen.

»Nein«, konstatierte sie, seiner Meinung nach viel zu rasch und zog den Reißverschluss hoch, »hier unten scheint alles in Ordnung zu sein. Schön.«

»Ja …«

Sie lachte.

»Das war keine Frage. Das war eine Feststellung.«

»Bist du dir da ganz sicher? Ich meine, willst du das nicht lieber ein weiteres Mal kontrollieren?«

»Nicht nötig. Jedenfalls nicht jetzt.«

Er seufzte enttäuscht und hoffte vergebens, dass sie es sich noch einmal anders überlegen würde.

»Du kannst jetzt aufstehen«, sagte sie und wusch sich umständlich die Hände an dem kleinen Waschbecken an der anderen Wand.

Er tat das äußerst widerstrebend.

»Und? Was tun wir jetzt?«, wollte sie wissen und trocknete sich mit einem Papierhandtuch des Krankenhauses die Hände ab. »Was ich als Ärztin tun kann, habe ich getan. Wie gesagt keine ernsthaften Verletzungen, aber du musst jetzt natürlich ein paar Tage aufpassen. Soll ich dich krankschreiben?«

Er bekam wieder diesen wütenden Gesichtsausdruck, und sie wusste die Antwort.

»Und diese Schweine davonkommen lassen? Nie im Leben!«

Sie lächelte, dieses Mal jedoch zärtlicher.

»Du siehst doch, dass ich Recht habe, oder?«, beharrte er. »Meinetwegen, es tut weh, aber jetzt weiß ich nicht nur, wie das Ganze funktioniert, sondern auch, wer dahinter steckt.«

»Wer denn?«

»Jetzt sollte es nicht mehr schwer sein, ihre Namen zu ermitteln. Es müsste möglich sein, von irgendwelchen Figuren aus der Unterwelt was zu erfahren. Ich kann sie beschreiben, sogar recht detailliert, und ein ziemlich eindeutiger Akzent ist mir ebenfalls aufgefallen. Ich vermute, dass die Männer aus dem Osten kommen. Aus dem Baltikum oder aus Polen oder so. Das ist immerhin ein Anfang. Bedeutend besser als nichts.«

»Hm, das klingt alles sehr diffus, wenn du mich fragst.«

»Übrigens – hast du sie gesehen?«, fragte er hoffnungsvoll.

»Irgendwie, sie haben mich auf der Treppe umgerannt. Aber ich glaube nicht, dass ich sie auch nur halbwegs beschreiben könnte, denn ich hatte alle Hände voll zu tun, nicht das Gleichgewicht zu verlieren«, gab sie zu.

Er tastete seinen schmerzenden Bauch ab, sah ihr aber gleichzeitig in die Augen.

Das hätte Clint Eastwood keinesfalls aufgehalten, dachte er. »Das wird mich auch nicht aufhalten«, sagte er mit lauter Stimme.

Sie suchte etwas zwischen den Bandagen. Beschäftigte sich etwas planlos, als brauche sie Zeit zum Nachdenken.

Auf der Notaufnahme war es an diesem Abend merkwürdig still, alles andere als die Hektik und das Inferno, wie es in amerikanischen Fernsehserien dargestellt wird, und sie lauschten beide unfreiwillig dem melancholischen Brausen der Lüftung.

Fast hatte man den trügerischen Eindruck, als würden alle Krankheits- und Unglücksfälle die späte Stunde respektieren und bis zum Morgen warten.

Alle – bis auf Hill.

»Es tut mir Leid«, sagte sie überraschend.

»Was denn?«

»Dass ich gedacht habe, du hättest mich sitzen gelassen. Dass ich gedacht habe … du bist ein Idiot.«

»Schon gut, ich kann verstehen, wie das ausgesehen haben muss.«

»Es ist nur so ärgerlich, dass man immer erst das Schlechteste denkt. Entschuldigung.«

»Ich verzeihe dir, wenn …«

»Wenn was?«

»Wenn du dir vorstellen könntest, eine weitere Untersuchung durchzuführen.«

Sie sah ihn zögernd an, obwohl ihr Misstrauen eigentlich nicht effektiver hätte vertrieben werden können, wie es gerade geschehen war.

»Ja, vielleicht etwas später, aber es gibt tatsächlich etwas, was ich bereits jetzt tun könnte«, sagte sie und lächelte müde, aber gleichzeitig übermütig.

»Und?«, fragte er hoffnungsvoll.

»Ich könnte dir etwas Abschwellendes verschreiben.«

»Wie bitte? Abschwellend?

»Ja. Für die Nase. Was hast du denn gedacht?«

8

Der Polizeipräsident Harry Runsten hatte alles, wovon Hill nur träumen konnte.

Sein Dienstzimmer lag nach Westen im sechsten Stock des Präsidiums und hatte eine strahlende Aussicht über den Sund, während Hill sich mit dem trostlosen Blick über ein Parkdeck begnügen musste.

Harry Runsten hatte seinem Büro keine persönliche Note gegeben, aber das war auch nicht nötig. Das mit der persönlichen Note war eine Ausrede für die, die sich im Unterschied zum Polizeipräsidenten keinen Innenarchitekt leisten konnten.

Das Zimmer war modern, hell und bequem möbliert. Eine Sitzgruppe aus moosgrünem Büffelleder flankierte einen erstklassig polierten Couchtisch aus Rauchglas. Abstrakte Skulpturen waren über das ganze Zimmer verteilt.

Ölgemälde in unverbindlichen geometrischen Mustern und harmonischen Pastellfarben bedeckten dekorativ die Wände, verliehen dem Zimmer jedoch ebenfalls keinen eigenen Charakter.

Lange, wogende Chintzgardinen in einem gelbbeigen Ton berührten mit dem Saum den Fußboden. Sie flirteten schamlos mit den farblich passenden, handgewebten Wollteppichen. Der Schreibtisch aus heller Birke war zum Fenster gekehrt, und das Licht, das vom Wasser des Sunds reflektiert wurde, spiegelte sich in seinem makellosen glänzenden Holz.

Hill musste sich mit einem einzigen kanariengelben Besuchersessel aus dem IKEA-Bürosortiment begnügen.

Das Zimmer des Polizeipräsidenten eignete sich wirklich perfekt zur Repräsentation. Die Harmonie der Farben gab dem Büro die nötige Ruhe, und die Textilien dämpften alle Geräusche auf ein angenehmes Niveau.

Aber Harry Runsten hielt sich nicht einmal sonderlich oft dort auf.

Harry gehörte zu den Leuten, die sich von ganz unten hochgearbeitet hatten und die ganz ordentlich was im Kopf haben, wie er das selbst ausdrückte.

Mit bald sechzig war er immer noch ungebeugt und muskulös. Und obwohl sein volles rotbraunes Haar ergraut und vorne etwas gelichtet war und er außerdem einen kleinen Bauch bekommen hatte, strahlte er immer noch eine beneidenswerte Energie aus.

Er hatte sich so oft in Parks geprügelt, so oft den Verkehr geregelt und so häufig Familientragödien verhindert, dass es ihm für den Rest des Lebens reichte. Mittlerweile genoss er die ruhigen Seiten im Dienst, indem er so vielen Besprechungen und Konferenzen beiwohnte wie möglich.

Das sei ein wichtiger Teil der polizeilichen Arbeit, meinte er, vom Rednerpult aus andere an den eigenen reichen Erfahrungen teilhaben zu lassen, damit sich die polizeiliche Forschung weiterentwickeln könne.

Und sei man schon mal Polizeipräsident, warum solle man sich dann die wohl verdienten Vergünstigungen, die die schwere Verantwortung nun einmal mit sich brächte, nicht gönnen?

Es gebe keinerlei Veranlassung, zu Versammlungen und luxuriösen Hotelaufenthalten mit allem Drum und Dran Nein zu sagen, nur weil die Kriminalität wie üblich ihren Lauf nehme.

Nein, Harry Runsten benutzte sein edles Dienstzimmer wirklich nicht oft, aber das, was Joakim Hill am Vorabend zugestoßen war, war so gravierend, dass er ganz unerwartet morgens auf dem Revier aufgetaucht war, um sich persönlich nach den Einzelheiten des Vorfalls zu erkundigen. Obwohl er schon lange einen Kongress seiner dänischen Kollegen im Hotel Marienlyst auf der anderen Seite des Sunds in Helsingør in seinem Terminkalender stehen hatte.

»Du siehst wirklich mitgenommen aus, Hill«, stellte er fest und forderte diesen auf, Platz zu nehmen.

»Ich komme mir auch ... wie durch den Wolf gedreht vor«, gab Hill zu.

»Aber das sind keine ernsthaften Verletzungen ... oder?«

»Nein, glücklicherweise nur Prellungen.«

»Und du hast das auch ärztlich behandeln lassen?«

»Natürlich!«, versicherte Hill.

»Willst du einen Kaffee?«, schlug der Polizeipräsident großzügig vor.

Runsten musste nicht wie alle anderen zum Automaten. Seine Sekretärin hatte ihm bereits zusammen mit Tassen und Gebäck eine Thermoskanne auf den Tisch gestellt.

»Danke, ich könnte wirklich einen gebrauchen«, meinte Hill.

In kurzen Zügen erzählte er, was passiert war, während der heiße Kaffee etwas Schwung in seine Gedanken brachte. Eine schläfrige graue Zelle nach der anderen erwachte wieder zum Leben.

»Aber«, wollte der Polizeichef wissen und biss von seinem Gebäckstück ab, »wie konnten die wissen, dass du an dem Fall arbeitest?«

»Wer weiß? Das ist nicht gerade ein Staatsgeheimnis. Aber okay, bedeutend beunruhigender ist, dass sie irgendwie zu wissen schienen, dass wir mit der Ermittlung allmählich vorwärts kommen.«

»Vielleicht sollte jemand anderes den Fall übernehmen, da du jetzt ... sollte man sagen, persönlich involviert bist.«

Nicht einmal Hills blaue Flecken und Beulen konnten seine negative Reaktion verbergen. Sein Blick funkelte, und er presste seine verpflasterten Lippen zu einem schmalen Strich zusammen.

»Dadurch würden wir nur erreichen, dass die Ermittlung zum Erliegen kommt, bis sich jemand anderes eingearbeitet und die Witterung aufgenommen hat, die ich habe.«

»Aber weiterzumachen könnte dir gefährlich werden. Diese Warnung lässt schließlich an Deutlichkeit nichts zu wünschen übrig.«

»Wenn man so argumentieren wollte, dann müssten wir alle zitternd unter dem Schreibtisch liegen«, erwiderte Hill erbost.

Harry Runsten grinste, ihm gefiel Hills Einstellung, aber als Polizeipräsident musste er an die Sicherheit seiner Leute denken.

»Mir wäre es lieber, und das meine ich ehrlich, wenn ich noch etwas weitermachen dürfte«, betonte Hill.

Runsten trank einen großen Schluck Kaffee und zuckte mit den Achseln.

»Glaubst du wirklich, dass das was bringt?«, wollte er wissen.

»Dass damit eine Serie sinnloser Morde zu Ende gehen könnte? Allerdings!«

Er hatte Hill, seinen besonnenen und etwas schüchternen Hill, bisher kaum einmal so von etwas überzeugt und so wütend gesehen. Das gefiel ihm. Das erinnerte ihn an etwas … daran, wie er vor zwanzig Jahren gewesen war.

»Okay, Hill! Wir machen, was du willst, viel Glück!«

»Danke.«

Runsten stand auf und stellte seine leere Kaffeetasse zurück auf das Tablett. Hill tat das ebenfalls und stieß einen Seufzer der Erleichterung aus, dass ihre kleine Unterredung endlich vorüber war. Jetzt hatte er wirklich viel zu tun.

Runsten ebenfalls.

Er hatte dieser Kommissarin aus Kopenhagen, dieser langbeinigen, blonden Mette Mogensen versprochen, so schnell wie möglich nach Marienlyst zu kommen.

Niemand sagte etwas, als Joe Hill nach seiner Besprechung mit dem Polizeipräsidenten durch die Gänge lief. Nicht einmal Joansson oder Mandén, die sich gerade ablösten und am Informationstresen den Einsatzplan des Tages besprachen.

Niemand hielt ihn auf, um ihn nach dem Vorabend zu fragen.

Viele drehten sich nach ihm um, aber er wich ihren Blicken aus, obwohl sich *eigentlich* nichts verändert hatte.

Außer dass der Überfall Schatten in seinem Inneren zurückgelassen hatte, die ihm bedeutend mehr zu schaffen machten als seine Blessuren. Ein Misstrauen erfüllte ihn, das er noch nie zuvor gekannt hatte.

Hinter jeder Tür vermutete er einen Verräter. Mit verbissener Miene und mit Beulen, blauen Flecken und Pflastern im Gesicht eilte er zu seinem Büro.

Aber wer glaubte, dass er sich dort verstecken wollte, hatte sich gründlich geirrt. Er war sich seiner Sache nun ganz sicher und platzte förmlich vor Eifer. Was ihm am Vortag noch unerklärlich gewesen war, ergab nun ein klares Bild, obwohl ihm sein Gesicht wehtat, der Bauch schmerzte und sein Arm beinahe ausgekugelt worden wäre.

Jetzt waren sie zu weit gegangen.

Von jetzt an wollte er denken, wie sie dachten, und empfinden, was sie empfanden. Fürchten, was sie fürchteten, und ihrem System auf die Spur kommen. Er hatte vor, allen ihren Schachzügen zuvorzukommen, auch wenn er sich alles zu Nutze machen musste, was man ihm in der Unterwelt noch schuldig war. Auch wenn er bitten, betteln und sich demütigen musste, er würde sie kriegen.

Er würde zu seiner Rache kommen – so einfach war das.

Ganz unerwartet war der Staatsanwalt der Erste, der ihm dabei half.

Ein Fax von seinem Büro auf der anderen Straßenseite teilte mit, dass man bei der Staatsanwaltschaft ganz der Meinung des Polizeipräsidenten und des Kommissars sei. Er habe freie Hand – natürlich innerhalb gewisser Grenzen –, die Nachforschungen so weiterzuführen, wie er es am Abend zuvor mitgeteilt habe.

Die Türen standen endlich offen – weit offen.

Er begann sofort und ließ sich wieder von seinem Instinkt leiten. Irgendwie musste es ihm gelingen, die Losverkäufer ausfindig zu machen, die besonders viele Lose bezogen oder besonders große Einnahmen hatten. Das musste schnell gehen. Schneller als ein Huhn scheißt, wie Joansson bei Alarm zu sagen pflegte.

Hill merkte schnell, dass er allein nicht klarkommen würde.

Genau in diesem Moment hörte er draußen auf dem Gang Susannas Lachen. Es hallte zwischen den Wänden wider und drang vom Kaffeeautomaten zu ihm.

Er hatte bereits das Gefühl, gerettet zu sein, noch ehe er das Lachen als ihres identifiziert hatte.

Er schob seinen Schreibtischstuhl so heftig zurück, dass es an der Wand einen hässlichen Kratzer gab. Ohne sich weiter darum zu kümmern, eilte er auf den Gang, ehe noch jemand anderer Susanna mit Beschlag belegen konnte.

»Susanna, hallo!«

»Hallo, Joakim, wie ... geht es dir?«

Sie starrte in sein blau geschlagenes Gesicht und brachte den Satz eher automatisch zu Ende. Dann dachte sie einen Augenblick nach. Die nächste Frage ergab sich fast von selbst:

»Was hast du jetzt schon wieder angestellt?«

»Eine lange Geschichte, Susanna. Ich brauche deine Hilfe.«

»Wann?«

»Tja ... passt es ... jetzt gleich?«

Sie hielt den Stapel Papier hoch, den sie in den Händen hielt. Ihr Pflichtgefühl trug einen Kampf gegen den Wunsch aus, dem Freund einen Gefallen zu tun. Er schämte sich nicht im Geringsten, sie zu seinen Gunsten zu beeinflussen.

»Ich kann dir solange alles erzählen. Bitte!«

Sie lächelte.

Sie lächelte mit funkelnden Augen. Das gefiel ihm immer so gut. Und so unglaublich das noch vor einem Augenblick gewirkt hatte, schien plötzlich die Sonne direkt durch die Wände zu scheinen. Sie war an diesem Morgen die zweite Person, die ihm zu seiner Rache verhalf.

»Okay, let's roll, Hillie.«

Offenbar sah sie sich ebenfalls häufiger *Polizeirevier Hill Street* an. Aber er war für ihre Zusage dankbar, besonders an einem Tag wie diesem. Heute genügte es nicht, einfach anzurufen und zu sagen, man sei von der Polizei. Das würde die Leute nur misstrauisch machen, und sie würden einem nicht erzählen, was man wissen wollte.

Wenn sich hingegen Susanna das Telefon hinters Ohr klemmte, war sie eine Naturbegabung und außerdem eine hervorragende Schauspielerin. Höflich und korrekt, wenn das erforderlich war, und kollegial informell, wenn das besser funktionierte. Vom Tonfall her abwechselnd Sekretärin und Chefin. Dadurch brachte sie die Leute dazu, ihr Informationen anzuvertrauen, die sie normalerweise für sich behalten hätten, oder ihr zu sagen, an wen sie sich stattdessen wenden sollte. Langsam, aber sicher ergab sich dann ein immer deutlicheres Bild.

»Penninglotteri?«, fragte sie und klemmte den Hörer zwischen Kinn und Schlüsselbein, um die Hände frei zu haben, »guten Tag, hier ist die Polizei Helsingborg. Ich würde gern mit jemandem sprechen, der ...«

Es hatte Zeit und Mühe gekostet, ins Allerheiligste des Glücksspielhimmels vorzudringen, aber schließlich war es Susanna geglückt.

Sie hatte den Chef der Lotterie oder zumindest seine Sekretärin persönlich an der Leitung.

Was Susanna da behaupte, sei vollkommen unmöglich, meinte die eine Spur beleidigte Dame.

Es ginge einfach nicht, die Rubbellose der Penninglotteri zu durchleuchten. Das stelle schon die Folie sicher. Und dafür garantiere auch ein Notar durch genaueste Kontrollen.

Aber als es Susanna endlich gelungen war, die Fakten über die neuen Forschungen, der sie auf die Spur gekommen waren, zu vermitteln, und die fatale Information erst einmal verarbeitet war, fand die Dame das alles unerhört!

Dass jemand so durchtrieben, so frech und so unehrlich sein könne! Schließlich stehe das Ansehen der gesamten Penninglotteri auf dem Spiel. Das sei vollkommen unerhört!

Susanna verzog das Gesicht und warf Hill einen viel sagenden Blick zu. Wie einfältig durfte man sein? Ging es um Geld, dann blieb natürlich nichts unversucht. Daran dachten die properen Leuten natürlich nicht, die im Garten ihres Eigenheims kein Unkraut hatten. Sie dachten keinen Augenblick an die schwarzen Schafe der Gesellschaft, die Unterwelt, die sich am Überfluss der Konsumgesellschaft bediente.

Susanna hörte, dass die Stimme am anderen Ende der Leitung unglücklich klang.

Das sei ein fürchterliches Verbrechen gegen die gesamte staatlich kontrollierte Lotterie! Wie sollte die Öffentlichkeit noch länger ihren Trissbingo-Rubbellosen vertrauen, wenn das erst ruchbar werde? Ganz zu schweigen davon, dass es zu solchen abscheulichen Gewalttaten führe. Ob sie sicher seien, dass das eine mit dem anderen zu tun habe? Ob es sich nicht einfach um einen unglücklichen Zufall handeln könne?

Das nicht, nein.

Wie sie helfen könnten? Wie den Hooligans das Handwerk gelegt werden könne?

Susanna ging davon aus, dass mit Hooligans die Verbrecher

gemeint waren, und hakte nicht nach. Stattdessen kam sie schnell zur Sache.

Sie erklärte, dass sie an bestimmten ökonomischen Verhältnissen auf Seiten der Losverkäufer interessiert seien. Wie man dem auf die Spur kommen solle, wisse sie nicht sicher, aber man suche nach einem bestimmten Zusammenhang.

»Aber könnten Ihnen die Banken der Losverkäufer nicht weiterhelfen?«, wollte die aufgebrachte, aber äußerst hilfsbereite Sekretärin wissen.

Sie sagte das so, als ginge es um etwas ganz Alltägliches.

»Die Banken der Losverkäufer?«, hakte Susanna nach.

Susanna wagte kaum Luft zu holen. Sie ahnte, dass sie gleich einen Treffer landen würde. Sie merkte fast, dass es bei ihrer sonst fast immer trostlosen Routinearbeit endlich einmal eine positive Wendung geben würde.

»Ja. Alle Zahlungen werden über die Banken der Losverkäufer abgewickelt«, fuhr die Sekretärin fort. »Wir können uns hier schließlich nicht mit Bargeld abgeben, alles wird über die örtlichen Banken der Einzelhändler abgewickelt.«

»Alles?«

»Alles. Das Debitieren der Lose bis hin zu eventuellen Gewinnen. Deswegen sind sämtliche Bankverbindungen aller Einzelhändler in unserem Zentralrechner gespeichert. Damit es schneller geht.«

»Dem Himmel … ich meine … vielen Dank für diese Auskunft. Können Sie mir die Liste sofort faxen?«

»Sie meinen, für das ganze Land?«

»Einen Augenblick bitte, ich muss fragen.«

Susanna hielt krampfhaft eine Hand über den Hörer und schaute auf Hill.

»Joakim, brauchen wir das ganze Land?«

»Wie bitte?«

»Willst du ein Bank-/Einzelhändlerverzeichnis für das ganze Land oder …?«

Das ganze Land? Mit etwa zwanzig Provinzen, in jeder fünf bis zehn Städte und unzählige kleinere Orte und mit Wiederverkäufern, angefangen mit den ICA-Lebensmittelgeschäften bis hin zu jedem Kiosk.

Eher nicht. So viel würden sie nie analysieren können, also ließ er es drauf ankommen.

Er ließ es darauf ankommen, dass die Täter bisher erst im südlichen Teil des langen und schmalen Landes ihr Unwesen trieben, wo die Opfer gefunden worden waren.

»Nimm Südschweden einschließlich Småland.«

Als das Fax die Liste zwanzig Minuten später ausspuckte, fragte er sich, was er nur mit ihr anfangen sollte.

Eine Unzahl Namen von Firmen und Eigentümern, von Orten und kleinen Nestern von der West- bis zur Ostküste. Und er hatte nicht die geringste Ahnung, wonach sie eigentlich suchten.

»Hier«, sagte Susanna und reichte ihm einen Becher Automatenkaffee. »Du siehst vollkommen fertig aus. Vielleicht solltest du nach Hause gehen und ausschlafen, Joakim. Gewisse Sachen fordern ihren Preis, und was dir da gestern passiert ist, kannst du nicht einfach abschütteln.«

»Susanna, darum geht es nicht.«

»Worum dann?«

»Wir haben keine Zeit zu verlieren. Ich habe das Gefühl, dass mir das nächste Mordopfer im Genick sitzt.«

»Okay, okay. Aber warum? Warum glaubst du, dass es so eilig ist?«

»Ich habe sie reden hören. Es muss sich um eine Bande aus dem Osten handeln, und das schließe ich nicht nur aus dem Akzent. Das Ganze machte den Eindruck, außerdem hieß der eine Stoján.«

»Und?«

»Wenn wir über Banden aus dem Osten reden, dann reden wir über die Mafia, und die hat ihre speziellen Methoden. Es spielt keine Rolle, ob man sich jetzt in den USA, auf Sizilien oder in Russland befindet – die Sprache ist immer dieselbe. Sie sprechen durch Andeutungen, durch Exempel und Zurechtweisungen.«

Er seufzte müde, aber sie sagte nichts. Sie wartete darauf, dass er weitersprechen würde.

»Mord ist auch so eine Ausdrucksform«, erklärte er, »er soll sagen, dass jemand gegen bestehende Abmachungen verstoßen hat. Er soll zeigen, was mit denen passiert, die das wagen.«

»Ja, okay. Ich verstehe. Aber warum glaubst du, dass das so eilig ist? Warum kannst du dich nicht erst etwas ausruhen und dann weitermachen?«

»Weil diese Exempel immer in Serien statuiert werden. Das hat eine deutlichere Wirkung. Für diejenigen, die eventuell ebenfalls daran gedacht hatten, aus der Reihe zu tanzen, ist das ein deutlicheres Signal. Je mehr Exempel innerhalb einer relativ kurzen Zeit statuiert werden, umso größer ist die abschreckende Wirkung.«

Missmutig rieb er sich die Augen.

»Sie sind mit dem Morden noch nicht fertig«, konstatierte er. »Bis jetzt war das nur ein leises Flüstern, aber sie wollen ein Gebrüll.«

Susanna konnte seinem Gedankengang folgen. Sie hatte auch Sympathie für seine Hoffnungslosigkeit, aber keine Lust, dass sich diese auch bei ihr ausbreiten würde.

»Komm schon, Joe Hill!«, sagte sie und knallte den ellenlangen Computerausdruck vor ihm auf den Schreibtisch.

»Aber …«

»Die Opfer müssen eine Gemeinsamkeit haben. Und wir müssen sie finden. Komm jetzt! Hilf mir!«

Sie bestand auf einer systematischen Vorgehensweise. Sie führten Listen und notierten sich alles Auffällige unter den Namen der Ermordeten. Gelegentlich ergaben sich Lücken und nachvollziehbare Unterschiede. Mann – Frau, jung – alt, allein stehend – mit Familie. Soziale Verhältnisse.

Es schien schwer zu sein, eine einzige Verbindung zu finden, abgesehen einmal von der Art, auf die sie gestorben waren.

Die deutlichste Gemeinsamkeit bestand darin, dass sie alle auf einmal zu Geld gekommen waren, zu unerklärlich großen Summen. Aber da fiel Rajid Hamawed aus der Reihe. Hier gab es nichts Verdächtiges. Vorbildlicher Familienvater... aber ...!

Da war etwas.

Etwas regte sich in Hills Unterbewusstsein. Eine Erinnerung an die Worte der Witwe, als er sie in Landskrona besucht hatte. »Ich werde Rajids Pläne für den Ausbau der Tankstelle nicht ausführen. Von Anfang an war das ein zu großes Wagnis.«

Ein zu großes Wagnis, zu viel Geld. Unerklärlich große Summen, die in die Zukunft investiert werden sollten. Geld zum Verbrauchen – Geld zum Investieren.

»Investitionen! Damit könnten uns die Banken vielleicht helfen!«

Susanna hatte bereits den Hörer abgehoben, ehe er noch zu Ende gesprochen hatte.

»Telia? Hallo!«, sagte sie mit autoritärer Stimme. »Ich würde gerne mit jemandem bei der Bankenaufsicht sprechen. Falls das geht, können Sie mich gerne auch direkt verbinden. Danke.«

Auf der Notaufnahme in Lund war es an diesem Donnerstagvormittag ziemlich stressig gewesen. So war es fast immer, aber irgendwie war es ihr mühsamer vorgekommen als sonst.

Obwohl sich Catharina Elgh den eigentlichen Grund nicht eingestehen wollte, machte ihr dieser doch zu schaffen.

Sie machte sich Sorgen um Joakim Hill.

Vielleicht nicht direkt Sorgen, aber sie fragte sich, wie es ihm ging. Ob ihre Stiche gehalten hatten, ob seine Lippe wohl besser geworden war und ob sich seine Nase womöglich gelockert hatte.

Irritierend war das. Eigentlich war sie im Augenblick gar nicht auf eine feste Beziehung aus. Es blieb ihr aber auch nichts anderes übrig, als sich der Wahrheit zu stellen. Dieser Kommissar aus Helsingborg bedeutete ihr sehr viel. Selbst wenn sie bei fiebernden Kindern einen Nasenabstrich machte, war sie noch in Gedanken bei ihm.

Jetzt saß sie endlich mit einer Dreiviertelstunde Verspätung beim Mittagessen. Nicht dass sie deswegen weniger an ihn gedacht hätte, aber ein wenig half es zumindest, dass sie etwas in ihren hungrigen Magen bekam.

»Hallo, Catharina«, begrüßte sie die Kassiererin der Personalkantine. Sie war gerade damit beschäftigt, die Tabletts aufzufüllen. »Du bist spät dran.«

»Ja, es war etwas … stressig.«

»Willst du das Tagesgericht, Flunder mit Reis, oder …«

Catharina dachte nach, während sie sich in der großen Kantine umsah, von der aus man eine Aussicht über halb Lund und die Ebene von Schonen bis nach Malmö hatte.

An klaren Tagen konnte man sogar Kopenhagen sehen, und dann war auch besser zu verstehen, welche strategisch wichtige Lage die Stadt einmal als Festung des Erzbischofs im dänischen Reich gehabt hatte.

Aber jetzt sah sie nur eine halb leere Kantine, in der sich einige ihrer Kollegen, über ihre leer gegessenen Teller gebeugt, immer noch gut gelaunt unterhielten.

Plötzlich merkte sie, dass sie am liebsten nur ihre Ruhe haben wollte.

»Nein, ich glaube, ich nehme was Schnelles, ein belegtes Brot und einen Joghurt, irgendwas, was ich mit runter nehmen kann«, antwortete sie und bediente sich an der Kühltheke.

Die Kassiererin sah sie durchdringend an, als sie mit ihrem Käsebrötchen und Erdbeerjoghurt zur Kasse kam.

»Geht's dir gut?«, wollte sie wissen.

»Gut? Ja ... doch, natürlich. Natürlich geht's mir gut.«

»Ich dachte nur, weil du so gar keinen Hunger hast.«

»Das ist nur vorübergehend«, versicherte Catharina.

»Vorübergehend?«

Die Kassiererin nahm das Geld und gab Catharina auf einen Fünfzig-Kronen-Schein zurück.

»Du hast dich doch nicht etwa verliebt?«, flüsterte sie vorsichtig.

»Verliebt? Nein! Warum fragst du?«

»Ich dachte nur. Es sieht ganz danach aus.«

»Und wie sieht es aus, wenn man verliebt ist?«, wollte Catharina in die Enge getrieben wissen.

»Ja, weißt du, unkonzentriert, als wäre man lieber ganz woanders.«

Catharina lachte und kam sich ertappt vor.

»Ganz und gar nicht«, versicherte sie wahrheitswidrig und nahm ihr Tablett, »da besteht keine Gefahr. Bis bald.«

Im Fahrstuhl des Krankenhauses sah sie ein, dass es unvermeidlich war.

Im Personalzimmer setzte sie sich in einen durchgesessenen Sessel und wählte die Nummer von Joakim Hill. Besetzt.

Erst als sie schon mit ihrem Erdbeerjoghurt angefangen hatte, kam sie durch.

»Hill.«

»Was machen die Blessuren heute?«

»Catharina?«

»Ja, hattest du mit jemand anderem gerechnet?«

»Ja, in der Tat. Mit der Bankaufsicht.«

Sie war enttäuscht und holte rasch Luft.

»Aber ich unterhalte mich viel lieber mit dir«, versicherte er eilig. »Wie geht es *dir*?«

Sie aß den letzten Löffel Joghurt und beschloss, das Käsebrötchen bis zum Nachmittagskaffee aufzuheben.

»Gut, die Arbeit ist etwas stressig.«

»Hier auch«, erwiderte Hill ungerührt. »Ich habe den Eindruck, dass wir langsam Fortschritte machen.«

»Gut.«

»Was machst du gerade?«, wollte er wissen.

»Ich esse, aber dann muss ich wieder arbeiten ... bis sechs.«

»Klingt gut, kann ich dich heute Abend zurückrufen?«

»Klar, ich bin zu Hause.«

Hill verstummte vollkommen. Was sollte er sagen? Kuss?

Catharina half ihm aus dieser Verlegenheit.

»Joakim, du willst doch nicht etwa ... diesen Typen selbst hinterher?«, wollte sie wissen.

»Ich weiß nicht, vielleicht.«

Sie schwieg eine Sekunde und beendete dann das Gespräch. »Sei auf jeden Fall vorsichtig. Bis dann!«

»Klar.«

Hill saß lange mit dem Hörer in der Hand da und starrte dumm auf den leeren gelben Besuchersessel vor sich.

Auf ihre Art hatte sie zumindest Kuss gesagt!

Jetzt hatten sie drei zu je einer halben Million.

Außerdem besaßen sie sieben zu 5000, fünfzehn zu 10 000, achtzehn zu 1000 und einen Millionengewinn. Als sie den Gewinn zu einer halben Million in Landskrona geholt hatten, hatten sie fast zu viel riskiert. Aber jetzt war Bernard froh, dass es ihnen wirklich gelungen war.

Es handelte sich um große Summen. Sogar in Schweden war dieser Betrag nicht zu verachten, und wenn er erst einmal gewaschen und in Ostvaluta gewechselt war, war er regelrecht gigantisch. Auch wenn sie nur einen kleinen Teil abbekamen, so war dieser doch noch beträchtlich im armseligen Riga, wo die meisten kaum genug zu essen hatten.

Aber leider hatten sie auch zwei Nieten. Lose, die der Scanner nicht korrekt durchleuchtet hatte. Sie waren als Hauptgewinn gedeutet worden, waren aber in Wirklichkeit Nieten gewesen. Aber dieses Risiko mussten sie eben eingehen. Sie hatten von Anfang an Nieten einkalkuliert, aber das milderte nicht die Enttäuschung.

Nieten war im Übrigen ein Ausdruck, der im Augenblick auch sehr gut auf seine Kollegen gepasst hätte.

Stoján döste vor dem Sportkanal im Fernsehen, und Adrian bearbeitete im Badezimmer seine Pickel. Ihre Runde war ertragreich, aber auch anstrengend gewesen. Und noch war sie nicht zu Ende.

»Du, auf dieses Weib da in der Waldlichtung ist irgendwie kein Verlass!«, rief Adrian und goss Rasierwasser auf einen eben ausgedrückten Pickel. »Ich meine bloß. Sie wirkt irgendwie verschlagen.«

»Sehen nicht alle so aus?«, zischte Bernard verärgert.

Er ließ sich nicht gerne bei der Abrechnung stören. Das gefiel ihm überhaupt nicht. Den Gewinn auszurechnen und das Beenden der Operation zu planen waren das Einzige, was ihm an diesen langweiligen Abenden in den Hotel- und Pensionszimmern überhaupt Spaß machte.

»Ich sag das ja nur.«

Adrian war ebenfalls reizbar. Das war er immer, wenn er sich mit seinen Pickeln befasste. Vielleicht hatte er einfach Urlaub in Riga nötig. Er brauchte eine Frau und musste sehen, dass Hormone und Nerven wieder in Ordnung kamen.

Jetzt waren sie schon lange von zu Hause weg. Aber die Regeln waren in dieser Beziehung eindeutig – Finger weg von den Frauen! Ist man darauf aus, eingebuchtet zu werden, dann lässt man sich während der Arbeit mit Frauen ein. Man benimmt sich auffällig und erhöht dadurch das Risiko, identifiziert werden zu können. In diesem Punkt gab es kein Pardon. Während eines Auftrags lebten sie wie Mönche.

Mördermönche.

Aber nach einiger Zeit zeigten sich die Nachteile. Die Natur forderte ihr Recht, und Adrian war vermutlich derjenige, dem die Frauen am meisten fehlten. Es war fast schon lächerlich. Man sah es ihm fast an, wenn er wirklich dringend eine Nummer brauchte. Er hatte dann immer so viele Pickel wie ein zu groß geratener Chorknabe und verlor viel zu schnell die Nerven.

Bernard sah ihn an.

Aber klar – er hatte vielleicht wirklich Recht! Die Alte wirkte irgendwie verschlagen. Sie war zwar ein Original, und das war möglicherweise für ihr Projekt von Vorteil. Das bedeutete, dass sie nicht so viele Kunden hatte.

Es konnte aber auch ein Nachteil sein.

Vielleicht setzte sie sich eher was in den Kopf als andere? Vielleicht versuchte sie sogar, sie an der Nase herumzuführen? Natürlich aus ganz anderen Gründen als der Rest, aber trotzdem war das möglich. Es war sogar alles andere als undenkbar.

Außerdem brauchten sie wirklich mal eine Abwechslung. Überdies hätten sie am Vorabend auf der Fähre jemandem auffallen können, als sie sich unerwartet aus dem Staub machen mussten. In letzter Minute waren sie mit ihrem Auto an Land gekommen.

Es war reines Glück gewesen, nicht Können, dass sie überhaupt davongekommen waren, das wusste sogar Bernard. In nur wenigen Minuten hatten sie den Zoll passiert und waren hinter ein paar großen dunklen Fabrikgebäuden verschwunden, ehe noch die Fahndung eingeleitet worden war. Dann hatten sie in einer kleinen Seitenstraße gewartet, bis die Blaulichter verschwunden waren. Erst dann hatten sie sich auf die Autobahn gewagt.

Bernard hätte fast nicht begriffen, was vor sich ging, als plötzlich das Eisenrohr, mit dem sie die Toilettentür versperrt hatten, von einer gewaltigen Kraft von außen verbogen wurde.

Blitzschnell hatte er einen Beschluss gefasst.

»Weg mit dem Rohr! Jetzt!«

Ungewöhnlicherweise hatte Stoján seinem Befehl gehorcht.

Hätte er das nicht getan, dann hätten sie riskiert, von dem verbogenen Rohr in der Toilette eingeschlossen zu werden. Endgültig. Die Bullen von ihrer Unschuld zu überzeugen, wäre ihnen nicht leicht gefallen. Jedenfalls nicht, nach dem, was sie mit ihrem Kollegen angestellt hatten.

Und nun war er noch am Leben, dieser Kommissar Hill, davon war Bernard überzeugt. Und da in den Nachrichten oder in den Zeitungen von dem Vorfall nicht die Rede gewesen war, konnten sie davon ausgehen, dass seine Verletzungen weitaus geringer waren, als sie erst geglaubt hatten.

Aber schmerzhaft genug, um ihn begreifen zu lassen?

Bernard hoffte es. Jetzt waren sie schließlich kurz vorm Ziel. Es fehlte nur noch wenig. Dann würden sie als vermögende Männer nach Lettland zurückkehren.

Aber vielleicht war das trotzdem kein dummer Gedanke. Auf Nummer sicher gehen und vorbeifahren. Sich verdrücken, bis sich der Staub gelegt hatte. Aber zu eilig brauchten sie es auch nicht zu haben. Schließlich hatten die Bullen keine Beweise gegen sie in der Hand. Sie waren in Schweden nicht vorbestraft, und niemand wusste, wer sie waren oder woher sie kamen, Hill am allerwenigsten.

Sie brauchten sich also keine Sorgen zu machen, sie konnten irgendwo Rast machen und vielleicht was Gutes essen. Durch die Gegend fahren und ein paar Tage abwarten. Und wenn sie Lust hatten, konnten sie auch mal eben bei der Alten vorbeischauen.

Genau. Das war gar kein dummer Gedanke.

Er schlug sein Notizbuch zu, steckte es in die Innentasche und stand auf.

»Okay.«

»Okay, was?«, wollte Adrian wissen.

Stoján kam etwas zu sich. Er hatte vom vielen Fernsehschauen schon rote Augen.

»Okay, wir fahren«, entschied Bernard, »und auf dem Weg schauen wir bei der Alten vorbei.«

Ein Versprechen war ein Versprechen.

Aber Joakim Hill hatte, als der Abend dieses Donnerstags näher gerückt war, überhaupt keine Lust, das Versprechen zu halten, das er seinem Kollegen von der Motorradstaffel gegeben hatte.

Er war nicht krankgeschrieben, obwohl ihm alles wehtat, und darum konnte er im Grunde nur seiner Lustlosigkeit die Schuld geben. Doch das hatte nicht gereicht, um die Verabredung platzen zu lassen.

Ulf Gårdeman hätte sich allerdings auch einen besseren Partner als den blau geschlagenen, übellaunigen Joe Hill vorstellen können.

Aber er konnte es sich nicht aussuchen.

Und es hätte schließlich noch schlimmer kommen können. Man hätte ihm beispielsweise auch den schmucken Knut Sahlman aufs Auge drücken können – eine Katastrophe angesichts des vielen Drecks, in dem sie jetzt hier hängen blieben.

Das Klubhaus der Rockerbande Gangsters lag schließlich mitten in den Äckern von Nordwestschonen, und da war schon mit mehr Lehm und Morast als in der Stadt zu rechnen.

Darüber war sich Gårdeman vollkommen im Klaren, denn er hatte einmal die Landwirtschaftshochschule besucht. Er wusste also so einiges über das Landleben. Zwischen Kühen und Schweinen gab es tatsächlich einen Unterschied, und mit Dreck an den Schuhen war immer zu rechnen.

Aber das hier war zu viel.

Nicht genug damit, dass sie am Waldrand hinter dem

Klubhaus fast bis zu den Knöcheln im Dreck standen, es war außerdem ein unangenehmer Wind aufgekommen und es regnete Bindfäden. In dem frischen Buchenlaub über ihnen rauschte es beunruhigend. Und zu allem Überfluss war Hill sauer wie eine Essiggurke.

»Und wie wolltest du diese Schlacht jetzt gewinnen? Willst du solange schmollen, bis sie aufgeben, oder was?«, wollte Gårdeman missmutig wissen.

Er konnte sich dieses Kommentars nicht enthalten, und Hill sah sofort ein, wie berechtigt er war. Den ganzen Weg von der Stadt nach Lönnarp hatte er sich beklagt, dass er mit seinem eigenen Fall wegen irgendwelcher dummen Bürozeiten nicht weiterkomme!

Die Bankaufsicht sei eine Behörde und damit ein müder, schwerfälliger Dinosaurier im letzten Stadium vor dem Vertrocknen.

Diese Behörde würde für die ihnen gestellte Aufgabe Tage brauchen. Nachdem sich die Staatsanwaltschaft ins Zeug gelegt hatte, waren sie sogar zur Zusammenarbeit bereit gewesen, daran würde es nicht scheitern. Aber dauern würde es. Susanna und ihm blieb also nichts anderes übrig, als geduldig zu warten.

Und darin hatte Hill keine besondere Begabung.

Besonders da er so ein unheimlich realistisches Gefühl hatte, dass jede Stunde, vielleicht sogar jede Minute lebenswichtig sein konnte. Für jemanden, den sie nicht kannten, irgendein armes Schwein, das nichts Böses ahnte.

In diesem Stil hatte er auf der ganzen Fahrt gejammert, das musste er auch selbst zugeben. Missmutig, nörgelig und lustlos, wäre er am liebsten nach Hause gefahren und hätte Catharina angerufen. Er wusste nicht, wie das so schnell so weit hatte kommen können, aber es war ihm bereits ein Bedürfnis, zumindest ihre Stimme zu hören.

Gårdeman fand, dass es jetzt genug war. Den ganzen Weg

hatte er sich Hills wegen des Pflasters auf der Lippe gelispeltes Gejammer über die Nachteile der Bürokratie und die allgemeine Machtlosigkeit der Polizei angehört. Er wurde ebenfalls fast schon trübsinnig. Entweder sie konnten sich gleich hier begraben lassen oder sie mussten anfangen, positiver zu denken! Hills Übellaunigkeit konnte noch die ganze Operation scheitern lassen.

»Reiß dich endlich zusammen, Joe.«

»Nenn mich verdammt noch mal nicht Joe!«

»Okay, aber wir müssen uns sofort was einfallen lassen.«

»Du hast Recht. Entschuldigung. Jetzt legen wir los.«

»Du meinst, durch den Morast«, murmelte Gårdeman und sah angewidert auf seine dreckigen Stiefel.

Sie zogen die Füße mit einem fast schon obszönen Ploppen aus dem Lehm und näherten sich dem Klubhaus der Rocker. Ein beachtliches Anwesen, das nicht nur aus einem Wohnhaus, sondern auch aus Schuppen und einem großen Schrottplatz bestand.

Gårdeman arbeitete sich langsam und methodisch an dem alles umgebenden hohen Bretterzaun vor. Hill fragte sich, was sie eigentlich dort vorhatten. Aber er beschloss, sich einfach auf seinen Partner zu verlassen und ihm wie ein Schatten den Zaun entlang zu folgen. Auf die Spalten zwischen den Brettern waren Latten genagelt, sodass man überhaupt nichts sehen konnte.

Er sah ein, dass das ganz und gar seine Schuld war. Hätte er Gårdeman auch nur die Gelegenheit gegeben, ihm seine Absichten zu erklären, statt sich über seine eigene Frustration auszulassen, hätte er natürlich alles erfahren.

Aber Gårdeman wusste hoffentlich, was er tat. Oder?

Sicherheitshalber zog Hill seinen Kollegen am Ärmel und flüsterte: »Hör mal, wohin wollen wir eigentlich?«

»Zum Kücheneingang, Hill.«

Ach so. Hill begriff überhaupt nichts.

Gårdeman blieb stehen und griff erwartungsvoll an die Unterkante des Bretterzauns. Offensichtlich fand er, wonach er gesucht hatte. Er zog energisch an dem regennassen Holz. Es knirschte etwas, aber das hätte auch an den schwankenden Ästen der Buchen liegen können.

Hill und Gårdeman blieben noch einen Augenblick wie angewurzelt stehen. In der Bewegung erstarrt wie ein unterbrochener Videofilm.

Bis sie sich absolut sicher waren.

Sicher, dass sich nichts auf der anderen Seite des Zauns regte.

Dann kroch Gårdeman als Erster vorsichtig durch die niedrige Geheimtür, die sich aufgetan hatte. Auf Händen und Knien drang er auf das Privatgelände der Rockerbande vor und befand sich damit außerhalb der Legalität. Falls alles schief ging, konnte das fatale Konsequenzen haben.

Trotzdem folgte Hill seinem Beispiel. Jetzt wusste er zumindest, was mit »Kücheneingang« gemeint war. Die Frage war nur, wie Gårdeman von diesem erfahren hatte. Aber dieser Mann verfügte über so manche Information außer der Reihe.

Irgendwie schien es auf dem Hofplatz trockener zu sein. Der Kies sog den Regen, der den Waldboden in Morast verwandelt hatte, auf. Hingegen machte er einen wahnsinnigen Lärm.

Sie waren gezwungen, sich vorsichtig zu bewegen. Das Beste war, nur auf das wuchernde Unkraut zu treten, um das Geräusch der Schritte zu dämpfen. Hill musste zugeben, dass Löwenzahn auch seine guten Seiten hatte.

Der bleiche Schein der uralten Außenbeleuchtung reichte gerade aus, um sich zu orientieren, Gårdeman interessierte sich offensichtlich nicht für den Haupteingang. Lautlos schlich er auf eines der Nebengebäude zu und dort im Schutz des Flieders weiter. Hill blieb ihm wie ein Schatten auf den Fersen.

Sie kauerten unter dem frischen Grün der Bäume, und Gårdeman flüsterte kaum hörbar.

»Da drüben ist die Werkstatt.« Er deutete auf ein dunkles Gebäude mit eternitverkleideten Wänden und einem Dach aus Wellblech.

Hill nickte.

»Dort steht immer jemand vor der Tür Wache, wenn dort gearbeitet wird«, fuhr Gårdeman fort, der sich wirklich auszukennen schien.

Hill seufzte. Aber jetzt gab es kein Zurück mehr.

Gårdeman tastete nach seiner Brusttasche. Dann steckte er sich eine durchweichte Zigarette zwischen die Lippen. Er richtete sich auf, und Hill suchte in seiner Jacke nach dem Halfter. Wenig später lag seine Dienstwaffe schwer und beruhigend in seiner Hand.

Hill hatte keinen Sinn für Schusswaffen, aber die Zeiten hatten sich geändert. Jetzt waren sie nötig. Einerseits waren sie eine Lebensversicherung, andererseits aber auch eine Gefährdung.

Sie hätte ihm jedoch am Vorabend kaum geholfen, auch wenn er sie dabeigehabt hätte.

Darüber hatte er sehr viel nachgedacht. Vielleicht hatte er heute nur ein paar blaue Flecken und Prellungen, weil er unbewaffnet gewesen war? Vielleicht hätte er jetzt eine Kugel im Schädel gehabt und hätte gar nicht ziehen können? Diese Frage würde er wohl nie beantworten.

Wie auch immer kam ihm seine Pistole jetzt sehr gelegen.

Raymond Sjunnesson stand gelangweilt unter dem Vordach der Werkstatt. Hier war er zumindest vor dem ekelhaften Regen geschützt!

Wache stehen war wirklich verdammt langweilig! Er wünschte sich, der Terminator würde sich beeilen oder dass bald jemand kommen würde, um ihn abzulösen.

Als unerwartet der Kies knirschte, stand Raymond da und schlief halb. Gårdeman kam mit langen, energischen Schritten um die südliche Hausecke. Seine laute Stimme überraschte Raymond total.

»Hast du mal Feuer?«

»Was? Na klar doch«, erwiderte Raymond instinktiv diensteifrig, gleichzeitig musste er jedoch einsehen, was für einen Fehler er gemacht hatte. »Verdammt!«

Seine besondere Lebenserfahrung, wenn man das einmal so nennen wollte, sagte ihm, dass das, was er da im Nacken spürte, der kalte Lauf einer Pistole war.

Hill war genau im richtigen Augenblick um die nördliche Ecke der Werkstatt gekommen.

Raymond verstummte sofort und stand vollkommen reglos. Was für ihn selbst am besten war, begriff er immer. Selbst aufhören zu blinzeln würde er, falls diese Burschen das wünschten.

Hill und Gårdeman hatten die Grenze bereits überschritten, sie hatten also nicht mehr viel zu verlieren. Genauso gut konnten sie sich jetzt Klarheit darüber verschaffen, was in der Werkstatt eigentlich los war, da das Vorhängeschloss schon einmal offen hing. Das kam einer Einladung gleich.

Der Terminator hörte, dass die Scharniere der Tür kreischten, aber kümmerte sich nicht weiter darum. Es bestand keine Gefahr, schließlich stand Raymond Wache.

Stattdessen hielt er die Augen auf seine Hände gerichtet. Eine rostige Arbeitslampe stand weit nach vorne geschoben auf der Werkbank, damit er genügend Licht hatte. Die Glühbirne war für die Fassung eigentlich zu groß und tat ihr Bestes, sämtliche Watt auf die Arbeit des Terminators zu werfen.

Zwei Lötstellen waren nicht ganz zufrieden stellend, und jetzt, da er noch mal von vorne beginnen wollte, war es wichtig, dass alles andere ebenfalls an der richtigen Stelle war …

Der Terminator hielt den Blick starr auf seine kleine Hobbyarbeit gerichtet und streckte den Arm auffordernd nach hinten, als er Schritte hörte.

»Raymond ... ein Nuteisen«, verlangte er.

Gårdeman legte ihm einen öligen Schraubenschlüssel in die Hand. Der Terminator hielt ihn unter die Lampe, starrte ihn fassungslos an und wurde wütend, zu Recht.

»Was zum Teufel ...?«

Er verstummte, als er die durchnässten Polizeibeamten und ihren hilflosen Gefangenen Raymond sah.

»Ja, du«, erwiderte Gårdeman tonlos. »Was zum Teufel ist das da? Bist du schon dabei, Weihnachtsgeschenke zu basteln, Terminator?«

Zerstreut hob er die Einzelteile des Weckers hoch, die auf der Werkbank darauf warteten, zusammengebaut zu werden.

»Oder ...«

Er zog das in die Länge.

»... sollten wir dich vielleicht lieber Joker nennen?«

»Wie zum Teufel seid ihr hier reingekommen?«, wollte der Terminator wissen. »Wir haben am ganzen Weg Wachen.«

»Das bleibt unser kleines Geheimnis, hörst du. Ich bin mir sicher, dass du deine eigenen kleinen Geheimnisse aus dem Präsidium hast, oder?«

»Keine Ahnung, wovon Sie reden«, erwiderte der Anführer der Rockerbande, sah aber ein, dass es vermutlich nicht viel Verhandlungsspielraum gab.

»Außerdem haben Sie kein Recht, hier zu sein«, fuhr er fort. »Ich kann Anzeige erstatten wegen unbefugten Betretens eines Privatgrundstücks.«

»Ja«, pflichtete ihm Gårdeman bei, lehnte sich zur Werkbank vor und betrachtete die Teile, die dort verstreut lagen, »vermutlich. Aber das hier – das hier ist die Vorbereitung eines Mords.«

»Unsinn. Das ist ein Wecker. Darf man jetzt nicht mal mehr Wecker reparieren?«

»Wohl kaum, wenn das Wecksignal dermaßen durchschlagend ausfallen soll«, meinte Gårdeman.

Mit größter Vorsicht untersuchte er den kleinen Apparat. Befühlte die Kabel, berechnete die Stärke der Ladung und legte den Mickymaus-Wecker wieder hin.

»Offenbar sollten auch noch die Leute im Nachbardorf aufwachen. Das ist eindeutig ungesetzlich.«

Der Terminator wusste, wann es an der Zeit war, den Mund zu halten – nicht umsonst war er der Anführer der Rockerbande. Er wusste auch, wie man den Mantel nach dem Wind kehrte.

»Es gefällt dir also, uns Streiche zu spielen?«, wollte Hill säuerlich wissen, während der Terminator entgeistert seine Schwellungen und blauen Flecken anstarrte.

»Nein.«

»Ach nee!«

»Nein, das gefällt mir nicht.« Der Terminator grinste frech. »Ich liebe das förmlich.«

»Aber wir werden dann sauer, Terminator«, erwiderte Gårdeman. »Unerhört sauer.«

»So what? Was könnt ihr dagegen schon unternehmen.«

»Den Laden hier dichtmachen.«

Gårdemans Stimme klang müde, aber aufrichtig.

»Nie im Leben!«

»Doch, doch, schau dir mal diesen Plunder hier an!«

Er wühlte unter der Werkbank und fand genau das Durcheinander aus rostigen Dosen und Müll, das unter jeder Werkbank herumliegt.

»Und was ist das hier? Benzin? Feuergefährlich. Die Feuerwehr macht dir den Laden hier im Handumdrehen zu.«

»Sie haben überhaupt nicht das Recht, hier in meinen Sachen zu wühlen«, zischte der Terminator und starrte Gårdeman sauer an. »Das verstößt gegen das Reglement, das wissen Sie auch, und ich kann Sie dafür drankriegen!«

»Ja, das können Sie.« Gårdeman nickte. »Aber das solltest du vermutlich nicht tun.«

»Und warum nicht?«

»Nicht, wenn du nicht willst, dass wir von jetzt ab auch immer dem Regelbuch peinlich genau folgen. Wenn wir das tun, dann haben du und deine Jungs nichts mehr zu lachen. Dann geht es nur noch um Formalitäten. Und das würde uns gefallen, wir hätten gern einen Vorwand. Du darfst uns also gern herausfordern.«

Der Terminator zwirbelte seinen ziegelroten Schnurrbart. Gårdemans Tonfall ließ die Möglichkeit eines Deals vermuten, einer interessanten Einigung außerhalb des Spielfelds.

»Was wollen Sie dann?«

Die Frage erweckte in Hill ein unangenehmes Gefühl von Déjà-vu. Er sah wieder die Herrentoilette auf der Aurora vor sich. Schmerzhafte Erinnerungen. Das Unbehagen ließ ihn begreifen, dass der Terminator sicher ab und zu ähnliche Methoden verwendete und außerdem durchaus wichtige Informationen über den Vorfall besitzen konnte.

Er beschloss, das Eisen zu schmieden, solange es heiß war, und mit dem Gefühl, dass dieser Tag vielleicht doch nicht ganz wertlos gewesen war, hämmerte er drauflos.

»Wir wollen Informationen«, teilte er ohne weitere Umschweife mit.

Gårdeman warf ihm einen hastigen Blick von der Seite aus zu, fing sich aber schnell. Er hatte schließlich bereits erfahren, was er wissen wollte. Der Terminator war zweifelsfrei identisch mit dem Joker, und der Joker hatte seinen letzten Witz gerissen.

Aber Hill – war er noch auf mehr aus?

An sich war es eine gute Idee, weiterzumachen, jetzt wo die Quelle schon einmal sprudelte. Es wäre regelrecht dumm gewesen, aufzuhören, ehe sie von selbst versiegte.

Sie ließen Raymond los, und dieser rannte Richtung Tür, offenbar um Alarm zu schlagen. Aber der Terminator hielt ihn mit einem verärgerten Blick zurück.

»Raymond«, sagte der Anführer befehlend, »stell dich wieder draußen hin und halt Wache.«

»Aber … aber warum? Schließlich sind die Bullen schon da.«

»Halt die Schnauze und tu, was ich sage. Keiner kommt hier rein, besonders nicht unsere eigenen Leute. Verstanden?«

»Okay, okay«, erwiderte Raymond sauer, verschwand aber wieder draußen auf dem Hof.

»Okay, worüber?«, fragte der Terminator die beiden schmutzigen und nassen Vertreter von Recht und Ordnung, sobald sie allein in der Werkstatt waren.

»Über Leute aus dem Osten«, sagte Hill schnell.

»Leute aus dem Osten?«

»Ja, eine Liga, die hier in Skåne arbeitet, vielleicht sogar in ganz Südschweden. Schutzgelderpressung, Lotteriebetrug, wahrscheinlich auch Mord. Einer von ihnen nennt sich Stoján.«

»Von denen habe ich vielleicht gehört«, antwortete der Terminator nachdenklich, sagte aber sonst nichts.

Hill und Gårdeman starrten den schnurrbartzwirbelnden Anführer der Rockerbande an.

»Etwas mehr als das musst du uns schon erzählen«, meinte Gårdeman.

»Und was wäre euch das wert?«

»Was hast du zu bieten?«

Der Terminator hatte die Situation wieder unter Kontrolle, er schnurrte förmlich vor Behagen.

»Ich selbst weiß da nichts drüber, aber vielleicht kann ich einen Kontakt herstellen? Das kommt darauf an, was ihr zu bieten habt.«

Der Terminator sah hochzufrieden aus. Das ärgerte Gårdeman, aber Hills Augen leuchteten. Auch wenn das Ganze ein

Kuhhandel war, so war es doch die erste heiße Spur, und er wollte nicht derjenige sein, der sie sich durch die Lappen gehen ließ. Von seiner Entscheidung konnten Menschenleben abhängen.

»Wie wäre es mit einer Renovierung der Klubräume?«

Schließlich hatte er von der Staatsanwaltschaft freie Hand bekommen, und das nützte er jetzt sofort aus.

»Was? Das können Sie doch nicht so einfach versprechen«, meinte der Terminator verblüfft.

»Doch, kann ich. Interessiert?«

Der Terminator sah den Polizeibeamten, der den Mund so voll nahm, nachdenklich an.

»Ja oder nein?«, wollte Hill wissen.

Dem Terminator hatte Gårdemans Vorschlag, die Renovierung an Wochenenden gemeinsam durchzuziehen, nie so recht gefallen. Die Gangster waren schließlich keine Schreiner! Sie waren Motorradfahrer! Seine Antwort ergab sich also fast von selbst.

»Okay!«

Der Terminator beugte sich vertraulich über seine Bastelarbeit.

»Ich muss nur noch morgen ein paar Details klären. Wir treffen uns dann morgen.«

»Zieh mich nicht über den Tisch«, erwiderte Hill mit leiser Stimme.

»Kein Problem. Tu ich nicht.«

Mit einem stumpfen Bleistift von der Werkbank schrieb er einige Anweisungen auf den Rand einer alten Zeitung und reichte diese dann dem Terminator.

»Auf Ehre«, versicherte der Terminator, ließ das Und-auf-Gewissen aber aus. »Ich mag diese Kommunisten auch nicht. Ich habe nichts dagegen, dass Sie sie aus dem Verkehr ziehen.«

»Es geht nicht um den politischen Hintergrund ihrer Heimatländer. Sollen sie doch denken, was sie wollen, aber Leute ermorden, das geht zu weit«, meinte Hill und warf dem Terminator einen verärgerten Blick zu.

Der Terminator nickte. Er sah ein, dass es besser war, das Thema ruhen zu lassen.

Aber Gårdeman hatte noch eine weitere Frage.

»Du, warum machst du das hier eigentlich, Terminator?«, wollte er wissen und hielt den misshandelten Wecker hoch. »Du könntest schließlich selbst zu Schaden kommen oder einer deiner Männer.«

»Ja, was wohl? Auf dieser Welt geht es doch immer nur um PR. Ob es jetzt gute oder schlechte Nachrichten sind, spielt da keine Rolle, Hauptsache, die Leute kriegen in ihren Schädel, dass es dich gibt. Inzwischen kennen mich immerhin alle, oder? Und alle kennen meine Männer. Wir sind jetzt ein Teil von Helsingborg. Wir existieren im Bewusstsein der Öffentlichkeit, ob Ihnen das jetzt recht ist oder nicht. Und außerdem hatte ich dafür gesorgt, dass wir nicht hier waren, als die Bombe hochging.«

Gårdeman seufzte und stellte den Wecker wieder auf die Werkbank.

»Ja, ja, jeder soll nach seiner Façon selig werden. Aber jetzt erwarten wir, dass wir von diesem Joker in Zukunft nicht mehr hören. Verstanden?«

»Hm.«

Der Terminator klang wenig überzeugend. Er machte eine abwehrende Handbewegung und sah dann wieder zu Hill.

»Was ist Ihnen eigentlich zugestoßen?«, wollte er wissen. »Sind Sie mit einer Tür zusammengestoßen?«

»Klar«, erwiderte Hill müde und verließ dann die Werkstatt, um draußen wieder die echte schonische Landluft zu genießen.

Hill und Gårdeman nahmen den Weg durch das Haupttor, ohne dass jemand versuchte, sie daran zu hindern, und verschwanden wie zwei Landstreicher im Regen in Richtung der großen Landstraße, an der sie ihren Wagen geparkt hatten.

Nicht nur Gårdeman war nach dem Zusammenstoß mit dem Terminator hungrig. Hill hatte nach der Arbeit ebenfalls einen ordentlichen Appetit – zum ersten Mal, seit er am vergangenen Abend auf der Aurora Seezunge Walewska genossen hatte.

Nur die Hoffnung auf eine baldige Identifizierung derjenigen, die ihn misshandelt hatten, hatte ihn hungrig werden lassen. Und er merkte, dass es mit einem raschen Hamburger nicht getan sein würde.

Da hatte auch Gårdeman nichts dagegen.

Schließlich war ihm vergangenen Dienstag *Olssons Skafferi* entgangen, als ihm zufällig der Terminator begegnet war. Am darauf folgenden Mittwoch und Donnerstag hatte er als Verkehrspolizist während der Arbeit gerade mal eine Bockwurst gegessen, denn wenn die Frühlingssonne so verführerisch wärmte, war auf den Straßen einiges los. Eine erstaunliche Anzahl Fahrer wurden dabei erwischt, dass sie bei dem strahlenden Wetter viel zu schnell gefahren waren. Außerdem fuhren viele immer noch mit Spikes, ganz zu schweigen von denen, die bei der Wärme einen Drink brauchten und nicht begriffen, dass am Steuer Sprudel das Beste war.

Kurz gesagt, fand er, dass er sich durchaus in *Mollbergs Brasserie* was Gutes gönnen konnte. Tournedos oder Ente in Orangensauce oder vielleicht … Heute Abend würden sie sich nicht mit einem armseligen Käsebrot begnügen! Oder mit einem Roggenbrot mit Aufschnitt vor dem Fernseher.

Um diese Tageszeit gab es auch vor *Mollbergs Brasserie* am Stortorg Parkplätze. Nach achtzehn Uhr waren die Politessen glücklicherweise nicht mehr unterwegs.

Gårdeman fuhr an der Ampel am inneren Hafen nach links und an dem kitschigen Reiterstandbild des Retters der Stadt

Magnus Stenbock vorbei und zu dem Parkplatz vor dem ehrwürdigen Hotel, das bei Gourmets einen guten Ruf genoss.

»Hier gibt es hausgemachtes Eis. Hast du das mal probiert?«, wollte Gårdeman wissen, während er einparkte. »Richtig lecker, außerdem sagt man, dass man das Essen besser verdaut, wenn man zum Nachtisch noch etwas Süßes isst.«

»Ach? Wer sagt das«, wollte Hill wissen und lachte, »Lena?«

»Du, Lena schläft schon, und ich habe nicht die Absicht, sie anzurufen und aufzuwecken, nur um sie um Erlaubnis zu fragen!«

»Nein, natürlich nicht«, meinte Hill abwehrend, »gerade jetzt ist auch gegen ein Dessert überhaupt nichts einzuwenden.«

Es regnete immer noch, und der nächtlich-nasse Asphalt glitzerte und spiegelte den angestrahlten Festungsturm Kärnan weit über ihnen, oberhalb der Oscarstreppe. Ein Wimpel wehte stolz oberhalb des Zinnenkranzes der Burg, und wenn man etwas Fantasie hatte, konnte man sich vorstellen, dass der König mit seinem Hof immer noch dort oben residierte.

Aber so viel Fantasie hatten weder Hill noch Gårdeman. Sie waren nur verdammt hungrig.

Die schlimmste Nässe schüttelten sie im Entree ab, ehe sie ihre Jacken an der Garderobe abgaben.

In *Mollbergs Brasserie* hatte man das Gefühl, die Zeit sei stehen geblieben. Die Kronleuchter funkelten, und die Kapitelle der Säulen waren vergoldet. Die Prachtentfaltung der Kaufleute um die Jahrhundertwende und zwischen den Weltkriegen, der Blütezeit der Stadt, hatte diverse Renovierungen und Modernisierungen nur zum Teil überlebt.

Aber an der Qualität der Küche wurde nicht gerührt, und Gårdeman nahm zwei Speisekarten auf dem Weg zu einem Fenstertisch mit Blick über den Markt mit und begann begeistert zu lesen.

»Gegrillter Fisch mit Curryfenchel«, skandierte Gårdeman, als läse er ein klassisches Liebesgedicht.

»Nein«, meinte Hill, »ich glaube, ich nehme was mit Fleisch, wenn ich mir schon mal was gönne.«

Das Lokal war an diesem Abend gut besucht, aber die meisten hatten offensichtlich bereits gegessen und tranken nur noch was oder hörten einem Sänger in der Bar zu, der Lieder von Cornelis Vreeswijk sang.

»Rinderfilet vom Holzkohlengrill mit einer Sauce mit grünem Pfeffer«, fuhr Gårdeman verzückt fort.

Ihnen lief das Wasser im Mund zusammen, und Hill beschloss, während sie auf den Kellner warteten, das Thema zu wechseln, ehe er vollkommen verrückt wurde.

»Wie ist das, Ulf, bald wieder Zeit, die Maschine rauszuholen, oder?«

»Die Maschine?« Gårdeman sah von seiner anregenden Lektüre auf: »Die ist schon lang wieder in Betrieb. Das ganze letzte Wochenende bin ich rumgedüst.«

Man hätte meinen sollen, dass Ulf Gårdeman in der Arbeitszeit genug Motorrad fuhr, aber nein! Sobald die Saison begann und manchmal sogar schon vorher, fuhr er mit seiner Frau auf einer großen goldgelben Goldwing-Maschine durch die Gegend, die auf dem bewachten Garagenplatz absoluten Vorrang vor dem Auto hatte.

Hill wusste sehr gut, dass er das Thema nur anzutippen brauchte und dass Gårdeman dann die nächste halbe Stunde über nichts anderes reden würde. Er lehnte sich zurück.

»Aber dieser verdammte Verteiler hat mir wirklich Ärger gemacht«, fuhr Gårdeman fort, »jetzt nach dem Winter. Vielleicht war es die Feuchtigkeit, manchmal sprang der Motor an und manchmal nicht …«

Er war bis zu den ungemein teuren Reifen gekommen, die er alle zehntausend Kilometer erneuern musste, als der Ober kam und sie begrüßte.

»Ah!«, rief Gårdeman begeistert und wandte sich von seinem zweiten Lieblingsthema ab, »sehr gut, dann können wir bestellen. Ich glaube, ich nehme das Rinderfilet. Was willst du, Joakim?«

Der Ober sah verlegen aus, aber das war Hill egal.

»Ich nehme das Schweinefiletmedaillon mit Schwarzwurzeln und ein Glas Roten, weil du fahren wolltest«, meinte er grinsend an Gårdeman gewandt.

Der Ober wirkte betreten.

»Bitte?«, wollte Gårdeman wissen, dem seine bekümmerte Miene plötzlich aufgefallen war. »Ist das Rinderfilet aus?«

»Es ist mir richtig unangenehm, ich würde fast sagen, peinlich, aber – es ist alles aus.«

»Alles?«

Auf einmal schienen Hill und Gårdeman beide schlecht zu hören.

»Ja, also nicht dass auf einmal alles aus wäre«, versicherte der Ober verlegen, »aber wir haben ein akutes Problem mit der Elektrizität in der Küche. Da funktionieren nur noch Kühl- und Gefrierschränke, die haben andere Sicherungen.«

Gårdeman sah plötzlich sehr finster aus.

»Und was bedeutet das rein praktisch?«

Der Kellner konnte einem fast Leid tun. Sein Schlips schien ihn beinahe zu erdrosseln, als er gestand, wie es sich eigentlich verhielt: »Rein praktisch bedeutet das, dass wir kein gekochtes Essen servieren können. Das bedauern wir außerordentlich, die Elektriker versuchen bereits, das Problem zu beheben, aber glauben nicht, dass sie vor morgen früh fertig sind.«

Hill stützte seinen Kopf in die Hand, und Gårdeman hatte eine betrübte, defätistische Miene aufgesetzt.

»Und … was können Sie servieren?«, wollte er wissen, obwohl er die Hoffnung schon fast aufgegeben hatte.

Der Ober nahm sich zusammen, hob seinen Block und versuchte aus der Situation das Beste zu machen.

»Butterbrote gehen immer. Käse, Aufschnitt und ausgezeichnetes selbst gebackenes Roggenbrot.«

Hill sah Gårdeman an, und dieser nickte, seufzte und bestellte.

»Okay, wir nehmen jeder ein Käse- und ein Wurstbrot und teilen uns ein alkoholfreies Bier.«

»Gerne. Sonst noch etwas?«, wollte der Ober wissen und legte die Serviette über den anderen Arm, um in die Küche zu eilen.

»Nein!«, rief Gårdeman und knallte die Faust auf den Tisch. »Wenn schon denn schon. Natürlich für jeden ein Eis!«

Die Brote waren aufwendig dekoriert und außergewöhnlich gut, das Bier hatte die richtige Temperatur, und das Eis war superb. Aber der Abend war trotzdem schal, daran war nichts mehr zu ändern, und sie blieben nicht länger, obwohl der Troubadour alles versuchte, sie in seinen Bann zu ziehen.

»Wer muss da noch versuchen, sich zurückzuhalten«, klagte Gårdeman, als sie ihre Jacken aus der Garderobe holten, »wenn einen das Schicksal ohnehin daran hindert, zu sündigen!«

Sündigen!

Hill sah auf einmal ein, dass er seinen eigenen Interessen zuwider gehandelt hatte. Es war spät. Zu spät, um Catharina anzurufen, wie er ihr das versprochen hatte. Sie schlief sicher bereits, und eine Ärztin, die Bereitschaft hatte und die gerade eingeschlafen war, zu wecken, war vermutlich ebenso ratsam, wie in ein Wespennest zu treten.

Er beschloss, diese Theorie nicht auf ihren Wahrheitsgehalt zu überprüfen, sondern ging sofort ins Bett. Er brauchte an diesem Abend weder Clint Eastwood noch Whisky oder Stan Getz. Er schlummerte, gesättigt von Butterbroten und Eis, innerhalb von wenigen Minuten ein und schlief traumlos.

9

Die Bankangestellte Eva Steininger von Ramseryds Sparbank hatte dann doch Recht behalten. Die ganze Zeit hatte sie das neue Wohlwollen der Bank, was die Ausbaupläne der großartigen Elin Starbeck betraf, misstrauisch beäugt.

Wie sollte eine Idiotin wie die eine Total-Modernisierung ihrer lausigen alten Tankstelle finanzieren können?

In diesem Krähennest hatte es nie Geld gegeben, und wie hatten sich diese beschwipsten Tölpel in hellgrauen Anzügen im Zimmer der Direktion nur einbilden können, dass das jetzt auf einmal der Fall war, ja, das würde wirklich auf ewig ein Rätsel bleiben!

Eva Steininger war also nicht im Mindesten erstaunt, als die Anfrage der Bankinspektion in ihre kleine, wegen der Landflucht abgespeckte Filiale flatterte. Sie bekräftigte den Verdacht, den sie schon seit langem hegte, dass bei dieser wichtigtuerischen Schlampe in der Lichtung nicht alles mit rechten Dingen zuging.

Die und ihre größenwahnsinnigen Baupläne! Wo hätte sie diese riesigen Summen schon herhaben wollen?

Eva hatte sich immer über die schnippische Benzinhändlertochter am Waldrand aufgeregt. Seit der ersten Klasse der Volksschule hatte sie ihr bloßer Anblick zur Weißglut gebracht, wie sie wie irgendein überlegenes Elfenwesen den Waldweg entlanggeschlendert kam.

Die und ihre schmutzigen Jeans, die Nase hoch in der Luft, obwohl es dafür wirklich keine Veranlassung gab. Das wussten doch alle in der Gegend, dass ihr Alter nur selten nüchtern genug war, um morgens aus dem Bett zu kommen, und dass es Läusefia war, wie sie sie unter sich nannten, die am Morgen die ersten Kunden bedienen musste, ehe sie sich auf den Weg zur Schule machte.

Und doch! Es spielte keine Rolle, welche Namen sie ihr hinterherriefen. Sie hielt den Kopf höher als alle anderen, obwohl sie nicht einmal anständige Kleider hatte und weder Absätze noch Nagellack trug.

Wie gesagt, hatte das Eva Steininger in der gesamten Schulzeit zur Weißglut getrieben und nicht nur sie. Dazu hatte auch beigetragen, dass sie trotz allem zu den Klassenbesten gehört hatte. Jedes Jahr kam sie zu ihrem versoffenen Vater mit den besten Noten nach Hause. Und er war kaum in der Lage zu begreifen, was da auf dem Zeugnis stand.

Aber das Maß war voll, als der schönste Junge der Klasse, Kent, im siebten Schuljahr hinter ihr her scharwenzelte. Wie ein toller Hund war er hinter der Schlampe hergelaufen und hatte sich gedemütigt, damit sie sich überhaupt dazu herabließ, ein Wort mit ihm zu wechseln. Seine Mühen wurden nicht belohnt. Und als sie nicht einmal zur Abschlussdisko auftauchte, schien er es endlich begriffen zu haben.

Kurze Zeit später zog er mit seiner Familie nach Göteborg um und nahm das Rätsel ungelöst mit.

Das Rätsel, wie jemand mit so charmanten dunkelbraunen Locken, mit einem so samtweichen Blick und mit einem so hinreißenden Knabenkörper so jemanden wie Elin Starbeck überhaupt nur zweimal hatte anschauen können, obwohl er jede von ihnen hätte bekommen können. Sogar sie, Eva Steininger.

Jemand hatte behauptet, Läusefia hätte ihn verzaubert. Das hatte erst nur ein Witz sein sollen, aber bald nahm man das für bare Münze. Man mied den Benzinhändler und seine berüchtigte Tochter, außer natürlich, wenn das Auto kaputtging.

Kaum einer kam zu seiner Beerdigung, und niemand hielt die trauernde Tochter auf der Straße an, um ihr ein tröstendes Wort zu sagen. Dunkel fiel der Schatten der Verleumdung über Elin Starbeck und über ihr weiteres Leben in dem kleinen Ort in Småland.

Eva Steininger hatte das von Anfang an für wahr gehalten. Diese Läusefia umgab ein Geheimnis, und diese Bankgeschichte war der entscheidende Beweis.

Eigentlich hatte sie bereits alles zusammengepackt, um Feierabend zu machen, als die Anfrage kam. Die Sparkasse war schon lange geschlossen und die Abrechnung gemacht. Sie hatte in ihrer Handtasche nach Halstabletten gesucht, von denen sie fast ganz sicher wusste, dass sie ganz unten lagen.

Alles war friedlich wie immer am Abend, sodass sie zusammenzuckte, als hinten bei der Garderobe plötzlich das Fax ansprang.

»Was …? Jetzt noch?«

Entgegen ihrer Gewohnheit, sich um nichts mehr zu kümmern, was in der Sparkasse nach Geschäftsschluss passierte, ging sie auf die Maschine zu. Ihre nächste Handlung war noch außergewöhnlicher. Als sie das Fax überflogen hatte, hängte sie ihren tadellos gebügelten Popelinmantel auf seinen Haken zurück und machte ihren Computer wieder an.

Nach mehr als fünfunddreißig Jahren witterte Eva Steininger Rache.

Rache dafür, dass sie den hübschen Kent nicht bekommen hatte, da das Biest in der Lichtung ihn ihr gestohlen hatte. Auf eine merkwürdige Art gestohlen hatte. Eva wollte ihr Möglichstes tun, der Polizei dabei zu helfen, Beweise gegen diese ärgerliche Person zu finden. Und wenn sie dafür die ganze Nacht im staubigen Banklokal von Ramseryd verbringen musste!

Offenbar war die verheißene Zeit der Überraschungen für Kriminalkommissar Joakim Hill angebrochen. Freudestrahlend trat Susanna am nächsten Morgen mit einer Nachricht ein, auf die er kaum zu hoffen gewagt hatte. Sie legte das Papier vor ihm auf den Schreibtisch.

Die Bankanalyse, die Elin Starbecks überraschenden Kapitalzuwachs betraf, war erstaunlich detailliert und ausführlich.

Und das, obwohl er eigentlich überhaupt nicht an einen Treffer geglaubt hatte! Definitiv hatte er nicht daran geglaubt, dass sie noch vor dem Wochenende etwas erfahren würden – wenn überhaupt.

Er starrte auf das Fax, und seine Intuition erwachte erneut: das Gefühl, wieder eine Spur zu haben und schnell handeln zu müssen.

Einerseits konnte niemand garantieren, dass ihn ausgerechnet diese Tankstellenbesitzerin in die richtige Richtung führen würde. Aber andererseits erfüllte sie wirklich die Grundanforderungen. Auf sie passten die Kriterien, die er zusammen mit Susanna für die Anfrage der Bankinspektion formuliert hatte, perfekt.

Elin Starbeck entsprach ganz klar in sämtlichen Punkten einer möglichen Kandidatin für einen nächsten Tankstellenmord.

Zweifellos war es einen Versuch wert. Alles, was auch nur halbwegs in Frage kam, musste kontrolliert werden, es konnte schließlich um ein Menschenleben gehen.

Laut der Informantin, die bei einer Sparkasse in Småland arbeitete, hatte Elin Starbeck gerade umfassende Kredite aufgenommen, um ihre Tankstelle auszubauen. Gleichzeitig war ihr Geschäftskonto unerklärlich aufgefüllt worden, was ihr volle Bonität verschaffte.

In einem Monat handelte es sich um eine Erhöhung des Einkommens von achttausend auf eine halbe Million Kronen. Normalerweise fielen solche Auskünfte unter das Bankgeheimnis, schrieb die Informantin wahrheitsgemäß, und eigentlich sei es nur das Finanzamt, das über das Privileg verfüge, den Vorhang zu lüften und die privaten Vermögensverhältnisse zu prüfen. Aber im Lichte der ungewöhnlichen Aufforderung der Bankinspektion hielt die Bankangestellte Eva Steininger es für angebracht, die Aufmerksamkeit der Helsingborger Polizei auf diese Fakten zu lenken.

Sie hatte ebenfalls festgestellt, dass kurze Zeit vor der Zunahme ihres Einkommens eine beachtliche Zunahme der Bestellungen bei der Lotterie stattgefunden hatte.

Hill dachte, dass sich die Ramseryd Sparbank glücklich schätzen konnte, eine so gewissenhafte Mitarbeiterin zu haben. Wenn doch nur die Polizeidirektion in Helsingborg so schnell und entschlussfreudig gewesen wäre!

Der Polizeipräsident schüttelte nur den Kopf, als er verlangte, Elin Starbeck persönlich mit den Zahlen konfrontieren zu dürfen, die ihnen per Fax mitgeteilt worden waren. Harry Runsten, den er telefonisch in einem Luxushotel auf der anderen Seite des Sunds erreichte, hatte größte Bedenken, da es nicht sonderlich gut aussehen würde, falls die betreffende Dame ganz unschuldig sein sollte. Vielleicht gab es für alles eine ganz natürliche Erklärung, beispielsweise konnte jemand erben!

Als Erbe investiere man doch wohl kaum direkt in die Firma, wandte Hill ein.

Aber auf jeden Fall könne er nicht einfach jemanden verdächtigen und kränkende Fragen stellen, meinte der Polizeichef. Bereits das könnte zu großen Problemen führen. Die Zeitungen liebten Geschichten über Übergriffe der Polizei. Es gelte, sich das Ganze gut zu überlegen, ehe man etwas unternehmen würde, und es sei vermutlich klug, alles mit der Führung abzustimmen, sodass sie sich zumindest einig seien, was man anschließend zur Presse sagen würde, falls es überhaupt so weit käme.

Hill müsse also seine Gäule noch im Zaum halten, sagte er etwas im Scherz, ein Scherz, dem Hill überhaupt nichts abgewinnen konnte.

Nach dem Mittagessen würde er vielleicht Bescheid bekommen. Könne er bis dahin nicht irgendwelche Büroarbeiten erledigen?, schlug Harry Runsten vor und versprach, sich so bald wie möglich wieder zu melden.

Ulf Gårdeman klopfte rasch an den Türrahmen und riss Hill damit aus seinen unzähligen Überlegungen.

»Wie ist die Lage, Hill?«

»Beschissen.«

»Wieso beschissen?«

»Hier«, sagte Hill und reichte ihm das Fax.

Gårdeman überflog die Mitteilung. Er war zwar mit dem Fall nicht sonderlich vertraut und verstand – wie Hill im Übrigen auch – nicht so ganz, was vorging, aber er begriff, dass dieses Fax Hill stresste, obwohl er nicht recht wusste, warum.

»Und?«

»Das könnte sie sein!«, rief Hill entrüstet.

»Ach?«

Gårdeman starrte noch eine Weile auf das Fax, aber es sagte ihm trotzdem nichts.

»Wer?«, wollte er schließlich wissen.

Hill sah ein, dass er sich erneut auf einem Egotrip befand.

»Entschuldige, ich meine sie hier«, sagte er und deutete auf Elin Starbecks Namen auf dem glatten Papier. »Sie ist eine gute Kandidatin für unsere Tankstellenmörder.«

Jetzt sprach das Blatt, das Gårdeman in der Hand hielt, plötzlich laut und deutlich zu ihm. Zur Sicherheit las er es noch ein drittes Mal.

»Aber dann ist es doch verdammt eilig!«, rief er.

»Richtig«, pflichtete ihm Hill bei, »verdammt eilig. Wenn es wirklich die Richtige ist, dann lebt sie verdammt gefährlich. Und hier sitzen wir und drehen Däumchen.«

»Warum?«

»Weil die Führung sich erst noch über die PR einigen will. Für den Fall, dass wir die Sache versieben.«

»Dass die Reklame heutzutage so eine große Rolle spielen muss. Aber was glauben die erst, was passiert, wenn du dorthin kommst, und zwar zu spät?«

»Das ist wirklich eine gute Frage.«

Hill klang verärgert und teilte Susanna über die Wechselsprechanlage mit, dass in dieser Sache bestenfalls nach dem Lunch etwas entschieden würde. Die Zeit bis dahin würde ihnen lang werden.

Aber Gårdeman hatte wirklich nicht die Absicht, zuzusehen, wie sein Kollege dasaß und den Kopf hängen ließ. Er erinnerte ihn daran, dass sie eine Verabredung zum Mittagessen hatten: ein heimliches Treffen mit dem Chef der Rockerbande aus Lönnarp.

Satt würde Hill bei diesem Lunch nicht werden, aber er fühlte sich bereits gestärkt bei dem Gedanken, dass er jetzt endlich die Namen seiner Peiniger erfahren würde.

Jonas D. schluckte so angestrengt, als er die unerwarteten Gäste vor der Tür sah, dass sein Adamsapfel auf seinem jugendlich-pickligen Hals auf und ab tanzte.

Den Terminator und seine Jungs waren die Letzten, die er jetzt treffen wollte, aber es blieb ihm nichts anderes übrig.

»Nein, aber – so eine Überraschung«, brachte er zum Schluss über die Lippen.

Jedenfalls tischte er ihnen keine Lüge auf, zumindest nicht in diesem Fall.

Es war ganz offenbar, dass sie ihn überrascht hatten. Sittsam hielt er sich ein T-Shirt um die Hüften und fingerte nervös an den Ärmeln, mit denen er es zusammenhielt. Offenbar hatte er nicht vorgehabt, jemanden in die Wohnung zu lassen, aber jetzt blieb ihm nichts anderes übrig.

»Die gefallen dir doch«, sagte der Terminator und drängte sich an dem Jungen vorbei in die Diele, »solche Überraschungen.«

Den Terminator ließ man in die Wohnung, ob man wollte oder nicht. Mit den Männern in seiner Gesellschaft wollte Jonas ebenfalls keinen Streit anfangen. Sowohl Raymond als auch Käge waren in der Stadt bekannt dafür, nicht zimperlich zu sein.

»Wir müssen uns unterhalten«, meinte der Terminator mit falscher Freundlichkeit.

Jetzt war nicht der Augenblick, Einwände zu haben. Das sah sogar Jonas D. ein.

Die Besucher machten sich nicht einmal die Mühe, ihre Schuhe auszuziehen. Offenbar – das hoffte zumindest ihr unfreiwilliger Gastgeber – hatten sie nicht vor, länger zu bleiben.

»Wir suchen nach so ein paar Typen, mein Junge. Aus dem Osten, vielleicht aus Polen oder Tschechien? Weißt du da was?«

Der Terminator richtete seinen katzengrünen no-nonsens Blick auf Jonas D.

»Tja ... was soll ich sagen. Wie sehen sie aus?«, fragte er mit matter Stimme. »Wie heißen sie denn?«

»Der eine ist schon etwas älter. Klein und etwas glatzköpfig. Die anderen sind jünger und mittelgroß. Der eine blond, der andere schwarzhaarig. Der Schwarzhaarige wird Stoján genannt.«

»Stoján?«

Jonas spielte dumm und gewann dadurch ein paar Sekunden Bedenkzeit.

»Ja, sagt dir das was?«, wollte der Terminator wissen.

Jonas suchte nach einer Lösung, nach der, die am besten für ihn selbst war. Eigentlich wusste er, wo seine Loyalitäten lagen.

In jeder Hinsicht lag Lönnarp bedeutend näher als Lettland und Estland oder wo diese Typen immer herkamen.

Außerdem hatte er die Zusammenarbeit mit Bernard immer für ein äußerst kurzfristiges Projekt gehalten, während das Bündnis mit dem Terminator vielleicht etwas für die Zukunft war.

Sie hatten bereits einige interessante Diskussionen geführt, wie sich gewisse Dienstleistungen auf eine zeitgemäße und einfache Art modernisieren ließen. Wie man Inkasso und Investment effektiver gestalten könne und wie Firmen und Holdings am meisten einbringen würden.

Es gab Gelegenheiten im Leben, bei denen man die Richtung bestimmen musste. Jonas D. beschloss zu singen.

Für den Terminator und seine Freunde sang er rein und schön. Wie gefährlich konnte ihm das schon werden? Das Einzige, was er im Grunde wusste, war, dass die Typen die Stadt bereits verlassen hatten.

»Tja, vielleicht. Vielleicht habe ich schon von ihnen gehört. Waren sie aus dem Osten, oder was hast du gesagt?«

»Ja. Fällt dir dazu was ein?«

Der Terminator war sich nicht zu fein dazu, die einfache Behausung von Jonas zu inspizieren, während er darauf wartete, dass dieser sich erinnern würde. Denn davon war er überzeugt, irgendwie würde ihm das schon gelingen.

Planlos ging er Richtung Küche, betrachtete die spartanischen Möbel, den kleinen runden Tisch mit der unmodernen grauweißen Platte, die einfachen Stühle und den bisher erst selten gewaschenen Flickenteppich. Der Tisch war von Tageszeitungen, Briefen und Müll übersät.

Jonas' Adamsapfel begann wieder zu tanzen, und der kalte Schweiß zeigte sich in kleinen nervösen Tropfen am Haaransatz.

Ganz unten in dem Stapel auf dem Küchentisch lag nämlich die kurze Mitteilung von Bernard. Die Mitteilung in schlechtem Schwedisch, dass sie die Stadt für einige Tage verlassen würden. Es wäre nett, wenn Jonas in dieser Zeit herausfinden könne, ob der Bulle nach der Warnung aufgegeben hätte oder nicht.

»Ja, doch. Jetzt, wo du es sagst. Ich glaube, dass sie die Stadt verlassen haben.«

»Und wie heißen die anderen beiden?«

»Ich weiß nicht.«

»Doch, das weißt du ganz genau.«

»Ich … der eine heißt offenbar Bernard, der andere Adrian, glaube ich zumindest.«

Der Terminator ließ den Küchentisch unberührt. Den Tisch und den Papierstapel, der Jonas Höllenangst machte.

»Bernard, Bernard, und weiter?«

»Ah, Valmera, glaube ich.«

»Du glaubst wirklich eine ganze Menge«, sagte der Terminator und sah Jonas prüfend an.

Jonas D. zuckte unverbindlich die Achseln.

»Und die anderen?«

Der Junge kratzte sich etwas an der Hüfte, die unter seinem T-Shirt verborgen war. Es blieb ihm keine Wahl.

»Remis, Adrian Remis, glaub ich, und dann noch Stoján Stefanis, offenbar Jugoslawe.«

»Und die haben die Stadt verlassen, hast du gesagt? Endgültig?«, fuhr der Terminator mit fragender Miene fort.

»Keine Ahnung. Ich kenne sie eigentlich nicht. Das habe ich nur gehört.«

»Ja, das kannst du gut«, warf Raymond ein. »Das kannst du gut, Sachen aufschnappen, oder? Das ist nützlich und gefährlich.«

Jonas wich ihrem forschenden Blick aus, aber der Terminator merkte, dass dem käsigen Burschen der Schweiß herunterlief.

Was hatte er eigentlich zu verbergen, der kleine Scheißer?

»Jonas!«

Der Ruf war ungeduldig, ein hungriger Lockruf. Er kam aus

dem Schlafzimmer, und alle vier wandten gleichzeitig den Blick auf den verschrammten Türrahmen.

Das Mädchen, das dort auftauchte, war splitternackt.

Ihre Brüste waren klein und spitz, die Beine mager und sahneweiß. Sie hatte die roten Flecken des unterbrochenen Liebesspiels auf den Wangen. Das lange blonde Haar war zerzaust, und die kohlschwarzen Schamhaare verrieten, dass sie keine echte Blondine war.

»Jonas, was zum ...«

Dann riss sie nur noch ihren lüsternen Mund auf und erstarrte auf der Schwelle.

Der Terminator grinste breit. Jetzt verstand er, warum Jonas so geschwitzt hatte. Es gab keinen verständlicheren Grund zu schwitzen als diesen!

Die anderen gestatteten sich ebenfalls ein vergnügtes Grinsen. Das Ganze dauerte jedoch nur ein paar kurze Sekunden. Die Wangen der Dame wurden noch roter. Sie drehte sich um, verschwand im Badezimmer und knallte die Tür hinter sich zu.

»Haben die Stadt verlassen, hast du gesagt«, fuhr der Terminator fort, als sei weiter nichts vorgefallen, »wohin denn?«

Jonas zuckte mit den Achseln, denn hier hörte seine Kristallkugel leider auf zu funktionieren.

»Tja, vielleicht nicht so weit«, schloss er. »Vielleicht nur ein kleiner Ausflug. Was weiß ich?«

Der Terminator sah den Jungen durchdringend an.

Die Informationsquelle war offenbar versiegt, aber sie hatten erfahren, was sie hatten wissen wollen.

Der Terminator hatte Motorenöl unter den Fingernägeln und Schwielen. Jetzt hob er seine riesige Faust und hielt sie dem gerissenen, aber verängstigten Jüngling unter die Nase, der seine Geliebte schmählich hatte im Stich lassen müssen, weil die Geschäfte gerufen hatten.

Das T-Shirt fiel zu Boden, als Jonas instinktiv die Arme hob, um sich zu schützen.

Der Terminator legte dem Jungen seine riesige Hand vorsichtig, fast väterlich, auf die Wange. Er tätschelte sie ein paar Male wie im Scherz. Milde, aber doch mit einer gewissen Stärke.

»Gut gemacht, Kleiner! Gut gemacht. Wir unterhalten uns später weiter, hörst du. Lass dir bis dahin nichts zu Schulden kommen!«

Seine Motorradstiefel knallten auf den Linoleumfußboden im Flur, als sie gingen. Ohne die geringsten Schwierigkeiten fanden sie ihren Weg selbst. Jonas D. blieb atemlos und nackt stehen. Aber im Großen und Ganzen war er doch recht erleichtert. Dankbar, dass der Terminator offenbar nicht erfahren hatte, dass er auch einige Geheimnisse über ihn verraten hatte, selbstverständlich gegen Bezahlung.

Den Bullen nämlich.

Beispielsweise das von dem »Kücheneingang«.

Die Wolken hatten sich zusammengezogen, während sie oben bei Jonas D. zu Besuch gewesen waren, und es sah so aus, als würde es am Nachmittag regnen.

Wie auch immer, der Terminator hatte eine Verabredung zum Mittagessen, und bis dahin waren es noch etwa zwölf Minuten, was mehr als ausreichend war, da der Treffpunkt nur einen Steinwurf weit entfernt lag.

Nachdenklich strich er sich über seinen roten Bart und zwirbelte seinen Schnurrbart. Er war zufrieden, sehr zufrieden sogar. Endlich hatte er etwas, was er den Gesetzeshütern verkaufen konnte. Aber erst wollte er Raymond und Käge noch mit einem Auftrag nach Hause schicken.

»Raymond, mach das hier, wenn ihr zurück seid. Ruf die Nummer hier an und sag genau das, was auf dem Zettel steht.«

Er reichte seinem Gefolgsmann einen Zettel, der mit einer ungelenken Handschrift beschrieben war, und dieser studierte ihn mit Mühe.

»Und denk dran«, fuhr er fort, »den Zettel anschließend sofort zu vernichten.«

»Klar, Boss. Aber warum?«, wollte Raymond wissen.

Der Terminator grinste verschlagen, zog den Schirm seiner Baseballmütze herunter und trat auf die Straße.

»Das«, sagte er und schickte seine Jungs mit einer Handbewegung weg, »kann dir scheißegal sein.«

Mit energischen Schritten ging er die Kaliforniegata hinauf und dann quer über den Konsul Perssons Platz, der mit seinen Wurstbuden, Bänken und seiner Statue des Gewerkschafters August Palm dem Freizeitbedürfnis der arbeitenden Bevölkerung geweiht war.

Dem Terminator gefiel der Treffpunkt, den Hill ausgesucht hatte, überhaupt nicht, aber er fühlte sich jetzt, mit einem Trumpf in der Hand, bedeutend wohler. Beim Präsidium angekommen, legte er dieselbe schwielige Faust, die gerade Jonas D. eine väterliche Warnung erteilt hatte, auf den glänzenden Metallbügel, mit dem sich die Eingangstür öffnen ließ.

Widerwillig trat er ein und ließ sich von dem zweifelhaften Schutz der Ordnungsmacht umfangen.

Mandén war bereits über sein Eintreffen unterrichtet. Er zeigte dem Terminator den Weg nach unten zur Umkleide, ehe er die Wache für den Rest des Tages dem ausgeschlafenen Joansson überließ.

Der Terminator musste nicht lange warten.

Bald hörte er Hills und Gårdemans Schritte auf der Treppe und setzte sich nonchalant auf eine der Bänke. Er hatte diesen Bullen etwas Wichtiges zu geben, und er hatte vor, nichts zu übereilen. Schon allein, damit Raymond genug Zeit hatte ...

Was die Erholung anging, war es mit ihrer Reise nicht weit her gewesen. Überhaupt nichts war so gekommen, wie Bernard es sich vorgestellt hatte, und irgendwie entspannen hatten sie sich wirklich nicht können.

Die Grünschnäbel waren, wenn das überhaupt vorstellbar war, nur noch irritierender, noch hitziger gewesen, als sie über staubige Schotterpisten nach Örkelljunga und von dort über die E 4 weiter nach Jönköping gefahren waren.

Bernard war es zwar gelungen, die Stimmung während der Autofahrt nicht ganz abstürzen zu lassen, indem er den anderen versprochen hatte, dass sie abends ausgehen würden. Es wirkte klüger, die Jungen, wenn sie das nun so dringend brauchten, in einer Stadt loszulassen, in der sie noch nie zuvor gewesen waren. Dort riskierten sie es nicht, jemandem zu begegnen, den sie von früher kannten – oder der sie erkannte.

Er hatte also die Kreditkarte benutzt. Mit einer einfachen Handbewegung war es ihnen ermöglicht worden, in das große Hotel an der Autobahn mit seinem Gewirr aus Korridoren einzutauchen. Endlose Korridore mit anonymen, absolut identischen kleinen Zimmern, die alle gleich bequem waren.

Ihm würde diese Karte fehlen, wenn er erst einmal zurück in Riga sein würde. Diese praktische kleine Kreditkarte, die einfach überall zu gebrauchen war.

Vielleicht würden die wirtschaftlichen Verhältnisse sogar einmal zu Hause in Lettland besser werden, und dann wäre er der Erste, der sich eine Kreditkarte zulegen würde. Die, die er jetzt benutzte, gehörte eigentlich Alexej Igorin, und er war ihm über jeden Posten Rechenschaft schuldig.

Es war fast lachhaft, wie einfach alles war, wenn man nur die Karte und den gefälschten Personalausweis vorzeigte. Als hätte man den Goldenen Schlüssel der Stadt verliehen bekommen. Bernard gefiel das wirklich. Man bekam Essen und Trinken auf den Tisch, ein sauber bezogenes Bett und ein weiches Kissen, sobald man mit den beiden Utensilien wedelte.

Und das Wunderbare war, wie gesagt, dass es dann Alexej Igorins Sache war, für die Kosten aufzukommen.

Sehr bequem, Bernard würde die Karte wirklich fehlen.

Im Unterschied zu Stoján Stefanis. Zurück in Riga, würde

er als Erstes versuchen, diesen elenden Typ loszuwerden. Stoján schien das nicht recht zu verstehen, aber Bernard hatte Kontakte in Riga, mit denen nicht zu spaßen war. Sie würden diesem Scheißkerl noch einiges an Demut beibringen.

Mit Adrian war das jedoch etwas anderes. Wenn er nur etwas reifer würde, sich zusammennahm und wieder seinem alten Selbst glich, dann wäre Bernard der Letzte, der sich weigern würde, mit ihm zusammenzuarbeiten.

Nein, Adrian war okay. Dieser Stoján war nicht in Ordnung. Krank im Kopf, um es ohne Umschweife zu sagen.

Stoján hatte auf der Fahrt nicht viel gesagt, aber seine bloße Anwesenheit hatte Adrian bereits aufgeheizt. Wenn sie erst im Hotelzimmer waren, dann war nichts mehr zu machen. Diese Fernsehsender, für die man extra bezahlen musste, hatten eine fürchterliche Wirkung. Es gab nicht einmal eine Handlung und auch kein Drehbuch in den Filmen, die dort gezeigt wurden! Nur abartigen Sex und perverse Gewalt. Sex von einer Art, dessen Anziehung Bernard nie begriffen hatte.

Seine eigene kleine Jalinka war in Liebe und Zärtlichkeit gezeugt worden, nicht dadurch, dass er jemanden erniedrigt hatte, was diese perversen Typen vorzuziehen schienen.

Mit unheimlichem Instinkt hatte Stoján sofort den richtigen Kanal gefunden, als sie das Zimmer betreten hatten. Er warf sich aufs Bett und war nicht mehr ansprechbar.

Bernard hatte sich im Badezimmer eingeschlossen. Schon den ganzen Tag hatte ihm sein Magen zu schaffen gemacht. Sicher der Stress oder vielleicht was, was er gegessen hatte. Er ließ sich Zeit, las die Hotelbroschüren und entspannte sich.

Es war wie eine Befreiung, als sein Magen endlich die Entschuldigungen für die schlechte Behandlung, die er ihm zugemutet hatte, akzeptierte und wieder in Gang kam.

Anschließend war die warme Dusche ein Genuss gewesen, den er nötig gehabt hatte. Solchen Luxus war er von zu Hause nicht gewohnt. Seife, Handtuch, saubere Fliesen und unbegrenzte Mengen dieses Wassers, das wahre Wunder wirkte. Darauf zu verzichten, daran würde er sich auch erst wieder gewöhnen müssen, wenn ihr Auftrag in Schweden so allmählich abgeschlossen sein würde.

Er fühlte sich wie ein anderer Mensch, als er die Badezimmertür wieder öffnete. Gestärkt, erleichtert und voller Zuversicht. Hungrig auf die Leckerbissen, die das Hotelrestaurant bereithielt laut der Broschüre, die er gerade gelesen hatte.

Stoján saß kerzengerade im Bett.

Seine Augen glühten, und sein trainierter Brustkorb bewegte sich hektisch.

Die rothaarige Frau auf dem Bildschirm schrie herzzerreißend. Schniefte und bat um ihr Leben und wurde dann doch mit einem Rasiermesser verstümmelt. Stoján nahm nicht einmal für eine halbe Sekunde seinen Blick vom Bildschirm. Er blinzelte nicht einmal.

Bernard ging auf den Fernseher zu und senkte die Lautstärke so weit, dass kaum noch etwas zu hören war.

»Was zum Teufel fällt dir ein?«

Stoján sah aus wie in dem Augenblick, in dem er immer den Abzug drückte. Aber für Bernard gab es ebenfalls Grenzen, die dieser jugoslawische Schweinehund besser so langsam respektieren sollte.

»Was mir einfällt?«, fauchte er. »Ich glaube, dass ich es gerade vermeide, dass das Hotel die Bullen oder den Hoteldetektiv holt, weil aus Zimmer 376 so ein fürchterlicher Lärm kommt! Das fällt mir ein, hast du damit ein Problem?«

Stoján antwortete nicht, denn das war Alexej Igorin, der da sprach – durch den erbosten Bernard.

Aber er sprang abrupt auf und stand in dem engen Hotelzimmer einen Augenblick Bernard gegenüber. Schnaubte verächtlich, drängte sich an ihm vorbei und knallte die Badezimmertür hinter sich zu.

Bernard atmete auf.

Jalinka hatte immer noch einen Vater.

Adrian saß mit seinen nach Schweiß stinkenden Füßen auf der frisch gewaschenen Tagesdecke des anderen Betts und beobachtete Bernard mit halb geschlossenen Augen.

Aber dieser kümmerte sich nicht weiter darum. Er sollte nur nicht mucken. Er erinnerte sich noch, als sei es gestern gewesen, an den Tag, an dem er ihn aus der Gosse in Riga aufgelesen, ihm ein Dach über dem Kopf und zu essen gegeben und alles beigebracht hatte, was er konnte.

Bernard fand nicht, dass er sich vor Adrian rechtfertigen musste, sondern er sah endgültig ein, dass die Reise ganz und gar nicht die angenehme Erholung werden würde, auf die er gehofft hatte.

»Und, was passiert jetzt?«

Adrians Frage kam wie von weit weg, und Bernard verstand erst nicht, was er meinte.

»Womit?«

»Was wird aus dem Kneipenbummel, den du uns mit der Kreditkarte ausgeben wolltest?«

Bernard sah ihn finster an. Stoján hatte alle seine guten Vorsätze für den Abend auf einen Schlag zunichte gemacht. Gott, wie er dieses perverse Schwein verabscheute!

Aber Adrian hatte Recht. Sie mussten endlich Dampf ablassen. Mal wieder auszugehen würde allen vielleicht gut tun.

»Hast du was dagegen, wenn wir erst noch essen gehen?«, schnauzte er den andern an. »Hier im Hotel.«

Adrian zuckte mit den Achseln. Das mit dem Essen schien ihm egal zu sein. Aber Bernard hatte es seinem Magen versprochen, und der bestand darauf.

Noch ehe das Essen vorbei war, hatte auch Jönköping seinen bescheidenen Teil des umfassenden Regengebiets abbekommen. Mitten zur besten Nachtklubzeit war auf dem glänzenden Asphalt der småländischen Metropole ein Wolkenbruch niedergegangen.

Und sie waren nirgends reingekommen. Im *Rattatoi* waren sie ohne Schlips nicht einmal ins Foyer gelassen worden. Sie hatten zwar keine Jeans an, sondern braune Gabardinehosen, aber eben keinen Schlips um.

»Sie haben kein Recht ...«

»Alles Recht der Welt, Kleiner. Haben die Gäste nicht die korrekte Kleidung für unser Lokal, haben wir alles Recht der Welt, ihnen höflich und bestimmt den Zutritt zu verweigern.«

Stoján sah aus, als würde er gleich die Selbstbeherrschung verlieren. Aber der Türsteher war sehr groß, ein Riese, und außerdem energisch.

»Seid so nett und fangt jetzt hier keinen Streit an. Wir wollen hier keinen Streit. Oh, guten Abend, Herr Direktor Svenmark. Bitteschön! Schönen Abend!«

Bernard zog die anderen beiden ein Stück den Bürgersteig entlang.

»Hört schon auf! Das ist das Risiko nicht wert. Wir verziehen uns. Es gibt noch andere Lokale.«

Stoján starrte den Türsteher hasserfüllt an, gehorchte aber. Sein gekränkter Stolz forderte jedoch offensichtlich seinen Tribut, und er konnte sich nicht vollkommen zurückhalten. Fünfzig Meter die Straße entlang drehte er sich um und brüllte:

»Was für Klamotten sind denn gut genug, du Arsch? Nur ein Gummi etwa?«

Bernard hielt rasch ein Taxi an und stieß die beiden anderen hinein. Sie fuhren weg, gerade als der Türsteher des *Rattatoi* anfing, ihnen hinterherzulaufen.

Eine Weile schwiegen sie. Sie saßen auf der Rückbank und atmeten tief durch. Plötzlich lachte Stoján. Schließlich drehte sich der Taxifahrer um und fragte:

»Und wohin soll ich fahren?«

Bernard hatte sich als Erster wieder gefangen.

»Was schlagen Sie vor?«

Der Fahrer lachte.

»Das kommt ganz drauf an, worauf Sie aus sind.«

»Aus sein?«

Bernard merkte, dass er gewisse Zweideutigkeiten des Schwedischen nicht verstand.

»Ja, ob Sie jetzt zum Bahnhof oder in ein Hotel wollen oder …«

»Oder?«

»Oder ob Sie einfach auf Spaß aus sind.«

Das klang einfach. So normal.

»Ja, wir wollen Spaß.«

Der Taxifahrer blinkte und bog hinter dem Wartehäuschen einer Bushaltestelle ab.

»Okay, dann versuchen wir es mit dem *Peach Club*.«

Der *Peach Club* hatte keine absonderlichen Regeln. Dort kam man auch ohne Schlips, Master Card und American Express rein.

Platz war dafür umso weniger.

Die Schlange erinnerte Bernard an die unendlichen Schlangen vor den Lebensmittelgeschäften in Riga. Diese Erinnerung war unangenehm. Er sah, dass Adrian dieselbe Assoziation hatte, Stoján jedoch nicht.

Stoján fand sich trotz des strömenden Regens damit ab, sich gut gelaunt als Nummer Fünfzehn in die Schlange der Hoffnungsvollen einzureihen. Man kam nur rein, wenn jemand den Club verließ.

Endlich wurde ihr geduldiges Warten auf dem nassen Bürgersteig belohnt. Ein ganzer Trupp Tischtennisspieler aus Södertälje hatte es für gut befunden, vor dem entscheidenden Spiel der schwedischen Meisterschaft noch für ein paar Stunden das Hotel aufzusuchen.

Die Drinks waren ganz annehmbar. Gar nicht mal sonderlich verwässert. Die Show war fast künstlerisch, der Strip choreografiert mit Anspielungen auf diverse klassische Inszenierungen von Tschaikowskis »Schwanensee«.

Der einzige Unterschied war, dass der Schwan nicht starb. Der Prinz vernaschte ihn.

Im Großen und Ganzen war es im *Peach Club* sauber und ordentlich, unerwartet gemütlich.

Jedenfalls bis Stoján eine der Kellnerinnen auffiel.

Sie sah der Schauspielerin, die sie im Fernsehen gesehen hatten und die zerstückelt worden war, überaus ähnlich. Genau wie diese war die Kellnerin sehr üppig, und ihre knappe Uniform unterstrich ihre Reize.

Große feste Brüste, einladende Hüften und einen frechen Kurzhaarschnitt. Ihre Augen funkelten anzüglich, als sie fragte, was noch gewünscht würde. Über die Drinks hinaus, die sie gerade gebracht habe.

»Danke, das ist sehr gut so«, versicherte Bernard.

Aber Stoján war anderer Meinung.

Er schien aus ihrer diensteifrigen Frage mehr herausgehört zu haben als die anderen beiden. Er deutete ihre Worte auf seine Weise und verließ seinen Platz am Tisch, kurz nachdem sie mit neuen Bestellungen Richtung Bar verschwunden war.

Bernard und Adrian waren ganz gebannt von der ornithologisch angehauchten Vorführung auf der Bühne. Sie hatten nicht mal gemerkt, dass Stoján verschwunden war. Unbewusst waren sie vielleicht sogar ganz froh, dass er weg war, wenn auch nur im Augenblick. Erst als ihnen auffiel, dass sein Drink unberührt auf dem Tisch stand, begannen sie sich zu wundern.

Der Schwan hatte sich schon lange zu flügelschlagenden Orgasmen hinreißen lassen, und eine brasilianische Schönheit in Leder mit silberglänzenden Nieten war danach auf die Bühne gekommen. Die neue Darbietung war mehr nach Stojáns perversem Geschmack – wo zum Teufel steckte er also?

Beim Aufstehen schrammte Bernard mit den Stuhlbeinen über den Fußboden, was einen fürchterlichen Lärm verursachte. Einen nervösen Augenblick lang hatten Adrian und er das Gefühl, das Scheinwerferlicht würde direkt auf sie gerichtet und alle anderen Gäste würden mit großen Augen jedem ihrer Schritte folgen.

Aber das war keineswegs der Fall, denn die ledergekleidete Brasilianerin auf der Bühne hatte eine Peitsche hervorgezaubert und zeigte ihrem jungen Partner, wie er sie verwenden sollte. Keiner hatte Augen für etwas anderes.

Auf der Herrentoilette war es, einmal abgesehen von einem tropfenden Hahn, menschenleer und still.

»Wo kann er nur …«

Adrian war Stojáns Verschwinden ebenso unerklärlich wie Bernard.

»Sieh mal nach, ob er draußen irgendwo ist«, meinte Bernard. »Ich schau mal in der Garderobe nach, ob er sich dort heimlich volllaufen lässt.«

Sie waren nicht weit gekommen, als sie das halb erstickte Weinen hörten.

Wo kam das nur her? Aus der Wand?

Besenschränke sind das Unspektakulärste an einem Sexklub, aber auch dort kann man auf sie nicht verzichten. Im *Peach Club* war der Besenschrank hinter einer Geheimtür in der stuckverzierten Wand verborgen.

Wären die halb erstickten Schreie, das Schluchzen und die dumpfen Schläge nicht gewesen, hätten sie ihn nie im Leben gefunden.

Die Türklinke war Teil der obszönen Stuckatur. Cherubim und Amorinen spielten in einem Meer aus unschuldigen weißen Pfirsichen. Zweige rankten sich zwischen den drallen jungen Wesen hoch.

Bernard fiel besonders einer ins Auge: ein Knabe mit runden Wangen, der die eine Hand zwischen den Beinen eines Mädchens hatte. Mit der anderen hielt er seinen riesengroßen Penis.

Bernard zögerte nicht. Er packte diesen und drückte ihn

nach unten. Die Stuckatur teilte sich, und der Weg in eine Kammer war frei.

Stoján stand über die Kellnerin gebeugt. Er hatte sie auf die Knie gezwungen und ihren Kopf auf den Fußboden gedrückt.

Er drückte ihr seine Pistole etwa in Höhe des Herzens in die Seite. In der anderen Hand hielt er sein Stilett und war dabei, ihren Slip aufzuschlitzen.

»Sei still«, zischte er, »still, verdammt ...«

In dieser Sekunde hätte alles schief gehen können.

Aber Stoján war so bei der Sache, dass er sich nicht stören ließ. Nur sehr langsam und unwillig drehte er sich um, sah seine Kumpanen im Licht des Gangs und grinste ertappt.

Er starrte in den Lauf einer Pistole.

Die Waffe war entsichert, und Bernard drückte sie ihm hart und bestimmt gegen die Stirn.

»Jetzt bist lieber du ganz still«, verkündete er mit eisiger Stimme. »Ganz, ganz still. Ich habe mich nach einem Grund gesehnt, und jetzt habe ich einen.«

Stoján rührte sich nicht. Genauso wenig das Mädchen. Ihr Schluchzen war verstummt. Sie war wie gelähmt.

»Wenn du auch nur mit der Hand zitterst, tue ich mit Freuden das, was du immer tust, und ich glaube, du weißt, was ich meine«, erklärte Bernard. »Das ist mein Ernst – und ich garantiere dir, dass ich mit einer Pistole umgehen kann, auch wenn du vielleicht geglaubt hast, dass du der Einzige bist.«

Stoján stand ganz still.

»Das hier geht dich nichts an«, zischte er aus dem Mundwinkel.

Vorsichtig schloss Adrian die Tür. Es war eng in der Abstellkammer. Eng und warm, und die Stimmung war äußerst gespannt.

»Nein, aber dafür die Polizei, du geiler Bock!«

Verzweifelt schaute das Mädchen von Bernard auf Adrian. Sie hoffte, wagte jedoch kaum zu hoffen.

»Jetzt nimmst du vorsichtig – ganz vorsichtig – das Messer weg. Und wenn du die Haut auch nur einritzt …«

Bernard hatte seine Absichten nur zu deutlich gemacht, aber Stoján dachte trotzdem noch einen Augenblick darüber nach, welche Möglichkeiten ihm blieben. Schließlich gab er auf und zog das Stilett aus dem Slip.

Die Serviererin schluchzte. Sie wusste, wie nahe sie der Katastrophe gewesen war, vor der sie jetzt so vollkommen unbegreiflich bewahrt worden war.

»Und jetzt die Pistole …«, fuhr Bernard fort und machte strategisch einen halben Schritt zurück. »Und immer mit der Ruhe.«

Stoján nahm seine Pistole – eine Waffe, die bereits ihre unauslöschlichen Spuren in der schwedischen Kriminalgeschichte hinterlassen hatte – und hob sie am Lauf hoch. Mit einem hasserfüllten Blick auf Bernard sicherte er sie und reichte sie ihm widerwillig.

Bernard hatte seine nie sinken lassen. Er hielt sie fest in der linken Hand und zog jetzt mit der rechten seine Brieftasche hervor. Hier würde er mit seiner Kreditkarte nicht weiterkommen – die Sache würde ihre Barschaft erheblich dezimieren.

Aus dem Seitenfach zog er zwei knisternde neue Fünfhundert-Kronen-Scheine.

»Hier, nimm die, und entschuldige. Verzeihung«, sagte er und reichte dem Mädchen das Geld.

Aber die nahm es nicht.

Stattdessen kroch sie so weit in die Ecke, wie es nur ging. Zwischen Eimer und Schrubber starrte sie ihn von dort aus mit ihren großen Augen, um die herum die Wimperntusche verlaufen war, hasserfüllt an.

»Okay«, fuhr Bernard mit leiser Stimme fort und zog betont gelassen einen weiteren Geldschein hervor.

Beim Anblick eines Tausenders funkelten zwar ihre Augen, aber sie streckte ihre Hand trotzdem nicht aus, sondern drückte sich schluchzend nur noch weiter zwischen die Eimer und Putzlumpen.

Bernard sah sie nicht an. Er hielt die Augen auf Stoján gerichtet, der immer verbissener aussah. Aber die Pistole war direkt auf seinen Bauch gerichtet, er hielt es also vermutlich für besser, sich ruhig zu verhalten.

»Das hier«, sagte Bernard tonlos zu ihm und nahm weitere dreitausend Kronen aus seiner Brieftasche, »stammt direkt aus deinem Anteil. Nur dass du das weißt!«

Wieder reichte er dem Mädchen das Geld.

Dieses Mal nahm sie es.

»Wir gehen jetzt, Fräulein«, sagte Bernard fast höflich. »Wir können uns doch darauf verlassen, dass Sie kein Wort über diese Sache verlieren?«

Sie drückte die Scheine gegen die Brust und nickte. Erst da sah Bernard die Flecken: flammend rote Abdrücke auf ihrem Hals, ihren Handgelenken und in ihrem Gesicht.

Stoján sah sie misstrauisch an. Unerwartet schnell schlug ihm Bernard mit der Pistole ins Gesicht. Der Lauf ritzte seine Wange tief ein, und er flog kopfüber auf Adrian.

Aber von diesem Augenblick an sagte er nichts mehr.

»Er kommt nicht mehr zurück, Fräulein«, hatte Bernard der Serviererin versichert, da er das große Bedürfnis verspürt hatte, sich für Stoján bei ihr zu entschuldigen. Schließlich hatte die Ärmste ihnen nie etwas getan.

Danach hatten sie den *Peach Club* sofort verlassen, falls überhaupt möglich noch frustrierter, als sie gekommen waren.

Nein, diese Reise hatte sich wirklich nicht gelohnt.

Jedenfalls was alles andere betraf als die Wellen, die sich in Skåne jetzt hoffentlich geglättet hatten.

Erst gegen fünf Uhr morgens waren sie wieder im Hotel gewesen. Bernard hatte noch für eine weitere Nacht bezahlt und am Empfang Bescheid gesagt, dass sie nicht vom Zimmermädchen gestört werden wollten. Der Nachtportier hatte viel sagend gelächelt. Jönköping by night konnte anstrengend sein.

Merkwürdigerweise schliefen sie dann alle drei.

Stoján und Adrian hatten jeder ein eigenes Bett, während sich Bernard mehr als gerne mit der Schlafcouch des Kombizimmers zufrieden gab. Von dort war der Abstand zum Jugoslawen am größten.

Bernard lag erst wach, die Pistole unter dem Kopfkissen.

Aber nach einiger Zeit hörte er, dass die beiden jüngeren Männer tief und gleichmäßig atmeten. Lange lauschte er ins Dunkel. Er horchte auf jedes Stocken der Atmung als Indiz, dass der Schlaf nur vorgetäuscht war.

Er wusste, dass Stoján diesen Abend nie vergessen und früher oder später Rache fordern würde. Das konnte jetzt sein oder nächstes Jahr, aber vergessen würde er nie.

Er hatte über die Angelegenheit kein weiteres Wort verloren. Stoján hatte die Wunde auf der Wange ausgewaschen, die ausgefransten Wundränder zusammengedrückt und ein stabiles Pflaster draufgeklebt. Vermutlich würde er eine hässliche Narbe zurückbehalten. Bernard fand, dass er sie verdient hatte.

Allmählich erfasste die Erschöpfung ebenfalls sein Bewusstsein, und er fiel in einen tiefen, aber unbehaglichen Schlaf.

Gegen elf Uhr Vormittag wachte er schweißgebadet auf.

Eigentlich war er erstaunt, dass er immer noch am Leben war.

In seinem Traum war die Kellnerin, die gedemütigt vor Stoján herumgekrochen war, seine Tochter Jalinka gewesen.

Adrian und Stoján schliefen immer noch und erwachten erst gegen zwei Uhr am Nachmittag. Da hatte Bernard bereits die Tageszeitungen gelesen, war in der Sauna gewesen und hatte im Pool gebadet.

Sie aßen etwas Ordentliches im Restaurant. Alle drei saßen am selben Tisch, alles andere hätte verdächtig gewirkt, aber sie sprachen nicht miteinander. Bernard war dankbar dafür, denn er hatte diesem Schweinehund nichts mehr zu sagen.

Und solange Adrian zu Stoján aufblickte, konnte dieser ihm ebenfalls gestohlen bleiben.

Gegen halb vier verließen sie das Hotel, obwohl Bernard merkte, dass sich alle im Hotel wunderten. Schließlich hatten sie das Zimmer bis zum nächsten Tag bezahlt.

Aber er murmelte etwas von dringlichen Geschäften, lobte das Hotel und verließ dann zusammen mit seinen seltsamen Reisegefährten das Scandic Hotel Jönköping.

»Wohin?«, fragte Adrian und brach damit das Schweigen, das jetzt schon fast einen halben Tag gedauert hatte.

»Nach Osten«, antwortete Bernard. »Bieg Richtung Nässjö ab, von dort finden wir dann schon wieder eine Straße nach Süden.«

Stoján lag auf der Rückbank. Bernard fühlte, wie sich sein hasserfüllter Blick in seinen Nacken bohrte. Aber Blicke konnten schließlich nicht töten, oder?

»Aber wohin fahren wir?«, wollte Adrian noch einmal wissen. Er fand es unbefriedigend, dass er keine richtige Antwort bekommen hatte.

»Wir sind nicht nur zum Vergnügen hier«, konstatierte Bernard trocken und stellte dann zufrieden fest, dass ihm Adrian nicht zu widersprechen wagte. Die unerfreulichen Ereignisse des Vortags hatten vielleicht auch ihr Gutes gehabt.

»Wir fahren nach Ramseryd, oder hattest du das schon vergessen, du Blödmann«, erinnerte ihn Bernard, während Adrian den grünen Volvo über die komplizierte Auffahrt der Autobahn steuerte.

10

Es hatte den Anschein, als sei der Kaffeeautomat als Einziger willig, Joakim Hill an diesem Nachmittag eine Auskunft zu geben.

»Kaffee zu Ende. Setzen Sie sich bitte mit dem autorisierten Servicepartner in Verbindung«, teilte er in leuchtender Digitalschrift mit und gab seine Fünfkronenmünze mit einem abweisenden Klirren zurück.

Hill brauchte diesen Kaffee, und er brauchte ihn jetzt! Er konnte nicht warten, bis der Typ vom Service Zeit hatte, nachzufüllen, das war vollkommen undenkbar. Aus dem Warenautomaten hatte er bereits ein lausiges Brot mit einem langweiligen Käse gezogen, denn irgendwas musste er schließlich essen. Und ein Becher heißer Java hätte wirklich verdammt gut zu diesem einzigartigen kulinarischen Exzess gepasst. Stattdessen musste er sich mit Kakao begnügen, der nicht denselben Effekt hatte. Kaffee hielt den Blutkreislauf in Schwung und hetzte einen von einer Aufgabe zur nächsten, während man Kakao eher vor dem Zubettgehen trank. Kakao war weich auf der Zunge und beruhigend, und er wollte definitiv nicht beruhigt werden.

Er wollte endlich Bescheid bekommen! Ja oder Nein, egal, aber dieses nervenaufreibende Warten musste ein Ende haben.

Einige Male hatte er versucht, Catharina zu erreichen, hatte aber nur von der Vermittlung zu hören bekommen, sie sei im Augenblick nicht zu sprechen. Vielleicht hatten sie auf der Notaufnahme ungewöhnlich viel zu tun? Zumindest war es ermunternd, dass zumindest einige Leute auf ihrer Arbeit gebraucht wurden.

Vielleicht sollte er einfach was anderes machen? Genauso, wie er jetzt offensichtlich statt Kaffee Kakao trinken musste, sollte er jetzt die Sache vielleicht fürs Erste auf sich beruhen lassen und aufhören, stillzusitzen und die Flecken auf der Tapete zu zählen.

Vielleicht konnte er sich ja bei einer Einweihungsfeier der Gemeinde zum Wachdienst abkommandieren lassen?

Irgendwo war schließlich immer was los, wo Polizisten gebraucht wurden, damit keine rabiaten Demonstranten die städtischen Beamten bei ihren Pflichten störten. Vielleicht benötigte ja die Einweihung irgendeines interaktiven Computerzentrums oder eines Golfplatzes, der mit Steuergeldern subventioniert worden war, seine Dienste?

Hier im Präsidium schien er jedenfalls nicht gebraucht zu werden, hier fragte niemand nach ihm, hier war nicht mal eine anständige Tasse Kaffee zu bekommen!

»Joakim!«

Eine verwirrte Mikrosekunde fragte er sich, ob das der Kaffeeautomat war, der mit ihm sprach, da er im Begriff stand, die Fünf-Kronen-Münze erneut einzuwerfen, aber dann sah er, dass Susanna eifrig am anderen Ende des Gangs nach ihm rief.

Er stopfte die Münze und das folienverpackte Butterbrot in die Jackentasche und eilte auf sie zu.

Endlich hatte sich die Führung zu einem Beschluss durchgerungen! Nach sechs Stunden und fünfundzwanzig Minuten hatte man sich schließlich darauf geeinigt, Kommissar Joakim Hill seine Ermittlung in der Richtung weiterführen zu lassen, auf die bereits seine Voruntersuchung als Erfolg versprechend hingewiesen hatte.

»Okay, dann fahre ich sofort«, teilte er unten an der Information mit.

»Keinesfalls«, erwiderte Joansson energisch und unerbittlich. »Bei diesem Auftrag brauchst du Unterstützung. Darauf bestehe ich. Die nächste Wache ist von Ramseryd fünfunddreißig Kilometer entfernt. Was machst du, wenn du plötzlich Probleme bekommst?«

Nicht einmal Hill konnte leugnen, obwohl er das gern getan hätte, dass Joansson vollkommen Recht hatte.

»Gårdeman?«, erkundigte sich Hill hoffnungsvoll.

»Sahlman«, entschied Joansson.

»Warum nicht Gårdeman?«

Hill hatte das deutliche Gefühl, jemanden an seiner Seite zu brauchen, der keine Angst hatte, schmutzig zu werden.

»Vor etwa zwanzig Minuten hat jemand auf der Autobahn auf einen der Outlaws geschossen; Gårdeman ist bereits auf dem Weg.«

Hill konnte kaum glauben, dass das ein Werk der Gangster war, in diesem Fall hätte der Terminator übermenschlich schnell sein müssen! Schließlich war kaum eine halbe Stunde vergangen, seit er das Präsidium verlassen hatte.

Es war klar, dass Gårdeman sich dieser Sache annehmen musste.

Und außer Knut Sahlman gab es niemanden, aber wenigstens konnte man sich mit Sahlman gut unterhalten.

»Hat er denn auch sofort Zeit?«, wollte Hill gestresst wissen.

»Nein.«

»Warum nicht?«

»Er ist beim Training.«

Hill seufzte. Jetzt hatte er den Becher Kakao wirklich nötig, um seine Nerven zu beruhigen. Ein kleines Gebäckstück mit Buttercreme wollte er sich ebenfalls gönnen. Es war alles egal. Er brauchte Trost.

»Und wie wird das mit dir?«, fragte Joansson und warf ihm einen pfiffigen Blick über die Brille zu.

»Was?«

»Was wird aus morgen?«

Hill begriff überhaupt nichts.

»Aus deiner Trainingszeit«, erinnerte ihn Joansson verschlagen. »Was wird morgen aus dem Training, Hill, wenn ihr nach Småland verschwindet?«

Hill zuckte mit den Achseln.

»Abwarten«, entgegnete er ausweichend und ging mit energischen Schritten zurück zum Automaten.

Der Automat stand offen und bot einem Mann, der vor ihm auf den Knien lag und an ihm herumschraubte, sein kompliziertes Innenleben dar. Offenbar war Hill nicht der Einzige gewesen, der Lust auf einen Becher Java gehabt hatte. Jemand hatte den Wartungsdienst angerufen.

Hill blieb in einigen Schritten Abstand stehen, lehnte sich gegen die Wand und verfolgte, wie der Mann den Automaten auffüllte und den Mechanismus überprüfte. Zum Schluss stand er auf, klopfte sich Staub von der Uniform und füllte endlich den ersehnten Kaffee nach.

Als er die Maschine wieder zugemacht hatte und nach seiner Tasche griff, merkte er, dass Hill ihn beobachtete.

»Tag, Sie haben wohl einen ziemlichen Kaffeedurst?«, meinte er freundlich.

»Richtig«, gab Hill bereitwillig zu und hatte total vergessen, dass der Automat ihm noch zehn Kronen schuldete.

»Ich bin gleich fertig«, versicherte der Servicemann und zog einen Schraubenschlüssel aus seiner Tasche, »ich leere nur noch schnell das Münzfach, wenn ich schon mal hier bin. Können Sie einen Augenblick warten, oder haben Sie's eilig?«

»Überhaupt nicht. Ich habe alle Zeit der Welt.« Hill seufzte.

Der Mann lächelte unsicher, als habe er durchaus verstanden, dass diese Bemerkung ironisch gemeint war, aber als wisse er nicht, wie er damit umgehen solle. Er hängte den Münzbeutel unter den Behälter, drehte einen Schlüssel herum und ließ die Einnahmen klirrend in den Beutel strömen.

»Fertig. Jetzt bekommen Sie gleich Ihren Becher«, versicherte er. »Ich muss nur noch …«

Sahlman kam die Treppe hinaufgerannt und unterbrach sie.

»Verdammt, Hill! Was machst du hier? Wir haben es eilig! Joansson sagt, dass wir sofort fahren sollen, schnell wie der geölte Blitz, sagt er!«

Hill gab jeden Gedanken an Kaffee und Süßigkeiten auf. Er sah ein, dass das wirklich nicht sein Tag war.

»Verdammt! Die Alte versucht uns reinzulegen!«

Es war kaum zu übersehen: Unerwartetes, Erstaunliches war in Ramseryd im Gang.

Bernard und Adrian starrten auf die Tankstelle, die noch bei ihrem letzten Besuch fast stillgelegt gewirkt hatte. Jetzt wurde gerade mit kleinen Bobcat-Baggern der alte Asphalt abgetragen. Dieser verschwand in großen Müllcontainern, die auf dem bisher immer leeren Vorplatz standen.

An den Zapfsäulen hingen protzige Schilder, die in grellen Farben verkündeten, dass gerade mit einem großen Umbau begonnen worden sei. Ein paar Schilder hingen sogar auf dem Dach, denn die Reklamefirma hatte sie in allen Größen hergestellt. Jetzt wusste wirklich jeder in der Gegend, dass die Besitzerin der Tankstelle zu Geld gekommen war.

»Wegen Umbau geschlossen.«

»Starbecks Benzin baut um – zum Besten der Kunden!«

»Entschuldigen Sie die Unordnung! Willkommen zur Einweihung des neuen, modernen *Starbecks Benzin & Service* am 1. Juni.«

Sonnengebräunte, kräftige Burschen in durchgeschwitzten T-Shirts bearbeiteten den unmodernen Vorplatz mit Presslufthämmern. Der Zementmischer stand bereit, und die Autos der Bau- und Installationsfirmen drängten sich in der Lichtung.

Hier war Leben – zweifellos waren bei der kleinen Tankstelle große Dinge im Werden.

Es roch nach Geld.

Viel Geld.

Bernard zweifelte keine Sekunde daran, dass das ihr Geld war. Jedenfalls laut ihrer kleinen Abmachung mit Elin Starbeck. Einer Abmachung, gegen die sie offensichtlich frech verstoßen hatte. Auf diese Herausforderung konnten sie nur auf eine Art reagieren.

Sogar Stoján hatte sich interessiert auf der Rückbank aufgesetzt. Er hatte genau denselben Schluss gezogen wie die anderen und ahnte nach den Misserfolgen der vergangenen Nacht neue Vergnügen.

Adrian fuhr ganz rechts langsam an der Tankstelle vorbei. Wie ein enttäuschter Kunde, der es nicht fassen kann, dass die Tankstelle außer Betrieb ist.

Von Elin Starbeck sahen sie nichts, aber das war auch nicht zu erwarten. Wahrscheinlich saß sie in ihrem Hinterzimmer und tat – das wussten die Götter. Sie hatte die Arbeitskräfte, die sie brauchte, angeheuert, und das konnte kaum billig gewesen sein. Offensichtlich machten alle Überstunden, da es bereits fünf Uhr war. Dass das extra kosten würde, war wohl jedem klar.

Aber Adrian übertrieb sein enttäuschtes Am-Straßenrand-entlangfahren ein wenig, denn den Arbeitern begann der Volvo aufzufallen, der so aufdringlich auf der Landstraße auf und ab fuhr. Die Männer mit den Presslufthämmern machten Pause, wischten sich den Schweiß aus der Stirn und beäugten die Fremden, die so ungewöhnlich interessiert zu sein schienen.

Waren das etwa Schwule, die ihre Muskeln begaffen wollten? Die würden Probleme kriegen.

Unbewusst registrierte Bernard die feindselige Stimmung.

»Okay, weg hier«, entschied er hastig. »Wir kommen heute Abend zurück, denn sie ist sicher so dumm, dass sie immer noch hier wohnt. Wir kommen zurück, wenn es dunkel und still ist – fahr, bevor wir gelyncht werden!«

Stoján sah durch die Heckscheibe die Tankstelle hinter der Kurve verschwinden.

»Geschlossen für immer«, sagte er mit einer von ihren nächtlichen Ausschweifungen rauen Stimme, »können sie morgen dranschreiben.«

Es gab nämlich nur eine Art, auf die man den Verrat am System bezahlen konnte. Und er war mehr als bereit, dieses verdammte Weib zum Zahlen zu zwingen. Was sie betraf, hatte er seine eigenen kleinen Ideen, seine eigenen Variationen der Strafe!

Es hatte zu regnen begonnen, als sie Richtung Osten fuhren, um auf einem Parkplatz eines Großmarkts die Nacht zu erwarten.

In Helsingborg ging ein widerlicher Nieselregen nieder, als sich Sahlman, dessen Wangen vom Training noch gerötet waren, neben Hill auf den Beifahrersitz fallen ließ.

Mit stark überhöhter Geschwindigkeit umrundeten sie das Präsidium und bogen dann nach rechts ab, um am Krankenhaus vorbei so schnell wie möglich nach Bergaliden zu kommen und von dort auf den Hälsoväg Richtung Osten.

»Verdammt, es ist so nass, dass ich mir das Duschen nach dem Training hätte sparen können!«, rief Sahlman, aber sein Kollege war dankbar, dass er das trotzdem getan hatte.

Hill war zwar nicht zu seinem Kaffee gekommen, war jedoch trotzdem ziemlich aufgedreht. Er fuhr schlecht und ruckartig. Ihm machte der Verdacht zu schaffen, dass sie zu spät kommen könnten, und er fürchtete sich vor dem Resultat, wollte aber nicht darüber reden.

Also steuerte er den Wagen einfach auf den stark befahrenen Ängelholmsväg, vorbei an der Kaffeefabrik Zoega und weiter zur Verbindung zur E 4 nach Norden.

Der Verkehr auf der Europastraße rollte flüssig, und bald fuhren sie mit gleichmäßigem Autobahntempo dahin, und auch Hill beruhigte sich.

»Hier«, sagte er zu Sahlman und reichte ihm einen Packen Papier. »Du kannst solange deine Hausaufgaben machen. Ich habe, als du beim Training warst, einmal aufgeschrieben, was wir wissen.«

»Danke, sehr aufmerksam.«

Die letzten Tage hatte Sahlman an einem anderen Fall gearbeitet, sein Kommentar war deshalb aufrichtig gemeint. Er hatte es nötig, sich mit der Situation, die auf sie zukam, vertraut zu machen. Denn das war sicher etwas ganz anderes als der Fall, den er gerade bearbeitet hatte: die Diebstähle in den Geschäften in Tågaborg.

Tågaborg war ein relativ schickes Wohnviertel mit zahlreichen Backsteinhäusern mit großen Gärten und vielen kleinen Läden.

Die Geschäfte waren bestohlen worden, aber niemand wusste, wie. Ein reiner Fall von *Whodunnit-and-how*. Niemand fragte sich eigentlich, warum, denn das schien vollkommen klar. Das Motiv war Geld, und das war das einzig Offensichtliche bei diesem Rätsel. Wen sollte man also zu Hilfe rufen, wenn nicht Knut Sherlock Sahlman?

Er hatte sich ein genaues Bild von der Lage und der Einrichtung der Läden gemacht und alles mit seinen unvoreingenommenen Detektivaugen analysiert. Die Besitzer der kleinen Läden verwahrten ihre Tageseinnahmen eine ganze Woche im Büro und trugen sie erst am Freitag zur Bank.

Die andere Gemeinsamkeit war ein kleiner Junge, noch keine zwölf Jahre alt, der in den betroffenen Läden kurz vor Feierabend ein Eis gekauft hatte. Aber gegen Eiskaufen war schließlich nichts einzuwenden. Alle Ladenbesitzer hatten ihn wieder nach draußen gehen hören und anschließend zugesperrt. Niemand hatte dieses Detail für wichtig gehalten.

Aber Sahlman hatte sich genau darauf konzentriert. Dass sie den Jungen mit dem Eis alle nur gehört hatten, aber niemand hatte ihn wirklich weggehen sehen.

»Aber wir kontrollieren den Laden doch immer!«, hatten die Besitzer eingewandt. »Sogar die Toilette und den Besenschrank.«

Aber, hatte Sahlman gedacht. Wenn es nun doch eine Stelle gibt, die ihr nie kontrolliert? Eine Stelle, die ihr nicht mal im Traum für ein Versteck haltet?

Er hatte die Läden überprüft, nach Übereinstimmungen in der Einrichtung gesucht und schließlich eine plausible Theorie entwickelt.

Von Anfang an war er davon überzeugt gewesen, dass es sich entweder um Kinderarbeit oder etwas Übernatürliches handeln müsse. Und im Verlauf der Nacht und des Morgens sollte sich zeigen, was davon stimmte.

In dem Viertel hatte es zwei Läden gegeben, denen noch kein nächtlicher Besuch abgestattet worden war, und beide hatten sie genauestens überwacht. Sahlman hatte im Büro des einen gesessen und Edström vom örtlichen Revier in dem des anderen.

Sahlman hatte das Glück gehabt, seine Theorie im Detail verifiziert zu sehen.

Es war anstrengend gewesen, solange stillzusitzen. Aber als es draußen endlich dunkel geworden war, hatte im Laden plötzlich etwas geklappert.

Unter dem Ständer für das Brot war steifbeinig ein etwa zwölfjähriger Junge hervorgekrochen. Vorsichtig hatte er Arme und Beine ausgestreckt, um den Blutkreislauf wieder in Gang zu bringen, dann war er mit einer winzigen Taschenlampe den Fußboden entlanggekrochen.

Er war auf dem Weg ins Büro gewesen, zur Tageskasse, die

in einer Schublade des Schreibtisches verwahrt wurde, als ihm Sahlmans ordentlich gebürstete Wildlederschuhe auf einmal den Weg verstellten.

Der Junge hatte alles detailliert erzählt. Er war fast erleichtert gewesen, dass seine Umtriebe endlich unwiderruflich ein Ende gefunden hatten.

Sein Papa, ein vorzeitig pensionierter Trainer, hatte nach dem Bericht seines Sohnes ebenfalls umgehend gestanden. Der Sohn hatte erzählt, wie er hatte üben müssen, lange unbeweglich in engen Verstecken zu liegen, wie ihm sein Vater beigebracht hatte, einfachere Schlösser zu knacken und wie er die Läden morgens immer verstohlen mit dem ersten Kunden verlassen habe, die Vortageskasse sicher unter dem Hemd verstaut.

Deswegen war Sahlman heute auch mit sich zufrieden. Mit solchen Fällen hatte er gern zu tun, wo es auf Scharfsinnigkeit ankam und bei denen keine Schlägerei zu befürchten war, die einem die Kleider ruinieren konnte.

Als er sich jetzt mit der Geschichte von Elin Starbeck befasste, glaubte er nicht, dass der Auftrag in Ramseryd seinen neuen graublauen Leinenanzug mit passender Weste gefährden könnte. Der saß perfekt, auch wenn das Pistolenhalfter etwas ausbeulte.

Es hatte angefangen, kräftig zu regnen. Pfützen bildeten sich beunruhigend schnell auf dem Asphalt.

»Verdammt«, sagte Hill und ließ die Scheibenwischer so schnell wie möglich laufen, als er einen spritzenden Frigoscandia-Lastzug überholte. »Dieser verdammte Regen hält uns noch auf!«

Die Pläne waren einfach wunderbar. Zweifellos das Fantastischste, was Elin Starbeck in ihrem bisherigen Leben gesehen hatte.

Obwohl es nur um Technik ging, moderne, sich selbst regulierende Zapfsäulen, Hebebühnen und Gefrierschränke mit Glastüren für die Lebensmittel, mit denen sie in Zukunft die Bevölkerung des Ortes versorgen wollte, alles von einem Computerprogramm gezeichnet, sah sie etwas ganz anderes.

Sie sah ein neues Leben vor sich.

Endlich würde ihre Tankstelle das Zentrum des kleinen Ortes werden. Davon hatte sie immer geträumt, seit ihrer traurigen Kindheit hatte sie sich das vorgestellt, während all der düsteren Jahre mit ihrem alkoholisierten Vater, und als sie schließlich einsehen musste, dass sie auf dem Heiratsmarkt keine Chancen hatte.

Dass gerade sie jetzt trotzdem Glück gehabt hatte, dass sie endlich im richtigen Hafen angelegt hatte und dass die Sonne wohlwollend auf sie herabschien, während sie ihren Jackpot einheimste.

Sie hatte das Radio an und machte sich in ihrem neu gekauften Nachthemd in ihrer unmodernen und heruntergekommenen kleinen Wohnung hinter der Tankstelle zu schaffen.

Den größten Teil des Tages hatte sie beim Bauamt verbracht. Wegen einer Kleinigkeit musste sie danach noch die Sparkasse aufsuchen. Inzwischen hatte sie mehr Selbstvertrauen, wenn sie dorthin musste. Aufrecht ging sie an Eva Steiningers Kasse vorbei und direkt in das Zimmer des Direktors.

Ihr neues Leben gefiel ihr richtig gut. Sie kam sich eher wie eine Direktorin vor, nicht wie jemand, der gezwungenermaßen einen Ölwechsel nach dem anderen durchführt. Mittlerweile verbrachte sie ihre Tage mit sinnvollen Büroarbeiten.

Ihr Leben hatte wirklich eine Wende genommen.

Sie hatte sogar angefangen, auswärts zu essen. Zu Hause zu kochen, während die Arbeiten ihren Fortgang nahmen, kam ihr umständlich vor. Überall war es schmutzig, staubig und laut. Davon verging ihr regelrecht der Appetit.

Es war wesentlich angenehmer, einfach irgendwo in ein

Restaurant zu gehen, sich hinzusetzen und zu bestellen. Ihre bisherige Kost, Fleischwurst und Bratkartoffeln, kam ihr inzwischen ungesund und dürftig vor. Wenige Wochen hatten genügt, und sie hatte entdeckt, dass es auf der Welt mehr kulinarische Genüsse gab, als sie je geahnt hätte.

Sie bestellte die besten Gerichte, ohne sich über den Preis und die Kalorien Gedanken zu machen, genoss jeden Bissen und beendete das Mahl mit einem Cappuccino oder einem fruchtigen Sorbet. Die unglaubliche Vielfalt des Lebens überraschte sie ständig angenehm aufs Neue und sie bejahte sie uneingeschränkt.

Satt und zufrieden hatte sie eines Tages sogar beschlossen, sich neu einzukleiden. Die Besitzerin einer Tankstelle musste schließlich standesgemäß aussehen.

Für einen Mantel, Schuhe und diese neuartigen Jeans hatte sie einiges ausgegeben. Strechtjeans hießen sie und waren fast sexy. In ihnen gefiel sie sich besser als in ihrem alten Blaumann.

Mit jedem erfolgreichen Tag gefiel sie sich besser. Sogar so viel besser, dass sie sich etwas kaufte, wonach sie sich heimlich seit Jahren gesehnt hatte.

Ein Negligé.

Ein herrliches Negligé aus champagnerfarbenem Satin, weißer Spitze am Ausschnitt und einem Jäckchen für die Schultern. In aller Einsamkeit hatte sie seit dem Kauf jeden Abend ihren heimlichen Traum angezogen. Sie hatte das Gefühl, das Glück lächle sie endlich an. Im Glücksrausch ließ sie sich von einem Tom-Jones-Lied im Radio mitreißen.

Da kam sie auf den Gedanken, dass ein kleines Glas Wein den Abend perfekt machen würde.

Weißwein war ihre neueste Entdeckung, was die facettenreichen Annehmlichkeiten des Lebens anging. Jeden Abend gönnte sie sich jetzt ein Glas, denn schließlich hatte sie so unglaublich viel nachzuholen.

Mit ein paar Tanzschritten bewegte sie sich auf die Diele zu, in der auch ihre winzige Küche war. Sie summte den Refrain und sah, wie der champagnerfarbene Stoff einen weiten Bogen beschrieb.

Da packte sie plötzlich das kalte Grausen. Sie hatte das Gefühl, in einen tiefen Abgrund zu stürzen.

Sprachlos starrte sie auf die drei Männer, die sie mit eiskaltem Blick vom Windfang aus beobachteten.

Der Kilometerzähler fraß einen Kilometer nach dem anderen, aber nach Hills Geschmack nicht schnell genug. Er trat nicht aufs Gaspedal, sondern hing an ihm mit einem verbissenen Gesichtsausdruck.

Auf dem Autobahnstück waren sie gut vorwärts gekommen, aber dahinter kamen wieder Landstraßen, die in den sechziger Jahren für ein wesentlich geringeres Verkehrsaufkommen gebaut worden waren. Der Verkehr der neunziger Jahre sah ganz anders aus, und die Planungen der vergangenen Zeit kollidierten gnadenlos mit dem hektischen Rhythmus der modernen Verkehrsströme.

»Du – sollten wir nicht irgendwo essen?«, wollte Sahlman auf einmal wissen.

»Essen?«, erwiderte Hill verwirrt.

»Ja, ich habe einen Mordshunger. Und außerdem sollten wir bei Kräften bleiben«, meinte Sahlman.

»Sorry«, erwiderte Hill knapp. »Kein Essen.«

»Was? Kein Essen? Und wie stellst du dir vor, soll ich den Abend im Dienst überstehen, wenn ich nichts in den Bauch bekomme?«

Hill antwortete nicht, sondern fuhr nur noch schneller. Auf einer Straße, auf der man neunzig fahren durfte und die außerdem glatt war, fuhren sie fast hundertdreißig. Sahlman gefiel das überhaupt nicht. Er hatte gehofft, dass Essen seinen Kollegen beruhigen würde.

Der Regen hatte nachgelassen, aber das schien Hill ebenfalls nicht weiter zu beruhigen, im Gegenteil.

»Denk an deine Figur«, meinte Hill unerwartet.

»Wie bitte?«

»Ja, denk daran, dass du den Anzug länger tragen kannst und dass er außerdem besser sitzt, wenn du auf diese extra Kalorien verzichtest.«

Daran hatte Sahlman nicht gedacht, aber Hill hatte zweifellos Recht. Er reckte sich auf dem Sitz und glättete umständlich den Stoff seines Jacketts.

»Außerdem«, meinte Hill und musste all sein Geschick darauf verwenden, eine scharfe, regennasse Kurve zu bezwingen, die plötzlich aufgetaucht war, »außerdem habe ich so ein Gefühl.«

»Und zwar was?«

»Dass wir es verdammt eilig haben!«

Das champagnerfarbene Nachthemd riss und fiel kläglich zu Boden – zusammen mit dem Traum von ihrem frisch gewonnenen, schönen Leben.

Das Messer, das die mit Spitze verzierten Achselbänder durchtrennt und ihr damit verdeutlicht hatte, dass ihre Träume sehr zerbrechlich waren, spielte jetzt in Höhe ihrer linken Brust Katz und Maus mit ihrem Leben.

Stoján war ihr jetzt ganz nahe. Sie konnte seinen durchdringenden Schweiß riechen, und das machte ihr ebenso große Angst wie seine drohende Stimme.

»Du warst ganz, ganz böse? Oder?«

Er schaute nach unten und ließ seine grausamen Augen auf ihren nackten Körper fallen. Auf ihren faltigen, weißen Bauch, ihre Schenkel und Beine. Dann sah er wieder hoch. Sein Blick blieb an ihren dünnen Schamhaaren haften, dünn und vom Alter farblos. Er grinste, schnaubte verächtlich und begegnete dann wieder ihrem hin und her irrenden Blick.

Stoján stach mit der Spitze seines Stiletts zu. Nachdrücklich, jedoch nicht zu sehr, aber genug, dass Blut aus der Wunde sickerte. Sie war wirklich nicht groß – alles andere als ernst –, mehr so etwas wie ein Scherz.

Aber Frauen gerieten dadurch immer außer sich vor Angst. Und das war Sinn der Sache. Das funktionierte immer.

Außer bei Elin Starbeck.

Sie zuckte zusammen, japste, aber stand dann wieder kerzengerade da.

In ihrem Leben hatte es andere Dinge gegeben, Dinge, die sie bis in die Seele hinein stumm und kalt gemacht und ihr die graue Gleichgültigkeit verliehen hatten, die in dieser harten Welt immer ihre Stärke gewesen war. Sie wusste genau, wo sie sie zwischen den elenden Trümmern ihres Lebens suchen musste. Wieder einmal beschwor sie sie herauf und stellte sich ihm mit einem wütend-trotzigen Blick.

Diese verdammte Hure!

Er hatte sie nicht gebrochen.

Er wollte, dass sie bettelte, um Gnade flehte. Wenn sie das nicht tat, dann hatte er auch keine Freude daran.

Er schüttelte missmutig den Kopf und beschloss, dass es vielleicht an der Zeit war, die Arbeit mit etwas mehr Nachdruck zu verrichten.

Vielleicht sollte er ja etwas weiter gehen?

Oder etwas weiter nach unten?

»Stopp!«, schrie Sahlman und zog Hill am Ärmel. »Hier muss es sein, du bist vorbeigefahren, du Blödmann!«

Sein Ärger über das launische Benehmen seines Kollegen hatte immer weiter zugenommen, und er fand, dass es an der Zeit war, ihn zurechtzuweisen.

Sie waren wie die Verrückten gerast, um herzukommen. Sie hatten die Kurve bei der Hamburgerbar in dem kleinen friedlichen Ort Ramseryd mit einer solchen Geschwindigkeit genommen, dass den Leuten die Wurst im Hals stecken geblieben war. Vor der Dorfschule hatten sie dann noch eine rote Ampel überfahren, es war zwar schon zehn Uhr abends gewesen, aber trotzdem!

Und jetzt, als sie endlich an Ort und Stelle waren, fuhr er einfach vorbei! Vorbei an den Zapfsäulen und Lichtreklamen und an dem ganzen Zirkus, als würde es ihn nicht mehr im Geringsten interessieren.

»Bist du nicht mehr ganz bei Trost, da war es doch!«, fauchte er noch einmal erbost.

»Aber du hast doch das Auto gesehen, verdammt. Den grünen Volvo!«, fauchte Hill zurück.

Sahlman sah seinen Kollegen aus den Augenwinkeln zweifelnd an.

Nicht weil er so ein komisches Stützpflaster auf der Nase hatte, das konnte schließlich jedem passieren, sondern weil er nicht die geringste Ahnung davon gehabt hatte, dass Hill sich vor grünen Volvos fürchtete. Ob die Personalstelle wohl davon wusste?

Hill merkte plötzlich, genau als er um die Kurve zu Elin Starbecks Tankstelle fuhr, dass Sahlman nicht alles so überblickte wie er.

»Dieser Volvo«, erklärte er, als er etwas später in einen schmalen Waldweg einbog, »sieht genauso aus wie der, der Mittwochabend vor dem Präsidium geparkt war. Du weißt, an dem Abend, als ich auf der Aurora überfallen worden bin.«

Hill machte die Scheinwerfer aus und wendete mit aufheulendem Motor den Mondeo. Schließlich parkte er den Wagen am Rand der Landstraße in Richtung auf die kleine Lichtung.

»Das kann reiner Zufall sein, natürlich, aber das glaube ich nicht, dass genau so ein Wagen jetzt vor Elin Starbecks Tankstelle steht! Elin Starbeck, die mit aller Wahrscheinlichkeit ihr nächstes Opfer wird, wenn sie das nicht bereits ist.«

Sahlman seufzte erleichtert. Hill war doch nicht verrückt.

Das Ganze war durchaus vorstellbar. Jedenfalls war dieser Zufall zu auffällig, um einfach ignoriert werden zu können.

Hill versicherte sich, dass kein Verkehr aus nördlicher Richtung kam. Das Letzte, was er jetzt gebrauchen konnte, war ein Zusammenstoß. Nein, jetzt wollte er gar nichts riskieren. Etwas, vielleicht war das wieder seine Intuition, sagte ihm, dass kreischende Bremsen im Augenblick höchst unangebracht waren und dass sie äußerst vorsichtig sein mussten.

Aber glücklicherweise lag die kurvenreiche Landstraße ausgestorben zwischen dem Tannenwald. Vorsichtig gab er Gas und fuhr auf die andere Spur. Langsam fuhr er zurück.

Zwischen den Zweigen, die sich in der milden Nachtbrise bewegten, war Licht. Starbecks Tankstelle lag direkt hinter der Kurve vor ihnen. In dem kleinen Wohnhaus hinter dem Kassenhäuschen brannte Licht. Aus einem Fenster schimmerte Licht zwischen den Zweigen hervor.

Hill bog wieder von der Landstraße ab und parkte den Wagen halb im Graben. Weit unten und auf einer unbehaglichen Böschung, so waren sie zumindest vom Haus aus nicht zu sehen und trotzdem so nah dran wie möglich.

Sahlman fasste in sein graublaues Jackett und fand, was er suchte. Bereits als er ausstieg, lag seine Pistole geladen in seiner Hand. Mit seinen Guccischuhen stand er mitten im Morast des Grabens.

Hill kam um den Kofferraum herum. Er rutschte etwas auf ein paar kleinen Steinen, sprang dann aber lässig über den Graben. Es schmerzte etwas, als sich der Schlag in seinen Solarplexus in Erinnerung brachte. Er hatte vergessen, dass er immer noch rekonvaleszent war, aber das spielte jetzt auch keine Rolle mehr.

Jetzt stand ein Leben auf dem Spiel, davon war er überzeugt.

Er öffnete mit einer raschen Handbewegung den Reißverschluss seiner Wildlederjacke und zog seine Sig-Sauer aus dem Gürtel. Das Magazin lag vertraut und schwer in seiner Hand, genauso schwer wie bei den Schießübungen im Keller des Präsidiums. Fest klammerte er seine schweißnasse Hand darum und folgte dann Sahlman auf den Fersen.

Stoján Stefanis ritzte ihre Haut systematisch auf.

Er ließ die spezialgeschliffene Klinge seines Stiletts ihren Körper liebkosen wie die Zunge eines Liebhabers. Von den Schultern über die Brüste bis hinunter zum Schoß war sie gestreift, makabere rote Streifen. Blut sickerte über ihren Oberkörper und von dort weiter auf ihre Ober- und Unterschenkel.

Für Elin Starbeck gab es keine Gnade.

Sie hatte nicht das Geld, das sie von ihr forderten. Das lag auf der Bank und wurde dort als Sicherheit für ihre umfassenden Kredite gebraucht.

Aber sie hatte ohnehin den Verdacht, dass es keinen Unterschied gemacht hätte, wenn sie ihnen das Geld hätte zurückgeben können. Zu Recht ahnte sie die vollkommene Unbestechlichkeit ihrer Folterer. Mit denen, die sich ihnen widersetzten, kannten sie keine Gnade. Jetzt wusste sie, warum sie sie von dem Moment an gefürchtet hatte, in dem sie ihre Tankstelle betreten hatten. Nichts, was sie jetzt noch sagen oder tun konnte, konnte sie vor ihrem Schicksal bewahren.

Nicht einmal ihre innere Stärke konnte ihr noch helfen, so viel verstand sie auch in ihrem benebelten Zustand. Bald konnte sie nicht mehr und dann würde sie gezwungen sein, aufzugeben und sich in das barmherzige Dunkel der Bewusstlosigkeit fallen zu lassen.

Aber …

Ihr Traum war immer noch da. Er war so wirklich gewesen. Sie konnte ihn nicht einfach loslassen – sie weigerte sich!

Wenn sie jetzt aufgab … würde sie nie mehr träumen können.

Stoján amüsierte sich. Ihm gefiel seine Aufgabe und er beherrschte sie zur Vollendung. Blut lief aus den Schnittwunden der Alten, die so schmal waren, dass es fast schon lachhaft war. Die Verletzungen waren so minimal, dass alle nur mit den Achseln gezuckt und ein Pflaster daraufgeklebt hätten.

Wenn es nur nicht so viele gewesen wären.

Mit ein paar Zentimeter Abstand erstreckten sie sich von den Schultern nach unten. Elin Starbeck glich einer Markise im Sommerwind. Er schrieb ihr Todesurteil in unbarmherzigen, kadmiumroten Streifen.

Bernard wurde es fast übel.

Seine Reaktion überraschte und erschreckte ihn. Er konnte Blut sehen, das hatte er schon als Kind gekonnt. Vielleicht war das wieder sein Magen. Gleichzeitig erfasste ihn ein merkwürdiger Schwindel, und er sah seltsame farbige Punkte vor Augen.

Farben und Bilder. Bilder, die eine deutliche Sprache sprachen. Grün – rot. Elin – Jalinka. Rot – grün. Jalinka – Elin.

Bernard schüttelte sich, wischte sich den kalten Schweiß aus der Stirn und versuchte, sich zu sammeln. Adrian lehnte sich gegen die Tür, damit sie nicht auf diesem Weg entkommen konnte. Fragend sah er Bernard an.

Dann sah er wieder auf den Künstler und sein schöpferisches Werk.

Hill und Sahlman waren überall zerkratzt. An den Händen, im Gesicht, überall. Das Gestrüpp, das die Lichtung umgab, war einfach bösartig. Die Rosenbüsche mischten sich mit Büschen aus dem Garten, die sich selbst ausgesät hatten, und von diesen war der Weißdorn am schlimmsten.

Aber sie konnten nicht umkehren, und sich mehr beeilen konnten sie auch nicht. Der kleinste Zweig, der unter ihren Schuhen knackte, der geringste Laut, der ihre Anwesenheit verriet, konnte fürchterliche Folgen haben.

Sie sahen jetzt, dass sich da drin etwas bewegte.

Einen Schatten, der sich in den Schein der Lampe bewegte.

Also ließen sie sich zerkratzen und bahnten sich einen Weg durch das Gestrüpp. Schritt um Schritt kämpften sie sich zur Rückseite von Elin Starbecks winzigem Haus vor.

Jetzt war sie ein fertiges Kunstwerk. Spektakulär und Aufsehen erregend, avantgardistisch und provozierend und – beängstigend. Das Blut, das aus den vertikalen Schnitten lief, kontrastierte einzigartig mit ihrer gelblichweißen Haut.

Und trotzdem war Stoján nicht zufrieden.

Er hatte die Strafe vollstreckt, die Bezahlung für ihre Verbrechen gegen die Organisation eingefordert – aber er hatte ihren Willen nicht gebrochen.

Seine Unzufriedenheit war offensichtlich. Das sadistische Grinsen auf seinen Lippen war vollkommen verschwunden und von einer schiefen, frustrierten Grimasse abgelöst worden.

Es musste ihm glücken!

Sein Seelenfrieden hing davon ab.

Er setzte die Spitze seines Stiletts unter ihrem linken Auge an.

Grün und rot wurden für Bernard eins. Elin wurde Jalinka, und richtig wurde falsch, die Gegensätze flossen ineinander. Grün wurde flammend rot. Das bedeutete Stopp, und Bernard wusste, dass er ihn schon lange hätte in die Schranken weisen müssen.

Jetzt war sie wieder Jalinka. Und das Blut lief ihr über die Füße und in funkelnden Lachen auf den Fußboden.

Es pochte in seinem Kopf – das tat fürchterlich weh. Er drückte den Kolben seiner Pistole gegen die Schläfe und spürte, dass das kalte Metall eine kurze, befreiende Sekunde lang kühlte.

Die Wirkung hielt jedoch nicht an, und Bernard hatte nie zuvor einen so unerträglichen Schmerz empfunden.

Er glaubte, verrückt zu werden.

Hill und Sahlman sprangen gebückt über den verwilderten Rasen, den Hinterhof der Tankstelle.

Sie achteten darauf, keinen Schatten zu werfen, was an kleine Jungen erinnerte, die jemandem einen Streich spielen wollen. Kleine Jungen, die Räuber und Gendarm spielen.

Die Strecke, die sie zurückgelegt hatten, konnte kaum mehr als zehn Meter betragen, aber sie kam ihnen ebenso lang und qualvoll vor wie die Via dolorosa.

Sahlman gestikulierte. Er machte ein paar Handzeichen, und Hill nickte.

Das hatten sie oft trainiert. Nach dem Regelbuch in der Turnhalle. Jetzt waren sie unendlich dankbar, dass sie sich sofort verstanden.

Sahlman bezog Posten an der Treppe zur Hintertür, und Hill ging um die Hausecke weiter und zum hell erleuchteten Fenster.

Vorsichtig schlich er an die Wand gedrückt weiter und spürte durch das weiche Wildleder seiner Jacke, wie ungleichmäßig das Holz war.

Zweifellos war es überaus riskant, sich so nah anzuschleichen, aber andererseits wäre es unverzeihlich gewesen, sich nicht einen Überblick über die Situation zu verschaffen, in die sie sich begaben.

Einen Augenblick blieb er direkt neben dem Fensterrahmen stehen. Eine Sekunde lang stand er wie angewurzelt da und versuchte, so ruhig zu atmen wie möglich.

Für Vorsicht blieb ihm jedoch keine Zeit.

Er brauchte Gewissheit.

Ganz langsam drehte er den Kopf Richtung Fenster. Vorsichtig, damit seine Schulter nicht zu sehen sein würde. Das grelle Licht der Deckenlampe fiel auf seine Wange und offenbarte die Wahrheit dort drinnen.

Zeigte ihm schonungslos die Gesichter, von denen er sich geschworen hatte, dass er sie nie vergessen würde, die Gesichter derjenigen, die ihn in seinem hilflosen Elend verhöhnt hatten.

Lautlos zog er sich in den Schatten zurück, eilte zurück zur Hintertür und gab Sahlman das Zeichen, auf ihn zuzukommen.

»Stürmen!«, flüsterte er ihm ins Ohr. »Stürmen – sofort!«

»Ich hoffe wirklich, du siehst ein«, sagte Stoján mit merkwürdig milder Stimme, »dass es Methoden gibt … ein Tier zu zerlegen, während es noch lebt.«

Bernard näherte sich von seinem Zuschauerplatz schräg hinten. Adrian folgte ihm misstrauisch mit dem Blick. Vermutlich fand er, dass er sich merkwürdig verhielt, verstand aber nicht recht warum.

Aber Stoján war hundertprozentig in die Aufgabe vertieft, den letzten Funken Leben ebenfalls auszulöschen, den er jetzt in seiner breiten Faust hielt.

Der Glatzköpfige aus Riga interessierte ihn nicht. Das tat er ohnehin nur selten.

Jetzt würde sich ihm niemand mehr in den Weg stellen.

Jetzt, da er seinem ersehnten Ziel so nahe war.

»Aber nur wenn man das Messer richtig verwendet«, fuhr er mit sadistischer Deutlichkeit fort, »auf eine ganz besondere Art und Weise. Eine Methode, die der Schlachter zu Hause in Drojic bis zur Vollendung beherrschte.«

Vor Elin Starbecks Augen begann es zu flimmern.

Graue Schatten, die auf eine verschwindende Mitte zu dunkler wurden. Sie hegte nicht mehr den geringsten Zweifel. Das war das Ende. Das Fazit ihrer leider so bedeutungslosen Existenz. Sie war nur um ein Haarbreit von dem entfernt gewesen, was sie so heiß ersehnt hatte, nur eine kurze Sekunde von einem neuen Leben.

Ihr Brustkorb bebte und zitterte dann unkontrolliert, während ihr die Tränen über die aschgrauen Wangen liefen.

»Ach, hast du es endlich verstanden?«, sagte Stoján zufrieden. »Hast du verstanden, dass er mir seine kleine Methode ebenfalls beigebracht hat? Ausgezeichnet!«

Er war wieder richtig guter Laune – endlich war es ihm geglückt.

Der Schrecken hatte den Widerstand dieser sturen Schlampe endlich gebrochen, und er hatte sein Ziel erreicht.

Leichtsinnig spielte er etwas mit der Klinge, umständlich überprüfte er noch ein letztes Mal, dass sie auch scharf war.

Jetzt.

Er hob den Arm …

Auf ein vereinbartes Signal hin warfen sich Sahlman und Hill gleichzeitig mit der rechten Schulter gegen die Hintertür.

Das war gegen jedes Reglement und gegen jede gesunde Vernunft, und hätte unter Umständen nur mit ein paar gebrochenen Schlüsselbeinen geendet.

Aber entgegen jeder Wahrscheinlichkeit funktionierte es.

Der Türrahmen war in dem Schwarzbau von Elins Vater nie sonderlich solide gewesen. Zu Anfang war das Holz zumindest noch frisch gewesen, aber jetzt war es bereits halb verrottet, sodass es beim ersten Versuch nachgab.

Adrian wurde quer durch das Zimmer geschleudert und schlug gegen die Küchenzeile. Im Fall zertrümmerte er einen der wackligen Küchenstühle, schlug sich den Kopf am Tischbein und blieb benommen sitzen.

Hill und Sahlman hoben ihre Waffen mit beiden Händen. Sie zielten auf Stoján Stefanis, der mit hoch erhobenem Messer über der hilflosen Frau stand.

Wieder stand Hill seinem schlimmsten Peiniger von der Aurora gegenüber. Bei seinem Anblick geriet er außer sich vor Wut und ergriff die Chance, ein paar Worte zu sagen und sie auch zu meinen:

»Komm schon, *make my day!*«

Überrumpelt starrte Stoján sie an.

Er starrte, als seien sie eine missglückte Sequenz in einem ansonsten guten Film. Er verzog das Gesicht und änderte das Drehbuch.

Gerade als Elin zu Boden sinken wollte, packte er sie. Mit Mühe hielt er den blutigen Körper als Schild vor sich, während das Stilett einen aufrührerischen Tanz vor ihrem Kehlkopf aufführte.

»Werft die Pistolen weg, oder ich töte sie sofort!«

Diese Wendung gefiel Hill überhaupt nicht. Das Leben der misshandelten Frau hing nur noch an einem dünnen Faden. So war es bei Clint Eastwood nie.

Aber Sahlman überlegte rasch. Durch Nachgeben konnten sie auf jeden Fall Zeit gewinnen. Und das würde ihnen vielleicht eine Gelegenheit verschaffen.

Mit einem dumpfen Knall fiel seine Waffe zu Boden.

Widerwillig legte Hill seine daneben.

»Ja!«, sagte Stoján und grinste siegessicher. »Genau so und immer mit der Ruhe.«

Er drückte Elin an sich und schrappte sie, fast ohne es zu merken, mit der scharfen Klinge unter dem Kinn. Das Blut machte den Griff glatt.

Sie war schwer, das dumme Stück. Und halb bewusstlos ließ sie sich kaum bewegen, nicht einmal von jemandem, der so durchtrainiert war wie er.

Bernard kam von der Seite auf ihn zu.

»Gut«, sagte Stoján. »Ich brauche Hilfe.«

Und Bernard half, so gut, er konnte.

Er hob seine Pistole, setzte sie Stoján an die Schläfe und drückte ab.

Warmes Blut spritzte über Elin Starbeck und auf die Kühlschranktür hinter Stoján. Es bildete auf dem weißen Lack des Kühlschranks dasselbe unwirkliche Muster, mit dem dieser ebenfalls seine Opfer der Ewigkeit überantwortet hatte.

Einen kurzen Moment hatte Stoján noch das siegessichere Grinsen im Gesicht.

Aber während der Schuss in dem unansehnlichen kleinen Zimmer widerhallte, sank er mit einem anderen, verzerrten Gesichtsausdruck auf die Knie. Er schwankte etwas, ehe er mit einem dumpfen Aufprall zur Seite fiel. Das Messer fiel auf den schmutzigen Linoleumfußboden, und der fast leblose Körper von Elin Starbeck sackte daneben zusammen.

Bernard warf die Waffe auf den blutigen Flickenteppich, als hätte er sich an ihr verbrannt, und legte sich neben der zugerichteten Frau auf den Boden. Vorsichtig strich er ihr mit der Hand über das Haar und sang ihr eine traurige Melodie auf Finnisch vor.

Bernard ging es nicht gut.

Und Jalinka, sein geliebtes kleines Kind, lag hier auf dem Boden und blutete. Blutete, weil er nicht rechtzeitig eingeschritten war, blutete wegen der gottlosen Sünden anderer.

»Das war es nicht«, sagte er tonlos zu allen und niemandem, »deswegen sind wir nicht gekommen.«

Hill war wieder bewaffnet.

Der Tag würde vielleicht doch, auf seine eigene groteske Art, glücklich ausgehen. Wenn sie nur schnell genug einen Krankenwagen für Elin Starbeck auftreiben konnten.

Aber er begriff nicht, was dieser Mann auf dem Teppich eigentlich sagte.

Und so, wie es aussah, konnte es sehr lange dauern, bis man ihn überhaupt danach fragen konnte.

»O mein Gott!«

Sahlmans schicke Gefühlskälte verließ ihn. Sie war ohnehin nur eine Maske. Sie überließ ihn seinem normalerweise unterdrückten Mitgefühl.

Brüsk schob er Bernard aus dem Zimmer, nahm sein neues graublaues Leinenjackett und legte es der Frau wortlos um die

Schultern. Dunkle, hässliche Flecken breiteten sich auf dem dünnen, teuren Tuch aus. Aber das kümmerte ihn nicht. Das spielte absolut keine Rolle.

Er suchte nach dem Puls, aber wagte kaum zu hoffen, ihn zu finden. Und doch – da war er! Ein schwaches, ungleichmäßiges Pochen, das ihm zumindest eine schwache Hoffnung eingab.

»Sie lebt, Hill!«

Hill hatte bereits sein Handy hervorgezogen und rief über 112 einen Krankenwagen. Der Mann am anderen Ende betonte, dass er nicht sagen könne, wann genau der Krankenwagen eintreffen würde.

Wie Joansson bereits angedeutet hatte, war es bis Ramseryd weit.

Sie bekamen die Anweisung, die Verletzte warm zu halten und zu versuchen, weiteren Blutverlust zu verhindern. Bei Verdacht auf eine Rücken- oder Halsverletzung oder auf eine innere Verletzung dürfe sie keinesfalls bewegt werden.

»Okay, wir versuchen unser Bestes. Aber sehen Sie zu, dass der Krankenwagen sich beeilt. Es ist akut!«, sagte Hill noch einmal.

Aber ungeachtet, welche Geschwindigkeitsbegrenzungen und Bestimmungen missachtet wurden, sah er ein, dass die Hilfe kaum früher als in fünfundzwanzig Minuten eintreffen würde.

Schlimmstenfalls hatte die Frau auf dem Fußboden nicht mehr solange zu leben.

Sie hatte zweifellos einen Schock erlitten und befand sich in einem Zustand psychischer Auflösung, der weitaus gefährlicher war als die Verletzungen, die sie entstellten.

Mehr denn je gelte es, sie warm zu halten und ihr das Gefühl der Sicherheit zu geben, weiterhin sei es wichtig, mit ihr im Gespräch zu bleiben, teilte der Mann von der Notrufzentrale mit.

»Ich verstehe«, versicherte Hill. »Aber beeilen Sie sich! Und verständigen Sie das nächste Revier!«

Er stellte sein Handy ab und klappte es mit bekümmerter Miene zu.

Sahlman kniete immer noch neben der Frau auf dem Fußboden. Er versuchte, ihr beruhigend zuzureden und ihr dadurch Hoffnung zu machen. Gleichzeitig kontrollierte er ihren Puls.

Der war zu schnell und wurde immer schneller. Das war beunruhigend.

Bernard hatte sich in einigen Schritten Entfernung wie ein Fötus zusammengekauert. Unzusammenhängend plapperte er in einer Mischung aus Russisch, Lettisch und Finnisch. Mit starren Augen stierte er auf den schmutzigen, abgetretenen Linoleumfußboden. Er war in einer ganz anderen Welt, und dankbar ließen sie ihn dort.

Stojáns Leiche lag ebenfalls nur ein paar Meter entfernt. Das funkelnde Blut breitete sich wie ein rotes Seidenkissen um seinen Kopf aus.

Adrian war wieder zu sich gekommen. Er saß auf der anderen Seite des Tisches gegen die Wand gelehnt und starrte fassungslos von seinem gefallenen Idol auf seinen vollkommen verwandelten Mentor. Er begriff überhaupt nichts – so hätte es nicht enden sollen. So durfte es einfach nicht enden!

Hill war ratlos, gleichzeitig wusste er nur zu gut, was getan werden musste.

»Du«, sagte er und stieß Sahlman vorsichtig an, »meinst du, dass sie irgendwelche inneren Verletzungen hat?«

Sahlman zuckte mit den Achseln, um seine beruhigende Hand nicht von der zitternden Frau auf dem Boden nehmen zu müssen.

»Unmöglich zu sagen, ich bin kein Arzt. Aber, nein, ich glaube es eigentlich nicht.«

Zum ersten Mal sah sich Hill in Elin Starbecks heruntergekommener Wohnung um. Sein Blick blieb an der Tür der winzigen Schlafnische hängen.

»Wo hat sie ihr Bett?«, sagte er mehr zu sich selbst. »Da drin?«

»Wieso?«, wollte Sahlman wissen und sah eine Sekunde lang hoch.

»Wir sollen das entscheiden, meint der Mann von der Notrufzentrale«, erklärte Hill, »wir müssen entscheiden, ob sie bewegt werden kann oder nicht. Aber sie braucht Wärme. Sie muss warm bleiben und darf keine Angst haben, wenn sie überleben soll, und der Fußboden hier ist eiskalt.«

Sahlman stand auf, stolperte über Bernards Fuß und trat verärgert danach.

»Dann müssen wir sie eben wegtragen. Es gibt keine andere Lösung.«

Hill hob die Decke auf und warf sie seinem Kollegen zu. Sie wickelten sie darin ein und packten dann unter Arme und Beine und hoben an.

Sie war ihnen fast zu schwer.

Unglaublich, wie schwer ein Mensch sein konnte. Es war nicht so sehr Übergewicht, denn Elin Starbeck war weder dicker noch dünner als die meisten anderen. Dass sie so schlaff war, lag an ihrer beginnenden Bewusstlosigkeit.

Hill sah sich gezwungen, sie kurz auf seinen Knien abzustützen, um sie besser fassen zu können. Sahlman schwitzte, aber wenn sie alle ihre Kräfte aufboten, dann würden sie sie bald in ihrem eigenen Bett haben, in dem sie sich geborgen fühlen musste. Das würde ihnen etwas Zeit extra geben, vielleicht die Minuten, die den Unterschied zwischen Leben und Tod ausmachen konnten.

Die Bettwäsche war alles andere als sauber, da die allein lebende Elin Starbeck nie sonderlichen Wert auf frische Laken gelegt hatte.

Aber sie meinten, eine Reaktion zu bemerken, als sie ihren

Kopf auf das Kissen betteten. Sie rollte sich in ihrer Lieblingsschlafstellung zusammen, ein Bein angezogen, das andere ausgestreckt. An sich ein gutes Zeichen, gleichzeitig begann sie aber unkontrolliert zu zittern.

»Decken! Wir müssen Decken finden, Tischtücher, Gardinen, egal was!«

Sahlman riss die Tür des Kleiderschranks auf und nahm alles heraus, womit sie sich zudecken ließ. Alte Mäntel, schmutzige Overalls und Picknickplaids türmte er auf sie drauf. Egal wie das aussah, es würde sie zumindest warm halten!

In diesem Augenblick türmte Adrian.

11

Sie hörten nur ein Stuhlbein, das gegen einen Tisch schlug, ein schlurfendes Geräusch und schnelle, sich entfernende Schritte. Aber es bestand nicht der geringste Zweifel, dass es der junge Blonde war, der durch die bereits eingeschlagene Tür geflüchtet war.

Das ist vermutlich der, der Adrian heißt, dachte Hill, denn der Ältere, der auf dem Boden kauerte und unzusammenhängend redete, war nach der Beschreibung, die ihnen der Terminator gezeigt hatte, Bernard.

Und Stoján lag einfach da, ein fachgerecht erlegtes Raubtier, das nicht mehr jagen würde.

»Verdammt!«, rief Hill und rannte sofort los.

Aber Sahlman war schneller. Schneller oder vielleicht auch nur außer sich vor Wut.

»Bleib bei ihr, ich erwische den Burschen schon!«, schrie er.

Mit unerwartetem Tempo setzte er Adrian Remis hinterher. Vielleicht hatten die Strapazen des Vorabends dem Wolf in Knut Sahlman einen gewissen Vorsprung verschafft. Er flog mehr durch die Tür und die Treppe hinab, als dass er lief.

Der Lette verschwand Richtung Wald. Weg vom Licht und zwischen die dunklen småländischen Tannen. Seine langen Beine bewegten sich rasend schnell, damit er nur ja in die Dunkelheit kam, um zu seinem Verfolger einen beruhigenden Abstand zu gewinnen. Zwischen den Zweigen würde er zu einem unsichtbaren Schatten werden, unsichtbar zwischen den anderen Schatten in dem nachtschwarzen, schützenden Wald.

Der Zorn verlieh Sahlman regelrecht Flügel.

Den Weg, der ihm noch vor einem Augenblick als Via dolorosa voll ewiger Pein erschienen war, legte er jetzt leichtfüßig zurück. Er berührte mit seinen Schuhen kaum den Boden, als er über den Kies des Hofes hinwegsauste. Seine Pistole hielt er immer noch fest in beiden Händen in Kopfhöhe, wie ein großes Schwert, ein gewaltiges, geschmiedetes Henkersschwert, das ihm den Weg zum Ziel bahnen sollte.

Er keuchte.

Aber da war er nicht der Einzige.

Die schmerzhafte Einsicht, dass das Leben, wie er es bisher gekannt hatte, ein Ende gefunden hatte, lähmte auf merkwürdige Weise. Er war verwirrt und verfügte nicht mehr über seine normalen Kräfte. Verzweifelt keuchte er vorwärts auf der Suche nach einem passenden Versteck. Er befand sich immer noch zwischen den niedrigen Büschen und hatte das schützende Dunkel des Hochwalds noch nicht erreicht.

Er war bereits vollkommen außer Atem. Die feuchte Nachtluft machte seinen Lungen zu schaffen, außerdem hatte er Seitenstiche.

Der Polizeibeamte mittleren Alters kam dem jungen Letten immer näher. Schritt für Schritt, mit jedem angestrengten Atemzug verringerte sich der Abstand.

Plötzlich verschwand Adrian. Er war einfach … weg!

Der Schatten, dem Sahlman gefolgt war, zeichnete sich auf einmal nicht mehr vor dem letzten Licht des Abendhimmels ab.

Er zwang sich, stehen zu bleiben.

Zu lauschen.

Witterung aufzunehmen.

Wo zum Teufel war er geblieben?

Niemand verschwand einfach von der Erdoberfläche, oder?

Niemand.

Nicht einmal …

Er machte einen vorsichtigen Schritt.

Lauschte wieder.

Der kalte Schweiß lief ihm über das Gesicht, und er wünschte sich, ihn abwischen zu können.

Aber er bezweifelte, dass er bei dieser Sache eine Auszeit hatte.

Er war davon überzeugt, dass das das Letzte sein würde, was er täte, wenn er sich jetzt über die Nase wischte.

Vorsichtig machte er einen weiteren Schritt.

Und noch einen.

Er bekam fast einen Herzschlag, als ganz in seiner Nähe plötzlich eine Eule schrie.

Gestört und entrüstet erklärte sie mit ihrem beharrlichen Schreien den Kriminalkommissar für geächtet im Wald. Ihr gespenstisches Schreien lenkte ihn ab.

Deswegen kam es so unerwartet. Ebenso heftig wie unerwartet wurde Sahlman nach vorne ins Moos geworfen.

Adrian hatte ihm mit aller Kraft einen schweren Ast gegen das Schienbein geschlagen.

Im Fallen löste sich ein Schuss aus Sahlmans Pistole.

Aber dieser brachte nur die Eule in Gefahr, die mit einem letzten erbosten Schreien ihre Baumkrone verließ.

Der Erfolg seines Angriffs gab Adrian die Zeit, den eigentlichen tiefschwarzen Wald zu erreichen.

Während Sahlman noch nach Luft schnappte und den schweren Geruch der Erde einatmete. Erde kam ihm in die Nase und verspottete gewissermaßen seinen ganzen sonstigen Lebensstil.

Panisch prustete er Moos, Erde und ein winziges Insekt aus seiner Nase und musste zu seiner Beschämung feststellen, dass ihm Tränen die Wangen herunterliefen, als der Schmerz vom Schienbein nach oben ausstrahlte.

»Du … verdammter …«

Der Schmerz ließ nach, und Sahlman kam wieder auf die Beine. Jetzt ging es genauso darum, seine Demütigung zu rächen wie Elin Starbecks Peiniger zur Strecke zu bringen.

Er schoss zweimal in die Luft.

Das war gewagt, er gewann dadurch aber. Sekunden, kostbare, vielleicht entscheidende Sekunden.

Denn Adrian blieb instinktiv stehen.

Er stand reglos da, während das Echo der Schüsse in seinem Kopf widerhallte.

So überlebte man in Riga, und diese Regel hatte er immer befolgt, mit ihr hatte er immer gelebt. Das Warnsignal der Unterwelt. Der nächste Schuss würde sein Ziel nicht mehr verfehlen, die nächste Kugel würde ihn nicht mehr verschonen.

Aber hier war er nicht in Riga!

Er sah seinen Fehler ein und rannte auf dem federnden Waldweg erneut los.

Hinter sich hörte er seinen Verfolger viel zu unbehaglich und deutlich. Adrian beschloss, ihn endgültig abzuschütteln, und machte einen gewaltigen Sprung über ein Brombeergestrüpp, dessen Umrisse sich in einem Streifen klarweißen Mondlichts abzeichneten.

Einen solchen Sprung würde dieser verdammte Bulle nicht hinkriegen! Das schafften nur junge Beine, junge Musk …

Adrian hatte das Gefühl, von einem hohen Berg abzustürzen.

Obwohl hinter dem Brombeergebüsch kein Abgrund war, kein Steinhaufen und kein Waldweg, spielte ihm seine Erwartung trotzdem einen grausamen Streich: Er landete direkt im Sumpf.

Der war zwar nicht bodenlos, sondern nur knietief und mit Schilf bewachsen, an dem man sich schneiden konnte.

Das bloße Entsetzen, das Unvermögen, seinen eigenen Fehler zu begreifen, ließen Adrian Remis kopfüber in dem morastigen Wasser verschwinden.

Hilflos fiel er aus großer Höhe einem ungewissen Schicksal entgegen.

Sahlman war ihm dicht auf den Fersen, die Sekunden, die er gewonnen hatte, hatte er trotz schmerzenden Schienbeins so weidlich ausgenützt, dass er sah, wie sich der Rücken des Letten über den Büschen abzeichnete, ehe er auf der anderen Seite verschwand.

Dann hörte er ein Platschen und einen Aufschrei. Schließlich klang es so, als würde jemand kopfüber ins Wasser fallen.

Er setzte alles auf eine Karte und lief um die Büsche herum. Vermutlich wäre es ihm nie gelungen, bei dem Hindernislauf des Jungen mitzuhalten, aber jetzt kam er gerade rechtzeitig, um seine Beute besiegt zu sehen.

Adrian war im kniehohen Wasser eine dunkle Silhouette auf allen vieren.

Gerade als er sich mühsam erhob und ihm Sahlmans Pistole ein überzeugendes Argument lieferte, die Hände in die Luft zu strecken, teilten sich die Wolken am Abendhimmel.

Und der Mond ließ sein blauweißes Licht über Adrian Remis' klägliche Gestalt rieseln.

Hier hatte er einen, der endlich in seinem richtigen Element gelandet war, dachte Sahlman schadenfroh. Braungrüne Schlammklumpen hingen ihm unelegant im Haar, im Gesicht und an den Kleidern, und das Haar mit den blond gefärbten Strähnen wurde von halb verrotteten Blättern schleimiger Sumpfgewächse geziert.

Sahlman lachte.

Er konnte sich nicht beherrschen.

Das Lachen kam einfach.

Roh, herz- und zügellos.

Adrian hatte so rohes Lachen schon früher gehört. Zu Hause in Riga. Und von Stoján …

Er streckte die Hände noch höher und wandte seinem Bezwinger flehend die Handflächen entgegen.

»Nicht schießen! Nicht schießen!«

Er schniefte kläglich. Sahlmans Lachen gefror zu Eis.

»Haben sie das zu dir gesagt?«, wollte er wissen und sah plötzlich die leblose Gestalt Sten Anderssons vor dem gekühlten Bier vor sich. »Die Menschen, die ihr ermordet habt?«

Mit einem Mal war er wieder todernst. Die klägliche Gestalt kam ihm jetzt nicht mehr lächerlich vor.

»Habt ihr sie gezwungen, um ihr Leben zu betteln?«, wiederholte er mit tonloser Kälte.

»Bitte, bitte ... schießen Sie nicht!«, schniefte Adrian.

Sahlman spuckte verächtlich aus.

»Pfui Teufel! Meinst du, ich mache mich wegen so einem Scheißer wie dir unglücklich? Das glaubst du doch selbst nicht!«

Er zog Handschellen aus der Gesäßtasche seiner teuren Leinenhose. Jetzt war sie total hinüber, aber *tant pis*, wie die Franzosen sagten, wen kümmerte das schon! Er gab dem Letten mit der Pistole ein Zeichen, aus dem Wasser zu klettern.

Genau wie im Kino war ein Klicken zu hören, als er seinem Gefangenen die Handschellen anlegte.

»Zu sterben ist doch keine Strafe«, flüsterte er Adrian Remis ins Ohr. »Deine Strafe ist, dass du den Rest deines verdammten elenden Lebens mit dir selbst leben musst.«

Adrian begriff nichts, aber er tat auf jeden Fall genau das, was der Bulle wollte.

»Genau. Das ist die Strafe für Leute wie dich«, meinte Sahlman, »gezwungen zu sein, mit sich selbst zu leben. Und diese Strafe will ich dir nicht ersparen.«

Unfreundlich zog er an den Handschellen, die unweigerlich in die Handgelenke des Gefangenen einschnitten. Aber Sahlman wusste genau, wo die Grenze war, und hütete sich davor, diese zu überschreiten, denn das war es einfach nicht wert.

»Komm jetzt, Scheißer«, sagte er müde, »jetzt gehen wir zurück.«

Elin Starbeck hatte die ganze Zeit etwas Aufmerksamkeit auf sich und ihre Tankstelle lenken wollen, aber wohl kaum auf diese Art.

Es war kaum zu fassen, wie schnell es sich herumgesprochen hatte, dass bei Starbecks etwas passiert war. Aber so war es, denn alle in Ramseryd waren auf den Beinen. Mitten in der Nacht kamen sie mit dem Fahrrad, zu Fuß oder mit dem Auto zur Tankstelle.

Hatten sie die Schüsse gehört?, fragte sich Sahlman, als er sich beeilte, seinen Gefangenen durch die Hintertür zu stoßen. Sirenen waren jedenfalls keine zu hören, stellte er fest, als er Adrian mit den Handschellen an einen Heizkörper fesselte.

Bernard hatte sich nicht bewegt, aber sein verwirrter Gesang war in ein trostloses, schluchzendes Weinen übergegangen.

Jetzt sang stattdessen Hill.

Sahlman glaubte, nicht recht zu hören. Er warf noch einen letzten Blick auf seine Gefangenen und eilte dann in die Schlafnische.

Hill lag neben Elin im Bett.

Er lag hinter ihr und presste sich gegen sie. Er zwang seine Körperwärme durch die blutverfleckte Decke und schenkte ihr Hoffnung. Er hielt sie in den Armen und sang mit leiser Stimme:

»Der Mond ist aufgegangen …«

Endlich hatte sie aufgehört zu zittern.

Endlich waren die ersehnten Sirenen in der Ferne zu hören. Sie kamen aus dem Süden und verschmolzen unwirklich mit dem Schlaflied.

Der Krankenwagen war schon vor geraumer Zeit mit Elin Starbeck zum Krankenhaus nach Jönköping gefahren. Ein Mannschaftswagen der Polizei hatte Bernard und Adrian mitgenommen. Später sollten sie nach Helsingborg gebracht werden, Bernard direkt in die Rechtspsychiatrie.

Die Leiche von Stoján Stefanis wurde in die Gerichtsmedizin nach Lund gefahren. Dort sollte sie obduziert werden. Es war recht und billig, dass er dort einen Platz bekam wie viele seiner Opfer vor ihm.

Übrig waren die beiden überarbeiteten Kriminalbeamten – und ihre Müdigkeit forderte schließlich ihr Recht.

Sie saßen nebeneinander auf Elin Starbecks durchgesessenem Zweiersofa aus den frühen sechziger Jahren und starrten blicklos auf die Wand gegenüber wie zwei müde Komiker nach Abstellen der Scheinwerfer und Kameras.

Hier blieb nichts mehr für sie zu tun. Sie hatten der örtlichen Polizei gegenüber bereits ihre Aussagen gemacht, dafür gesorgt, dass Beweise gesichert und Zeugenaussagen protokolliert worden waren und dass man das Gelände abgesperrt hatte, weil die Reichsmordkommission erwartet wurde. Diese würde aber kaum vor den frühen Morgenstunden eintreffen, und bis dahin gab es ganz einfach nichts mehr zu tun.

Um alles Weitere mussten sie sich mit Hilfe von Fax und Telefon kümmern – allmählich würden sicher noch eine ganze Reihe von Fragen auftauchen. Vielleicht würde sich sogar noch die Sicherheitspolizei einmischen, vielleicht auch nicht.

Joakim Hill und Knut Sahlman blieb nichts anderes mehr zu tun, als mit dem Auto nach Süden zu fahren.

»Ich kann fahren«, erbot sich Sahlman. »Das ist nur gerecht, du bist schließlich hergefahren.«

»Wir sind beide zu müde dazu.«

»Ja, eigentlich schon.«

»Aber andererseits …«, meinte Hill zögernd.

»Ja?«

»Bei genauerem Nachdenken wäre es schön, wieder nach Hause zu kommen, findest du nicht auch?«

»Hm.«

»Wir haben es jetzt auch nicht mehr so eilig.«

»Hm.«

»Kannst du wirklich fahren, ist das okay?«, versicherte sich Hill.

»Natürlich, das habe ich doch gesagt«, erinnerte ihn Sahlman, seufzte und stand mit Mühe aus dem durchgesessenen Sofa auf.

Die Strapazen der Nacht würden wehtun. Es würde vermutlich Tage dauern, bis der Muskelkater und die blauen Flecken sich nicht mehr bei jeder Bewegung in Erinnerung brachten. Aber damit mussten sie sich abfinden.

Ihr Wagen stand immer noch in der Kurve, wo sie ihn zurückgelassen hatten. Sie hätten sich sicher von einem ihrer Kollegen aus Småland dorthin fahren lassen können, wenn sie darum gebeten hätten, aber der kurze Spaziergang tat ihnen gut. Sie atmeten den frischen Duft der Tannen ein und ließen das, was an dem Abend vorgefallen war, hinter sich.

Schweigend und nachdenklich verließen sie zusammen die Stelle des Waldes, die im Verlauf der Nacht so viel Tragik gesehen hatte. In der Kurve blieben sie einen Augenblick stehen und sahen sich noch ein letztes Mal um.

Das erste Licht der Morgendämmerung vertrieb bereits das Blauschwarz der Nacht. Und als sie auf die kleine Tankstelle zurückblickten, die in der Lichtung lag, wie sie das immer getan hatte, konnten sie nicht fassen, welches friedliche Bild, ländlich idyllisch und unschuldig, sich ihnen darbot.

Und doch …

Sie zuckten mit den Achseln, drehten sich um und gingen auf ihren Wagen zu.

Geschickt fuhr Sahlman zurück auf die Straße und ein letztes Mal an der Tankstelle vorbei.

Hier war jetzt Leben, eine wimmelnde Geschäftigkeit. Alles war in den flackernden Schein der Blaulichter getaucht und in das tiefrosa Licht der Morgendämmerung. Hinter der Absperrung drängten sich die Menschen, um sich berichten zu lassen, alle die, denen es bisher so schwer gefallen war, hierher zu finden.

Langsam fuhren die beiden Polizeibeamten aus Schonen davon, sie waren froh, endlich wegzukommen.

Hungrig hielt Sahlman an der Hamburgerbar, aber dort war alles dunkel.

»Verdammt!«, rief er. »Jetzt hätte ich wirklich was essen können. Egal was.«

Hill hörte, wie es in seiner Jackentasche raschelte, als er sich auf dem Beifahrersitz zurechtsetzte.

»Hast du ›egal was‹ gesagt?«

»Verdammt noch mal, ja!«

»Hier«, sagte Hill und reichte ihm sein altes, vergessenes und zerdrücktes Butterbrot. »Ich kann nicht dafür garantieren, dass es noch genießbar ist, aber wenn du es haben willst, bitteschön!«

Sahlman war alles Recht. Er riss die Zellophanhülle runter, verschlang das Brot mit drei Bissen und legte den ersten Gang ein.

Langsam fuhren sie durch den Ort, bis die Straße breiter wurde und sie endlich wieder die richtige Abzweigung nach Jönköping fanden.

Vom Beifahrersitz aus sah Hill Sahlman verstohlen an, während die Natur mit ihren Frühnebeln immer schneller an der Windschutzscheibe vorbeihuschte. Er sah seinen Kollegen mit größerer Hochachtung an als jemals zuvor.

Wie man sich doch irren kann, dachte Joakim Hill und schämte sich. Man meint so viel über einen anderen Menschen zu wissen und wird in Extremsituationen dann doch eines anderen belehrt.

Aber er sagte nichts. Er schlief bereits, als sie die Auffahrt auf die E 4 Richtung Süden erreichten.

12

Etwas später an diesem Samstagmorgen trat Hill wie ein unwillkommener Gast über die Schwelle des Polizeipräsidiums in Helsingborg. Hohläugig und unrasiert stand er vollkommen unerwartet vor Joansson.

»Also dann«, seufzte er theatralisch und knallte seine Sporttasche demonstrativ auf Joanssons Tisch.

»Wa … was?«

Verwirrt schaute Joansson von dem gerade kopierten Informationsblatt auf, auf dem die asozialen Vorfälle im Polizeibezirk Helsingborg in der vergangenen Nacht aufgelistet waren.

Hill schaute Joansson übermütig an.

»Ich hatte doch jetzt eine Trainingszeit?«, fragte er gespielt unschuldig.

»Ja, aber … aber du kannst doch noch gar nicht zurück sein?«

Betont langsam sah sich Hill im Entree des schonischen Polizeipräsidiums um, wie um sicherzugehen, dass er auch wirklich dort war.

»Doch, es hat ganz den Anschein.«

»Aber … aber, es ist doch erst zehn vor acht!«

»Genau. Und ich hatte um acht eine Trainingszeit. Oder?«

Joansson war bleich geworden.

Dumm starrte er Hill an, als wolle er ihn durch bloße Willenskraft wieder verschwinden lassen. Um nichts in der Welt hätte Hill es jetzt bleiben lassen, seine leicht gewonnene Oberhand auszukosten. Nonchalant hängte er sich seine Tasche über die Schulter.

»Das Training ist Pflicht und Stolz eines jeden Polizeibeamten. Das sagst du doch immer, Joansson?«

»Doch, aber …«

»Aber was?«

»Bist du nicht in Småland?«

»Da waren wir, Sahlman und ich. Hast du von dieser üblen Geschichte noch nicht gehört?«

»Doch, doch natürlich! Gratuliere, aber wie könnt ihr dann schon!…? Ich meine, habt ihr nicht in Ramseryd übernachtet?«

Hill fuhr sich durch sein Haar, in dem noch der Nachtschweiß klebte, und fühlte sich wie Clint Eastwood in der schlimmsten Wüstenhitze in *Zwei glorreiche Halunken.* Dann gab er Joansson eine trockene Antwort.

»Nein, dabei wäre mir nicht wohl gewesen.«

»Wie? Wobei wäre dir nicht wohl gewesen?«

»Dabei, in einem Hotel zu übernachten.«

»Wieso das?«

»Das wäre doch reine Verschwendung gewesen, oder?«, meinte er immer noch gespielt unschuldig und stellte seine Sporttasche wieder auf den Fußboden. »Verschwendung der ohnehin bereits knappen Mittel der Polizei.«

Ausnahmsweise wusste Joansson nicht, was er entgegnen sollte. Es hatte den Anschein, als hätte er seinen Uniformschlips zu fest angezogen. Er lockerte ihn verlegen und bekam langsam wieder seine normale Gesichtsfarbe.

»Ist jetzt frei? Kann ich runtergehen?«, wollte Hill bescheiden wissen und genoss die Situation.

»Frei? Ja … natürlich.«

Hatte Joansson sich etwa verschluckt?

»Natürlich, jetzt bist du an der Reihe«, bestätigte er angestrengt und räusperte sich wieder.

»Dankeschön. Weißt du, du solltest vielleicht einen Schluck Wasser trinken«, schlug Hill vor. »Dir scheint was im Hals stecken geblieben zu sein.«

Joansson setzte ein blödes Lächeln auf, nickte und versuchte, so unbekümmert wie möglich zu wirken.

Mit raschen Schritten ging Hill die Treppe zum Trainingsraum hinunter – er fühlte sich plötzlich wieder jung.

Vor seinem inneren Auge sah er, wie sich Joansson dort oben hinter seinem Tisch zusammenkrümmte, als hätte er plötzlich Magenkrämpfe bekommen, sah, wie er die Hände zu Fäusten ballte und in Verwünschungen über ihn ausbrach.

Aber das kümmerte ihn nicht die Bohne.

Seit ihm Joansson großspurig diese unchristliche Trainingszeit aufgezwungen hatte, hatte er dieses unbeirrbare Gefühl gehabt. Joansson war ein notorischer Spieler und hatte sicher bereits eine halbe Stunde, nachdem er ihn für diese Zeit eingetragen hatte, alle denkbaren Interessenten gefragt. Sicher hatten sie darum gewettet, ob Hill diese frühe Zeit wahrnehmen würde oder nicht.

Etwas an seinem Auftreten, als sie sich am Vorabend auf den Weg gemacht hatten, hatte Hill nachdenklich werden lassen. Er hatte das Gefühl gehabt, dass der Mann, der da so selbstzufrieden hinter seinem Tisch gesessen hatte, einen Jackpot witterte.

Mit geschlossenen Augen hatte er auf der Rückfahrt nach Helsingborg darüber nachgedacht. Und jetzt, nachdem er diese heftige Reaktion auf ihre zeitige oder um genau zu sein allzu zeitige Rückkehr beobachtet hatte, war er sich vollkommen sicher.

Joansson hatte über Informationen verfügt, zu denen kaum ein anderer Zugang hatte. Er, aber sonst kaum jemand, hatte gewusst, dass Hill am Vorabend die Stadt verlassen hatte. Wie groß war dann die Wahrscheinlichkeit gewesen, dass er vor Samstagmittag wieder zurück sein würde?

Nicht sehr groß.

Wie er es gewohnt war, hatte Joansson daraufhin die Odds erhöht.

Er hatte sehr viel darauf gesetzt, dass Hill nicht die geringste Chance haben würde, diese unchristliche Trainingszeit, Samstagmorgen um acht, einzuhalten.

Und jetzt musste er Hill zehn Minuten vor der vereinbarten Zeit ins Präsidium kommen sehen, und sein Weltbild war zusammengebrochen. All die schönen Geldscheine versanken nun in den Wellen.

Hill fand, dass ihm das vollkommen recht geschah.

Joansson musste endlich einmal lernen, dass das Leben mehr war als ein großer Witz.

Das Duschen nach dem Training war himmlisch, und Hill blieb unter dem Wasserfall stehen, bis er fast einschlief.

Er konnte sich nicht erinnern, wann er es zuletzt so genossen hatte, warmes Wasser über die Glieder fluten zu lassen.

Leider konnte er nicht den ganzen Tag dastehen denn er sollte nach Hause gehen und sich ausschlafen. Das Handtuch musste er mitnehmen, um es zu waschen, fiel ihm auf, als er nachrechnete, wie oft er es schon beim Training dabeigehabt hatte.

Vielleicht war das ein guter Vorschlag für Joanssons nächste Wette? Raten, wie oft ein normaler Bulle sein Handtuch nach dem Training verwendet, ohne sich zu schämen.

»Hallo! Wie ist die Lage?«

Hill hörte auf, sein feuchtes Haar zu massieren, und senkte das Handtuch.

Ulf Gårdeman hatte seine Trainingsklamotten auf die Bank neben seine geworfen und verstaute jetzt sorgfältig seine Wertsachen in dem dafür vorgesehenen Fach an der Wand. Nicht mal im Polizeipräsidium konnte man sich sicher sein.

»Hallo!«, begrüßte ihn Hill überrascht. »Sehr gut. Wir haben das hingekriegt, aber das ist eine lange Geschichte. Ich erzähle sie dir irgendwann mal beim Mittagessen. Wie steht's bei dir? Wie seid ihr mit dem Autobahnmassaker weitergekommen?«

»Ach was!«

»Wieso?«

»Das war der Terminator.«

»Der Terminator?«

»Genau.«

Hill sah Gårdeman fragend an, der schließlich mit einem tiefen Seufzer einzusehen schien, dass ihm eine ausführlichere Erklärung nicht erspart bleiben würde.

»Er hatte Geschmack an Geschäften gefunden.«

»Wie das?«

»Er hatte das alles eingefädelt«, erklärte Gårdeman verärgert und zog sich die Shorts hoch. »Das Ganze war ein Setup. Der beschossene Mann gehörte gar nicht zu den Outlaws. Er war ein Cousin des Terminators aus Halmstad, und geschossen wurde natürlich mit Platzpatronen.«

»Aber was wollte er damit erreichen?«, wollte Hill wissen und fand Bernard Valmeras Überlegungen im Vergleich damit klar und nachvollziehbar.

»Tja«, entgegnete Gårdeman und zuckte mit den Achseln, »er wollte das Clublokal aufwerten.«

»Aufwerten?«

»Genau. Er fand, dass es so einfach gegangen war, nach der Sprengung alles reparieren zu lassen, dass er es dumm fand, sich damit zu begnügen. Die Jungs hatten schließlich schon lange davon gesprochen, dass es gemütlich wäre …«

»Warte«, unterbrach ihn Hill und schüttelte sprachlos den Kopf, »lass mich raten! Dass man ihnen einen Whirlpool im Keller einbauen würde, dafür, dass er den Namen des Täters preisgeben würde?«

»Bingo!«

»Und was hast du gesagt?«

»Dass er sich seinen verdammten Whirlpool wohin stecken kann.«

Schon beim ersten Verhör gestand Adrian Remis alles bereitwillig. Bis ins kleinste Detail erklärte er den Modus operandi.

Er erklärte, die Augenbinde gebe die Art des Verbrechens an, dass jemand zu viel gesehen habe. Der Schuss habe zeigen sollen, was passiere, wenn man weiter denkt, als man soll, und anfängt, im eigenen Interesse zu handeln.

Wenn sie ihn darum gebeten hätten, hätte er vermutlich einen Handstand mit einer Hand gemacht und die Marseillaise gepfiffen.

Vermutlich hätte er alles getan, um nicht in den Schutz der lettischen Justiz zurückkehren zu müssen. Den Handlangern seiner Auftraggeber wollte er keinesfalls in einer dunklen Zelle in der Gegend von Riga wiederbegegnen.

Adrian wusste nur zu gut, dass die Strafe eines schwedischen Gerichts viel milder ausfallen würde, und dass schwedische Gefängnisse verglichen mit den lettischen Anstalten reine Ferienkolonien waren.

Außerdem konnte er dort Geld verdienen. Insassen in Schweden bekamen nach lettischen Maßstäben einen fürstlichen Lohn. Er würde vielleicht trotzdem als reicher Mann in seine Heimat zurückkehren können.

Er bestätigte ebenfalls Hills Verdacht, dass die Russen hinter dem Einbruch im Physikum in Helsinki steckten. Sie verfügten über die Möglichkeiten, die Theorien der Finnen praktisch umzusetzen, und hatten keine Skrupel, ihre Pläne zu verwirklichen. Insbesondere dann, wenn für das Geld der Mafia die besten Ersatzteile aus dem Westen zu haben waren und die Technologie obendrein.

Die besten russischen Forscher waren außerdem beim Militär und beim inzwischen teilweise aufgegebenen Raumfahrtprogramm angestellt gewesen. So viele von ihnen hatten ihre Arbeit verloren, dass sie nur noch überleben konnten, indem sie ihr Wissen meistbietend verkauften. Einige von ihnen reisten in den Iran oder in andere interessante Länder der Welt, während andere als Berater des organisierten Verbrechens in ihrer Heimat blieben.

Es hatte sie ungefähr ein halbes Jahr gekostet, die Arbeit der Finnen zu beenden. Der Scanner, mit dem die hyperaktiven Penetrationswellen für dichte Objekte begrenzt werden konnte, war in einer sehr intensiven Phase konstruiert worden, und da sie bisher allein über diese Technik verfügten, war es äußerst wichtig gewesen, dass sie die Scanner von jedem ihrer Partner zurückbekommen hatten.

Der Rest war einfach gewesen.

Alexej Igorin hatte die Eroberung der unschuldigen kleinen Monarchie im Westen organisiert. Das Land lag so willig da und lud mit seinem Überfluss regelrecht zu Übergriffen ein. Es war geradezu lächerlich.

Es war so unglaublich leicht gewesen, fast idiotisch einfach, bis …

Bernard Valmera würde noch lange nicht vernommen werden können. Trotz Medikation war er in seiner eigenen schmerzerfüllten Welt geblieben, und die Ärzte hielten sich mit Auskünften zurück, was seine Genesung anging.

Mit einem toten Stoján und einem psychotischen Bernard hatten die Kriminalbeamten nur Adrians Geständnis vorzuweisen. Aber es gab auch einiges von der Spurensicherung in Borås gesichertem Beweismaterial, worauf sich eine Anklage gründen ließ.

Dort hatte der Widerstand des Mädchens die Täter so aus dem Konzept gebracht, dass sie geschlampt und Abdrücke hinterlassen hatten. Der Schuhabdruck stammte vom linken Halbschuh Stoján Stefanis'. Und sie waren auf dem besten

Weg, ihm auch den etwas undeutlichen Daumenabdruck zuzuordnen.

Haare von allen Dreien wurden gerade analysiert und mit Haaren von den Tatorten verglichen, damit die Staatsanwaltschaft beim bevorstehenden Haftprüfungstermin etwas in der Hand hatte.

Außerdem ließ die vorläufige Untersuchung der Ballistiker auf Stojáns Pistole, die in dem grünen Volvo gefunden worden war, als Mordwaffe in sämtlichen Fällen schließen.

An diesem Samstag hatten alle intensiv gearbeitet, und als der Polizeichef Harry Runsten an diesem Nachmittag Hill mit einem Telefonanruf weckte, teilte er stolz mit, dass es jetzt so gut wie keine unbeantworteten Fragen mehr geben würde. Die Festnahme des Geschäftsmanns Alexej Vladimir Igorin in Malmö würde gerade vorbereitet, und das würde er eben noch abwarten.

Hill selbst konnte zu der Ermittlung nicht mehr viel beitragen. Aber er war sehr erleichtert, dass dieser tragische Fall trotz allem einer akzeptablen Lösung entgegenging und nicht zusammen mit den allzu vielen anderen mit dem Vermerk »Ungelöst« archiviert werden musste.

Alexej Igorin liebte diese würzigen Erdnüsse wirklich. Aber vermutlich würde er jetzt lange auf sie verzichten müssen.

Die, die er jetzt gerade aß, hatte er auf dem Bahnhof in Ystad gekauft, ehe er in dem schäbigen kleinen Hotel neben dem Fährhafen ein Zimmer bezogen hatte. Wenn es nicht anders ginge, dann würde er auf jeden Fall noch mit der Nachmittagsfähre nach Polen mitkommen und von dort weiter nach …

Mit schweißnassen Händen bestellte er ein Gespräch nach Moskau und berichtete dem Bankier Ilja Danowitch von seinem Scheitern. Er hoffe, es sei nachvollziehbar, dass es vollkommen unmöglich sei, mit miserablen Mitarbeitern gute Arbeit zu leisten.

Bernard sei zu weich gewesen, Stoján zu unintelligent und Adrian zu unerfahren. Auf die schwedischen Strohmänner, die sie hätten anheuern müssen, um die Lotteriegewinne einzulösen, sei ebenfalls kein Verlass gewesen. Ganz zu schweigen davon, dass es sich unerwartet gezeigt habe, dass die Schweden unter der Oberfläche eine zutiefst unehrliche Ader hätten. Und das, obwohl sie sich so viel auf ihr Rechtsgefühl zugute hielten!

Unter so schlechten Voraussetzungen ginge es einfach nicht, gute Arbeit zu leisten, lautete seine Verteidigung, und im Namen der Gerechtigkeit fände er, dass man Verständnis für seine schwere Situation aufbringen solle.

»Alexej Igorin«, antwortete Ilja Danowitch mit seiner seltsam gefühllosen Bassstimme, »es gibt keine Gerechtigkeit, und das solltest du am besten wissen. Es gibt nur Erfolg oder Misserfolg.«

Alexej Igorin schwieg lange. Dann steckte er eine letzte Hand voll gewürzter Erdnüsse in den Mund und bat um sein Urteil.

»Was geschieht jetzt, Ilja Danowitch?«

»Komm heim, Alexej Igorin.«

»Komm heim?«

»Da.«

Er durfte also endlich nach Hause, nach Hause in sein geliebtes Land, in dem Milch und Honig floss und es richtige Männer gab. Und von welcher Seite er die Sache auch betrachtete, war die Antwort immer dieselbe. Er musste nach Hause fahren, aber nicht so, wie er gehofft hatte.

Es war nämlich vollkommen undenkbar, dass er sich der schwedischen Polizei stellte, darin waren die Regeln eindeutig. Es gab keine Haftanstalt, keine Zelle, keine Schutzeinrichtung, die vor der Schadensregulierung der Organisation sicher war.

Sie würden ihn finden, wo auch immer er war. Das wusste er.

Und wenn er jetzt nach Russland ohne den Gewinn, den die Organisation von seinem Einsatz in Schweden erwartet hatte, zurückkehrte, dann war das Einzige, worauf er hoffen durfte, ein Kiefernholzgewand zwei Meter tief unter der Erde.

Der kalte Schweiß lief ihm runter.

»Aber … aber …«

»Wir erwarten dich in zwei Tagen. Do swidanija!«

»Aber … aber …«

Klick.

Ilja Danowitch hatte das Gespräch bereits beendet, ehe er für seinen Protest noch Gehör gefunden hatte. Alexej Vladimir Igorin starrte auf den stummen Hörer, den er in seiner zitternden Hand hielt.

Es war einfach nicht gerecht!

Elin Starbeck hingegen hatte großes Glück gehabt.

Eva Steiningers lebenslanger Hass auf sie hatte ihr ironischerweise in letzter Sekunde das Leben gerettet. Im Halbschlaf lag sie jetzt in ihren weißen, gestärkten Laken im Krankenhaus von Jönköping und sah ihr Leben wie in Filmsequenzen vor ihrem inneren Auge vorbeiflimmern.

Was für seltsame Wendungen ein Leben nehmen konnte – nur um einen dann doch wieder zu betrügen!

Vielleicht sollte sie Eva als Dank ein paar Blumen schicken? Vielleicht sollte sie sie irgendwann zum Mittagessen einladen und sich mit ihr unterhalten?

Nein, nein, das wäre absurd!

Nicht nach all diesen bitteren Jahren.

Außerdem hatte Eva sie bei der Polizei verpfiffen, Wohlwollen war da nicht im Spiel gewesen, auch wenn es ihr dann durch eine absonderliche Laune des Schicksals das Leben gerettet hatte.

Kommissar Hill rief Dr. Elgh etwas später an diesem Samstag an und erreichte sie endlich. Es war bereits Spätnachmittag, aber sie war immer noch auf der Notaufnahme. Sie trank gerade eine Tasse Kaffee im Personalzimmer, und er konnte sich vorstellen, wie nötig sie sie hatte.

»Wie wäre es mit dieser neuen Chance, von der wir gesprochen haben?«, wollte er wissen und erinnerte sie an das Versprechen, das sie ihm etwas zögernd gegeben hatte.

Catharina sah in diesem Augenblick das Leben von seiner besten Seite.

Gerade hatte sie eine kleine Vierjährige mit ihren Eltern mit einem Rezept für ein schmerzstillendes Mittel zur Apotheke geschickt. Denn der Oberschenkel des Mädchens würde wehtun, wenn die Betäubung erst einmal nachließ. Catharina hatte ihr eine stark blutende Wunde genäht, die sie sich zugezogen hatte, als sie sich in eine Schere gesetzt hatte, die jemand vergessen hatte.

Catharina hatte das Mädchen beruhigt und die Eltern getröstet. Sie hatte versichert, dass alles wieder gut werden würde. Ein Unglück könne immer mal passieren, aber dieses würde zweifellos gut ausgehen.

Eine beruhigte und glückliche kleine Familie hatte da also gerade ihr Untersuchungszimmer verlassen.

Und das hatte sie nachdenklich gemacht.

Wie wäre das wohl, selbst eine Familie zu haben?

Jemanden zu haben, zu dem man nach der Arbeit nach Hause gehen kann, und jemanden, zu dem man gehört, was auch passiert. Sie fragte sich plötzlich, wie das beispielsweise sein würde, ein eigenes Kind zu haben?

Und in genau diesem Augenblick rief dieser Kommissar Hill an!

»Hättest du nicht schon Donnerstagabend anrufen sollen?«, fragte sie, um ihn zu ärgern, und umging es dadurch, seine Frage zu beantworten.

»Doch«, gab er beschämt zu, »aber ich habe zu lange arbeiten müssen. Dafür habe ich gestern versucht, dich zu erreichen!«

»War das schwer?«, wollte sie mit einem milden Lächeln wissen, das er nicht sehen konnte.

»Ja, allerdings.«

»Dann sind wir kurz gesagt quitt, oder?«

»Ja, so kann man das auch sehen.«

»Aber«, meinte sie dann, »vielleicht ist es ja genauso gut, dass wir anfangen, uns daran zu gewöhnen?«

Was hatte sie da gesagt? Er saß kerzengerade im Sofa und fühlte sich so ausgeschlafen und eifrig wie schon seit Wochen nicht mehr.

»Meinst du damit ... dass wir uns weiterhin treffen sollten?«

»Tja«, erwiderte sie, »ist das nicht genauso gut?«

»Wunderbar«, räumte er vorbehaltlos ein, »ich will dich auch treffen ... so bald wie möglich.«

»Okay, wann?«, wollte sie wissen.

»Wie wäre es mit – heute Abend?«

Am anderen Ende der Leitung wurde es still, und deswegen beschloss der Kriminalkommissar, taktisch vorzugehen.

»Auf der Aurora haben sie die ganze Woche argentinischen Abend. Magst du argentinisches Essen?«

»Keine Ahnung. Wie ist es mit dir?«

»Weiß ich auch nicht. Aber ich mag deine Gesellschaft, egal woher das Essen kommt.«

»Süß! Aber dann habe ich einen besseren Vorschlag. Es könnte nicht schaden, wenn ich mir deine Blessuren von Mittwoch noch mal ansehe. Aber das ist nicht direkt was Akutes, und außerdem habe ich noch bis 18 Uhr Dienst. Warum treffen wir uns nicht stattdessen in *Rolles Hamburgerbar?* Sei um halb sieben da, dann können wir auch über die Nachkontrolle sprechen.«

»Rolles? Okay!«

Kein Problem. Er hatte dann sogar noch genug Zeit zu duschen, die Haare zu waschen und die Nägel zu schneiden, und trotzdem konnte er dann immer noch ganz ruhig und gelassen auf der rechten Spur fahren. Aber heute würde er wohl nicht das Bedürfnis haben, am Steuer einzuschlafen. Dazu war er viel zu aufgeregt.

»Und noch was!«, sagte Catharina und beanspruchte in letzter Sekunde über die stark rauschende Telefonleitung noch einmal seine Aufmerksamkeit.

»Ja?«, erwiderte er erwartungsvoll.

»Vergiss nicht«, schärfte sie ihm ein, »zur Sicherheit die Toilette aufzusuchen, *ehe* du von zu Hause wegfährst!«